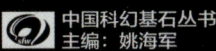

中国科幻基石丛书
主编：姚海军

银河之心

# 天垂日暮

江 波 著

四川出版集团
四川科学技术出版社

图书在版编目（CIP）数据

银河之心·天垂日暮/江波著.－－成都：四川科学技术出版社，2011.9
（中国科幻基石丛书/姚海军主编；12）
ISBN 978-7-5364-7233-4

Ⅰ.①银… Ⅱ.①江… Ⅲ.①科学幻想小说－中国－当代 Ⅳ.① I247.5

中国版本图书馆 CIP 数据核字（2011）第 168729 号

中国科幻基石丛书

# 银河之心·天垂日暮

| | |
|---|---|
| 著　　者 | 江　波 |
| 主　　编 | 姚海军 |
| 责任编辑 | 宋　齐　刘维佳 |
| 封面设计 | 张城钢 |
| 版面设计 | 张城钢 |
| 责任出版 | 邓一羽 |
| 出版发行 | 四川出版集团·四川科学技术出版社 |
| | 成都市三洞桥路 12 号　邮政编码：610031 |
| 成品尺寸 | 147mm×208mm　1/32 |
| 印　　张 | 14.25 |
| 字　　数 | 300 千 |
| 插　　页 | 2 |
| 印　　刷 | 四川五洲彩印有限责任公司 |
| 版　　次 | 2012 年 1 月成都第一版 |
| 印　　次 | 2012 年 1 月成都第一次印刷 |
| 定　　价 | 32.00 元 |

ISBN 978-7-5364-7233-4

# 写在"**基石**"之前

■ 姚海军

  "基石"是个平实的词,不够"炫",却能够准确传达我们对构建中的中国科幻繁华巨厦的情感与信心,因此,我们用它来作为这套原创丛书的名字。

  最近十年,是科幻创作飞速发展的十年。王晋康、刘慈欣、何宏伟、韩松等一大批科幻作家发表了大量深受读者喜爱、极具开拓与探索价值的科幻佳作。科幻文学的龙头期刊更是从一本传统的《科幻世界》,发展壮大成为涵盖各个读者层的系列刊物。与此同时,科幻文学的市场环境也有了改善,省会级城市的大型书店里终于有了属于科幻的领地。

  仍然有人经常问及中国科幻与美国科幻的差距,但现在的答案已与十年前不同。在很多作品上(它们不再是那种毫无文学技巧与色彩、想象力拘谨的幼稚故事),这种比较已经变成了人家的牛排之于我们的土豆牛肉。差距是明显的——更准确地说,应该是"差别"——却已经无法再为它们排个名次。口味问题有了实际意义，这正是我们的科幻走向成熟的标志。

与美国科幻的差距，实际上是市场化程度的差距。美国科幻从期刊到图书到影视再到游戏和玩具，已经形成了一条完整的产业链，动力十足；而我们的图书出版却仍然处于这样一种局面：读者的阅读需求得不到满足的同时，出版者却感叹于科幻书那区区几千册的销量。结果，我们基本上只有为热爱而创作的科幻作家，鲜有为版税而创作的科幻作家。这不是有责任心的出版人所乐于看到的现状。

科幻世界作为我国最有影响力的专业科幻出版机构，一直致力于对中国科幻的全方位推动。科幻图书出版是其中的重点之一。中国科幻需要长远眼光，需要一种务实精神，需要引入更市场化的手段，因而我们着眼于远景，而着手之处则在于一块块"基石"。

需要特别说明的是，对于基石，我们并没有什么限定。因为，要建一座大厦需要各种各样的石料。

对于那样一座大厦，我们满怀期待。

他是宇宙之物，正在为自己而深思。他在考虑本身深奥未卜的将来。他称自己为"人"。他是星星氏族的一员，并渴望着回到星星中去。

——卡尔·萨根 《外星文明探索》

# 目　录

# CONTENTS

# 引　子

"上佳"号开始调整航向。

明和暗的分界线在舰体上移动，没入暗处的舷窗一个接一个打开，而进入亮面的舷窗则依次关闭，一开一合，仿佛优雅的韵律在舰体表面流动。

"上佳"号船体十分庞大，阳光还有一小会儿才能转到这儿。从窗口望出去，夜空一片漆黑，那是无限深远的一个陷阱，星星们都陷落其中——环绕星系的尘埃云几乎屏蔽了所有来自银河内部的光线。左下角有一颗巨大的发亮的星星，那是RH149，这一段航程的目的地。

落亦注视着它。

这星球散发着迷人的光晕，就像渲染而成的画——它有适合人类的大气。也许在"上佳"号抵达之前上百个世纪，某些先行者就把自动机器送到了这里。这些机器卓有成效地改造了星球——它们深入地下，挤压出星球内部的水，在短短两个世纪内，形成海洋；它们让星球高效吸收阳光，变得灼热，释放氧气，和甲烷发生反应。在几千年的时间里，星球仿佛一个火海，大规模的火灾此起彼伏，有时整个星球都陷落在大火之中，这也是最迷人的时期——从太空中观看，星球呈现出不稳定的色调，红色、白色、蓝色,不断变换——火、云和海洋,谁都没有完全占据这个星球,然而它们各自在某些时刻都能占据主导。这是一个有趣的时期,也是一个噩梦的时期。甲烷最后败下阵来,大气中不再有剧烈的战争,自动机器不断地向大气中释放氧,最后氧气含量稳定在百分之二十七点五的控制比例;热量很快地散失,少量二氧化碳被释放出来,对星球表面温度进行调节,赤道平均温度三十四摄氏度,两极平均温度零下二十摄氏度,全球平均十六摄氏度,平均降雨三百六十五毫米。星球达到了预设的标准,于是自动机器发出信号。

然后,"上佳"号来了。

这并不是一个完整的故事。那些释放了行星大气改造模组的人并没有把事件进行到底,这个星球上没有森模组——形形色色的动植物以及那些肉眼所不能看见的小东西。大气已经改造完毕,后边的步骤却没有发生。也许是这个星球偏僻的位置让那些最初的先行者放弃了计划。这样的情形不多见,"上佳"号的目的就是搞清原因何在。

"明天,你可以和卡洛一道下到那个星球。"父亲这样对落亦说,"我们需要知道那些自动机器到底从何而来,沙达克会对此进行鉴定,你们的任务是给他提供足够的样本。"

这是一个很让人兴奋的任务,他终于有机会承担一个重要任务,虽然只是给卡洛做助手,但是降落到一个真正的星球上,这本身就足够让人兴奋。

星球近在咫尺,柔和的光将它层层缠绕起来,显得静谧而安详。真美啊!他目不转睛地看着。记忆中,他从未在这样的距离上看到行星。"上佳"号在群星间逡巡,绝大部分时候,窗外只有点点繁星,他们与一艘又一艘的飞船会合、欢聚,他们见到形形色色的人,还有各种各样奇怪的飞船装备,然而落亦还从没有见过一颗有人居住的星球。据说一个沙川人的一生只有一次机会登上一颗星球。这就是我生命中的那颗星球吗?落亦这样想。

也许不是。父亲告诉他,他们进入了一片星球文明区。这一片空间形态独特，是一个时空洼地，掉下去很容易，飞出来很难，巡逻者不喜欢这样的空间，然而星域定居者并不以为然。这一片方圆六百光年的偏僻所在，有许多彼此独立的星域文明。RH149属于一个被称为科尼尔的星域，科尼尔是一个大星域，横跨二十多个恒星系，拥有十多颗有人居住的星球，数以亿计的人居住其上。落亦认为自己属于幸运的一代，能够有机会见到许多星球上的人。定居在一颗星球上，从来不进行星际旅行，这是一种多么奇特的生活，落亦非常想见识这种生活。他看了许多录像，关于星球的。他的结论是那里可能真的适合人类，而飞船才恰恰是一个不适合人类的地方。当然，这样的结论他没有和任何人提过。

舷窗还剩最后一丝缝。在金色阳光照亮窗底的一刹那，窗户彻底封上。

"落亦，看你能不能追上我！"一个细嫩的声音从背后传来，然后他听到一阵轻微的响动，那是独轮车推进的响声。

小姑娘从他背后掠过，带起一阵风。落亦转过身，飞快地跑起来。

很快他就追上了卡伊的独轮车。他伸出小指头，挑衅似的晃了晃，果然，小姑娘受到了鼓动，她使劲地把身子前倾，企图让独轮车跑得更快一点，然而那已经是这种简陋小车的极限，更何况，卡伊使用的还是儿童版。

"哈哈。"落亦干笑两声，快步跑到前头，放慢脚步。

小姑娘气鼓鼓地追上来，"我们定个时间来比赛，我不信不能比你快。"

"卡伊，你才八岁，我已经十八岁了。至少等你十五岁时再说吧。"

"为什么要等到十五岁？"

"那个时候你才可能开'剑鱼'号啊。"

"骗人！'剑鱼'号是给男孩子的。"

"那就'仙人'号好了。这可是最漂亮的船，将来我们可以叫它'仙女'号。"

"不要，就叫'仙人'号……"

落亦按下墙边的按钮，门霍然打开，他们正站在一条竖直的通道边。

3

向下看,通道的一端封闭,那是紧急起降舱门。向上看,通道另一端延伸向远方,很远很远,最后终结在一个发光的小点上。小点高高在上,遥不可及,那就是落亦和卡伊此次冒险的目的地——无重力通道,飞船中央主轴。

"好高!"小姑娘探头看了看,从头顶照下来的光线很黯淡,通道看起来仿佛一个深井,模模糊糊能看见舱门上的紧急标志——红色的惊叹号包裹在黄色圈中。

"我有点晕!"小姑娘缩回脑袋。

"不怕,有我呢。"落亦信心满满地鼓励妹妹,然而话刚说完便有些后悔,她只有八岁!十二岁以下的孩子不能进入垂直通道,这是明文规定。落亦不在乎规定,然而他注意到妹妹的眼睛里流露出害怕。她太小了,即便是落亦自己在这些通道中上上下下也要异常小心。

落亦决心纠正自己的行为,"算了,这儿是挺危险的,我们就别去了。我们来比赛,看谁先回到……"

"不行,我要去。你答应带我去的,男子汉不能说话不算数。"

"好吧。"落亦硬着头皮,"我说到做到。但是你要听话,照我说的做,不然我就不带你去。"他从墙角抓过两根绳,每根绳子上有一个漂亮的活结,还有一顶透明头盔。他递给小妹妹一根,"把这个绑上,戴上头盔。"

卡伊按照落亦的话去做。头盔有些过大,显得头重脚轻。

"哈哈,你看上去就像一个机器人。"落亦逗她。

"真的吗?"小姑娘眼里放光,"我最喜欢机器人了。我看上去像伊娃吗?"伊娃是卡伊的服务机器人。

"像极了!"落亦笑着回答。

"好了,你看那些扶手。"一道扶手从底部一直向上延伸,最后消失在遥远的上方,就像一条笔直的拉链。

"我们要拉着扶手爬上去,别往下看,不然你的手会软。"落亦提醒妹妹。

"我才不会手软。"

"上去试试就知道。"

"我们走吧。"

"不行,还要作最后的准备……"

"什么?"

"摘下你的联络器,把它吸在墙上。"

小姑娘麻利地褪下自己的腕表,放在小车上。

从此刻起,他们有三个小时的时间。超过三小时,如果他们没有动弹,沙达克会报告给父亲。如果那样,他们将会在禁闭室里待上两天,除了吃饭睡觉,就是回答沙达克提出的各种古怪问题。这是真正的梦魇。因为这一点,这件平淡无奇的事变得充满刺激——如何在三个小时内带着一个八岁的女孩从垂直通道爬到中央主轴,然后回来还不能让家长知道,落亦已经想好了怎么样在伙伴们面前吹嘘。

两个黑色小点在这条笔直的"拉链"上缓慢挪动。

"我们的环形飞船很大,为了避免使用过多的重力控制器,它总是在不停地转,用离心力来模拟重力。"落亦一边爬一边给妹妹讲,"飞船有一个中轴,就是那里……别往下看,看上边……那里是零重力区,你会飘起来。"

卡伊紧紧地抓着梯子,她直直地盯着眼前哥哥的脚,一点点地往上爬。落亦说得对,她不应该来这里玩这种冒险游戏。如果大人知道了,那肯定免不了一场斥责。更重要的是——她真的害怕了。这里毫无依靠,只有紧紧地抓住梯子,而那几乎深不见底的空间让她由衷地害怕。

"卡伊,加油!"落亦鼓励她。

卡伊停了下来,"我害怕。"她说,"我不敢动了。"

"好吧,别动,我来帮你。"落亦急忙向下降两格,把手伸向卡伊,"抓住我的手,我把你抱起来。"

卡伊的小手紧紧抓住了他,两只胳膊异常用力,以至于落亦觉得呼吸有些困难,"不要这样,放松些。我会保护你的,别害怕。"

卡伊像一只八爪鱼一般缠住哥哥,直上直下的管道仿佛要把她的魂魄吸走,然而哥哥有力的胳膊给了她安全感,她甚至敢于直直地往下看。

"我们回去吧。"落亦边说边慢慢地向下爬。他们离入口处并不远,只有十米而已。

"我说过你肯定没办法去那里。"落亦说,然而他马上后悔了。

"才不要,我可以去。"卡伊放开落亦,恐惧荡然无存,她快速地攀住梯子向上爬去,速度快得惊人。

"卡伊。"落亦想把她喊回来,然而她根本不听,自顾自地向上爬。落亦只得跟上去。

小姑娘很快耗尽了体力,她的速度慢下来。然而她已经至少爬上去一百米。爬这样一段距离对落亦来说也不是一件轻而易举的事。

"哥哥,快来救我!"卡伊突然开始喊,她又开始害怕。

"别动,我马上到。"落亦加速向上爬,他很快接近了妹妹。

他伸出手。

突然之间,周围一团漆黑。卡伊发出一声惊叫,落亦心底一慌,慌乱中他触到了卡伊的胳膊,紧紧地抓住。卡伊仿佛一头小鹿般跳进落亦怀里。

"怎么了?"

"没事的。"落亦安慰她。他并不知道发生了什么,他也感到有些害怕,然而面对卡伊,他必须坚强。

"沙达克很快会找到我们。"他信心十足地对妹妹说。

一定是出了什么事!但联络器留在了入口。沙达克会发现的,落亦安慰自己,一旦沙达克发现兄妹俩一直停留在原地,他马上会找到他们。

情况却比预想要糟糕。仿佛过了很长的时间,周围仍旧一片黑暗。

突然卡伊发出一声欢呼,他们的头顶显示出一丝光亮。那是来自中央主轴的光线。

然而照明仍旧没有恢复,除了头顶的那一点光亮,其他地方仍旧黑暗一片。

"我们快得救了吗?"卡伊问。

"是的。"落亦的回答没有丝毫犹豫,然而他感觉到异样。

温度正在急剧下降。

"我冷。"卡伊说。

"抱着我!"落亦告诉她,"我们要爬上去。"他抬头看了看那一丝光亮,那是距离遥远的光线,然而,他必须爬上去,而且要快。他感觉到寒冷透入肌肤——给他们的时间不多。

落亦快速向上攀登。从这里到中央主轴大概有一千米的距离,他曾经不止一次成功地爬上去,然而这一次不同,他必须尽可能地快,否则,他们俩可能会被冻僵。越靠近中央,重力感应越弱,他们可以向上运动得越快。

突然之间,身体一阵轻飘。失重了!

"啊!"卡伊发出一声惊叫。

"没事。"落亦说。他一手抱紧妹妹,一手用力拉着扶梯,使劲向后甩,借力向上,"我们很快就到。"他安慰妹妹。

"我好冷!我想睡。"卡伊说。

"卡伊,千万醒着!"落亦大声地叫喊,"别睡,和我说话。"

"我好冷!"

"马上就到了,马上就到了。别睡着,我说过带你回地球。那里有大象、犀牛,还有……漂亮的孔雀。"

"我好冷!"

"你不是最喜欢滑冰吗,我们可以去雪山上滑冰,那里有真的雪……很漂亮的雪花,从山脚到山顶,足足有十千米。"

"我们去滑雪吗?"

"是的,真正的雪花,你从来没见过。"

落亦一边和妹妹说话,一边用尽全力向上。距离中央主轴越来越近,他的心却一直悬着。卡伊的声音越来越小,她很快就要昏迷了。

突然间,头顶的光亮开始发生变化,通道的门正在关上。落亦感到一阵惶恐,在那么一刹那,他做出了决定。

他用力地把妹妹甩出去。通道马上就要关闭，就算他不能过去，也要让妹妹进入到那片光明中，那里是温暖的，沙达克会照顾她。

卡伊的身体隐没在光亮中。"每个人都在寻找自己的归宿，我们的归宿在茫茫星海。"门上的这一行字被光照亮随即没入黑暗。穿梭机进入发射通道之前，都会读到这行字，以至于人们通常都忽略了它。此刻，光亮一闪而过，照亮这行字，落亦的心随之猛然一沉。他知道自己可能凶多吉少，然而仍旧抓紧时间向上。

很快，他来到大门前，紧紧地扣住门上的锁扣，用力敲打。冰冷而厚重的大门毫无反应。

意识开始模糊，寒冷把身体变得异常僵硬。

敲打大门的节奏慢下来，最后完全停下。他放弃了无谓的努力。

还有十天，他就要完成成人式，进入净化室剔除那些只和儿童有关的基因，成为一个真正的沙川人。一个沙川人，就像父亲，应该冷静、威严，甚至有些冷酷，然而落亦不想变成那样。他能够觉察自己的身体和思维正在发生某种变化，一些从前并不了解的意义变得明晰，宇宙的奥秘涌入头脑，仿佛它们一直躲藏在那儿。他却不希望如此，因为众多乐趣也同时离去。他希望自己仍旧和妹妹一样，充满旺盛的好奇心，无忧无虑，还可以任性。事实证明，这种想法实在是危险的源头。一丝愧疚涌上心头。

对不起，爸爸！但是至少，我把卡伊带回来了……

这是落亦最后的念头。

# 第一章　"天狼星"号

蜘蛛星。这个星球在星图上没有名字,然而在地下世界,这个星球很有名。据说这是一个黄金星球,到处是黄金,曾经到过那里的人,无论之前他多么贫困潦倒,不名一文,只要能从那儿回来,都成了腰缠万贯的富翁,从此能够脱离地下世界,堂而皇之地在星门要求入籍。任何一个星域都欢迎这样的人成为星域居民——人们可能厌恶地下世界,然而人们喜欢黄金。

一个盛产黄金的星球早应该被文明世界所占据,他们会派遣工作飞船,建造一些太空城,进而占据星球本身,把它变成一个太空工厂。他们会把黄金源源不断地输送到文明星球,贴到那些巨大雕塑的身上,或者成为橱窗中的展览品,以及权贵们彰显身份的饰物。对黄金的渴求永远没有止境,所有能够提供黄金的星球都被纳入文明世界体系,成为庞大星际贸易网络的一部分。

然而蜘蛛星是一个例外。理论上,它属于科尼尔星域,然而,这里是星域边缘,是荒域,是黑暗空间,在所有星图上都被列为极度危险的区域,不可进入。只有在地下世界的传说中,它才盛产黄金,数以亿吨计的黄金——据说它是银河系中最大的一个金矿,整个星球几乎由金子构成,富

9

含黄金的岩层直达一百千米深处,而该星球的半径只有六百千米。

整个星球由金子构成,这样的事匪夷所思,违背了星球生成的基本原理,因此被视作无稽之谈,只在地下世界里流传,有时被看做故事,有时被当做梦想。然而,即便真的有人曾经从那里带回过黄金,那也是很久很久之前的事。最近的几百年,不断有人进入那儿,然而从来没人回来,至少在各个星门,从来没有见到过从那儿回来的人。

也许真的有黄金,然而没人能把它带出去。这可能就是事实。

这里真是蜘蛛星?李约素带着疑问,从"天狼星"号的舷窗往外张望,天空中星星很少——包围星系的尘埃云很厚,以至于连银河都不见了踪影。这是典型的边缘星系。

既来之,则安之。李约素抓着座椅把手,一个翻身,坐进椅子里。他一边把自己绑在座椅上,一边下令:"布丁,计算空白期。"

"天狼星"号是一艘破旧的飞船,可能已经飞了两百年,甚至更久。李约素是它的船长,手下没有船员,布丁是飞船的智能中枢。飞船很破旧,布丁却是新中枢,按照飞船时间,它才生存了短短十一年。

"我正在计算呢,船长。"布丁很愉快地回答。

"快点!我们还要找他妈的黄金呢!"李约素拍了拍眼前的触控屏幕。

"你会损坏我的屏幕!"布丁叫嚷起来,屏幕上显示出一张痛苦的脸。

"吵,吵,吵什么吵!我会给你换一个新的。只要找到黄金,这种廉价的东西马上就给你换掉。我们换全息屏!"李约素狠狠地瞪了屏幕一眼,那上边的人脸消失掉。但是布丁没有消失,他继续说:"船长,让我来设计空间搜索。"

"不行,这是船长的职责。"李约素说。

"飞船主机也可以做。"

"那是船长死掉之后。"

"那只是电影里的故事,多数飞船都由飞船主机负责。"

"我说不行就不行!"李约素大声吼叫。

布丁不吱声。

过了一小会儿，李约素说："好吧，你来。这里由你做主，我去喝杯咖啡。"他把自己从座椅上解开，起身，抓着扶手，飘进后舱。

后舱是生活舱，李约素的起居室。在飞船里起居不能太讲究，然而李约素的起居室却太不讲究，放眼看去，各种垃圾琳琅满目。然而李约素毫不在乎，虽然垃圾四处飘浮，只要不挡住路，他就视而不见。

他挪到咖啡机旁，伸出手。感应器亮起，一团褐色液体涌出，越聚越大，最后仿佛拳头一般。感应器灭了，褐色液团脱离出水口，李约素熟练地把它接在手心里，暖暖的感觉直透手背。他凑上嘴去，开心地一饮而尽，咕噜咕噜地吞下。一股暖流停留在胸腹之间，缓缓向着全身扩散，让人精神为之一振。李约素呼出一口气，享受咖啡带来的惬意。

起居室的另一个好处是可以看风景。这里有一个全景舷窗，那情景仿佛就把人放在了太空中，周围都是空的。窗外很多时候是毒辣辣的恒星，并不好看，但更多的时候，会有漂亮的星空和精致的星球。李约素并不期望能够在这样的黑暗空间中看到让人惊喜的东西，但出于习惯，他还是打开了舷窗。

他猛然一愣。

舷窗外，一艘巨大的飞船清晰可见。这是一艘环形飞船，仿佛巨大的转轮一般静静地悬在黑暗中。

环形飞船通常都是世代飞船，拥有至少上万的人口，它们不属于某个星域——从银河深处来，向各个方向而去，星域对它们而言只是驿站。环形世界技术高超，行踪诡秘，其中的居民都很奇怪，他们和星域的人——无论是地下世界的流浪汉、海盗，还是太空城居民，抑或行星定居者——都大不相同。虽然所有的人类说同样的语言，但不同的星域总有不同的口音，环形世界的口音尤为独特，不管别人懂不懂，他们很为此而自豪。而那些长期移居星球的环形世界人，他们虽然能说一口流利的通用语，却执著地在小型聚会中流露出独一无二的口音，和周围的一切总显得格格不入。

他们会具有一些相似的遗传。比如比较宽厚的嘴唇，耳朵上的一个小缺口,或者隐蔽一些——肚子里完全没有盲肠。

"该死的乡巴佬儿!"每一次看到环形世界的人,李约素总是这么说。这一次,他也说了。

他注意到这飞船并没有旋转。环形世界总是在不断旋转,制造一个离心力场来模拟重力,虽然这是很落后的技术,但是相对于引力发生器,这种旋转的方式对能量的需求几乎可以忽略不计。环形世界酷爱这种节省能源的技术,哪怕这让飞船看起来显得很老土。

这艘飞船却完全没有旋转,它看上去是静止的,也没有任何光亮。

李约素突然意识到这里是黑暗空间,一个环形世界不该出现在这里。

"布丁,布丁!"他叫喊自己的伙计。

"报告船长,我正在进行空白期测算。"布丁回答。

"那边有飞船,环形飞船!"

"看到了。是不是向它请求援助?"

"援助个屁!你仔细看看,它没有旋转。"

"是的。这有什么关系?"

"笨蛋!"李约素气急败坏地骂了一句,"你是不是电脑,怎么比人脑还笨!"

"这不是我的错,是你制造了我。"

李约素无话可说。当初订购布丁,他要求制造商不能让他太聪明。他可不想和一个比自己聪明一百倍的电脑一起旅行。布丁仍旧是非常快捷的电脑,然而,只有给他明确指示,他才会去执行,否则,他就和一个六岁的儿童一样。

"好吧,快看看那艘船。船上应该没有人。"

"我来看看。"

布丁使出十八般武艺对那艘沉默的飞船进行刺探。他使用从二十赫兹到六兆赫兹之间的六百种频段,激发了两次森空间①震荡,发射了一个

————————————
①森空间是亚空间的浅层,在人类对于亚空间认识不足的时代,把亚空间称为森空间,详细请见拙著《五行传说》和《追光逐影》。

小小的可回收探测仪。

第二天，当李约素从睡梦中醒过来时，布丁告诉他："船长，你说对了。这艘飞船上没有人。"

"嗯。"李约素揉揉眼睛，打开舷窗。沉默的环形飞船仍旧在那里。船上没有人，这是一个不折不扣的好消息。一瞬间李约瑟脑海里掠过许多幻想，他想可以在那艘飞船上找到很多有用的东西，某些东西说不定能卖一个好价钱。这样子，即便所谓的黄金星球真的只是一个传说，他也可以发一笔小财。

妈的，几个臭钱！李约素暗暗骂道，他痛恨自己这么不争气，成了一个财迷。然而除了"天狼星"号，他身无分文，哪怕一个科尼尔盾也掏不出来，正是为了钱，他才会踏上这么危险的旅途。一分钱难倒英雄汉，对此他深有体会。他必须搞到钱！

"靠过去。我们去船上看看。"李约素下令。

"恐怕不行，可能有危险。"布丁拒绝。

"什么？"

"这艘飞船是被摧毁的。"

"那更好了。这就是无主船，我们去捡点垃圾总可以。"

"这艘飞船经历了一次大爆炸。"

"哦？它看上去挺好。"李约素看看船。

"看看另一面。你可以到主控室来，有一些图像。"

李约素飘进主控室，他看见了主屏幕上的图像。环形飞船的中央主轴上，巨大的窟窿历历在目，船体表面向外掀开，显示这是一次从内向外的爆炸。

"他们使用核引擎还是反物质引擎？引擎自爆，这事可不多见。"

"爆炸的不是飞船的引擎。这艘飞船使用反物质空间波动引擎，分散动力配置。如果是引擎爆炸，那么会发生在环体上，而不是中央主轴。"

"这艘船有弹药库？"

"爆炸现场有大量腐蚀痕迹。首先是爆炸，把中央主轴从中间炸开，

13

然后是腐蚀,最可能的情形是爆炸产生了大量高能离子束流,这些热离子冷却之后在舱壁上形成大量腐蚀痕迹。"

"炸都炸了,还腐蚀什么!这他妈的是什么东西?"

"我不知道,我可不是军用计算机。"

"你是说这是军用飞船?"

"军用飞船不会是环形飞船……除非是指挥船,但是这飞船的防护很脆弱,不像指挥船。现在有战争吗?"

"有?没有?谁他妈的知道,银河人才知道。"

"我也不知道。"

李约素沉默一会儿,"还有什么?"

"探测仪进入了飞船内部。有些图像,你要看吗?"

"怎么不早说?"

"你没问。"

"算了。"李约素没好气地说,"赶紧放出来看看。"

探测器从爆炸口进入飞船内部,飞船内部一片漆黑,只有探测仪微弱的红光。红光扫过,是一条通道,向前延伸十余米后被一扇门挡住。探测仪沿着通道向前飞,上下左右不断扫描。通道壁上有明显的腐蚀痕迹,显示出爆炸气流的方向。爆炸从门的那个方向传过来,受到阻碍,冲破船体,形成现在可见的爆炸口。

探测仪飞到了门前。这是一扇厚实的门,金属材质,与飞船通道属于同样材料。

爆炸的源头在门后,然而门却紧紧关着。这是事后关上的。李约素想。

探测仪开始打转,它在寻找是否有其他可能的路径。一个图形在镜头中一闪而过,李约素却看到了它。

"等等,给我看看慢镜头。向后回播。"

镜头一个个地在屏幕上闪现,最后李约素叫停:"就是这里。别动。"

一个图形。图形上方是一个闪电符号,下方是六条短划线,两两一排,排成三排。这不是警示符,这是家徽。

"妈的!"李约素低低地骂了一句。他认识这个标示。三十年前——李约素的时钟三十年前,正是拥有这样一个标示的飞船摧毁了"天狼星"号,把他当做战俘关押了两年,虽然他最后还是回到了星域,然而已经失去一切——曾经的"天狼星"号,曾经的身份,还有那些忠诚勇敢的下属。当他回到天垂星时,没有人认识他,没有人记得他,他只有成为流浪者,从此成为地下世界的一员。一切都已经过去,他是一个快乐的流浪者。然而,这样的一个标示却把那些不愉快的往事从记忆深处拽了出来。

"还有什么吗?"李约素问。

"没有更多,探测仪回来了。"

"你确定飞船上没有人? 那扇门可是好好的。"

"飞船里边没有生命迹象。"

"好,我们靠过去,准备上飞船。"

"那很危险。"

"你不是说没有人吗?"

"但是不知道有没有别的什么东西,或者有没有人躲藏起来。"

"比如像你一样笨的电脑?"

"嗯,我可不笨。"

"行了,我们去捡点垃圾而已。"

"好吧。但为了避免可能的危险,你不能离开飞船。"

"那就等到你确认安全,我再上去。"李约素不想再和布丁讨价还价,"靠上去,找个合适的位置对接。这是命令。"

"是。船长。"

"天狼星"号调整姿势,准备向静默的环形飞船靠拢。

布丁再次开口:"船长,已经计算出我们的位置和空白期。"

"是什么?"

"蜘蛛星。"

"废话,当然是蜘蛛星,我们就是奔着它来的。我问你空白期。"

"我没有发现科尼尔标准钟的信号,只能按照跳跃的能量和距离来估

15

算,空白期是七十五天。"

"七十五天!"李约素几乎抓狂,天狼星是一艘小小的飞船,一次简单的星门跳跃,居然产生了七十五天的空白期。

"是的。伽马星门打开的能量级数很高,你给了他们更多的钱吗?"

"给个屁!他们这是想害死我。"李约素恨恨地说。

"但是我们的位置应该正确。这里的确是蜘蛛星,可能是那些尘埃云导致了更大的森空间深度,导致能量需求增大。船长,这意味着我们的能量储备无法支持反向跳跃,我们该怎么办?"

李约素心中咯噔一下,这种情况本来就在预料之中,独眼杰克把他送进星门,说让他来找黄金,其实不过是送他去死。此刻他仍旧活着,大概已经超出了这些人渣的预期。活着已经很好了,他不能向银河祈祷更多的好运气。然而布丁把这个问题明白地提出来,他仍旧感到一阵惶然。但是,他不会在布丁面前流露一丝软弱。

"有什么关系,大不了我们慢慢开回去。我连冬眠机都带上了。"他照例瞪了瞪眼,大大咧咧地说。

# 第二章　死亡飞船

黄金星球真的存在,还只是一个幻觉?

虽然布丁宣称找到了黄金星球,但李约素完全不敢相信。屏幕上的星球就像一块发酵良好的面包,或者酥松的海绵。它仍旧是一个固体星球,然而布满孔洞。李约素从没有见过这种形态的星球,布丁的资料库里也没有,它能找到关于蜘蛛星的照片只是一张模拟图——浑圆而闪亮,金光闪闪。

"怎么会这样?"李约素喃喃自语。

"我们可以过去看看。"布丁建议。

"还是先上环形飞船看看,说不定能找到一点有价值的东西。"

"遵命,船长。这艘飞船体积很大,我们在哪个位置对接?"

"在环形上随便找个合适的位置。预备缓冲舱,不然如果船里边还有封闭着的高压气体,我们可就倒霉了。"

"是的,船长。"

"天狼星"号小心翼翼靠近环形飞船。这艘世代飞船体积庞大,"天狼星"号越贴近它,越发显得渺小。最后,"天狼星"号紧紧地贴在飞船上,看上去只是一块微不足道的隆起。

庞大的船身彻底挡住了视线,从舷窗看出去,只是一片铅灰色的金属平原。李约素默默地望着窗外。嘶嘶的气流声充满整个空间,隔离层那边,两边的气压正在平衡。

"基本真空。这船已经荒废很久,气体都跑光了。"

李约素没说话,他按下按钮,一道暗门打开,宇宙服显露出来。他飘落过去,轻巧地落在宇宙服里。衣服自动包围过来,把他包裹得严严实实。

"船长,你说过要等我确认安全之后才去。"布丁说。

"这挺安全的,没什么大不了。"

"你说过……"

李约素已经穿着宇宙服从里舱飘到了主控室,"我说过,但是我改主意了。"

"这样不行。"

"我说行就行。这艘船谁是船长?"

"你。"

"那就行了。打开通道。"

"但是,可能会很危险。"

"别唧唧歪歪。快让我进去。"李约素停顿一下,缓和语气,"布丁,我的年纪是你的三四倍,我到过很多地方,比这儿危险得多。你放心,我不会拿自己的命开玩笑的。打开通道。"

"遵命,船长。"布丁很不情愿地打开缓冲舱门。李约素钻进去。三个小小的机器人装置也跟着进去,它们是布丁的眼睛。

舱门在李约素面前打开,一片漆黑。李约素飘了进去,三个小机器人紧随其后,就像三只闪烁的萤火虫,在漆黑的夜空中飞舞。

李约素紧紧靠着舱壁,他抓到了一些东西,紧紧握住,正好可以帮助身体移动。这是环形飞船的生活区,异常宽敞,无论向着哪个方向,探照灯光都无法触底。一个小机器人停下,它把自己固定在舱壁上,然后开始扫描——布丁正在绘制飞船内部的图景。另两个机器人分别向着两个方向出发,很快它们的光亮湮没在黑暗中,李约素猜测它们拐过了弯。

"布丁,我要去找飞船控制舱。"

"我让机器人去。"

"行了,你该干啥就干啥。多找找有用的东西,我们可以带走换钱。"

李约素松开手,向着对面飘过去,舱壁浮现出来。李约素看到一些绘画,他打开喷射管,控制方向,在撞到墙壁之前静止下来。他仔细地观察那些绘画。

那是一些涂鸦,显然出自小孩之手。李约素的视线在一张简单的画上停下,几笔凌乱的笔画象征草地,远处是高山,山脊上露出半个太阳,草地上,一个小孩拉着两个人的手。画边上写着字——"爸爸,哥哥和我"。李约素盯着图画看了两秒钟,露出一个微笑。

他沿着舱壁滑开,去寻找想要的东西。突然间他转身,再次盯着墙上的画。雷电家族[①]并没有孩子,他们在玻璃房里培育下一代,每一个人出生就是成人。疑虑在李约素心头一闪而过,他最后看了看,再次滑开。船上是否有孩子,这是一个无关紧要的问题,不管有没有,他们都已经不在了。

一个探测机器人转回来。

"船长,我们的对接点是一个封闭舱。资料传送给你。"

"好!告诉我门在哪里。"

"你的左手边,向左一百米。"

李约素扭头看去,探照灯光闪过,空中飘浮着许多凌乱的桌椅,都是儿童用品。

"这是幼儿园。"李约素自言自语。

"什么?"布丁没有明白李约素在说什么,他不懂什么是幼儿园。

"没什么。我要去看看门能不能打开。"他快速移动过去。

舱门已经失去力量,李约素很容易打开它。眼前仍旧是深不可测的黑糊糊一片。

"船长,让机器人先进去。"布丁说。

---

① 雷电家族是极为强大的星际文明势力,后文有提及。

李约素没有理睬，他在门框上轻轻一踩，飘进门里。三个机器人鱼贯而入，紧紧跟着他。

李约素找到主通道，通道向前延伸，没入黑暗，不知道通向何方。但是，他知道自己在找什么。他紧贴舱壁向前移动，遇到舷窗就停下来仔细察看。一个舷窗边刻着闪电标示。他伸手轻轻抚摸。标示凹凸有致，即便隔着宇宙服，仍旧能够感觉到。他继续向前寻找。

最后，他找到了想要的东西。舷窗边有凹陷，四四方方，拳头大小。这是信息窗，环形飞船的主机能够通过这个窗口进行全息投影。李约素凑上去，仔细察看，他看到几个小孔，投影的时候，光线就从这几个小孔里投射出来。信息窗底部有一道小小的缝，李约素设法把它扒开，里边的东西暴露出来。那是一个接口，李约素见过雷电家族的人使用它。接口中有一个突出的尖锥，在灯光下闪闪发亮，这是触动点。李约素伸出左手，伸入凹陷中，一道强烈的电击从宇宙服腕部发出，电弧的火光一瞬间照亮李约素的脸——他正尝试能否触动这艘飞船的中枢。

"有情况。"布丁警告他。

"什么？"李约素问。

"刚才有一道强烈电磁脉冲。"

"我刚才释放了一个接触信号。"

"不是你那儿的信号，那个信号从中央主轴向外发射。"

李约素皱皱眉头，"那是什么？"

"最简单的脉冲，没有任何意义，但是信号强烈。你动了什么？"

李约素看了看左手，没有任何动静，"没什么，我想试试这个飞船的主机是不是还活着，看来，他已经不在了。"

李约素收回手，几乎同时，凹陷的窗口亮起来。一个小小的人形出现在屏幕里。李约素认识这张脸。

"你好，沙达克。"李约素说。

屏幕中的影像却没有回应，只是自顾自说话："我是沙达克17645，'上佳'号主机。你所看到的是黑匣子的记录。"

"布丁,录下来。快录下来!"李约素大声叫喊。

一个小机器人快速飞到李约素头顶。

"我们被袭击了。一种不明飞行物突破到飞船内部,数量非常多。"

图像变成了飞船中央主轴上的监视画面——主轴通道里,许多小小的飞行器横冲直撞,人们惊慌失措,四处躲避。红色的梭形飞行器紧跟着人,猛然间,它从人的头顶直贯下去。正在奔跑的人发出一声惨叫,倒在地上,身体不断抽搐。小飞行器脱离出来,继续飞行。倒在地上的人头顶冒出一摊血污。

两个机器人在进行抵抗。它们没有武器,只是在飞行器经过眼前时狠狠地用手臂去砸,两个飞行器被他们砸落,掉在地上,然而马上重新起飞。红色的梭子放出炽热的白光,机器人的脑袋被白光射中,转眼变成焦黑。

"袭击很突然,我们无法抵抗。它们四处屠杀。

"中枢系统被破坏,沙达克自身难保。不知名的力量完全控制飞船。无法完成空间跳跃。强制启动。

"空间跳跃中途退出。警告,警告。RH149,RH149,RH149,第四行星。未知宇航种族,暴力性攻击。模式匹配,失败。

"人员大量伤亡,船长下令弃船。

"无法组织有效撤离。敌方飞船近距离监视。

"带我去找沙达克。带我去找沙达克……"

最后,屏幕中的沙达克飞快地重复着同一句话,手势不断地变换,声音越来越轻,最后影像凝固,逐渐黯淡下去。

李约素直直地盯着屏幕。沙达克 17645 已经死了,这是他留下的最后影像。沙达克是强大的中枢,比布丁这样的小电脑强大无数倍。环形飞船并不是软弱可欺的飞船,他们有防护,也有武器,他们是永恒的殖民团,见惯了银河中的风浪。然而,毁灭却来得突然而彻底。

"妈的!"李约素骂了一句。

"船长,这句话也要录进去吗?"

"行了，别录了。我要回舱。"

"欢迎回来，船长。"

"你找到什么值钱的东西吗？"

"没有。"

"算了，别找了。我们有大麻烦了。"

"什么大麻烦？"

"你没看见吗？有人杀死了整艘飞船的人，它们也杀死了沙达克。"

"那是过去的事。"

"过去？多久？"

李约素一边往回赶，一边和布丁说话。

"嗯，我要算算。"

布丁的话提醒了李约素，"RH149，你去查查这个星系。有这么个星系吗？"

"RH149，我的资料库里有超过三十个星球用这个编号命名。"

"该死的编号系统。"星系命名的混乱一直是一个大问题。第一个发明命名系统的人从来没有想过人类会给数以亿计的星球编号，然而当人们发现这种命名法的不便之处时，已经有成千上万的重名星球，而且无法有一个统一机构来重新统一命名。于是，各个星域自行其是，而在星门，来自各个星域的编号系统交流混杂，成了一个复杂无比的杂烩。

"找找看，排除不合适的选项。"

"是，船长。"

李约素回到了幼儿园，他再次扫视墙上的涂鸦。

隔离舱的气压还没有完全稳定，李约素就已经解开宇航服，隔离门打开，他快速飘进控制舱，一屁股挤进船长椅，把自己绑好。

这该死的船！他想。所有的人都死了，连沙达克也不能幸免，而除了一些小飞行器，对手到底是谁都不得而知……李约素又看一遍录像，看到通道中的人倒下去，他猛然想起什么。

尸体！

在废墟里,他没有看到尸体。这艘飞船上至少有上万人。

"布丁,你看到尸体没有?"

"尸体?可能都分解了。"

"这飞船和宇宙一样冷,尸体可以保存到银河毁灭。"

"没看到。"

"让你的机器人去找。如果船上没有尸体……"李约素打住后边的话。

"那他们都去哪儿了?"

"废话,快点去找。"李约素说,"不要放过任何一个角落。"他补充一句。

布丁的小机器人在飞船里四处搜索。整个飞船的面貌逐渐清晰起来。封闭舱室、环形通道、中央花园、中央主轴、主控室、波动引擎矩阵……布丁第一次有机会详细观察一个环形世界的内部,异常兴奋。李约素却一直表情严肃。他们没有找到任何尸体,一具也没有,这样的情形太过于诡异。这事实本身比死亡更可怕。如果那些袭击者带走了尸体……李约素想起罗维塔人的传说,它们是寄生者,虽然高度进化,能够进行宇宙航行,却仍旧要寄生在其他生物体内。在它们的世界,有一种低智慧种族,从人类的观点来看,这种低智慧种族存在的唯一理由就是给罗维塔人提供躯体。当人类和罗维塔人遭遇,罗维塔人发现人类是更合适的寄主——有更集中的能量供应,更容易被控制。它们的确也控制了一些人类,成为一些星域的噩梦,最后战争解决了问题,罗维塔人被人类彻底消灭,只留下一些恐怖传说——空荡的飞船,失踪的躯体,傀儡的人类。

这里的一切和恐怖传说不谋而合——至少开局不谋而合。

李约素一直皱着眉头,该是睡觉的时间了,然而他精神高度紧张,毫无困意。

十三个小时后,布丁报告:"船长,我绘完了飞船图纸的百分之九十五。"

"继续找。"

"剩下几个舱门无法打开。"

布丁显示了一个切面图,"从图纸上分析,这些舱门通向发射通道。这些通道从中央主轴贯通到环形外部。小飞船可以通过这些通道发射。"

"是的,不错。"

"这些通道不会有人。"

"让机器人把舱门切开,进去看看。"

"试过了,这些舱门都很厚。"

"切到切开,或者切不动为止。"

"是,船长。"

机器人切割舱门的时间很长。李约素盯着沉闷的画面,渐渐地昏昏欲睡……

突然间他听见了布丁的喊叫:"找到了,找到了!"

他不满地抬起头,却猛然间看见屏幕上显示出一个人的轮廓,蜷曲着身体,沉浸在黑暗中。

"快!把他带到船上来。"李约素大喊。

"我们只切开个小孔给机器人出入。"

"切开!要多大就多大。把他带到船上来。"

不等布丁应声,李约素又加上一句说:"小心点,他没准儿还能活过来。"

# 第三章　奇异星域

冰冻的尸体静静地躺在冬眠舱里。他的身体仍旧蜷曲着,戴着一顶透明头罩。为了不造成损伤,布丁很小心地指挥机器人保持躯体姿势,一点都不要改变。

冬眠舱是为李约素准备的。长时间的旅途中,冬眠作为存贮生命的手段必不可少,为此李约素抵押了一直保留的两颗金纽扣,并就此成了穷光蛋。虽然早就失去了身份,然而他总是保留着军服上的两颗金纽扣作为纪念。漫长的三十年间,无论如何穷困,他始终保存着它们,一直到踏上这最后的旅途。旅途比预想的更跌宕起伏,他一直没有使用冬眠舱,此刻却派上了意料不到的用场。

"我们怎么办?"布丁问。

"找个地方,让他活过来。"

"那一定要花很多钱。"

"我们会搞到钱。"

"那我的全息屏怎么办?"

"别给我油腔滑调的,这不是时候。这是大事。"李约素说完看着屏幕,那蜷曲的身子让李约素联想到母体中的胎儿。这是一个年轻人,看上去不会超过三十岁,略带稚气的脸上带着沉静的微笑,仿佛只是在熟睡。

是的,这是大事!一个被毁灭的环形世界,离奇的黑匣影像,强烈的爆炸、腐蚀,还有被杀死但却失踪的上万人口。这无疑是一件大事,也许是一件历史大事;也是一个谜,解开谜底的关键就在这个死去的年轻人身上。

"我们还要从飞船上拿点什么吗?"布丁问。

"拿点东西,证明我们到过这艘船。"李约素吩咐,他想了想,接着说,"切一个飞船上的家徽给我。另外,找一块腐蚀的样本,其他的,你看着办。"

"是,船长。"

李约素回到后舱打算休息一会儿,他觉得很累,然而却睡不着。闭上眼睛,脑海中就浮现出那死去的青年蜷曲的模样。他就在那儿,隔着几层金属和玻璃。饱满的额头和消瘦的下巴,毫无疑问,这青年和那些人源自同一个血缘,他们曾经击败李约素,毁了他的人生。

他应该遗弃这具尸体,哪怕它还能复活——银河在上,冥冥之中自有天意,帮他报了仇。他应该在这艘船上大肆搜掠,然后扬长而去。但是,直觉告诉他,不能这么做。

真相,真相比一切都重要!

而且,还有沙达克。李约素想起沙达克 17645 急切的请求——带我去找沙达克。几乎所有的大船上都有一个沙达克,沙达克 17645 所指的显然不是随意的另一个,沙达克 17645 指的是其前身,那个把沙达克 17645 分离出来的沙达克,这必然在雷电家族的某艘飞船上。

难道这是宿命,李约素必须以一种完全不同的身份去寻找雷电家族,把尸体还给雷电家族,然后告诉他们关于这里发生的一切?

这是大事!李约素突然有一种神圣的崇高感,他已经很久没有这样的心情了。但是转眼间,他又嘲笑自己:一个不名一文、早就该死掉的老不死,还想什么大事。但也许这就是机会!命运的改变不过在一转念间。

他睁开眼,看着天花板。最后,他解开束缚,起身飘进前舱。

"布丁,情况怎么样?"

"机器人还在巡逻。这船上还真有些好东西。一把轻型等离子枪,居然还能用。至少,我们可以用它换一个全息屏。五套动力盔甲,用于舱外活动,保存完好。我找到一个仓库,里边的设备大多数不能用,但是我拿到一些超导晶片。另外,波动引擎还可以用,可惜太大,我们没法带上……"

"我让你做的事都做完了?"李约素打断他。

"还在进行。我以为你会睡上八个小时。"

"快点去,先把我交代的事情做完。"

"好的。"

"找到我要的东西,封闭通道,然后离开。我们不能继续在这艘飞船上活动。"

"为什么?还有很多值钱的东西。"

"离开它。让它在那儿。"李约素不容置疑地说,他顿一顿,"也许我们会再回来。"

尽管不满意,布丁还是执行了命令。半个小时后,他向李约素报告完成了任务。对接舱门打开,李约素不经意间瞥了一眼——对接舱狭小的空间里琳琅满目,堆满各种玩意儿,三个小机器人被挤在角落里,一动不动。李约素感到可笑,布丁居然捡来了这么多垃圾,但马上,他意识到这是布丁不断学习的结果——作为学习型主机,布丁慢慢地向他的要求靠拢——刚开始的时候,它从来不捡垃圾。

三个小机器人依次飞起来,舱壁上暗藏的门打开,小机器人依次飞进去。最后一个机器人突然转向,向着李约素飞来,它在李约素头顶盘旋,机械手从腹部取出一样东西,递过来。

李约素伸手接过。小机器人飞向暗舱,落位。

李约素看着握在手里的东西。那是方方正正的一块合金,上边有图案,是闪电徽章。

"船长,脱离程序进行。"布丁说。

李约素没有应声。他摩挲着手上这块金属，冰冷的金属上凝结着细细的水珠，长时间没有接触空气，骤然暴露在"天狼星"号湿润的空气中，金属发生了微弱的化学反应，表面仿佛蒙上了一层模糊的锈迹。李约素把它放在搁架上，固定好。

"船长，脱离程序进行。我们准备去哪里？"

"黄金星球。"

"我们去那里干什么？我捡了很多东西回来，可以找人卖了，换一点钱。"

李约素瞥了一眼布丁找回来的东西，"这些破烂赶紧处理掉。整个星球都是黄金，你还要这些破烂干什么，我们的飞船有载重限制。一百公斤黄金就可以换这艘船。"

布丁欢喜地叫起来："怎么不早说？一吨黄金价值三百四十五万科尼尔盾。怪不得大家这么喜欢黄金。船长，你是说我只值三十四万？"

李约素没料到布丁居然问出这个问题，"你是布丁，伙计。没人能把你买走。"

"船长，你这么说真让人高兴。"

"别他妈的说恶心话。去黄金星球。"

"遵命，船长。我们会在六天后追上它。"

"另外，你要找个合适的地点进行弹跳准备。我们要尽快离开这个地方。"

"去哪里？"

"科尼尔星域，随便哪个星系，只要离开这个鬼地方。"

"要回老家，这真是太好了。"在李约素的潜移默化下，布丁一直把科尼尔星域称作老家，尽管他一出生就在伽马星门，而且从来没有涉足过科尼尔。

"别高兴太早，我们要回到伽马星门。就算从这些尘埃云的包围圈里跳出去，如果我们找不到合适的补给点，也就只能慢慢地开，等我们回到伽马星门，老朋友恐怕都死光了。"

"这我倒没想到。我很想念那个酒吧的唱歌机器人,我还能听到他唱别的歌吗?"

唱歌机器人是李约素编造的故事,他给布丁放了一首歌,布丁不断追问他这是哪里来的歌。那是一首老歌,李约素还真不知道这首歌从哪里来,被问得烦了,李约素随口告诉他那是酒吧的唱歌机器人唱的。

李约素没想到布丁居然还记得这个,他微微一愣,"你会有机会的。我们拿到黄金马上动身。"

"但是有一个问题。如果需要进行弹跳准备,空间曲度必须小于三。这个星球的空间曲度在五以上。如果我们靠近黄金星球,曲度会更大。"布丁说。

"怎么会这样!"李约素不满地嘀咕,他突然想起老 K 给他的告诫——这里可能有无数的黄金,然而除了那一次,从来没有人能从这里带走黄金。李约素相信关于黄金的传闻是真的,至于为什么没有人能从这里带走黄金,他并没有多想,在真正找到黄金之前,怎么把黄金带回去不是一个问题。再说,他的命已经不值钱,如果真的回不去,也不算什么。然而此刻,黄金星球已经近在眼前,而且他们还发现了一个环形世界的废墟。一个被攻击、被废弃的环形世界,这个消息本身就是无价之宝。"天狼星"号和他的性命无形中变得有价值起来,不管能不能带走黄金,他必须保证自己能活着回去。

然而,空间曲度五意味着宇宙膜高度扭曲,除非由于某种特殊的原因,否则平坦空间不可能一直保持这样的高度扭曲状态,在绝大多数情况下,这只是一种暂时的平静,扭曲随时可能反弹,空间随时可能颠覆。李约素心头涌起一股凉意。他的手指在屏幕上移动。

布丁大叫起来:"船长,你要干什么!"

"控制飞船,暂时和那个环形世界保持静止。"李约素说完切入直接控制,把布丁从巨库网络上断开。他不断地搜索,但是最后也没有找到明确结果,只有一个模糊的传闻——

"'风暴'号是唯一的见证者,王大为船长亲眼目睹了其他飞船的失陷。他描述'风暴'号所经历的一切：前一刻一切仍旧正常，他的飞船按照常规准备前往母舰整修，他们关闭了引擎，只保留电池动力，维持着通讯，等着母舰的牵引船。突然间所有的仪器失灵，兄弟飞船转眼间失去踪影，而下一刻，他就到了这里。'风暴'号所属的船队从蜘蛛星附近经过，'风暴'号在蜘蛛星附近漂移了六百光年，直接落在凤凰城附近，引起当地居民的强烈抗议。船队的其他飞船失踪，再也没有出现过，宇宙学家认为可能是森空间灾变直接吞没了它们。我们的宇宙膜并不完全均匀，包裹其中的森空间可能会突破某些薄弱点，造成无法预计的后果。蜘蛛星及其附近区域可能正属于这种情况。这里的空间极不稳定，随时可能被颠覆。'风暴'号的船队正好遇上了一次空间颠覆。根据'风暴'号所受到的推动推测，此时的蜘蛛星和之前的观测完全不同，属于高度扭曲空间，无法通过空间弹跳靠近，有关的勘探只能停留在理论层面。"

传闻没有时间标签，谁也不知道这是发生在什么时代的事件。根据李约素的经验，传闻往往都是真的。空间颠覆把一切飞船都推入森空间？那么现在，空间曲率上升了两个数量级，是否意味着"天狼星"号就处在一次颠覆中？如果如此，空间一旦弹性恢复，"天狼星"号将被抛到不知道哪个角落，也许更糟糕，直接被森空间吞没，就此消失。

李约素让布丁重新接入巨库。

"布丁，根据空间曲度的变化，你可以找出我们能进行弹跳的位置吗？"

"近位置曲度均匀，远方无法预计，半个光年范围内，曲度保持五，没有衰减。但是在黄金星球边缘，曲度增大。测算结果，黄金星球的曲度大大超过星球质量造成的空间扭曲。这看上去真奇怪，违反了基本物理规律。"

"恒星呢？恒星造成了多大的空间扭曲？"

"这里没有恒星。"

"什么？胡说八道，我明明看见了飞船，如果没有恒星，那是什么东西照亮它？"

"这里有很多发亮的星体,大小和黄金星球差不多。"

布丁把星星的图像显示在屏幕上,这些都是固体星球,它们体积不大,不应该发光,然而它们都发出强烈的光芒。光芒彼此掩盖,让它们看上去仿佛是一个巨大的球体。这些球体在快速地接近,再有几百年,它们就会完全碰撞在一起,形成一个巨球。

"这里没有恒星,但是中央区域有两百颗以上的星球,在引力作用下正加速聚集。光线就是从这些星球上发射出来。"

"它们怎么能发光?"李约素感到奇怪。

布丁沉默一小会儿,"我估计了几种可能性,可能性最大的一种是这些星球上有大量的放射性元素。放射性元素的裂变反应加热了星球,让它发光。"

"不可思议……"

"这种可能性比宇宙中出现一个黄金星球要大得多。"

"怎么从来没有人提到过这种事!"李约素提高嗓门,"这简直太离奇了!"

"这样的裂变只能支持一百年,一百年以后,星球就会慢慢冷却下来,不再发出可见光。当然它们仍旧具有放射性,时间和强度由元素半衰期决定。"

"你是说这些星球的年龄还不到一百年?"

"我不知道,但是从光谱分析和运动状况来看,它们的存在不应该超过一百三十年,否则早就聚集成团了。"

"妈的,这些东西难道是凭空出现的!"李约素一向不喜欢宇宙物理学,这门学科宣称,宇宙起源于大爆炸。这实际上是在说宇宙是无中生有的,这是李约素不喜欢的地方。然而,宇宙大爆炸毕竟是遥远遥远的过去,如果不喜欢,就可以置之不理,眼前的一切却更匪夷所思,而且无法回避。真空中长出星球,数以百计,而这些星球都因为核裂变发出灼热的光。"你是说一百三十年前,这些星球都不存在?"

"这是一种可能。"

"我已经被搞糊涂了。不过我不管,帮我找到离开这里的办法,我们要回伽马星门。"

"没有能够进行弹跳的点。"

"难道我会被困死在这里?"

"你可以选择冬眠。'天狼星'号会向星系外围巡航,如果能找到平坦空间作为弹跳点,我会唤醒你。"

冬眠!这是曾经设计的最坏情况,然而李约素想起冬眠舱里的尸体,在这种情况下冬眠可不是什么好主意。

这块星域充满诡异,谁也不知道是不是会有更离奇的事发生。"我不会冬眠的。如果有突发情况,你根本应付不来。"

"那最好了,我也不喜欢一个人飞。下面怎么办,船长,是去探测黄金星球,还是出发去外围寻找平坦空间?"

"让我看看黄金星球。"

传说中的黄金星球出现在屏幕上。它看上去糟糕透顶,无数的窟窿眼让它像个蜂巢。然而它确实是黄金的,光谱分析明确无误地指明了这一点。一个黄金筑就的太空蜂巢。

李约素沉默了半晌,最后说:"我们被困在这里了。"

"是的。"

"既然如此,去看看那个星球上到底发生了什么,距离也不算远。"

"遵命,船长。"

"天狼星"号调整航向,它将在六天后和黄金星球会合。李约素回到后舱休息。他喝了一个大球的咖啡,然后从舷窗望向环形飞船。环形飞船已经成了一个小小的白点,很快它将淡出肉眼可视范围。是不是"天狼星"号也会和这环形飞船一样,在这奇特多变的星域遭遇袭击,他会不会也像那艘大飞船上的人一样被杀死?李约素有些隐约地担心。然而一切都已经如此,没有什么其他选择。

布丁在整理他的收获,控制舱不时传来一些碰撞声。李约素感到心烦意乱,他关上舱门。

六天的旅途风平浪静,李约素甚至没有骂过布丁。六天里,他一直在思考一个问题:为什么这儿叫做蜘蛛星?布丁无法回答他,巨库中没有任何蛛丝马迹。看起来这个问题要追溯到很久很久之前。

也许只有在最老的沙达克那里才有答案。

但是有一件事他已经大体确定。这里叫做蜘蛛星,或者 GX188,TA9935……但这里不是 RH149,在任何星球索引中都不是。他们所见的只是被遗弃的飞船,而不是第一现场。

沙达克所提到的 RH149 到底在哪里?

# 第四章　黄金星球

"天狼星"号上只剩下最后一个探险机器人。

"这是最后一个小机器人,我不能冒这个险。"布丁咕哝地表达着不满。

"我会给你新的机器人,就让它再去一次。"李约素试着和布丁商量。

"不行。前两个全都有去无回。我总共就三个,已经失去两个了。"

"别啰唆了,我说再送一个就再送一个。"李约素失去了耐性。

"不行。"布丁居然顶撞他,这是从来没有的事。

"布丁,我是船长。"

"飞船主机有义务对船长的非理智行为进行监督,在必要情况下促使其改正。这是《银河漫游手册》第二章规定的,宇宙航行中必须遵守的原则。这也是飞船主机应恪守的重要原则。"

"我理智得很,别拿那些无聊的规矩来说话,那没意义。我让你研究巨库不是让你找这些无聊的东西。"

"我觉得这很有道理。"

"扯淡!"李约素大声吼起来,"你他妈的是我造的!"

"但我是飞船主机。"布丁感到委屈,"你要给我足够的理由。"

"你要理由……"李约素几乎要哈哈大笑起来，然而他强忍下来，"你听着，我是船长，要对飞船负责。现在我们处于一个危险的空间，面对一个不可理解的星球。如果能跑，我们要赶紧跑。现在的问题是，在逃跑之前，我们是不是可以找到一点有价值的东西。这个星球有价值的东西很多，那些放射性星球，它们在发光，科学家对此可能有强烈的兴趣，我敢肯定那绝对超出了他们那些聪明的头脑的理解范畴。但是我们没有足够的能力把这些问题一个个搞清，所以只有挑重要的、能做的来解决。听明白了，第一是重要的，第二是能做的。至于小机器人，只要能逃出去我们就能搞得到，所以，相对而言，这并不重要。而且，说不定我们还能搞到点黄金。在某些星域，黄金还能够换到很多好东西。"

李约素盯着屏幕，"看着我。这理由足够了吗？"

屏幕上显示出布丁的脸，他望着李约素，表情很严肃。他郑重地点点头。

"那就快去，别他妈的磨磨蹭蹭。"

最后一个小机器人脱离"天狼星"号，向着黄金星球坠下去。小机器人没有强大的动力系统，只能在太空环境下工作，布丁临时给它加装了两个喷射管，可以抵消一部分加速度，然而前两个小机器人同样加装了喷射管，但它们还是消失了，突如其来的巨大加速让它们脱离了布丁的控制，最可能的结果是它们直接坠毁在星球表面。两次事故都发生在星球表面上空六千米。这一次，布丁精确地控制着喷射管，为了让小机器人不至于落到六千米以下，只有一个办法——在喷射管的燃料耗尽之前，让小机器人绕着星球飞起来。这不是一个好办法，李约素想让小机器人在星球表面着陆，然而如果不希望损失小机器人，这是唯一的办法。

小机器人镜头所过之处，的确遍地是黄金。布丁看不到那些黑黑的深不见底的窟窿。从远处看起来，这个星球都是孔洞，然而当"天狼星"号接近这星球，一切看起来又都很正常，似乎那些孔洞只是幻觉而已。

星球表面上空六千五百米，小机器人停止下坠，凭借两个喷射管不断加速，它达到了卫星速度，绕着星球旋转。这个星球没有大气，飞行不会受到扰动,星球表面的信息一览无余。

黄金,黄金,还是黄金。小机器人绕着星球旋转一周,得到的信息少得可怜。

这个星球上全是黄金。虽然传闻一直这么说,但李约素并没有当真,这不符合常识,他想事实应该是这个星球上富有金矿,但不至于整个星球都由黄金构成。当事实以传闻中的面目呈现在眼前,李约素咕哝着:"真他妈全是金子。竟然还有这样的星球!

"布丁,看到没?真的全是金子。"

"看到了。这和巨库中的信息相符。"

"千奇百怪,无奇不有。那些宇宙学家有什么结论吗?"

"我的资料库里没有这方面的信息。有一则研究消息是关于星球形成原因的。萨博伊特尔,宇宙学家,这是一个访谈新闻。他认为这样的星球不可能是自然形成。"

"废话,这我都知道,还要宇宙学家干什么。"李约素不想就这个问题讨论下去,眼下首要的问题是怎么把金子带出去。

"布丁,再算一遍,寻找降落方案。"

"已经算过三遍了。"

"再算一遍。"李约素不耐烦地说,他知道布丁不会给出任何让人惊讶的结果,虽然布丁是一个逻辑受到限制的中枢,但对于这种计算问题并不会出差错,然而他仍旧想让布丁再算一遍。潜意识里,他盼着有点什么奇迹发生。

和这样一大坨黄金近在咫尺,居然没有办法带点回去,这简直是一个银河笑话。

布丁还是给出否定的结论。

"好吧。"李约素看着金灿灿的星球,有些不甘心,然而无可奈何。突然间,他瞥到控制台上硕大的红色按钮。那是飞船紧急状态按钮,罩在四方的透明盒子里。这个按钮李约素永远不可能用得上,它只在飞船集群飞行时有用,一旦触发,飞船将进入被动模式,由主导飞船全面控制。这

36

是为了战争目的设计的,"天狼星"号属于被淘汰的达门塔侦察飞船,这种被动控制装置仍旧保留着。在红色按钮旁,有几个稍小的按钮,那是武器控制按钮。一个主意猛然涌上李约素心头。

"布丁!"他兴奋地大叫,"不能降落,我们就攻击它,把它炸一块下来,怎么样?"

布丁有些意外,但是很快回应:"我算算。"

"好好算算,只要能炸一小块出来就行。"李约素起身,他准备到后舱去喝咖啡。

布丁却马上给出了答案:"我们只有弱激光武器 LLW3,从两万千米高度进行切割效果极差,而且就算切割完毕,也无法把它从星球上带出来。如果使用单次爆破,需要当量六十万特①才能勉强让一些碎块达到卫星速度。我们没有炸弹。"

李约素刚起身又坐下来,带着一脸的无奈,"真的没有办法吗?"

布丁沉默着,他在不断地搜索"天狼星"号上所有物件,寻找可能,过了一小会儿,他说:"环形飞船上有这样的炸弹,但我没办法操纵那些武器。"

李约素明白布丁的意思,每一个环形世界都会制造自己的武器,这些武器可能根据某种标准制造,也可能非常独特。但"天狼星"号和布丁根本不可能使用环形世界的飞船武器,"天狼星"号无法和这些武器系统兼容。

"算了吧!"李约素有些悻悻,站起身,准备去喝咖啡。

"船长,我有点新发现。"

"什么?"

"刚才计算爆炸方案时,我重新计量了星球尺度。这个星球的大小有些出入。按照之前的观测数据,星球直径应该是一千二百千米,但是根据小机器人绕行的数据,它的直径应该在两千千米左右。"

"怎么回事?"李约素皱着眉头。

---

① 特是常用能量单位,一般用于衡量武器威力,一特相当于六千四百万 TNT 当量。

"飞船仪器的测量结果显示,该星球直径在一千一百九十三千米到一千一百九十八千米之间,然而,小机器人绕行星球,却需要花费十五个小时,理论上,这个时间应该是九小时四十五分钟。"

空间实际距离和测量结果相去甚远,观察经常会欺骗你,但这符合某些李约素似曾相识的理论。"你是说这里是畸形空间?"李约素问。

"畸形空间?那是什么?"

李约素一时无话可说。布丁可以计算复杂的引力方程,也可以精确地控制飞船的飞行姿态,它拥有非凡的精密头脑,然而布丁的逻辑回路被设计成学习型,在正常情况下,他不会去记忆那些和经历无关的东西。

畸形空间是宇宙航行者的梦魇,对于淼空间潜者,畸形空间仿佛大海中的暗礁,一旦碰上,船毁人亡,被宇宙悄然吞噬,连碎片都不会留下。

"异型空间、卡特空间,或者印度空间、扭曲空间、弥诺陶洛斯空间、牛魔王空间……"李约素想了想,报出一长串名词,这些都是他所能记得的畸形空间命名。"找找看。"他没好气地说,说完起身,快速飘进了后舱。他想是否应该给布丁设置一个选择回路,平时保持在学习状态,紧急时刻能够自动升级成全能模式。畸形空间也不是什么新鲜事,只要小心点就是了,但满眼都是金子却就是拿不到,真叫人心烦。

李约素接连喝下两大团咖啡。胃里暖暖的,很舒服。郁闷的心情得到缓解。

他回到控制舱,惊讶地发现布丁居然在画画。屏幕上布满线条,各种各样的线条以充满想象力的方式勾画出一张三维立体图。

"你在干什么?"李约素问。

布丁居然没有应声。

"你在干什么?!"李约素提高了声调。

屏幕突然变亮。一幅星图呈现在李约素眼前,漆黑的夜空,稀疏的几个亮点。

"我找了关于弥诺陶洛斯空间的解释。你说得对,这里的确是一个弥诺陶洛斯空间,我把这儿的空间曲率变化扫描出来,这可不容易,但是我做到了。和原先的观察不一样，这儿的空间曲率超过七，而且越接近星球表面，曲率上升越快。"

"曲率七？"李约素有些不敢相信自己的耳朵。按照十二级分法，曲率五是一颗行星能够达到的曲率极限。曲率七，至少要一颗中等恒星的质量才能造成这样的效应。眼前的星球就算全部由黄金构成，也远远不可能达到曲率七的质量要求。曲率七也意味着"天狼星"号没有机会离开这里，它的引擎无法支持飞船脱离曲率七的空间。

"这是怎么回事？你怎么能把飞船开到这样的地方！"李约素大声质问，仿佛布丁是造成这一切的罪魁祸首。

"我不知道。"布丁万分委屈，"先前曲率明明只有五，还略小。"

"如果空间曲率变化这么大，至少我们应该能感觉到加速。你连这个也没监测到？"

"没有任何额外加速度。"布丁说得很肯定。在不知不觉中，空间曲率增大了几百倍，而飞船却没有受到任何影响。这比天垂星在一瞬间被抛到伽马星门还要缥缈。

李约素稍稍控制情绪。布丁不会胡说，只是这里的空间过于奇特。他把屏幕切换成外景，黄金星球仍旧金光闪闪，保持着静默。他可以看到小机器人发出的火光，正没入星球的另一面。

这个星系充满诡异——死亡的环形世界，随时可能颠覆的扭曲空间，畸形的黄金星球，数以百计发光的放射性星球。一切都让人感到不安。

越早离开越好。

"召回小机器人。我们离开这里。"

布丁并没有像往常一样很高兴地执行指示，"小机器人失去了联系。"

"什么？"

"我们没有办法离开。"

"什么？"

"它正在变化……真是太让人惊讶了！"

"说得明白一点，别吞吞吐吐。"

"这个星球,或者星球所在的空间正在膨胀。小机器人在十秒钟前失去联系。我观察到了爆炸,原因可能是星球的重力场变化引起扭曲,小机器人被引力波动撕碎。"

李约素猛然抬头,"你是说引力波?"

"我怀疑是这样。小机器人没有任何故障,然而突然间完全碎裂。星球正在膨胀,而且我们所处的重力场也在增强。我已经明确感觉到空间曲率的变化,引力振荡正在发生,引力波随时可能形成。"布丁说完默不作声。

引力波是空间扭曲的产物,只有极度的空间扭曲,才能激发引力波。这是一种无可抗拒的力量,引力波传递空间扭曲,强大的空间扭曲直接将飞船扭转、变形,而当引力波过去,被蹂躏的飞船即刻分崩离析。这样的攻击无法抵挡,只能逃避。幸运的是,引力波的威胁范围极其有限,哪怕最强大的引力波也无法传递出三十个光秒。引力波并不仅仅在正常空间中传播,根据某些科学家的推测,巨大的能量可能湮没在森空间波动中,或者直接从宇宙膜泄漏出去,进入虚空的狄拉克海。

李约素对于引力波了解得并不多,然而他知道这是宇宙中最致命的武器,"天狼星"号面临生死关头。重力场在短短几十秒内增大了三个标准加速度,按照引力波的标准,非常轻微,但这只是先兆,致命的袭击随时会到来。

强大的加速把李约素牢牢摁在椅子上。李约素稳住心神,在椅子上坐下。他曾经无数次面对生死关头,他知道一丝慌乱都可能会导致死亡,越是这样的时刻,越需要冷静。虽然获救的机会并不大,然而如果失去冷静,那么就一星半点机会也不会剩下。

"布丁,所有外部通道关闭,除了主摄像,其他通讯一律缩回。"

"遵命,船长。"

"飞船调整速度,尽量保持和行星的距离。内部所有通道关闭。"

"遵命,船长。"

"飞船姿势调整,控制舱向外,尾部朝向行星。全速拉开距离。"

"船长,飞船中轴长度是十八米,但宽度只有六米,这样的姿势更容易被引力波摧毁。"

"连小机器人都被揉碎了,如果波动传递到'天狼星'号,我们不会有救。"李约瑟斩钉截铁地说,"全速向外跑,多拉开一点距离,就多一点希望。尽量向外跑。"

"遵命,船长。"

"天狼星"号向着远离黄金星球的方向开足马力,聚变引擎输出最大的功率,疯狂地推动着飞船。在它身后,原本金灿灿的星球已经变得异常昏暗,它正向外扩张,仿佛一个无底的黑洞。骤然间,它又收缩回去,然后又开始扩张,不断反复,仿佛一颗正在跳动的心脏。每一次扩张的范围越来越大。

"船长,我害怕。"布丁说。

"别怕。"李约素安慰他,"我在这里呢。"

"我们会死吗?"布丁问。

"不会的。"李约素毫不犹豫地回答,"再说,死有什么可怕的? 只不过是睡过去。"

"我没有睡过。"

"别怕,我和你在一起。"

李约素一边随口安慰着布丁,一边察看屏幕。星球的尺度在快速膨胀,虽然每一次膨胀之后总会收缩,却仍然一次比一次更庞大。那已不能被称为星球,它更像一个空洞,黄金荡然无存,宇宙仿佛在瞬间翻转,把星球挪到他处,留下一块触目惊心的伤疤。更让人心惊肉跳的是环绕星球有一层晕圈,光线在此处变得弯折,甚至反射,它以恒定的速度向外扩张,亮度越来越大,以至于中央的黑色空洞被光芒掩盖不见。引力波显示了自身的存在,它像一个从容不迫的杀手,毫不在意自己的暴露,用一种漠然的态度扫除所经过的一切。

李约素从来没有见到过这样的宇宙奇景,但此刻他顾不得欣赏。

逃命,逃命! 然而他没有任何手段能够逃脱,只得听天由命。

"布丁,可能我们真要死了。"李约素说。

"我害怕。"

"谢谢你一路上陪着我。"

"为船长服务是我的职责。"

"好吧,布丁,我要告诉你一句话……"李约素盯着已经逼近到几百米外的光球,他觉得这是最后告别的时候了。

突然之间,耀眼的光球仿佛晨雾般散去。李约素还没有明白怎么回事,无底的黑洞仿佛猛兽一般向着"天狼星"号扑过来!

这是一个时空隧道!李约素的第一反应如此。

"关闭所有动力!"李约素对布丁下达紧急命令。已经太晚了,飞船的引擎仍旧喷射着蓝色火焰。转眼间,火焰被黑暗吞噬。

黑球急剧收缩,转眼间什么都没剩下。黄金星球,"天狼星"号,仿佛从未在此存在过。

远方,数以百计的放射性星球仍旧在熠熠发光。

# 第五章 "重装甲"号

"蜘蛛,蜘蛛!"

古力特回到了船长室,他皱着眉头,小声地念着。

"怎么? 那个疯子又开始发作了?"凯特转过身,微笑着问。

"还是一样,他说要找沙达克,然后说他看见了蜘蛛,幽灵蜘蛛。他一定是受到了强烈刺激。不过……"古力特看着凯特,"这样的流浪汉在星门边的酒吧里很多,也许他只是被一个叫蜘蛛的人骗了钱。今天已经是第四天了,你该告诉我原因了吧?"说最后一句话的时候,古力特的语调特别温柔,他看着凯特微笑。只有在凯特面前,他才会说出这样轻柔的话。

"说不定他真的看到了。"凯特说。

"看到什么,蜘蛛? 我在史前动物博物馆见过,有八只脚,看上去挺可怕,但不过是一种低等动物而已。"

凯特微微一笑,"你看看这个。"她的手指轻轻点着手边的一小块金属。

古力特瞥了一眼,"雷电家徽? 这玩意儿十个盾就能买到。古南天喜欢收集这些玩意儿,他也有一个雷电家徽。有什么特别之处吗?"

"我让人带到坤城,找到李大军。"

古力特眼睛一亮,"他说什么?"

"他查了雷电家族所有的记录。这个家徽上有特殊的暗标,它只能来自一艘飞船——'上佳'号。"凯特随手在屏幕上一抹,一幅图案出现在古力特面前,一眼看上去纷繁复杂,仔细看去却美轮美奂,细腻的颜色充实了每一个细节,高度平滑的表面显示出高超的纳米技术水平。

"真不错!这是什么画?"古力特赞叹。

凯特带着嗔怪的眼神瞪了他一眼,古力特故意逗她,"三天前学的巴洛特艺术就已经忘了,这是分子雕塑,科尼尔很多制造厂都能做这个,但是做到这样小、这样精致的水平,科尼尔的技术还不够。"她轻轻触动屏幕。图案迅速缩小,很快成了一个小小的黑点,它落在红色闪电标志的中心。

"这上边还有刻字。你看!"凯特把徽章的一部分放大,一行字落入古力特眼帘,"这是字吗?我以为这是图案的一部分。"古力特说。

"对那些复制品来说,这些字就像图案一样,但它们的确是字。家徽上没有字,但这个东西可能是从飞船上切割下来的。李大军鉴定过,这些字的写法和雷电家族一致。"

"这些字是什么意思?"

"时空永恒。"凯特挨个指着字,对古力特解释。

"这似乎是雷电家族的格言。"

"没错。"

"货真价实!"古力特沉静地看着屏幕,吐出几个字。

凯特微微一笑。

"但是……"古力特又皱起眉头,"他不可能是雷电家族的人。"

"至少这东西的确来自'上佳'号。这艘飞船很久之前就失踪了,雷电家族也不知道它到底去了哪里。至少六百年,科尼尔标准时间。据说这艘飞船是雷电家族的领导船。"

"那么'青云'号呢?"

"雷电家族内部的事,我们不太清楚。但是有一点可以确定,他们一直在寻找这艘飞船。他们认为这艘船出了意外,不然应该送回胶囊船。他们私下放出了一些风声,重奖提供线索的人。"凯特说着看了看古力特,"如果把这块东西送到熊罴星,他们会怎么看?"

古力特露出微笑,"如果这真是他们的东西,他们一定很高兴。"

凯特笑了笑,"雷电家族一直在寻找'上佳'号,从来没有放弃。这个线索对他们价值连城。父亲一直希望你能找机会留在天垂星,这一次可能就是机会。"

"说说你的看法。"

"你不想脱离军界,如果留在天垂星,你就会失去舰队,但是雷电家族不同,如果你能够得到雷电家族的授权,那么即便留在天垂星,也可以拥有一个有实权的军职。舰队司令不能常驻天垂星,雷电家族的代表却可以。"

"雷电家族最大的敌人就是我们古家。"

"是的,但一切都已经过去了。你带给他们的消息,值得他们为你付出点什么。"

"我们还什么都不知道。"

"当然,我们要看看那个疯子到底还知道些什么。但是直觉告诉我,这绝对是个重大消息。只要有价值,雷电家族不会吝啬。"

"我不擅长作交易。"古力特感到有些不自在。

"就算是为了我。"凯特笑着说,"这也算不上什么交易,光明正大。该怎么样做就怎么样做,我不会让你为难的。"

"我再和他谈谈。"古力特向外走,"也许他又能想起些什么。"

凯特喊住他,"那艘飞船还在仓库里吗?"

"当然,没有我的允许,没人会去碰它。"

"我们要彻底检查它,特别是它的主机。如果它的主机还能运转,就能提供很多信息。"

古力特摇头,"不行,这违法。"

凯特不置可否,说:"好吧,你再去和那个人聊聊。他只是暂时失忆罢了,但他的头脑里装着我们想要的东西。"

古力特离开了。凯特掂起徽标,端坐着不动,似乎在思忖什么。最后,她起身,把金属徽标放进口袋,转身抓起斗篷披上。深红色的斗篷上绣着硕大的苍鹰,随着凯特的脚步而动,栩栩如生。

沿途的内勤不断向凯特致意,凯特微笑着对每一个士兵回礼。从她懂事的时候起,关于礼仪的一切就被深刻地烙进了骨髓里。礼仪出自真诚,不在于形式,它的实质是表达尊重。善待每一个人,哪怕你即将抛弃他,也不要失去礼仪风度。这些家族训诫已经融入凯特的每一个动作、每一句话。这是古力特的飞船,古力特拥有至高的船长权威,然而自从她来到这艘飞船上,这船长的权威至少有一半转移到她身上。人们对她的服从出自内心,绝然不是因为她是古力特的夫人。

她想去仓库看看。一种强烈的直觉指引她这么做。她没有去过仓库,只知道那是在飞船底部。只要找到一部能抵达底部的电梯就行。

沿着飞船的中央走廊有许多电梯,然而没有一部可以抵达底部,凯特有些纳闷。最后她在一个僻静的角落里找到了一部,这部电梯没有启动。这真是一件奇怪的事,难道飞船上的人都不去底部?凯特有些疑惑,她没有细想,强制启动了电梯。

凯特降落到最底层。她缓步走出电梯,没有看到一个内勤。光线昏暗,四周一片模糊,给人惴惴不安的感觉。凯特稍稍走动几步,她没有找到任何标记可以指路。凯特从未到过这里,她没想到飞船上居然有这样的地方。

"沙达克。"她呼叫飞船中枢。

"凯特。"沙达克的声音直接进入她的头脑,"你怎么会在这里?"

凯特知道沙达克正看到她所看到的一切,于是四下里张望一遍。

"这地方怎么没有监控?"

"这是飞船底部,一直没有监控。这艘飞船开始制造的时候,古英仙要求这块区域无监控。他也颁布了纪律,只有在船长的特殊许可下才准许进入这片区域。"

古英仙是古力特的祖父,两百多年前就已经去世。

"这是为什么?"凯特问。

"这是古英仙的要求,我并不知道为什么。"

"这纪律还在执行?"

"是的。"

"那我怎么能够下来?"

"你的权限是船长级,有权进入飞船任何一个角落,获取任何信息,但不能发布命令。"

"好吧,沙达克,至少你有地图。"

"是的。需要指路吗?"

"我想去仓库。"

"仓库?哪个仓库? 一号仓,二号仓,还是货舱?"

"最近救起的小飞船,古力特告诉我它在仓库里。"

"哦。这里并不是仓库。你必须回到中央通道,或者从第三层转过去。"

沙达克把两条路线输入凯特的头脑。仓库在飞船底部前部,而凯特所在的位置是飞船底部的后部;飞船底部被完全隔离成两部分。

"好的,我明白。但这里到底是什么地方?"

"这里对我来说是空白区。"

"空白区?"凯特非常惊讶,她从来没有听说过一艘飞船会把大量的空间闲置。这一定有某种足够强大的理由,然而时间过去了两百多年,不知道古力特是不是还知道。她回头看看,一片朦胧的黑暗。凯特没有继续问。她坐上电梯,按照沙达克指引的路线去一号仓。

"凯特·休斯敦。"当她走进一号仓时,自动门大声报出她的名字。

一号仓很大,停放着上百艘小型飞船,各式各样,错落有致。船员还有外来人在其间忙碌,他们听到凯特的名字不约而同地停下手中的工作,向凯特致意。凯特示意大家继续工作。

"巴尔,那艘小飞船。那艘奇怪的飞船在哪里?"凯特问赶过来的仓库主管。

巴尔是这艘船上资历最深的老船员之一,他并没有回答凯特的问题,而是反问:"凯特,你怎么会在这里?"

"我来看看那艘飞船。"

"古力特知道吗?"

"不,我自己想看看。"凯特露出一个微笑,亮晶晶的眼睛看着巴尔。

巴尔略为思忖,"我想应该让古力特知道。"

"你可以事后告诉他。或者,你要我现在找到他? 他可能正在和天垂星通话。"

"好吧,夫人。这边走。"巴尔示意凯特走在前边。

一艘不起眼的小船,长不到二十米。

"你们还不知道这艘飞船叫什么?"

"这艘飞船没有舷号,可能是一艘流浪船。沙达克说它是退役的达门塔军用侦察飞船,抹去了舷号。达门塔人并不出售退役飞船,他们通常直接销毁,这艘船可能是黑市船。如果想知道确切的飞船历史,沙达克需要和飞船的中枢联机……"

凯特绕着飞船边走边看。

飞船伤痕累累,某些部分的防护已经薄弱到弱不禁风的地步,随时可能散架。当"重装甲"号发现它时,飞船中枢已经停止工作,只有最基本的生命维持系统继续运作,同时不断地发射求救信号。飞船的失事点在坤城星门附近,这是万幸,否则"重装甲"号不可能发现它。没有人知道它从哪里来,到底经历了什么。唯一知道的两个人:一个神志不清,被看护起来;另一个是飞船中枢,然而早已经停止工作——他们甚至不知道飞船中枢是否还能运转。

突然间凯特停下来,"我们要彻底检查这艘船,让沙达克激活飞船中枢。"

巴尔有些意外,他看着凯特,"这是有主的飞船。"

"我们只看一看。沙达克有异议吗?"凯特直接把沙达克拉进了谈话中。

"这样的做法违背星际航行要约。如果没有飞船主人的同意,飞船中枢不能进行通讯。"

"谁是这艘飞船的主人?"

"那个在特别看护室的人。"

"你知道他的身份?"

"不知道。"

"那你怎么知道他是飞船的主人?"

沙达克沉默下来。巴尔插话:"这件事要由船长来决定。"

凯特没有说话,她关闭了头脑中和沙达克直接对话的通道,于是谈话中只剩下凯特和巴尔两个人。

"你知道古力特不会同意,古家的人从来不做违法的事,但是我们必须检查这艘飞船。"

凯特的语气平和,巴尔却感觉到了逼人的力量,他意识到凯特正试图让他站出来做一些从未想过会做的事。他试图抵抗,"你问了沙达克,连沙达克也无法断定这件事是否违法。让船长来作决定好了,你完全可以说服他。"

凯特微笑,"我确实可以设法说服他,但那需要时间,他不是一个能轻易妥协的人。而我们没有时间。'重装甲'号很快就要离开坤城,一旦我们回到天垂星,就必须要交出控制权。而且那个时候,那个人可能也恢复了正常意识,他会执行应有的权利。相信我,这件事情意义重大,我需要你帮助。"

巴尔认真地听着,"你想怎么办?"

"在跳跃日之前,检查这艘飞船。"

"为什么要这么做?"

巴尔的眼光仿佛强烈的电光,照射在凯特的脸上,凯特胸有成竹,"拿去看看。"她递过去一片金属。

巴尔接过来,"闪电家徽?"他有些纳闷。

"这东西是在这艘飞船的控制台上找到的。你要注意这片金属是切割下来的,它的边缘和背部都显示出切割痕迹。"

巴尔把金属片在手中翻来覆去,"是的。那又怎么样?"

"它只能属于一艘飞船,雷电家族的失踪飞船——'上佳'号。雷电家族一直在寻找它,几百年来,从没有放弃。"

巴尔露出一丝惊讶,看着凯特,仿佛在询问。

凯特笑了笑,"'重装甲'号虽然是一艘大船,但毕竟只是一艘飞船而已。这里的条件实在很艰苦,船员们都很辛苦。雷电家族的环形世界比一个小太空城还要舒适。如果他们愿意提供技术,我们就可以制造自己的环形世界。这对所有人都是一个好消息。"

"嗯。"

"这是大事。"凯特看着巴尔,认真地说。

"是的,我赞成夫人的意见。"

"所以我们必须抓紧时间。跳跃日还有两天。如果让古力特知道,那么事情会耽搁下来。一旦回到天垂星,我们可能就会失去这个机会。那些调查员很麻烦,也很低效。只有在这里解决这件事,才是最有效的方法,也是'重装甲'号最好的选择。"

巴尔有些犹豫,这是违纪行为,严格追究起来,他会被解除军职,甚至囚禁。"但是,船长……"

"如果我们真的找到意义重大的线索,雷电家族会对此感激不尽,而'重装甲'号全体船员都会对你感激不尽。成功会掩饰一切,古力特不会追究。如果我们没有找到任何东西,我会给你担着,你可以马上解职到我父亲那里工作。"

凯特的父亲,赫赫有名的休斯敦公爵。巴尔的雄心一瞬间被点燃起来,"好。我来负责这件事。"

凯特笑了笑,"过后让古力特知道也不要紧,抓紧时间。"

"如果沙达克坚持要通知古力特?"

凯特再次把沙达克拉进通话。

"沙达克,我们要激活飞船主机,然后彻底检查飞船。"

"你需要得到古力特的许可。"

"沙达克,现在飞船主人的身份无法辨认。检索飞船,是为了搞清真相。"

"凯特,你必须告诉我你的计划。"

"这是为了'上佳'号,雷电家族的领导船。这个家徽是在飞船上找到的,来龙去脉你都知道,你可以衡量这件事的重要性。"

沙达克稍稍沉默,"我同意,但是事后我会向船长汇报。"

"没问题,沙达克。我知道你有自己的原则。"

凯特关闭通讯,转向巴尔,"那么这里的事就拜托给你了。"

巴尔点头。

"我们分头行动,你和沙达克对这艘飞船进行详查。我去找古力特,还有那个失忆的可怜人。"

巴尔立正,敬了一个军礼。

# 第六章　失忆病人

一切慢慢地好起来，身体正日渐康复，而记忆也一点点恢复。

曾经有一段时间，每一天，那个小伙子都会来和他说上几句。他的回话完全不着调，然而小伙子并没有厌烦，耐心地听着他说话。有几次，他注意到门外还有人。那是一个女人，她就在门口，然而从来没有进来过。

他们对他的过去很感兴趣，他也有同样的兴趣。然而，每当他试图回忆，脑袋中就仿佛注入了铅水，沉重得要掉下来。蜘蛛！蜘蛛！巨大的黑色蜘蛛盘踞在头颅中，似乎要将整个脑子吞掉。他头痛欲裂，牙关紧咬，汗珠滚滚而下。年轻人用怜悯的目光看着他，默默离去。

然而当一切慢慢地好起来，他们却再也没有来。他能够想起一些东西，这些东西如此重要，他迫切地希望有人了解这一点，不管他们是什么人。他们却再也没有来。

蜘蛛星。黄金星球。

是的，磨难从那里开始。他能够想起那颗黄金构成的星球，不可思议的放射性星体，还有那艘失事的环形飞船。虽然他仍旧无法想起自己是怎样离开那里的，以及之后的一切，但是仅仅凭着失事的环形飞船，就足够震惊所有人：一个环形世界，一个死去的环形世界，而且，它属于雷电家族!

"我是李约素。"某一天,他突然对自己说。他想起了自己的名字,还有和这个名字联系的一切。他站起身,走到门边,用力敲打,"开门! 让我出去!"

门略有弹性却很坚韧,纹丝不动。李约素很快停止了徒劳无功的举动。他知道暗处一定有眼睛盯着他,使劲叫喊几声就足够了。

李约素在床上坐下,突然又站起来,对着屋子里空空荡荡的地方大声喊:"我要见沙达克!"

他的喊声得到了回应:"你好,李约素。你找我吗? "声音在整个空间里回荡,把李约素吓了一跳。

"你真的是沙达克? "

"是的。"

"你怎么知道我的名字? "这个问题刚说出口,他就后悔了。刚才他低声嘀咕自己的名字,一定被沙达克听得清清楚楚。

沙达克的回答却不一样:"布丁告诉我的。"

"布丁! "李约素欣喜万分,"他在哪里? "

"他很好,眼下他仍旧在'天狼星'号上。"

"带我去见他。"

"他被带走接受询问,不在船上。"

"询问? 关于什么? 他只是个学习型电脑。"

"是的,但是他具有人格特质,可以具备证人资格。"

"你们和他谈过了? "李约素放松下来,如果他们已经和布丁谈过,那么他们一定已经了解蜘蛛星发生的一切,他们应该了解他这样一个目击证人的价值。

"是的,所以天垂星治理委员会把他找去咨询。"

"天垂星? 你是说天垂星? 我们在天垂星? "

"我们在天垂星卫星轨道,此刻距离天垂星表面约三十万千米,如果你喜欢,可以去林园。那儿的天棚打开了,你可以看到天垂星的全貌。"

居然回到了天垂星,李约素感到一阵惊喜,不过,这惊喜转瞬即逝,沉重的压抑感笼罩心头。回到天垂星又如何,他早已不属于这里。不过沙达克的话还是引起了他的兴趣。"林园?"李约素略有些惊讶,"这飞船上有林园?这是环形世界吗?"

"不,这是科尼尔最大的武装母舰——'重装甲'号。"

"重装甲"号!李约素有些隐约的印象,当年随着远征军出发,这艘飞船还没有完工,为了造这艘飞船,两个最大的太空工厂进行了合并。这是非常巨大的飞船,至少是一般母舰的三倍以上,它比科尼尔历史记载中任何一艘飞船都要大。

"'重装甲'号……"李约素喃喃自语,这个带着强烈战争气息的名词触动他的回忆,"这是武装母舰?"

"是的。"

"有多少飞梭?"

"一万六千六百七十。"

"多少人?"

"三万八千多。"

"现在在打仗?"

"达门塔星域正对边界进行骚扰,而且我们也面临海盗的威胁。"

"塔克拉亚马呢?"

"那里暂时平静,但是战争随时可能爆发。"

"'重装甲'号是旗舰吗?我怎么会在这里?"

"'重装甲'号是三三舰队的旗舰。正执行出访任务,返回天垂星,我们在坤城星门发现了'天狼星'号的求救信号,"

"出访?哪个星域?"

"俄罗斯星域。"

"俄罗斯?他们从来不和科尼尔来往。"

"俄罗斯是我们的密切盟友。"

"哦。"问题进入了李约素从来不曾了解的范围。在他的那个时代,俄罗斯从来都是一个特立独行的星域,他们拥有能量巨大的圣彼得星门,却没有对外联通,也不热衷于星际交往,只有少数环形世界或者鑫船偶尔进入他们的领域,随即就被礼送出境。他们对外界宣称,俄罗斯不会对外部世界构成任何威胁,也不希望外来者打扰。至少在那个时代,俄罗斯是一个封闭的星域。

李约素绕开话题,"我什么时候能见到布丁?"

"一旦他回来,你就可以和他会面。"

"那是什么时候?"

"我不清楚。"

沙达克仿佛一个自动应答机一样耐心,给出无懈可击的答案。几千万年、上亿年都是如此。他们是人类忠实的朋友,完全值得信赖。

李约素想了想,"你说布丁去接受治理委员会的咨询?"

"是的。"

"他告诉你些什么?"

"'上佳'号。这是一个重要的消息,对雷电家族非常重要。"

"这艘飞船很重要吗?"

"是的。"

"为什么?"

"'上佳'号是雷电家族的领导船。雷电家族拥有二十五个环形世界,只有三个世界的人口不足三万。这三个世界都被称为领导船,人口不多,但是船体庞大,技术先进。雷电家族认为'上佳'号先于'青云'号进入科尼尔星域,但是它失踪了。你找到了它。"

"我没有找到它,我只是看见了它。"

"这就足够了。雷电家族会解决后边的事,他们有足够的力量来寻找它。这个消息被治理委员会视作最高机密。"

"雷电家族……"李约素露出一丝苦笑,"难道整个科尼尔都被他们统治了吗?你们打算怎么办?用我和'天狼星'号去讨好他们?"

"雷电家族一直希望得到'上佳'号的消息。他们为科尼尔提供了许多科技,极大促进了星域的发展。帮助他们是一种回馈。"

"扯淡……"李约素低声咒骂,他想起当年的远征舰队,他们在战场上拼死搏杀,把鲜血抛撒在星辰间,对手正是雷电家族,那些在战场上死去的人,哪里能够想到今天的情形。这是一个巨大的玩笑,对李约素而言,这是一个更大的玩笑,如果他在三百年前死去,一切荒诞不经都不关他的事,可他偏偏活到了今天。"我是目击证人,带我去见他们。"

"你对雷电家族怀有敌意。"沙达克直言不讳。

"我只是要和布丁一起作证。"

"你需要暂时待在'重装甲'号上。我会把你的情况通报过去,最高委员会结束对布丁的咨询之后会决定是否要见你。"

"怎么不要!我是船长,我说的才算。"

"但是你失去了行为能力。"

"我已经恢复了。"

李约素有些激动起来,沙达克仍旧不紧不慢,"暂时再等待几天。"

沙达克这样的态度让李约素觉得有些憋闷,然而对沙达克他不知道该怎么说,突然他想起了什么,"我们在那个环形世界上记录了一段沙达克的录像,你看到了吗?"

"我看到了,我把消息转给了天垂星沙达克。"

"天垂星沙达克?"李约素有些惊讶,"你真的转给他了?"

"是的。这个消息很重要,必须要由他来判断。"

"他怎么说?"

"目前为止,没有消息。"

天垂星沙达克!李约素做梦也没有想到会和这样的一个伟大人物联系在一起。他是天垂星的中枢,科尼尔星域的创始人之一,庇护科尼尔的伟大智者。曾经也有人拥有和天垂星沙达克同样的威望,然而他们都已经成了传说,没有一个人像沙达克一样从古至今存在,仿佛永恒的标杆。

李约素发出轻轻的赞叹。

"如果没有其他的问题,我暂时告退。"沙达克说,"有什么需要,随时找我。”

“等等。”李约素急忙喊，“我现在可以去林园吗？”

“可以，我会让人给你送一套衣服。”沙达克说。

“什么衣服？”

“这里没有别的衣服，只有军服。你暂时穿上，可以在飞船上自由走动。林园的位置在飞船顶部，走出门，右手边的电梯可以把你直接带到那里。”

“好。”李约素说。他犹豫一下，说，“谢谢！”这两个字说出来的感觉挺别扭。

“不客气，你是‘重装甲’号的客人。”

“哦，还有……”李约素又想起什么，“之前一直来看我的那个年轻人，他是谁？”

“他是古力特，‘重装甲’号的船长。”

古力特，那么他是古家的人。

“我能见他吗？”

“他正在天垂星报告出访结果。他回来之后我会告诉他你的请求。”

“哦。”

“还有什么问题吗？”

“没有了。”

“好，你的衣服很快就会送来。”

沙达克的声音沉寂下去。李约素在床边坐下，他盯着地面，眼神茫然。黄金星球，“上佳”号，已经发生过的往事越发清晰起来，他回想起一些栩栩如生的细节，比如布丁的小机器人从环形世界上捡来的各种垃圾，还有那片刻着家徽的金属。然而，之后呢？他们怎么离开那儿的？凭着直觉，李约素认为这个问题更为重要，然而他无论如何也想不起来。布丁呢，他是否还记得？

李约素试图集中精神，却突然间头痛欲裂，一个仿佛蜘蛛的黑影，隐约的庞然大物，正在他的头脑里横冲直撞，把一切东西都吞噬掉。他痛苦地蜷起身子,脑袋磕在地上。

"你需要一些药物。"沙达克的声音突然响起来。

李约素没有应声,他竭尽最大努力不让自己发出呻吟。他的脑门上渗出细密的汗珠,双手抱头,指甲因为用力而深深地抠进头皮。

疼痛感减缓,李约素慢慢恢复正常。

门悄无声息地打开,一辆小车滑了进来。车上是一套军服。这是科尼尔内卫部队的军服,灰色,带着一些浅浅的蓝色条纹。

头疼完全平息下来。李约素深吸一口气,站起身,伸手去取军服。他套上裤子,扣上皮带,最后伸手取下上衣。两道黄色的杠杠从衣领一直伸展到袖口。胸口有三个黄色字母:KUA。两排整齐的纽扣显得很有气派。柔软的织物入手,李约素突然停下不动。一种似曾相识的感觉扑面而来。是的,他曾经无数次这样起身,拿起军服穿在身上,那是他的黄金岁月,他身穿军装,在群星间驰骋,为科尼尔的光荣出生入死。李约素轻轻摩挲着制服,沉浸在一种莫名的伤感中。他猛然间清醒过来,利落地穿上衣服,走出房间。

门外没有警卫,实际上没有一个人。空空的巷道通向左右,巷道两侧有几扇门,再远处,灯光没有亮,黑糊糊一团。这是大飞船特有的宁静,许多地方并不是时刻有人,通常大部分时候都没有人。只有大飞船,才能像行星表面一样,留下许多冗余空间。

李约素向右转。随着他不断前进,巷道一段接一段亮起来,在李约素通过之后又暗下去,他眼前和身后的十来米始终保持光亮,更远的地方则是一团漆黑。脚下有一条散发着红光的线向前延伸,隐没在前方的黑暗中,这可能是某种指引线。李约素向前走了十多米,他看见了电梯。沙达克告诉他应该向上,他缓步走到电梯门前,按下按钮。

一道光亮从左边射过来,李约素扭头望去。那是一个人在移动,他正向着李约素这边走过来。电梯门打开,李约素没有进去,他想等等这个人。很快,那道光亮移了过来,和照亮李约素的一段光融合在一起。

那是一个军官。李约素向他点头致意。他看着李约素,眼睛里有少许困惑。

电梯门再次打开,军官跨进门,李约素跟了进去。

林园。军官按下了这个钮。

门关上。电梯开始移动。"哪一层?"军官问,他的手指停留在键盘上,侧头看着李约素。

"林园。"

"你刚到这飞船?"

"是的。"

"怎么没有佩带军衔呢?"

"我不是军人。"

"哦。"

军官不再说话。李约素注意到他的肩章,一把金色的短剑和麦穗交叉,再上方是一颗金色的星星。

"你是少校?"

"是的。"

"你是飞行员?"

"是的。"少校警惕地盯着李约素,"你来'重装甲'号做什么?"

"我的船失事了,我是被救上来的。"

"抱歉,这事的确很糟糕。"

"没什么,能活着就要感谢银河了。"

"是哪一艘飞船?"

"一艘小船,'天狼星'号。"

电梯灯亮了起来,门打开。李约素跟着军官跨了出去。

军官转身面对李约素,"很高兴遇到你,我叫维特劳尔,隶属火花中队。"他伸出手。

李约素和他握手,"我叫李约素,'天狼星'号船长。"

"李约素船长,欢迎来到'重装甲'号。好好放松一下,你的船不会有事的。"维特劳尔说完,挥手致意,快步走开。他向着一边的树丛走过去,那里有一条小路，若隐若现。维特劳尔消失在树丛间。

李约素目送他走远。他的视线转向前方。

他正站在一片丛林的豁口中，翠绿青葱的草地从眼前一直延伸到远方。出了丛林，就是开阔的草地，仿佛一整块毛绒的地毯。人们三三两两，或坐或站，也有人在奔跑嬉闹。李约素向前走出十来米，站在了草地边缘。他发现自己正站在一块高地上，整个林园平坦地呈现在眼前。草地一直延伸到几千米开外，才终止于一片树林，树林向着两翼伸展，仿佛两个巨大的臂膀，把中央的绿地围拢起来。草地中央，一条溪流从左方的树林间流出，穿过整个草地，最后在右边的树林里消失，溪流上有桥，有人坐在桥上，拿着长长的竿子。

李约素怔怔出神。林园的规模和精致都大大出乎意料，他从未见过如此庞大的林园。

突然间，天空中传来一声清脆的响声。李约素抬头，一只鸟正从头顶滑过。他的表情凝固起来——林园上方没有人造苍穹，只有巨大的透明罩，外边的世界一览无余。

巨大的蓝色星球散发着淡淡的光晕，正正地悬挂在天顶。热泪在眼眶中打转，温暖的蓝色星球，他魂牵梦萦却永远不能回去的地方，他从来没有想过，居然还能这样清晰地望见它。

他一直这样望着，忘了时间。

天垂星！

# 第七章　特殊使命

　　天垂星正如其名——在星球的任何一个角落,傍晚或者黄昏,均可见红色太阳压在地平线上,占据整个天边。正午时分,巨大的太阳高挂空中,体积十分巨大,几乎能够遮蔽天空的三分之一——天垂星的太阳,是一颗红巨星。

　　此刻,红色巨星隐没在星球的另一侧。夜幕下,轨道上大大小小的飞行器闪烁着各式各样的光芒。大量的光线从星球上溢出,在挂满彩灯的天空下形成一片朦胧的光晕,那是天垂星的城市夜空。无数的亮点遍布整个星球,其中最亮的一个,体积庞大,周围密密麻麻围绕着小亮点,致密而有序的线条在其间穿针引线,让整个地区仿佛光线织就的线团。最为引人注目的是高高耸起的一道光柱,从亮点升起,直入高空,光柱由下向上逐渐变成一道细线,不断延伸,它的尽头是一个巨大的太空平台,同样灯火辉煌。许多飞船正在出入,更多的飞船层层叠叠、井然有序地停泊在卡位。平台是扁平的长方体,飞船依附在背离行星的那一侧。面对星球的一侧,除了横跨十三万千米、把平台和星球联系在一起的轨道,只剩下少量巨大的透明舱。这是休息和观景的胜地——第一宇航中心腹舱。古力特正在这里。

古力特正坐在一张宽大的扶手椅中,他的腰杆挺得很直,根本没有碰到靠背。钢铁脊背,人们私下这样称呼他。这个绰号从他的祖父开始流行,几乎成了古家的代名词。古家的人在所有的场合都保持腰杆挺直,即便在这样一个观景胜地也是如此。

古力特正看着外边。璀璨的天垂星夜景并没有引起他的兴趣,他只是盯着远处不起眼的一个小亮点。那是一艘飞船,正在一条远轨道上,和第一宇航中心遥遥相对。那是他的飞船——"重装甲"号。古力特的心情有些沉重,既不是因为治理委员会的咨询,也不是因为凯特再次要求他离开"重装甲"号,而是因为天垂星沙达克单独召见了他,并且告诉他,"天狼星"号可能只是一个糟糕的开始。一个糟糕的开始——这和凯特的设想相去甚远。凯特是对的,那艘小小的飞船上承载着惊人的秘密。然而,秘密之后还有秘密,沙达克的话语犹在耳边,他仿佛看见自己正站在一扇大门边,大门正缓缓打开,里边漆黑一片。雷电家族在酝酿什么?他们费尽苦心,又想掩饰些什么?

一个卫兵悄无声息地漂浮过来,手中拿着电话,"船长,您的电话。"

古力特有些意外,他扭头看了卫兵一眼。

"您的电话。"卫兵说,"最高密级。"

古力特伸手接过电话,让卫兵回避,他看着卫兵关上门,然后把电话放在嘴边,"我是古力特。"

"古力特,我是休斯敦。"一个低沉而略带沙哑的男声,凯特的父亲,他的岳父。

"休斯敦阁下。"他礼貌地说。

"凯特今天不回'重装甲'号,她妈妈来了,她们母女要好好聚一聚。"

"好的。"

"'天狼星'号的事,事关重大,你必须确保消息没有一丝一毫的泄露。"

"沙达克已经通报了事件。"

"沙达克那儿你不用担心,'重装甲'号上的人必须保守秘密。"

"这我会做到。"

"雷电家族送回了胶囊船,他们希望知道这件事的人越少越好。他们会派遣一个特使前来。"

"好。"

"战争正进行到紧要关头,从熊罴城到天垂星,一路都不安宁,我们需要确保安全。"

"您的意思是……?"

"你有什么看法?"

古力特微微思忖,"我想最好还是我们把人送过去。这是他们无法拒绝的理由,我们可以有一个好机会去试探虚实。"

"这是个好主意……你觉得什么人选比较合适?"

"您可以挑选合适的外交官,我对这些人不很熟。"

"他们都不顶事。我和沙达克谈过,他认为最合适的人是你。"

"我?"古力特有些意外,沙达克会见了他,告诉他一些让人震惊的消息,仅此而已。"您的意思是让我带着'重装甲'号去出访?"

"你可以带着'重装甲'号出访,但雷电家族恐怕等不了。①"

"我明白,我会和沙达克②商量。"

"你带着人先去,最重要的是人证。"

"我明白,我会做的。"

"答应得很爽快!"

"既然您和沙达克都这么认为,我当然不能推辞。"

电话里传来一阵沉默,最后休斯敦公爵开口道:"你要小心些。我已经提议由科尼尔舰队负责把人证送往熊罴星,但是他们指定要求你前往,

---

①"重装甲"号亚空间弹跳导致的空白期太长,从天垂星到熊罴星,"重装甲"号至少需要六个月的空白期。使用小飞船会快得多。空白期是亚空间弹跳所导致的时间空白。和光速行驶导致的时间停滞不同,亚空间弹跳直接导致时间缺失,在某种意义上,亚空间弹跳也是通向未来的时间机器。

②沙达克在不同的语境中有不同的所指,除非有特别区分的必要,科尼尔人不会指明某一个沙达克。

这里边可能会有某种原因。"

原来如此，一切都已经被安排妥当。古力特明白自己并没有选择的权利。他也并不需要选择，什么样的做法对科尼尔最有利，他就会去做。他想了想，说："那艘小飞船还有那个船长该怎么办？他们不是'重装甲'号的在编人员。按照正常程序，他们已经可以自由行动，并且要在七天内离开科尼尔。"

"不需要那么死板。问一问沙达克，根据星际援救条例，他们有义务配合调查。请他们去一趟熊黑星，这不是特别为难的事。"

"我好像听凯特说过这么回事，那是叫……转移裁判权？"

"是的。"

"好的，我明白了。我会让沙达克准备。"

"这样最好。"电话那边微微沉默，"古力特，你希望留在星球上，还是飞船上？"

"我会找机会留在天垂星。"古力特没有丝毫犹豫。

"但是你们家族世代从军，几百年来从来没有离开过舰队。"

古力特沉默不语。

"我明白这让你为难，我不应该要求你这么做，但是你知道，凯特是我唯一的女儿。她母亲还希望退休之后和女儿一起生活，一艘飞船无论如何不是一个合适的养老地。"

"我明白，阁下。我会在星球上定居下来。"

电话那边微微叹了口气，"好吧，也许环形世界是一个折中选择。"

谈话结束，古力特收起话机。他解开束带，让自己漂浮起来，顺着牵引杆移到巨大的玻璃幕墙前，紧贴着玻璃。他正俯视着一个无底深渊，渊数中星星点点的灯火四处漂移。更远处，是灿烂的星群，繁星点点，即便在天垂星强烈的灯火映衬下仍旧清晰夺目。

这就是他的家乡，星域的巡逻兵永远生活在群星之间。

为了凯特。他默默地想。他会放弃巡逻兵生涯，在天垂星找到一个体面的职位，定居下来。他答应凯特和她的父亲会这么做，这个承诺终究有兑现的一天。只是他没有想到会来得这么快。他的兄弟姐妹会怎么看待这件事？在弟弟们眼中，他一直是家族最好的榜样，是他们效仿的对象；老父亲一直认为他是古家最合格的继承者，为此让他继承了"重装甲"号，这艘飞船几乎是古家荣誉的象征……一切却都要改变了。

天垂星沙达克的委托让他受宠若惊，他知道这是因为古家一直都是星域巡逻者的缘故，也好，至少眼下，凯特的要求与此并不矛盾。

古力特让自己平静下来，他仔细考虑了一会儿，决定和沙达克谈谈。

他掏出电话，拨了两个数字。

"沙达克。"

"是的，船长。"

"加密信道。"古力特说完关上电话，他打开了头脑中的一个开关，沙达克马上接入进来。

"沙达克，休斯敦公爵要我去一趟熊罴城。"

"你接受了任务？"

"是的。有什么建议吗？"

"雷电家族正在和达门塔星域作战。虽然俄罗斯承诺和我们结盟，我们仍旧需要一支战略机动力量保卫后院。"

"是的，所以我不会带着'重装甲'号前去，我单独去。"

"这不行，船长不能擅离职守。"

"'重装甲'号来去需要六个月，事情拖不了那么久。我用一艘小飞船，只要十多天，达门塔人不会有什么机会。"

"这样，风险就都转移到了你个人身上。如果作最坏的预测，俄罗斯不需要和我们公开翻脸，他们只需要装聋作哑，甚至伪装丢失了圣彼得星门，而达门塔的飞船通过圣彼得星门，只需要六十五天就能抵达天垂星。如果你能够在二十天内返回，系统性风险很小。但是，从这里到熊罴星，途中遭遇意外的可能性不小。因此，整个假设的前提风险仍旧很大。我不得不提醒你三三舰队在整个格局中的重要地位，'重装甲'号是三三舰队的中枢，而你是'重装甲'号的船长。"

古力特略为沉默,他飞快地权衡各种可能性,"好的,我会仔细考虑。另外,我想请教你,是否可以执行转移裁判权?"

"你是说把'天狼星'号的裁判权转移到雷电家族?"

"是的。"

"雷电家族有两名最高委员会成员,他们有资格组建前线听证。'天狼星'号是在执行军事任务过程中截获的,法规上允许这么做。这只能由船长提出申请,最高委员会裁决通过,那么所有的相关人员,资料都会被转移到雷电家族组建的前线听证。"

"你能帮我马上提出申请吗?"

"可以。这么说你已经决定前往熊罴星。"

"是的,我必须去。"

"如果只是移交证据,船长不需要亲自出马。孤身冒险,这不是你的风格。是不是为了凯特,你需要和雷电家族进行一些秘密交流?"

古力特感到脸上微微一热,沙达克说出了部分事实。他突然觉得有些忸怩,他一直把沙达克当做一个长辈,一位知识丰富的导师,当沙达克直白地说出实情时,他突然意识到沙达克是另一种存在。他很快抚平了这稍稍的不安情绪。

"沙达克,这不仅仅为了凯特。雷电家族宣称他们一直在寻找'上佳'号,根据布丁从'上佳'号上得到的情报,这艘飞船应该就是在熊罴星失踪的。雷电家族可能一直在熊罴星做些什么。我们需要了解他们到底在做什么。"

"这是某种可能,如果属实,那么雷电家族加入科尼尔星域别有所图。我同意这个看法,搞清楚真相有助于科尼尔的安全。但你亲自前往风险太大,如果你坚持必须如此,我必须向天垂星咨询。"

"好的。"

沙达克退出了通讯。

古力特仍旧贴在玻璃上。他喜欢失重,没有一切约束,也没有一点依靠。然而他不能更多停留,一切都必须按照最紧张的行程来安排。他最后看了一眼天垂星，星球边缘已经露出第一缕阳光。他伸手轻推，身体保持着挺直的姿势，缓慢地向后漂动。身后的门悄无声息地打开，古力特的身子缓缓地退入门内，他抓住牵引杆。卫兵正等在这里，古力特向他点头示意。两个人一起进入增重舱。

宇航中心的增重舱很宽大，至少可以容纳三十个人。每一个落脚点都用黄色清晰地标示出来，两边各有扶手，可以让人稳定身体。和其他地方最大的不同：这里居然还有座椅，套着绸缎。古力特来过这儿许多次，还是第一次见到配备座椅的增重舱，据说这主意来自宇航局的新任局长，他说这样可以最大限度地让人们感觉舒适。

古力特没有坐下，他选了一个黄色落脚点站定。卫兵在他身边。

重力从无到有，缓缓增大，脚下逐渐变得沉重。叮当一声响起，他们回到了常重力世界。

古力特皱皱眉，他习惯了"重装甲"号上的三十秒增重，这样轻柔的增重过程反而让他觉得不适应，据说这也是新任局长的新举措。通向内部的舱门打开，古力特快步走出去。

有人正站在舱门口，古力特快步走过。他突然有一种奇怪的感觉，扭头向那人看去。这个人穿着一种奇怪的衣服，褐色的上装，看不出什么质地，青色的裤子，一眼看上去也很古怪。古怪的人也正打量着古力特，四目相对，他突然开口："你是古力特船长？"

古力特停下脚步，转身正对他。

"我叫木藤三，我早就听说过你的大名。"对方自我介绍，满脸堆笑，语调中带着热切的真诚。

古力特仿佛冰墙一般无动于衷，冷冷地再次打量这个自称木藤三的人。

木藤三微微一怔，马上恢复笑容，"我来自天行者太空城，是专程来找您的。我是一个很棒的机械专家。"

"你找我有什么事？"

"'重装甲'号从小就是我最向往的飞船。我是看着你们的传奇长大的，所以非常仰慕。我也知道这是科尼尔星域最好的飞船，最大，最先进，举足轻重，而且是三三舰队的旗舰。你们的飞梭最近刚进行过更换，是飞星公司最新的产品……"

"对不起，请直说你的目的。"古力特并不友好地打断了他。

"哦，我是说……"木藤三突然有些不好意思起来，"我是否能在您的飞船上服役？我是很棒的机械师。"

古力特摇头，"不行。"他说得很轻，但是不容置疑。说完之后转身就走。

"等等……"木藤三慌忙喊道，他犹豫一下，"我的叔父，木藤原，他是宇航局的局长……"

木藤三没有再说下去，他从古力特的眼神里读出了某些东西。

"这就是你能在这里等着我的原因？不要这样做。如果你真想到'重装甲'号来，一个月以后有一次招募。军人可不是一个好职业，哪怕是机械专家。"古力特的话很硬，很坚决。

古力特说完转身走了。木藤三似乎想说些什么，然而古力特快步走开，他犹豫了一下没有说出口。

木藤三目送着古力特和卫兵的身影消失在通道转弯处。突然，他的脸上浮现出微笑。

# 第八章　同病相怜

"重装甲"号已经入夜。原本仿佛白昼一般的林园缓缓地被夜幕笼罩，然而景致仍旧清晰可见——天垂星的光芒透过天顶洒下来，虽然不像白昼那样敞亮，却足够让人看清一切。

李约素坐在一块石头上，他从来没有见过这样形状不规则的石头，太空里有很多石头，可那都是些大块头。李约素自认为见多识广，然而这是他第一次坐在一块石头上。他充满好奇，也有些疑惑。

天顶正在缓慢关闭。一张张叶片仿佛活物一般伸出，一边旋转，一边向中央聚拢。中央的孔洞越来越小，最后整个天棚闭合，林园只剩下星星点点的灯光勉强照亮道路。

李约素站起身，沿着灯光照亮的小路走回去，凭着记忆，他找到了电梯。他站住，转身朝走来的方向的望去，整个林园沉浸在黑暗中，寂然无声。星空也寂然无声，但那感觉完全不同。林园是活的，它沉寂下去，然而并不冰冷，一旦阳光到来，生机就会重现。

李约素正怔怔出神，突然他听到声音："先生，林园已经关闭，请注意安全。"他扭头看见一个小小的机器，高度仅够到小腿，白天他看见过类似的机器在清扫树叶。李约素想起了布丁。

"先生,林园已经关闭,请注意安全。"小机器不断重复。它停留在李约素脚边,看起来如果李约素不走,它将一直留在那儿重复这句话。

李约素进了电梯。他按下按钮,电梯却没有启动。

"李约素船长,有一些情况。"这是沙达克的声音。

"怎么了?"

"船长要求我执行转移裁判权,所有和'上佳'号相关的人和物都要被转移到雷电家族所在的熊罴星。"

"又是雷电家族。"李约素有些愤然,"我救了他们的人,他们不但不来感谢我,还要把我像囚犯一样押送过去。"

"你不是囚犯,你是证人。"

"我就是个傻瓜,你们随便摆布。"李约素带着嘲弄的语气,"如果我不去呢?"

"按照法律来说,你没有选择。你来自遇难飞船。在遇难飞船的事故原因被调查清楚之前,事主有责任配合调查。"

"包括经历无数次弹跳,辗转千万光年,把自己的性命都赔进去?"

"没那么糟糕。"

"那到底要怎么样呢?"

"你会和古力特一起前往。熊罴星距离我们一百六十七光年,途经十三个星系。来回总行程大概需要十八天。"

"好吧,反正我的时间多得很,去一趟也无妨。"

"感谢你的谅解。"

"但是我有条件。"

"条件?"

"是的,你们必须把'天狼星'号还给我。"

"'天狼星'号本来就属于你。"

"但现在你们把它拿走了。"

"没有任何人能剥夺你的财产,它只是被治理委员会临时征用。"

"征用?付钱吗?"李约素讥讽道。

"'天狼星'号是遇难飞船,并没有因为被救援而被收费;相应地,委员会不会因为调查行为而付费。"

"好吧。"李约素决定不再纠缠,毕竟如果不是"重装甲"号的帮助,可能他和布丁已经成了过去时。"你们必须保证把'天狼星'号还给我。还有,帮助我维修,它可能快崩溃了。"

"这不成问题。"

"我同意陪你们船长走一趟。"

"好的。还有一件事。"

"你怎么不一块儿都说了?"

"必须一件一件说。'重装甲'号不能离开天垂星,我会选择一艘小飞船送你们去。因为路途遥远,中间会有一些潜在危险。"

"你说的潜在危险是什么?"李约素机警地打断沙达克。

"达门塔星域的暗探、海盗、航行意外,另外,还有未知因素。"

"看来我们需要一艘功率强大的飞船。"

"是的。我配备一艘快速飞船给你们,已经确定了,是'天隼'号。"

"希望船如其名。"

"我给你调配了房间,有一个访客在房间等你。"

"客人?访问我?"

"是的。"

"这真是一件奇事……谁?"

"你见到自然就明白。"

"沙达克居然还会卖关子。"

电梯自动运行起来。当电梯停下,沙达克又开始说话:"出门,左转,第三个门,号码2012。"李约素瞥了一眼,电梯指示这里是工程部,"我不懂技术,带我来这儿干什么?"

"你的住处被安排在这里,按照重要证人的级别来对待。"

李约素走出电梯,按照指示找到了门牌。门虚掩着,李约素推门走进去。

为重要证人准备的房间比李约素之前所待的屋子要宽敞得多,除了

71

床，还有两把椅子和一个小小的茶几。正如沙达克所说，有人在等着他。

访客坐在椅子上，低着头，似乎正陷入沉思，他听到响动，抬头看见李约素，站起身。这是一个年轻人，穿着和李约素同样的军服，没有军衔，没有任何特殊标志。

李约素看着他，觉得似曾相识，"你是谁？"猛然间他意识到了对方是谁——饱满的额头和消弱的下巴，还有眯成线一般的眼睛，这样的脸部特征属于雷电家族，而雷电家族只有一个人可能在这里造访他，虽然这种可能性他之前从未考虑过。李约素对自己的结论有些惊讶，"你是那个……"

"我并不记得我是谁。但是根据沙达克的叙述，我是被你和你的飞船所救下的。"年轻人说。他的语调平缓，不疾不徐。

"天哪，他们居然把你复活了！"李约素毫不掩饰自己的惊讶。是的，他曾经对布丁说，这个人还可能复活。然而这不过是据道听途说的故事进行的推断。流浪者聚集的星门，喧闹的酒馆，流传着关于宇宙中冰冷尸体的故事——有的尸体复活了，像正常人一样继续生活。他听到过这种故事，知道那不过是流浪者们的一种憧憬，他们过着朝不保夕的生活，飞船随时可能在宇宙中解体，因此渴望发生奇迹，能够让他们降低对于不期而至的死亡的恐惧，哪怕只是故事。此刻，一个活生生的人站在眼前，他曾经是一具冰冷的尸体，被冷冻在"天狼星"号的冬眠舱。李约素几乎不敢相信这是真的。

但李约素很快接受了这个事实，"这真好，值得为你的重生庆贺一下！"

"谢谢！我想和你谈谈你的历险。"

"关于你的飞船？你可以和布丁谈谈，他记得的东西肯定比我多。如果沙达克已经和布丁连接过，他也应该知道。"

"我和沙达克谈过，他同意我来找你。我们随便聊聊，你介意吗？"

"我当然不介意随便聊聊，坐下吧。"李约素径自走到另一张椅子前，一屁股坐下来，看见年轻人还站着，赶紧挥挥手，"坐下，坐下，我们慢慢聊。"

年轻人坐下，脸上浮现起浅浅的忧郁，"我要向你致谢，你救了我。但我不太记得发生了什么，可能是长久的冰冻损伤了我的大脑……你能和我说说事情发生的经过吗？"

李约素咧嘴一笑，"那些该死的家伙说那里有黄金，结果他们就合伙把我和布丁抛到了那个鬼地方，真没想到他们他妈的说对了。"

年轻人全神贯注地听着，李约素看了他一眼，停下话头，"你都了解过了吧，我再说一遍没什么意思。"

"是的，但是你的叙述不一样。"

"有什么不一样？"

"你是人。"

李约素感到有些新奇，很久没听过这样的说法，他顿了顿，说："沙达克、布丁他们也是人。"

"我说的是生物性的人，他们是虚拟人，我很想听听你的说法。"

"你真是奇怪。人的头脑靠不住，沙达克他们的记忆才真正可靠。难道你们雷电家族的人都是这样的脾气？"

"对不起，我不记得任何事。我只是对你的看法很感兴趣，能帮我回忆一遍吗？"年轻人诚恳地看着李约素。

李约素侧着头睨视着他，一言不发，好像在考虑是否能相信这个年轻人所说的话。他不想讲故事，特别是给一个雷电家族的人讲故事。然而，年轻人恳切的眼神让他无法拒绝。

"好吧。我讲得简单一点。"

李约素开始回想遭遇"上佳"号的一切。很快，他发现这不是一件单方面受益的事，随着讲述，他想起越来越多的细节，而年轻人不断地提问，让他把那些更细微的东西从记忆深处挖掘出来。他开始有了兴致，讲得生动起来。

"我们进去了，从飞船舱壁上强行闯进去的。还好，飞船里边的气体已经泄漏光了。"李约素仔细回想着，"进去的地方应该是个幼儿园。很多小凳子小桌子什么的飘浮在空中，好像是经过一次扰乱之后，再也没有恢复原状。我看到墙上有一些画。对，是一幅画，很简单的笔画，画的是两个大人，中间还有一个小孩。上边写着'爸爸，哥哥和我'。"

73

年轻人突然伸手示意李约素暂停。李约素有些意外，"怎么了，没事吧？"

年轻人摆摆手，"不，没关系。对你提到的东西，我好像有些记忆。"他站起来，走动两步，重新坐下，"对不起，请继续。"

李约素突然有一点疑惑，"对了，我看到的地方像是一个幼儿园，但是据我所知，雷电家族并没有儿童。你知道这是怎么回事吗？"

年轻人摇摇头。

"哦，你也不知道，那就算了。"李约素继续回想，"我顺着墙，找到门……"

两个人相对而坐，李约素讲，年轻人问，足足讲了两个小时。最后，李约素终于讲到了结束的部分——他命令布丁离开"上佳"号。当然，他没有提布丁从飞船上捡来的大量玩意儿。

"谢谢你。"年轻人说。

"没什么，应该的。"李约素并不是客套。

"我有个问题想问，可能比较唐突。"

"你问吧。"李约素仍旧意兴盎然。

"你是否对雷电家族有一些负面的看法？"

李约素一愣，"怎么这么说呢？"

"你提到雷电家族，总会微微皱一皱眉头。"

"是这样吗？我不知道。我对雷电家族没什么成见，只是有点奇怪，雷电家族一直属于环形世界，是探险家族，但是现在他们成了科尼尔星域最显赫的家族之一。环形世界总是宣称他们会一直在群星间探索，为人类开拓新领地，可其实你也看到了，他们成了土皇帝，霸占星球，居然还为了一个星域和另一个星域打仗。这是很奇怪的事。"

"所有的文明都源自环形世界。"

"是的，但那只是传说。可能某些足够古老的沙达克还记得这回事，但除了环形世界的人，没人理睬这茬儿……哦，对不起，我忘了你就是环形世界的人。"

"我遗忘了一切,不过我知道每一个星域都可以追溯到某一个环形世界。环形世界和星域出自同一个源头。"

"哈哈……"李约素干笑两声,"你是在给雷电家族辩护吗?我可没兴趣听这个。星域之间的战争没环形世界什么事,雷电家族一定要掺和进来,那是多管闲事。"

年轻人沉默一小会儿,似乎在想些什么,最后他说:"虽然我失忆了,但我肯定是雷电家族的人。我必须感谢你的救命之恩,但是如果将来有什么冲突,我必须把理性放在第一位。"

李约素瞪着眼前的年轻人,他没有想到会听到这样的一番话。年轻人的语调始终平和,言辞之间透露着一股冷静。这是一个深思型的雷电家族人,他正沉静地看着李约素。

半晌,李约素说:"好吧,我明白你的意思。希望你的理性是真正的理性。"

年轻人点头,站起身,朝着李约素微微鞠躬,小步向后退了几步,快到门边才转过身,拉开门。他转过头,"谢谢你的帮助。"说完走出门去。

李约素盯着他的身影消失在门后,莫名其妙地感到一阵怅然。他大声呼喊沙达克,沙达克并没有应声。可能这个屋子并不在沙达克的监控之下。

李约素站起身,走两步到床边,扑倒在床上。柔软的卧具散发出淡淡的香味,李约素贪婪地深吸一口气。什么环形世界、雷电家族,统统滚一边去,他翻身直挺挺地躺在床上,闭上眼睛,盼望进入到甜美的梦乡中去。

然而有些事无法预料,当他醒来、睁着眼睛躺在床上时,他认为自己度过了一个梦魇的晚上。在整个晚上的梦里,年轻人一直在和他讲关于环形世界的事。突然李约素意识到,这个梦也许是某种预兆——他和那个年轻人都是"上佳"号事件的重要证人,如果天垂星要向雷电家族移交证据,这个苏醒的年轻人必然也在名单上——他们将在一艘小飞船里共同度过十八天。

这可不是什么好事。李约素翻身坐起来,他要马上找到沙达克问个明白。

# 第九章　飞船谜踪

"天隼"号是一艘奇特的飞船,至少在李约素的眼中如此。它是一个纯粹的球体,没有舷窗,没有仪器,黑色表面,它吸收所有的光线,于是没有立体感,看上去就像一个黑森森的洞蓦然出现在发射舱里。

李约素站在高处,正随着电梯缓缓降落。他目不转睛地看着这艘船,有些疑惑。"这就是'天隼'号?"他问沙达克。

"是的。"

"这飞船看上去真奇怪。"

"这是最好的侦察飞船。我给它做了一点小小的改进。"

"它是全隐形的?"

"是的。"

"我听说过这种飞船,原来是这样。"

李约素向前走了几步,他几乎贴在船体上,巨大的球体给人一种压迫感,仿佛随时会滚过来,把人挤成肉酱。李约素伸手触摸,飞船的壳体摸上去不像金属,质感粗糙,仿佛他在林园发现的石头,然而触手温暖,略有弹性,又有几分像是柔软的织物。这真是神奇的东西!

"看上去很酷,但我怎么才能进去?"

黑色球体的腹部突然裂开,光线泄露出来,一道舷梯缓缓落下,正好落在李约素身边。

李约素抬头,一个身影站在舷梯上,逆着光线,看不清脸。

"你好,李约素。"声音很熟悉,然而李约素想不起是谁,他尽量眯着眼睛,试图看清楚对方。

"我是古力特。上来吧。"

李约素绕过去,走上舷梯。他三两步就走到了古力特身边,古力特转身进了船舱。

船舱很小,大小和"天狼星"号的控制舱相仿。然而每一样东西都透着简洁,圆滑的线条充满舱室的每一个角落,从控制台到舱门,一切都如此。这里没有屏幕,几张椅子分散在四处,椅子固定在地板上,然而可以自由转动。

舱里有三个人。古力特走向自己的椅子,其他两个人正看着李约素,其中一个是那个失去记忆的雷电家族青年,另一个是一名军官。

古力特坐下,看见李约素还在门口站着,"进来吧,我们马上就要出发。"

"我想我应该和'天狼星'号一道过去。"

"'天狼星'号速度太慢,我们要赶时间。沙达克会安排把它送过去。"

"那我和'天狼星'号一起走。"

古力特微微皱眉,"沙达克告诉我,你同意和我们一起前往。"

"是的,但是现在我觉得和'天狼星'号一起走比较好。"

"现在是战争时期,'天狼星'号不太安全。飞船本身并不是最重要的。"

"布丁呢?他应该是最重要的证人之一。"

古力特下达指令:"歌利亚,让布丁出来。"

"遵命,指令长。"歌利亚的声音响起来,他的声音和沙达克有些类似,然而能明显听出不是同一个虚拟人。他是"天隼"号的中枢。

"船长,我在这里。"李约素听到了布丁的声音,有些惊喜,"他们把你从'天狼星'号上挪出来了？"

"快进来，我们要出发。"古力特催促他。

李约素走进舱内，在余下的一把椅子上坐下，"布丁，你还好吧？"

"船长，我很好。你知道吗，我去了一趟天垂星，真是太棒了！"

"你降落了？"

"没有，只在第一宇航中心。"

"布丁，我们准备出发。歌利亚需要全部控制，你要暂时封闭。"古力特打断他们。

"我明白，大人。"布丁说。

李约素不满地看了古力特一眼，但没说什么。

舷梯闭合。李约素惊讶地发现，飞船的内部空间发生了一些改变，墙壁向后微微移动，空间变得更加开阔，四把椅子也随之更加分散，在飞船中央留下很大一块空白区域。

"飞船即将进入减重。"歌利亚宣布。

"人员就位。"

座椅下方伸出两只金属臂，穿过腰间，把人稳稳地固定在座椅上。"天隼"号是小飞船，没有重力控制装置，沙达克正控制着发射舱的空间形态，让它逐渐过渡到平坦真空，重力正随之逐渐逝去。

"重力释放完毕，进入发射程序。"

"发射倒计时。"

突然间，舱室中央投射出一道巨大的蓝色光柱，全息画面展示在每一个乘员眼前。

"重装甲"号的发射舱门正缓缓打开，露出外边无尽的漆黑夜空，还有如钻石般璀璨的星星。

沙达克的声音响起来："诸位，发射马上就要进行。银河在上！"

古力特代表所有人回应："银河在上。"

"天隼"号喷射出炽热的火焰，激射而出。它快速地远离"重装甲"号，中央光柱的镜头迅速拉远，"重装甲"号的全貌逐渐显露出来。它仿佛一只硕大的钢铁甲虫静静蛰伏,背部和侧面的甲壳发出浅浅的光辉。侧面中线以下,是一列或亮或暗的点,那是发射舱,"天隼"号三十秒前正是从其中的某一点脱离。一个小小的亮点在长列中出现,很快脱离,飞快向"天隼"号逼近,那是另一艘飞船。

再远处,是蓝色透亮的天垂星,恒星位于左上方,呈现出柔和的红色。细小的亮点布满整个天宇,某些静止不动,是遥远的星辰;更多的亮点到处移动,是各种飞行器。天垂星的天宇一贯如此繁忙。

紧跟而来的飞行器靠近"天隼"号,在中央投影中已经可以看清模样——那是飞梭,碟形飞船,不是一架,而是三架,它们靠得很紧,几乎首尾相连。

三架飞梭散开,把"天隼"号包围在中央,随着"天隼"号一同前进。

"船长,护航编队就位。云雀小队,卡特·瑞克森报告。"

"谢谢,上尉。歌利亚将全权指挥所有行动。"

"上尉,保持编队飞行。三分钟后'天隼'号将进入弹跳模式,我会通知你们撤离。"歌利亚有条不紊地进行指挥。

"弹跳准备倒计时,六十。

"空间波动加载完毕。

"云雀小队,撤退。

"下潜模式完成。

"弹跳准备倒计时,三十。

"波动引擎启动,能量放射预备。

"计算空间波动峰值。

"森空间通道计算完毕。

"弹跳倒计时,十,九,八……"

一瞬间,飞船内一片黑暗。

"弹跳成功。"歌利亚宣布。

光亮恢复正常。天垂星已经失去踪影,不远处有一颗褐色星球,那是一颗气态行星。歌利亚飞快地把中央恒星显示在全息投影中。一颗小小的矮星，黯淡无光。

"指令长，根据标准钟信号，弹跳耗费标准时间三十二小时。请求时间校准[①]。"

"批准校准。"

"'天隼'号将在三个小时后继续弹跳。"

指挥舱里安静下来。

李约素打破沉默："这个星系叫什么？"

"这个星系没有名字，只有编号：QB0。"

"QB0，这有什么含意吗？它应该有个常用名。"

"QB是序列，0表示这个星系不存在可开发行星。这个星系在科尼尔星域边缘，没有开发价值，因此并没有常用名，仅在星系全表上有编号。"

"哦。"李约素听得颇有兴趣，猛然间他想起"上佳"号失事时所处的星系，他们在RH149遭遇袭击，他脱口而出，"你知道RH149吗？你的星系全表上有RH149吗？"

"有……"歌利亚回答。

"歌利亚，我会和李船长谈这个问题，你不需要解释。"古力特打断了歌利亚。

李约素扭头盯着古力特。

古力特点点头，"我们有三个小时，可以详细地谈谈这个。"

李约素耸耸肩，做出一个无所谓的表情。

"歌利亚，让布丁出来，你在两个小时之内不需要全面控制。"

"遵命，指令长。"

布丁马上蹦了出来，"啊……船长，我在这里，我可以看见你。"

---

① 时间校准是为了统一星域时间采用标准时。星域的每一个星系都设有标准时钟，在星系中四散分布，信号遍布星系。这些时钟的时间根据苛刻的条件被认为是同时。时空弹跳过程中，不可避免时间紊乱出现，通常进行了跳跃的飞船会丢失一些时间。标准钟的存在可以让弹跳飞船随时修正时间误差。

"嗯,布丁,安静一点,古力特船长有故事要讲给我们听。"

"我所说的是关于这次出访的重要信息,你们作为当事人,必须清楚明白,摆在我们面前的不是一次简单的出访。"古力特表情严肃。

"天垂星沙达克和我有过一次谈话。他认为这次事件并不是偶然事故。有两个疑点,宇宙星图里有许多 RH149。最早的开拓时期,每个星域自行其是,有许多星球重名。但是,'上佳'号失事的 RH149,很可能就在科尼尔星域。我们的星系表里并没有 RH149 这个星系,但是雷电家族所制作的恒星全表中有,那就是雷霆星系,雷电家族的熊罴星正好就在那里。"

"你是说雷电家族知道些什么。"来自"上佳"号的年轻人说。

"是的,沙达克不认为这是简单巧合。你是雷电家族的人,但是作为事件的幸存者,你有知情权,这是一个简单事实,谁都不能否认。"

"我的身份已经丢失在银河深处,我只是一个灾难中的幸存者,我会努力寻找真相,但不会站在任何一方的立场上看待问题。"

"这样最好。歌利亚,星图。"

精致的星图展现在大家眼前,古力特的指间发出一道红光,指向某个位置,"这是眼下'天隼'号的位置。这儿,是 RH149,我们的目的地,熊罴星,雷电家族会在那里欢迎我们。"

熊罴星和"天隼"号遥遥相隔,星星在其间闪耀。一条红色的线从"天隼"号出发,不断延伸,沿途连接许多亮点,最后停留在熊罴星所在。

"'天隼'号单船跳跃,一次跨越十五光年左右,途经十三个星系。"

"为什么不用星门呢? 至少,福特林斯星门的位置就很合适。"李约素问。他辨认出福特林斯,这是科尼尔的重要军事基地,拥有大型星门,穿越福特林斯星门是一条最快捷的途径,然而"天隼"号却把它绕了过去。

"'天隼'号是快速飞船,使用星门可以降低能量消耗但并不能使它更快。而且这是绝高机密,我们要避免任何人的注意。"古力特没有多说。作为三三舰队的最高指挥官,离开舰队前往雷电家族的领地,这样的行动很蹊跷,容易引发很多不必要的麻烦,他没有解释这一层,只是看着自己的听众,观察他们的反应。他们显然对于天垂星的政治现实和军事态势都毫无兴趣。

"另一个疑点是什么?"来自"上佳"号的年轻人问。

"这是更大的疑问。"古力特的手指间有些动作,星图急剧地收缩起来,展示出更大更空旷的星域。这几乎是科尼尔星域的全图,还包括了俄罗斯星域和达门塔星域的一部分,俄罗斯星域呈浅浅的蓝色,而达门塔的疆域则用淡淡的红色表示。天垂星闪闪发亮,从星图上看,天垂星几乎就在俄罗斯星域的边缘,而达门塔星域的疆域则呈现细条状,从熊罴星到天垂星,科尼尔和达门塔紧密接壤,只是到了天垂星附近,俄罗斯星域才将双方隔离开。

科尼尔和达门塔边界犬牙交错,边界上到处都是黑色区域,深浅不一。随着边界的不断延伸,黑色区域变得更加广阔,最后和银河外的深沉黑色连成一片。古力特的红色激光停留在黑色深处。那里在名义上属于科尼尔,却是三个星域的影响力都不能到达的地方。事实上,那里没有星星。

"黄金星球,蜘蛛星。"古力特很平静地说,"这里就是黄金星球的所在。也就是'天狼星'号发现'上佳'号残骸的位置。"

"距离至少七百光年。"来自"上佳"号的年轻人说。

"是的。如果RH149就是熊罴星,那么距离是七百三十五光年。"

船舱里的人都默不作声。七百三十五光年,这是遥远的距离。李约素在群星间流浪,在各个星门之间穿梭,最远的一次,他从星光一星门到达铁玫瑰星门,跨越七十二光年,仅此一次而已,而且"天狼星"号是一艘小飞船。像环形世界或者"重装甲"号这样的飞船,通常只能使用波动引擎,以几个光年的距离缓慢跳跃,即便借助星门,也不能跳出很远,因为让这样的大船潜过七百多光年、途经数十个星系而没有任何人察觉,这几乎不可能。如果有一种力量将"上佳"号拉过七百三十五光年的距离而不留下任何痕迹,只能让人觉得异常惊骇。

"那里为什么叫蜘蛛星?"李约素打破了沉默。

"这是古老的叫法,沙达克在九十万年前抵达这里建立天垂星基地,这个称呼在那个时候已经存在。这个星球似乎是一个幽灵,有时出现,有时消失。至少在科尼尔的历史上,它从未存在过。"

"我见过黄金星球出产大量黄金的记录。"李约素说。

"如果你提到的是布丁的巨库中那段关于黄金星球的录像,根据沙达克的验证,这段录像来自开拓时期,那个时候还没有科尼尔星域。"

"沙达克能解释它消失的原因吗?"来自"上佳"号的年轻人问。

"也许他有一些不确定的答案,但他没有向我解释过。李约素船长和布丁是仅有的两个到过那儿的证人。"古力特看着李约素。

"我知道那儿有蜘蛛。"李约素露出一脸苦笑,除了脑子里硕大的仿佛蜘蛛的影像,他不记得任何东西。

"也许这就是为什么那里被称为蜘蛛星的原因。你是一个关键性的证人,布丁的记录里边没有任何东西。"

"将军,我记得很多东西。"布丁不满地抗议。

"是的,但是关于你们如何离开黄金星球、又怎么被抛到坤城星门附近,你没有任何记忆。李约素船长也许还能想起点什么。"

"天隼"号舱内再次陷入沉默。李约素不时看看每一个人,或者看看中央光柱中的星图。来自"上佳"号的年轻人只是看着星图,若有所思。古力特不看任何东西,他坐得笔挺,闭着眼睛,似乎在将养精神。军官坐在古力特对面,他的位置让他不用扭头就能监视所有人,他也正在这么做,视线不断地扫过每一个人。

"熊罴星就是 RH149,就是'上佳'号失事的地方。"来自"上佳"号的年轻人突然打破沉默,声音很轻,仿佛只是自言自语。

年轻人抬头看着古力特,古力特也睁开眼睛看着他。

"这个星系虽然属于科尼尔,却完全是一个蛮荒星系,在雷电家族到来之前,没有任何人在那里,是这样吗?"年轻人问。

"是的。这个星系不适合开发,它被尘埃云包围,和外部交流很困难,准确地说,非常危险。"

"所以,'上佳'号进入这样一个星系也让人费解。为什么他们会对这样一个星系感兴趣,科尼尔的文明星系很多,他们却一头钻进了尘埃云。"

"我不知道。"古力特坦白地说,"沙达克也不知道。也许雷电家族知道些什么,你可以留着这些疑问给他们。"

来自"上佳"号的年轻人点点头,"谢谢你告诉我这些。"

李约素突然仿佛想起些什么,"雷霆星系……我从前好像听到过传说,这里曾经有强烈的电子暴,即便远在天垂星也能看见巨型闪光,他们把它叫做……地狱火……不,地狱之光。"

"哦?"古力特有些意外,他从未听说这样的事,雷霆星系的名称和雷电家族相衬,然而在雷电家族到来之前,该星系就被称为雷霆星系,必然有其他原因。"歌利亚,你的资料库里有李约素船长提到的事吗?"

"我是侦察飞船,没有历史资料。"

古力特扭头看着李约素,"李约素船长,这个传说我还不知道呢。你是科尼尔人?"

李约素微微一愣,随即哈哈大笑,笑过之后说:"我是个流浪汉,无家可归,科尼尔跟我没有关系。"

"船长,你和我……"布丁插了进来。

"胡说什么! 这哪儿有你说话的份!"李约素打断布丁,他看着古力特,"我们是流浪汉,那些鬼故事,是在伽马星门听说的。那里什么人都有,什么传说都能听到。"

古力特没有回应,他扭过头去。来自"上佳"号的年轻人仍旧盯着星图,陷在沉思中。

两个失忆的人,两道谜题。雷电家族到底在隐瞒些什么,他们从这两个人身上又能够得到什么? 古力特感到忧心忡忡。他有一种不祥的预感。

# 第十章　绿色战士

"天隼"号快速通过一个又一个星系，没有任何人发现它。蒙特卡罗星系是达门塔和科尼尔胶着的地区，双方都在这里埋下了很多侦测点，然而"天隼"号仍旧悄无声息地潜过去了。

它进入了熊子星。

"天隼"号在滑行，为最后一次弹跳作准备。飞船时间过去了二十二个小时，科尼尔标准时间已经过去八天。很快"天隼"号将进入下一次弹跳，然后，他们将看见辉煌的熊罴星，据说在整个科尼尔星域，熊罴星的规模仅次于天垂星，而它仅仅只有两百年的历史。

"天隼"号上的人们都沉浸在睡眠中。突然间，歌利亚发出警报，飞船快速改变航线，正在熟睡中的人们都被剧烈的震荡惊醒过来。

"歌利亚，发生了什么？"古力特问。

"一团星际尘埃挡住了航线，已经规避成功。"

宇宙中到处都是细小的尘埃，也有许许多多的残骸，虽然飞船撞上一块尘埃的可能性微乎其微，然而意外总会发生。

"弹跳准备有影响吗？"

"波动引擎预热完成，需要三十秒进入弹跳触发。因为飞行状态调整，弹跳延迟两分钟。但是我们有其他麻烦。"

"什么?"

"我们正经过一片残骸区的边缘。刚才的意外暴露了我们,残骸区有活动飞船,距离我们很近,它改变了轨道,盯上了我们。这是一艘小飞船,初步判断是掠食者无人机。"

船舱里的灯光亮起来,中央光柱显示出不速之客的面貌。李约素一眼看出这是经过改装的无人机,飞船的腹部加装了生命舱,高高隆起,这让飞船的模样显得有些扭曲。

掠食者无人机不断加速,飞快靠近。

"是达门塔人,还是海盗?"

"不清楚,掠食者无人机是达门塔的轻型飞梭,但在地下世界也很普遍。这艘飞船没有明显标志,也没有发送任何信号。"

"这不是无人机。"李约素说。大家都望着他。

"飞船腹部加装了控制舱,里边应该有人。我见过很多这样的飞船,轻便快捷,虽然不太舒适。海盗们很喜欢这样的飞船,便宜、性能稳定。"

"你在哪里见到过它们?"古力特问。

"星门,太空……很多地方。他们对商船很感兴趣,对流浪者不屑一顾。或者说,他们就是流浪者,只不过使用一些非常手段来谋生。"

"你和这些人很熟……"

"我可不是海盗,我只是一个流浪者。他们对流浪者不屑一顾,就算我们在一旁他们也毫无顾忌,所以我见过他们如何抢劫飞船。"

古力特点点头,转而问歌利亚:"歌利亚,能甩掉它吗?"

"'天隼'号可以比它快,但是那样我们需要进入高速行驶,无法平稳进入弹跳。如果关闭波动引擎,积聚的能量必须马上释放,再次预热需要十个小时。我们将耗尽能量储备,只能有最后一次机会弹跳到熊罴星。"

李约素再次插话:"这样子是跑不掉的,既然对方已经发现了我们,仅仅靠速度没有用,除非你确定能够在它再次追上来之前成功地跳跃逃跑。离子束比任何飞船跑得都快。"

"你的建议是击毁它？"

"当然不是，击毁它会引起太大动静，海盗一般都是团伙行动。而且一旦死了人，他们不会善罢甘休，打掉一艘，也许更多的就冲上来，谁知道这里还埋伏了多少海盗。而且就算单打独斗，有把握一定赢吗？你是科尼尔的将军，和一个海盗拼命，我看是不划算的买卖。"

"你有什么主意？"

"停下来投降。海盗往往希望独吞，如果自己能解决，他不会招呼同伙，一旦他靠近，我们可以俘获它。"

"我有个建议。"来自"上佳"号的年轻人突然开口。

古力特向他点头。

"进入残骸区，'天隼'号很容易隐藏。'天隼'号能隐形，和残骸混在一起，只要没有异常动作，他们无法发现。"

"躲起来藏猫猫？"李约素露出一丝微笑，"海盗都是躲猫猫的好手。再说，这里是他们的地盘，可不是什么好玩的地方。"

年轻人继续说："波动引擎预热已经完成，我们只需要三十秒的稳定就能进入森空间。三十秒钟，即便他们再次发现我们的踪迹也已经太迟，他们没有时间进行任何状态调整。额外消耗一些能量保持引擎的临界状态，这不算太大的代价。"

"歌利亚，残骸区有多大？"古力特问。

"六十万立方千米。"歌利亚把整个残骸区的全貌显示出来。这是一片战场的残迹，到处是飞船残骸——近巡船、飞梭、巡航舰，甚至有攻击舰和大型飞船。这是一次遭遇战，双方看起来都伤亡惨重，战斗也许刚结束不到三天，大大小小数以万计的残骸正逐渐四散，而此刻，它们仍旧聚集成团。

掠食者飞船正逐渐逼近。为了保持波动引擎预热，"天隼"号无法高速运动，它的速度比敌人稍慢一点。

古力特快速下定了决心，命令歌利亚进入残骸区寻找掩护。

"天隼"号钻入残骸群。掠食者追在后面，锲而不舍。

"天隼"号显示出灵活的优势,在残骸中快速穿梭,几个起落之后找到一块巨大的补给船残骸。它很快贴近,最后几乎钻进了残骸洞开的船舱里,完全隐没在残骸的阴影中。掠食者并没有跟上来,"天隼"号也失去了掠食者的信号。

十分钟之后,一切看来都很平静,古力特命令歌利亚启动。"天隼"号迅速发动,同时触发波动引擎。飞船前方,波动引擎迸发出强劲的能量,空间被撕开一道无形的缝隙,保护性力场包裹了整艘飞船。所有的图景在一刹那凝固起来,三十秒之后,飞船将完全没入森空间。

一切进展顺利,宇宙在一瞬间改变了颜色——他们抵达了熊罴星。

这里的天宇与众不同,星星稀疏,银河则完全不见踪影。宇宙仿佛变成了一片朦胧的淡红。然而,科尼尔星域最强大的武装力量就在这里。各种战争武器源源不断地流向各个战场,各式各样的飞船也同样源源不断地涌向这里。在某种程度上,它比天垂星更繁忙。

歌利亚把镜头指向熊罴星。这是一个人工星球,呈现出一种灰扑扑的颜色,夹杂着星星点点的亮光。星球中央是一个巨大的空洞,无数的小飞船悬浮其间,进进出出。尤其令人印象深刻的是两张巨大的丝网,半球形的丝网对称分布,一端连接在一起,另一端打开,就像一个裂开的果壳。它几乎和星球本身一样巨大,正绕着星球缓慢旋转,仿佛张开的两个耳朵,或者一对翅膀。

李约素目不转睛地盯着熊罴星,他第一次看到这个要塞,"那个丝网是做什么用的?"

"这是熊罴星的防御罩。"

"防御罩?它看起来很脆弱。"

"这是军事机密,我不了解。"

古力特打断李约素和歌利亚的对话:"歌利亚,校准时间。向熊罴星发送驶入请求。"

"指令执行。"

中央光柱猛然间一亮,"指令长,海盗飞船!它跟着我们来了!"光柱里赫然是掠食者无人机。

"这怎么可能!"古力特微微皱眉。

"哈。"李约素干笑一声。

"唯一的可能性,它在波动引擎启动的时刻靠拢飞船,趁着引擎打开的空间缺口没有完全闭合时挤进来了。这是可能的,当时我们有三十秒的时间失去了外部信息。"来自"上佳"号的年轻人说,他还是看着中央光柱中的飞船,仿佛只是在自言自语。

"真是太疯狂了。歌利亚,这可能吗?"

歌利亚略微沉默,随即回答:"从理论上,它可以有五秒时间。这段时间我们的飞船已经进入森空间,但裂隙没有完全闭合。这是极度危险的行为,所有的时空要素必须完全配合。"

"不是这样,他应当是直接跟着我们的飞船,这样的飞船不能依靠自身穿越森空间,它并没有波动引擎保护。"来自"上佳"号的年轻人继续说,他看了看古力特,"在我们的飞船完全进入森空间之前,它已经靠上来,我们的飞船保护了它。"

"哈。"李约素再次干笑一声,"都是藏猫猫惹的祸。"

古力特默不作声,他头一次遇到这样的事,一艘不能跳跃的飞船居然能够依附在其他飞船上跳跃,这听起来像是某些喜欢找刺激的富家青年钟爱的极限游戏。这也意味着,"天隼"号在死亡线上转了一圈,跳跃准备的时刻,掠食者无人机完全可以击毁"天隼"号。但是对方没有这样做。为什么?海盗的原则是损人利己,但他们的第二原则是损人不利己,如果无法得手,就毁掉对方。

"指令长,收到海盗飞船通告,使用的是银河通用编码。"

"放出来。"

一张严肃的面孔出现在屏幕上,他的皮肤是绿色的,没有头发,眼睛细小,嘴缩成圆形,向外突出。

"绿人。"古力特说。

"棒头人!"李约素说。

"我请求你们的庇护。这是一个将死之人的乞求。收留我的人将得到我的忠诚。"影像凝固。

"这就是全部?"古力特问。

"是的,只有这一则信息。发送了三遍。"

"告诉他,等候一小时。"

"指令执行。熊罴星已经收到我们的请求,同意驶入。"

"我们还有多久才能到?"

"六百万千米,我们需要十个小时。"

"那艘飞船还跟着我们?"

"它没有我们这么快,已经落在后面。熊罴星的警卫飞船已经发现了它。"

古力特看着李约素,"李约素船长,你对这些人很熟悉,你建议如何?如果我们不提供庇护,他会被熊罴星警卫飞船杀死。"

"他不怕死。"李约素回答,"棒头人从来不在乎被杀死,他们是天生的战士。"

"他说自己是将死之人,请求庇护。"

"棒头人不怕死。棒头人是很好的雇佣兵,他们忠诚,勇敢,无所畏惧,吃得少做得多,能适应苛刻条件,你所希望的士兵的优秀品质都可以在他们身上找到,只是他们不太聪明。但他们有个特点,一旦被团体抛弃,会发生一些意料不到的变化,有的人会变得狂暴、富有攻击性,有的会等死,还有些会选择自杀。但是这次这个很特别。"

"他有什么特别之处?"

"他在给自己寻找出路。这种棒头人很特别,他们会变得比一般棒头人聪明一些,也比他自己原先聪明一些。据说陷入绝境的棒头人,一百个中只有一个能变成这样。①"

"其他的九十九个棒头人呢?"

①这个数据并不准确,这样的情况发生的几率很高,大约在百分之三十到百分之四十之间,只变一个是李约素道听途说的夸大其词的说法。

90

"我说了,要么疯了,要么傻了,要么干脆自杀。"

"听起来似乎又是个传说……"

"这是事实,我见过一个。"李约素很坦然地看着古力特,"后来他失踪了,据说是为了掩护同伙,和一艘巡航飞船同归于尽。"李约素的声音有一丝犹豫,他没有说出全部的事实:那个棒头人是他的伙伴,而得到保护的飞船,就是他的"天狼星"号。

古力特看着李约素。他听说过这些绿皮肤的人,他们活跃在各个星域的边缘,是名副其实的边缘人,蛮族。然而,近来某些原因促使这些异族人类进入到科尼尔,要么是被达门塔的将军雇用,要么成为海盗,要么他们本身就是流浪军团。这些绿色人种身体强壮,更适合太空生存,而且数量越来越多,在科尼尔军事联席会议的议题中,专门包括这样的议题——是否要针对这群绿色人成立快速反应舰队。古力特没有料到居然会在这样的情况下遇到一个绿人。

"你建议我怎么做?"古力特问。

"收留他。"李约素毫不犹豫,"他将是你最好的卫士。"

"我不需要卫士。"古力特否决。

"那么让我来收留他。"李约素说。

"很抱歉,李约素船长,这里不是'天狼星'号,我们的主要任务没有达成,不能节外生枝。"

"那你问我做什么呢?"李约素愤然,"听着,这是一个落难的人,不管是不是棒头人,他是一个人。如果这是一个科尼尔人请求援助,那么你会帮忙吗?"李约素提高了声调。

古力特没有直接反驳。他盯着凝固的影像,虽然他接到过一些报告,然而还没有在这样近的距离上仔细观察过一个绿人的脸。这个异族人的脸部仿佛凝固的雕塑,细小的眼睛只是黑黑的两个点,看起来简直是死物,这不像是一双人类的眼睛。古力特从来没有接触过异族人,他有些吃不准是否能相信对方的话。他突然有个念头:如果沙达克在此那该多好,他可以帮助做出决定。

"如果……"古力特考虑着措辞,"他被同伴抛弃,肯定有某种理由。"

"有什么理由?你不是看见了,他躲藏在残骸区,他是那场战斗的幸存者而已。"李约素渐渐控制不住脾气。

"我建议收留他,他能够利用微小的机会不知不觉地跟着我们,至少他很敏捷果断。他当然也很危险,但这里是雷电家族的军事基地,这点危险完全可控。"来自"上佳"号的年轻人说。

李约素看了年轻人一眼,在这件事上,看起来他找到了同盟军。

"棒头人从来不会撒谎,他们有天性服从的基因。就算是一个敌人,他请求投降,难道你还是要让他死?"李约素继续说。

古力特仍旧不能决断。

"古力特船长,这里是熊黑星基地,不能让一艘海盗飞船打扰您的访问。"年轻人说。

古力特意识到年轻人话中有话,他正想说些什么,歌利亚的声音响起来:"指令长,熊黑星请求通话。"

"转过来。"

一个虚拟人影出现在舱室中央,面对着古力特,他穿着科尼尔军服,是一个精干的中年人。虚拟人影环视四周,他的视线落在年轻人身上,久久没有挪动。

这是雷电家族的人。李约素确信无疑。一眼看去,他和坐在左手边的年轻人有几分相像,同出自一个血缘。

"申秋将军,你好。"古力特说。他见过这个人几次,知道他是雷电家族最年轻的将军,据说他只有四十五岁,而雷电家族的人通常能活到两百岁以上;相比之下,科尼尔人只有平均一百岁的寿命。

"古将军,别来无恙?"申秋重新面对着古力特。

"在下特意护送'上佳'号事件的全部证人前来,请巴达将军和青柏将军进行听证。"

"我们收到了胶囊船信息,两位将军已经在等候将军大驾光临。"

"贵家族是科尼尔星域的中流砥柱,熊黑星是科尼尔第一要塞,仰慕已久,今日得见,果然名不虚传。"

"多谢将军。两位将军将和将军讨论'上佳'号事宜。警卫队报告有一艘掠食者飞船紧跟'天隼'号,飞船声称是从属跳跃。鉴于飞船紧跟'天隼'号跳出,我想确认它是否是'天隼'号从属飞船。"

古力特没有丝毫犹豫,"是的。这是'天隼'号从属飞船,请予以放行。这是'天隼'号途中俘获的海盗船。"

虚拟影像点点头,"感谢确认。我将在一号空港等待阁下大驾。"

"多谢!银河在上。"

"银河在上,再见!"

舱室里恢复了安静。有几分钟时间,没有人说话。

李约素明白古力特的想法——作为特使,同时也是"重装甲"号的船长,他不能在雷电家族眼皮底下失去尊严,一艘海盗飞船尾随"天隼"号而来,这是一个天大的笑话。与其如此,不如承认这是从属飞船,况且海盗飞船已经请求庇护。李约素暗暗钦佩——在短短的几秒钟内想清楚一切利害关系并不动声色,这需要坚强的心理支撑。古力特早先并不同意庇护,他想要听听古力特此刻又怎么说。

舱室里继续保持沉默。终于,古力特开口:"这样大家都很满意。

"歌利亚,送回信号,同意庇护。降低速度,等海盗飞船靠上来,解除所有武装,携带飞行。"

他看着李约素,"李船长,也许你可以给大家解释一下为什么你称他们为棒头人。另外,我不能违反舰队守则接受他,你是否能做他的庇护人?"

# 第十一章　熊罴堡垒

熊罴城近在咫尺。它不是球体,也不是环形,而是一个中空截锥体。它就像一个下宽上窄的咖啡杯悬浮在太空中,只不过规模大得惊人。杯子的环壁厚度达到二百千米,而杯子的直径是三千千米,从顶部到底部长一千八百多千米,整个底部是无比巨大的空港,停泊着无数飞船,密密麻麻。这是一个带有强烈环形世界特征的人工星球。

"天隼"号正从杯子的上沿顺着杯壁缓缓地向底部靠拢。钢铁壁垒在中央光柱中向着远方延伸,似乎永远没有尽头;飞行器时不时从旁掠过,大大小小,不是球体,便是椭球体,和天垂星制造的棱角分明的飞船有着截然不同的外观。

"他们怎么造出这么大的飞船?"布丁问。

"这不算是飞船,这是一个星球。"李约素纠正他。

"那他们怎么造出这么大的星球?"

李约素没有答话,而是看着古力特,"你觉得雷电家族的技术力量是不是超越科尼尔太多?"

"雷电家族是科尼尔星域的一部分。"

"哦,但是从前,他们和我们打过仗!"

"你是说十三年战争？那是很久之前的事，从那以后，雷电家族就是科尼尔的一部分。你说我们是指谁？"

"当然是说科尼尔。熊罴星是什么时候造的？"

古力特没有直接回答，"歌利亚，你知道吗？"

"熊罴星完工于九代二十一世四百七十五年，距今二百三十二年。<sup>①</sup>"

"战争一结束，雷电家族只是轻飘飘地说了一声'我们别打了'，和平就来了。"李约素说。

"你想说什么尽管直说。"

"是科尼尔征服了雷电家族，还是雷电家族征服了科尼尔？他们能够建造星球级飞船，打败科尼尔舰队轻而易举。"

"星球级飞船无法进行森空间弹跳。"

"那又怎么样，这么大的一个行星堡垒，把它拆了，建造几十艘'重装甲'号都没问题。科尼尔军队能抵抗这样的武装力量吗？"

"雷电家族隶属于科尼尔。"

"一个幌子而已。"

李约素的话尖锐而激烈，古力特认为最好避免谈话更深入下去，他岔开话题："我们还有三十分钟就可以在一号空港着陆。你准备拿棒头人怎么办？"

"是你同意接受他的。"

"我同意你借用'天隼'号收留他。你是他的庇护人。"

"你真的不想吸收他进入你的卫队？我打赌你要后悔一辈子。"

"别为我担心。还是说说接下来我们应该拿头顶上的这个家伙怎么办吧。"歌利亚解除了掠食者飞船的武装，飞船完全熄火，没有一点动力，"天隼"号使用高强度磁场把它吸附过来，位置正好在古力特的头顶。

"到了空港，我来对付。这可是我在帮你的忙，而不是你帮我，对不对？"李约素说。

古力特微微一笑，"别出岔子就是了。"

---

① 科尼尔纪年以千年为世纪，十万年为代纪。

"天隼"号继续向着中空截锥体的底部空港靠拢。空港里大大小小的飞船变得清晰起来,那是无数的飞船尾部。这是一个通过式空港,舰船不需要掉头,也禁止掉头,它们驶入空港,然后从另一面驶出。熊罴城的底部仿佛一个充满孔眼的筛子,而飞船就停泊在孔眼之间。密密麻麻的孔眼,川流不息的飞船。

一半以上的孔眼里停着飞船,粗粗数去,足足有上千。

"这里到底停了多少船?"李约素问。

"一千六百七十五艘,还有八百零三个泊位。"歌利亚很快给出答案。

"天垂星的第一宇航中心有这么多的泊位吗?"

"第一宇航中心拥有泊位三千四百七十五个。"

"你连飞梭都算上了吧?"

"重吨泊位四十四个。"

"第一宇航中心如果泊上四十四艘重型主力舰,恐怕就面目全非,要改名第一太空棒槌。这里成千上万的飞船,和熊罴星本身相比什么都不是。这就是实力!这么强的实力,为什么到现在还没有把达门塔那些臭蛋打趴下?"

李约素再次看着古力特,古力特并没有接他的话头。李约素扭头,正碰上年轻人的视线。年轻人直直地看着他,面无表情。也许他不喜欢自己谈论熊罴城和雷电家族的语调——李约素这么想,但是作为一个前科尼尔军人,尽管曾经被俘虏,他还是充满勇气地逼视着对手。

沉默的三秒钟。

"你说得对。"年轻人突然开口,"这样的做法很蹊跷。"说完他自顾自地低下头,仿佛在沉思。

李约素对这突如其来的肯定有些莫名其妙,然而年轻人不再说话。

"天隼"号抵达目的地。宽敞而绵长的通道近在眼前,歌利亚控制着飞船稳当地钻进去。钻这个字也许并不合适,尽管通道大门仅仅打开了一道小缝,但这道缝的截面积至少是"天隼"号的十倍,驶入毫不费劲。这是一个重吨泊位,天隼号只是一艘小飞船,也许科尼尔所有的飞船都能够通过这里——"重装甲"号除外。

通道内部灯火辉煌,"天隼"号处在一个极大的空间中。重力悄然而至。"天隼"号靠在通道壁上,歌利亚发出对接指示。一些窗口般的结构蓦然间显露,结实有力的机械手从窗口伸出,从各个方位抓住"天隼"号,最后,一道门打开,巨大的机械向外伸展,形成一个平台,紧靠在"天隼"号下方。平台上飘出一些白色泡沫,很快,整个平台上都是泡沫,弥漫成一片。突然之间,泡沫迅速膨胀,一片白茫茫地向着"天隼"号压过来,转眼间将"天隼"号淹没。不过一分钟,一切恢复正常——变化还是有的,高高的透明幕墙把"天隼"号整个包围起来,而空气已经填充完毕。

"真他妈的漂亮!"李约素目睹了整个过程,当歌利亚把镜头指向透明幕墙时,他情不自禁地送出一句赞美。

古力特看了他一眼,"李约素船长,下船之后你要看好那个海盗,别让他制造麻烦。"

李约素故意不看古力特,他举起右手,拇指和食指拢成一个圈,其余三根手指直挺。古力特看着他的手势,若有所思。

几个人从空港大门里走出来,站在平台上。中间的那个人正是申秋将军。

"天隼"号放下舷梯。古力特走了出来,李约素紧跟他,然后是来自"上佳"号的年轻人,最后是军官。

古力特和申秋拥抱。

李约素四处打量。跟在申秋身后的两个卫兵很高大,高过李约素一个头。他们穿着绿色的盔甲,面孔居然是红色,看起来很古怪。还有两个人站在稍远的地方,穿着科尼尔军服,一本正经,面无表情。

突然间,所有人的注意力都被吸引到"天隼"号上方。一个人影正居高临下,俯视着平台上的所有人。

李约素上前一步,"我是李约素,你的庇护人。下来吧。"

站在"天隼"号上方的人盯着李约素,又看看其他人。没有人表示异议。他直直地跳了下来。细长的身形在空中舒展,姿势很美妙。身体轻巧地落地,他就势收拢身体,然后飞快地站起身,向前走了几步,站在李约素面前。"是你收容我?"他说,带着明显的达门塔口音。

李约素举起右手,掌心贴着额头稍作停留,然后快速地在左肩、右肩、额头、腹部各碰触一下,最后把手放在心脏部位。绿色的棒头人显露出一丝惊讶,他举起右手放在心脏部位,向着李约素躬了一下身,然后直起身子,一言不发,只是看着李约素。

"你叫什么?"

"天狼七。"

"这是绰号吗?"

"我的名字叫天狼七。"

"这也太巧了,我的飞船是'天狼星'号。我收容你,以后我们就是一伙的。"

"是。"

李约素向古力特和申秋看了一眼,"好了,结束了。"

申秋问:"你是李约素船长?"

"不错。"

"李约素船长,对于您带来的消息,雷电家族非常感激。也感谢您跟随古将军长途跋涉来到熊罴星。"

李约素一挥手,"不用谢我,你还是谢谢古力特吧!我可没打算来这里。"

古力特和申秋说了几句,申秋转身向空港内部走去,古力特和他并肩而行。申秋的卫兵紧跟着他们。其他人也跟上去,李约素却在原地站着,没有动。天狼七站在他身后,也没有动。

前边的人走出一段距离,发现李约素并没有跟上来,他们停下,所有人都看着李约素。

"李约素船长,怎么了?"申秋问。

"我在'天隼'号上等着。"李约素说。这是雷电家族的地盘,尽管他同意到这里来作证,但是事到临头,他突然十万个不情愿走进去。"天隼"

号是科尼尔飞船,只要还在"天隼"号上,他就没有离开科尼尔。

"李约素船长,您是我们尊贵的客人,如果雷电家族有什么不周到的地方,请明说。"

"我有点不舒服,待在'天隼'号上比较好。"

申秋疑惑地看着古力特。古力特正想走回去,来自"上佳"号的年轻人从人群中走出来,走到李约素面前。

"船长,我需要你一起找出真相。"他低声对李约素说,说完之后看着李约素。

李约素一怔,年轻人在请求他的帮助,却使用了一种理所当然的语气,刹那间让李约素意识到自己的举动有些幼稚可笑。

他不想就此认错,于是扭头不答。

来自"上佳"号的年轻人点点头,转身走了回去。李约素跟了上去,天狼七紧跟着他。

熊黑星的一号空港专为接待贵宾而设计。贵宾厅里陈列着各种各样稀奇古怪的物件,每一件物品都很精致,琳琅满目,让人目不暇接。李约素曾经见过许多奇特的物件,包括在"重装甲"号的林园,比如一些奇怪的瓶子和石头,他认为那是纯粹的浪费,并没有什么用。然而此刻,当如此多的精致摆设铺陈在他眼前,他感到一种无法名状的愉悦。简单的一个场景,让他明白了很多,比重复一百遍还要管用——人需要这些东西,渴望拥有这些东西。

然而有些人并不需要这些——古力特仿佛视而不见,他直接走到屋子里,在最靠里的椅子上坐下,腰杆笔挺。军官跟着他,在他身后站定。李约素注意到这张椅子不是钢铁也不是塑料制品,它居然是木头的;屋子里所有的家具都是木头做的。年轻人站在门口,四下里打量,但是显然他的注意力并不在这些造型奇特的摆设上。

李约素沿着陈列物品走过去,突然间他停下脚步。一样东西引起他的兴趣,这是一座黄金雕像,足足有一米高,雕像中央是一个跳舞的人,手脚并用,摆出一个难度极高的姿势,人像的四周是一圈火焰,夹杂着雷电的象征图案。在灯光的照射下,雕像熠熠生辉。

李约素突然听到身边一声粗重的呼吸,他转过头,天狼七正盯着雕像,眼睛仿佛在闪光。显而易见,他被这东西所吸引,以至有些情不自禁。

"你认识这个雕像?"李约素问。

"我好像见过,它很眼熟,印象深刻。"天狼七回答,一直目不转睛地盯着雕像。

人们的注意力都被吸引过来。

李约素有些不满,他不喜欢在被动的情况下被人注视。类似的雕像很常见,各种黑货市场或者星门酒吧里,经常有人兜售此种物品,那都是廉价金属制造的便宜货,人们通常把它看做一种幸运符。这座雕像显然有所不同,它是纯金制造的,至少表面如此——李约素相信能够用木头来制造椅子的人不会吝惜这一点黄金;舞者面孔栩栩如生,那些廉价货通常都是面目模糊,或者根本没有面孔;最重要的是,火焰环绕着舞者,舞者在烈焰中跳舞,这不是一种寻常的意象,李约素所见过的廉价品都没有火焰环绕。

"只是一个精致的玩具,别大惊小怪!"李约素随口对天狼七说。

"这不是玩具。"有人反驳,循声望去,贵宾厅的一侧不知道什么时候打开一扇门,六个人正站在门里,居中的两个服饰华丽,看上去年纪不小。古力特原本背对他们,听见声音他迅速起身,转过去向着来人敬了一个军礼,"二位将军,应雷电家族的要求,古力特前来移交'上佳'号相关证据。"

两位将军向古力特点头致意。其中一位缓步走向前,众人的目光都随之移动。他最后在李约素面前停下。隔着李约素,他看着天狼七。

天狼七却恍若不觉,只是盯着雕像。

"你见过这个雕像?"将军问天狼七,神色平静,让人无从揣测意图。

"这是青柏将军。"古力特说,他用眼神向李约素传达了一个明确的信号。

李约素并没有理会。天狼七仍旧死死地盯着雕像,连眼皮都没有抬一下。

"有什么事就和我说吧,我是他的庇护人。"李约素全然没有对待大人物应有的恭敬,他不喜欢雷电家族,也不打算隐瞒这一点。这些人比他聪明,瞒也瞒不住。

青柏将军并没有因为李约素并不友善的语气而改变态度,仍旧不紧不慢地说:"这是一件很重要的东西,它具有神圣的意义。现在很少有人知道这一点,很多人以为它只是一个玩具,但是曾经它很重要。"他说完扫视一圈。

李约素有些莫名其妙,所有人都知道这是一种护身符之类的东西,在星门间来往的人们偶尔会买上一个,作为灵符收藏。没有人真的相信护身符能够灵验,然而人们总是会抱有一些期望,哪怕明知道这东西绝不可能有什么神力。李约素从来不相信这个,即使作为美好祝愿。

"将军,你是要给我们讲故事吗?"李约素问,脸上挂着讥讽的微笑。

青柏将军看了李约素一眼,"是的,的确有一些故事。但是……"他的视线再次落在天狼七身上,"如果他能告诉我一些故事,那就再好不过。"他的语气很平淡,却有一种不可抗拒的威严。他再次对天狼七说:"如果你有任何关于这个雕像的故事,我非常乐意洗耳恭听。"

# 第十二章　直上青云

"没有什么故事。"天狼七冷冷地拒绝了青柏将军。

"你是否知道一个部族叫做沙冈？"青柏将军问。

天狼七盯着青柏将军，不置可否。他对此全然没有任何印象，然而青柏将军的话让他深感兴趣。

"我来讲讲关于这个雕像和沙冈人。"青柏将军走到古力特身边，"坐吧。我们不需要站着讲故事。

"你们都知道环形世界，还有鑫船巡游银河，在各个星域之间往来。沙冈人同样如此，他们和我们一样，属于银河巡逻者。不过我们和他们之间有些不同，在一定程度上，我们还是建设者；而他们，是纯粹的战斗舰队。他们拥有大舰队，在群星间巡逻，为所有人类提供保护，他们是那个时代的英雄。他们的母舰是'平准'号，那是银河中最坚不可摧的大船，很难想象有什么力量能够把它击败、打垮，然而不知道什么原因，沙冈人突然销声匿迹……我们迫切地想要了解原因，可是，曾经的沙冈舰队已经消失了，我们还能找到沙冈战士，他们却都沦为雇佣兵，甚至不知道自己的祖先曾经辉煌强大。"

青柏看了看天狼七。天狼七仍旧面无表情地站着，然而他看着青柏，仔细地听着每一句话。

青柏将军指着神像，"对沙冈人来说，这是神像。沙冈人相信这是世界的创建者。合成材料、金属或者岩石的神像不会有什么真正的力量，沙冈人不是偶像崇拜者，但他们相信人类社会由这神像所代表的力量所创建，这是所有人类的源头，银河文明的源头。但是星域崛起，这些生长在各星球的人类各自发展，相互争斗，甚至相互敌视。巡逻者经常遭遇这样的情形，被来自星域的各种力量攻击，也许沙冈人也遇到类似的情况。总之，他们不再是强有力的巡逻者，舰队不复存在，沙冈人被排挤到各个星域的边缘地带，成了星域人眼中的野蛮人。

"但是毋庸置疑，他们曾经拥有一支辉煌而伟大的巡逻者舰队。"青柏将军环视大家，"不过他们的舰队已经销声匿迹很久，我们最后一次和沙冈人会面，大约在一百万年前。"

青柏将军很平静地讲述沙冈人的历史。李约素有些隐约的印象，在他还是一个学员的时候，听说过此类久远的传说。

传说仅仅是传说，传说的时代已经完全不可考，因此成了神话，当时到底发生了些什么没人知道。科尼尔星域拥有九十万年的历史，九十万年对于科尼尔人说几乎就是永恒，科尼尔辉煌的过去已经大部分湮没，不为人所知。沙冈人存在于科尼尔星域建立之前，属于史前史，那更是一团模糊，完全没有任何踪迹可循。

人们都看着青柏将军，等着下文。古力特有些困惑。他知道雷电家族隐瞒了一些重要的东西，而且事关重大，否则作为三三舰队的最高指挥官，他不需要为了一艘失踪飞船便千里跋涉，沙达克更不会要求他来。"天狼星"号事件是一个很好的理由，让他可以堂而皇之地来到这里，而避开所有烦琐的流程。他认为雷电家族会试图继续保守秘密，却没有想到青柏将军竟然开始谈这些离题万里的事。在正式或者非正式的外交场合，他习惯了用无谓的话题打发时间，然而，他并不认为青柏将军会刚一见面就避重就轻扯开话题。

古力特打量神像，那的确是一件精美的艺术品，然而，也只是艺术品而已。

青柏将军看着天狼七，"这些事，你知道吗？"

天狼七摇摇头，"它看上去很眼熟，我一定曾经见过它，你说的我不知道。"

青柏将军说："你们就是沙冈人。"

李约素插上一句："你怎么知道？这跟我们又有什么关系？我们大老远跑来，不是为了听故事。"

青柏将军盯着李约素，这个死里逃生的科尼尔人显然抱着并不友好的态度。星域的人们总为了一些无足轻重的小事而忽视了事情的本来面目，他们总是搞不清楚自己的目的，因此也不知道自己在做什么。但是他们也有一些优点，比如强烈的动机。一旦行动起来，他们比巡逻者更富有激情和创意。

"这不是故事。"青柏将军认真地说，"请牢记，'平准'号是雷电家族所知的最坚固的飞船，而沙冈人，是最强悍的巡逻者之一。并且，最重要的一点是，我们相信'平准'号仍旧存在，就在科尼尔星域或者附近。"

人们没有回应，大家都在考虑青柏的话外之音。

青柏将军面向古力特，"古力特将军，这里没有外人，我们可以有话直说。我很热切地欢迎你们的到来，至于这位沙冈人，虽然他原本不在计划之中，但是你们把他带来，这非常好，我们正需要寻找沙冈人。你亲自到熊罴星来，自然有自己的目的；我们要求你前来，也有我们的理由。我们可以非常坦诚地面对彼此。"

古力特看着青柏将军。

青柏将军向巴达将军看了一眼，巴达将军点头。

"诸位，我们要换一个地方。请原谅没有合适的礼仪来欢迎大家，银河在上，我们是同一条船上的伙伴，彼此不需要客套。我们正面对非常严重的问题，需要集中每一个人的力量，如果之前有什么成见，也希望大家从此完全抛开，我们可以仔细地讨论一下将来的计划。"

李约素抱着冷眼旁观的态度而来，本来打算看一看古力特和雷电家族的将军们之间如何虚与委蛇，也想看一看这些大人物面对挑衅的窘态，却没料到青柏将军对他几次故意打岔泰然处之，更说出一番坦诚直白的话，他陡然感到一丝羞愧，立刻接上青柏将军的话："是的，我们应该坦诚相见。"

古力特却感到一阵沉重。这样的开场白太直接，让他有不好的预感。雷电家族在熊罴星苦心经营，名义上，他们给科尼尔构筑了一道坚固的防线，让达门塔人不能越雷池一步，但他们一定还有其他目的——"天狼星"号带来的情报明确地说明了这一点。在过去的几百年里，他们没有表露，甚至没有任何暗示，此刻，他们居然准备用最直白的方式说出来。虽然青柏还没有说到底是什么问题，但可以想象这件事一定很糟糕。

古力特看了一眼巴达将军。雷电家族的首席将军坐在青柏左边，从头到尾，没有说一句话，脸上也没有任何表情。

"我完全听从将军的安排。"古力特说。

雷电家族的两位将军站起身，他们走向刚才进来的门，古力特随后走去，贵宾厅里的人们陆续跟上。

李约素再次落在最后，天狼七跟着他。

申秋还没有走，他站在门边，"李约素船长，有什么疑问吗？"

"没有。我只是想再看看这些陈列品。"李约素没有继续和申秋为难，他走向门口。来自"上佳"号的年轻人走在前面，突然间转过身，"船长，看来今天我们会听到很多秘密。"他丢下这一句，继续向前走。

李约素一怔，等他回过神，年轻人已经走出好几步。

李约素看着这名年轻人的背影。是的，这是一个雷电家族的人，尽管他失去了所有的记忆，毫无疑问，他就是雷电家族的人。他的话总是简单明确，接连几次，都在李约素有些不耐烦的情况下恰到好处地让他冷静下来。这是一种特别的能力。也许雷电家族的人都有这样的本领，这个念头让李约素感到沮丧——雷电家族是他的仇敌，虽然他一辈子不可能复仇，但至少他可以认为在一对一的情况下，还有几分胜算。但是这几天的时间，和这个年轻人的接触让他意识到，这只是幻想，雷电家族比他所了解的更厉害,他们中的每一个个体,可能都远远超越他。另一个念头让李约素感到些许温暖——这个年轻人在帮自己,即便他是雷电家族的人,即便他知道自己对雷电家族并不友好。

"李约素船长,请。"申秋在背后催促他。

李约素赶紧跟上去。

一行人进入电梯,电梯高速运行了足足两分钟。

从电梯出来,眼前一亮,李约素不禁发出一声轻微的赞叹。巨大的柱状结构顶天立地,银白发亮。层层叠叠繁忙的车流围绕柱体运行,川流不息,仿佛从来不曾停歇。类似的柱体一根接着一根,向四面八方伸展开,柱体银白发亮,缠绕的车流就像黑色的蜂群。这是从未见过的奇观,李约素抬头观察身旁的柱体,尽管其上闪着银色的金属光泽,还是能看到一丝丝黑色夹杂其中,若隐若现。柱体直通而上,略带盘旋,最后和青灰色的天顶相接,因为过于遥远,柱体上端看上去成了一线,而与天顶相接的部位,不过是小小的黑点。这样的一个柱体,只有连接天垂星和第一宇航中心的天梯可以与之相比。极目远望,巨大的柱子一直延伸到天尽头,消失在地平线下,配合天空青灰的色调,展现出一派苍茫寥廓。李约素沉浸其中,久久地注视着,舍不得挪开视线。

李约素不经意间看看古力特。他跟在雷电家族的两位将军身后,没有落下半步,对于眼前的情形似乎并不在意,只是随意地看上几眼。

两辆飞车从轨道上脱离,降落在他们面前。

巴达和青柏将军及他们的随员乘一辆车,古力特一行人上了另一辆,申秋带着两个人陪着他们。

飞车平稳地飞行。车体半透明,可以隐约看到下边的景色,而窗口则完全通透。飞车上的人们透过窗口鸟瞰地面。和单调均匀的青灰色天顶不同,地面被浅色的条状物划分成规整的方格,每一根天柱都落在方格的顶点。方格中间是平整光滑的蓝色晶体,光影在晶体中滑动,由远及近,又倏忽间远离。

"这是什么,这些蓝色方格?"古力特问。

"超导模块。"申秋回答,干脆利落。

"你是说超导晶体?全部都是?"

"蓝色部分都是超导模块,天垂星那边也把它叫做超导晶体。"

古力特不再说话。在科尼尔,超导晶体是战略物资,军部有四个特别委员会,其中之一叫做资源控制管理委员会,绝大部分人都认为这个委员会是对行星资源进行规划控制,但事实上,这个委员会只管理一家公司,而这家公司唯一的产品就是超导晶体。超导晶体在一百八十度到二百七十四度的温度范围内保持超导性(科尼尔采用绝对温标),是制造高能束流武器必不可少的材料,产量极其有限,因为战争,更是供不应求。它被用在高能束流武器上时,只需要薄薄的一片晶箔。古力特从来没有想到居然有人会以这样的规模来使用它,这简直是过于奢侈了。

古力特想起李约素的问题——到底是科尼尔征服了雷电家族,还是雷电家族征服了科尼尔?他看着窗外,长久保持沉默。

李约素也长久地看着窗外。他对于下方的景色并没有什么兴趣,而对飞车本身却感到很好奇。飞车没有翼,和一般的大气层内飞行器截然不同。它是一个椭球体,不断加速,也不断变形,最后形成前尖后圆的水滴状,就像一滴水在空气中高速前进,因为空气阻力而成了锥形。李约素注意到一些红色线条,这些线条遍布整个车体表面,颜色黯淡,很难被发现,线条众多,纵横交错,形成网络,有隐约的光在这样一个网络中运行。李约素努力追踪那捉摸不定的光,逐渐地,恍惚间他仿佛看见半透明的船体中也有类似的线条,然而是浅浅的蓝色,游移不定。他眨眨眼睛,线条又消失了,但李约素认为那并不是幻觉。

"这飞车很奇特。"他开口说。

申秋转过头,"李约素船长,您说什么?"

"这飞车很奇特,我从来没有见到过类似的东西。"

申秋微微一笑,"您一定见过气泡飞行器。"

气泡飞行器?李约素想不起自己曾经听说过这个名词,名词本身倒是浅显易懂。

"我不知道……"李约素看着申秋。

申秋有些诧异，马上他意识到李约素并不是天垂星人，到底来自何方还是一个谜，他想了想，说："雷电家族曾经向天垂星移交了气泡飞行器技术。气泡飞行器利用反重力技术在空中停留，利用气流管推进。这个飞行器和气泡飞行器的基本原理是一样的，但是动力更强大。我们叫它流体颗粒。"

"流体颗粒？这名字有些奇怪。"

"你看。"申秋指着前方，李约素顺着他的指示看过去。飞车正经过一根天柱，无数的飞车围绕粗大的柱子盘旋上下，"在整个结构里，它就是一个颗粒。"飞车的洪流上下翻腾，仿佛连绵不断的流体。

"哈，这还真有趣。"李约素哈哈笑了两声，"这又是个什么结构？"

申秋笑而不答。

"哦，你还卖关子。"李约素向着古力特看去，"古船长，青柏将军刚说了我们要团结一致，申秋将军就开始保守秘密了。你说这该怎么办？"

申秋赶紧开口："李约素船长，这个问题解释起来比较复杂。我也并不清楚。如果你真的需要知道，你可以向沙达克请教。我们很快就会见到他。"

"沙达克！你是说熊罴星沙达克?!"李约素有些惊喜，一个行星级堡垒的沙达克，这会是一种什么样的存在？他会和天垂星沙达克一样古老吗？

"熊罴星没有沙达克。雷电家族最年长的沙达克在'青云'号上，这也是我们的目的地。"

"青云"号。李约素一愣。

"'青云'号？我们要去'青云'号？"古力特发问。

"是的。"

"这真是……荣幸之至。"古力特说。"青云"号是雷电家族的领导船，据说从来没有外人踏上这飞船。

从他们进入 RH149 星系，一切规矩都被打破。申秋允许掠食者飞船跟随"天隼"号进入熊罴星——正常情况下,附属飞船只能停留在外围;他们在一号空港迎接"天隼"号——一号空港只对大型舰只开放;对天狼七异常宽容——他并不在名单上,而且曾经是一个海盗;两位将军直接接见他们,与两位将军相比,他们不过是一群无足轻重的小人物;他们被直接带到熊罴星内部——超导模块矩阵,流体颗粒,这些绝密对他们毫无保留;此刻,他们要去"青云"号,雷电家族的领导舰,传奇之舰。据说这艘飞船至少有超过一百万年的历史,比整个科尼尔星域的历史还要长远;据说它是一艘活着的飞船,船体没有金属,而是由有机体构成,类似于一个巨大的生物,然而除了雷电家族,从来没有一个真正的科尼尔人登上过这艘船看一看究竟,甚至没有人知道,这艘飞船到底长什么模样。

异乎寻常的举动意味着事态紧急,尽管登上"青云"号听起来是一个好消息,古力特的心情却变得更加沉重。

# 第十三章　异度空间

　　飞车掠过一根又一根天柱。突然间,它开始变形,从水滴状恢复成椭球体,而速度也急剧地降下来。

　　前方出现了天柱,在视野中急剧扩大。飞车并没有规避,而是直直地撞上去。缠绕着天柱的颗粒出现一些扰动,它们上下分开,让出通路。天柱上出现小小的洞口,缓慢张开,尽管飞车不断减速,但相形之下,窗口的打开显得过于缓慢,飞车几乎就要撞在柱上。一瞬间,飞车冲了过去,车体和窗口几乎完全吻合。紧接着,第二架飞车也进入到柱体中。

　　没有丝毫停顿,飞车从水平飞行开始转入上升。强大的惯性把人们紧紧地压在座椅上。十几秒钟后,超重感消失,飞车已经运行在竖直的管井中。

　　这就是天柱。李约素透过车体向外看,他们仿佛正在乘坐观光电梯,周围五彩缤纷,大大小小的团块上上下下。电梯居然是五颜六色的,李约素觉得有些离奇。距离不远的位置上,一个红色团块正和他们并行,突然之间,团块变得透明,李约素看到了青柏将军一行人。青柏将军正向他致意,他也挥手回应。

　　"李约素船长,我听说你对申秋有些意见。"他听见了青柏将军说话。

"是的,他没有遵照你的命令。"李约素大大咧咧地回答,但猛然间,他意识到他和青柏之间隔着两重船体,而青柏的说话声却仿佛正和他面对面,这个细节让他的心咯噔一跳。

青柏看着李约素,眼神仿佛洞穿一切,"船长,我说过,我们已经在同一条船上。大家需要同心协力。雷电家族不会有什么保留,任何保留也没有用。"他看了看古力特,然后看着李约素继续说,"如果你有什么想法建议,尽管说出来,只要合理,我们都会考虑纳入计划。"

青柏将军语气柔和,也很恳切,却让人自然地感到一种威严。李约素隐隐有些不快,但是理智告诉他任何抗拒言辞都不合时宜,他强行把这种不愉快的感觉压到心底,"好的,将军。我们会合作愉快。不过从一号空港开始,我们好像在兜一个很大的圈子。你是想向我们展示熊黑星雷电家族的强大和先进吗?"

青柏露出一丝微笑,"前方就是目的地,三分钟后见。你们还会有点小小的意外惊喜。"

说完,团块重新变成红色,再也看不见青柏将军。他没有留给李约素提问时间。

李约素看着古力特,"你说他会给我们什么惊喜?"古力特抿着嘴,没有说话。

……

飞车周围在刹那间变得一团漆黑,一切都消失不见,四周仿佛浓得化不开的墨。

"这是哪里?"李约素几乎本能地问出这个问题。

"对接通道。"飞车上有一个声音回答他,这声音从飞车的每个角落同时传来。

"什么对接通道?"李约素接着问,他意识到身边的任何一个人都没有说话。"你是谁?"他马上问,"它是谁?"李约素又转头问申秋。

没等申秋回复,声音回答了问题:"你好,李约素,我是沙达克。欢迎来到'青云'号。"

沙达克话音刚落,飞车周围变成一片光明,仿佛正置身于一团光亮中。光亮很快消散,飞车正在船舱里,而且已经稳当地停下。李约素看了古力特一眼,"重装甲"号的船长仍旧很沉静,然而他的脸上有一丝惊异的表情,稍纵即逝,却没有逃过李约素的眼睛。他被这诡异的降落方式吓到了,李约素想。

飞车直接出现在"青云"号的船舱中,车上的人们没有感觉到任何加速度。整个过程中,惯性仿佛不存在。这就是青柏将军所说的意外惊喜?李约素有些狐疑,这一次,他看了看古力特,忍住没有问出口。

舱门打开,乘客们走出来。他们置身于一座高台之上,需要从梯子上走下去。

天狼七紧跟在李约素身后,突然间他紧走几步,站到高台边,紧盯着一个方向。李约素扭头看去,隔着七八米的距离,是巨大的浮雕,那画面中央,正是婆娑的舞者,模样和之前所见的黄金雕像分毫不差。

李约素走过去,"天狼七,你没事吧?"

天狼七缓缓摇头。

李约素望着雕像,"这看起来真大呢!他们怎么把雕像放到这里。这一个也很眼熟吗?"

天狼七缓缓点头。

他的视线始终没有离开雕像。

青柏将军的飞车落在另一座高台上,他们正缓步从高台上下来,听到这边的响动就朝这边看过来,青柏将军和巴达将军交换了一个眼神。

"李约素船长,请你和天狼七下来,沙达克在中央控制舱等着我们。天狼七,我知道你有很多疑惑,这些疑团都会被解开。"

"走吧,天狼七。我们有大事要做了。"李约素招呼天狼七。天狼七充耳不闻,只是定定地看着雕像。棒头人是心思单纯的家伙,他们很难产生疑惑,一旦产生,却很难放下。

天狼七的个子不高,比李约素低半个头,李约素伸手拍在他的肩膀上,隔着衣物,能感觉到他坚硬的肌肉,"走吧,兄弟。"

天狼七默默地跟着李约素走下高台。所有人都聚齐了,一扇门打开,青柏走在最前头,人们三三两两依次跟着,李约素和天狼七走在最后。这一次,不是天狼七跟在李约素身后,而是李约素跟着他,不断地轻轻推他。天狼七并不情愿地被李约素推了几步,他最后还是服从了自己的庇护人,跟着人群走进通道。

在走进门之前,李约素回头看了一眼,婆娑的舞者雕像栩栩如生,他从来没有见过如此巨大的雕像,晶莹剔透,透着隐约的光。这样的雕像充满宗教气息,流露出高贵而自然的平静,然而李约素觉得有一丝说不出的诡异。

他最后看了一眼,转头走进门。诡异的感觉缠绕在心头,李约素忍不住再次回头看,却惊讶地发现雕像正在迅速消失,转眼间什么都不复存在,只剩下光滑的白色墙体。门迅速而悄无声息地关上,把一切都隔绝在那一边。

沙达克,只能是沙达克!李约素定了定心神,快步跟上天狼七。在中央控制室,他将见到沙达克,也许比天垂星沙达克更为古老。一切问题都会从他那里得到答案。

"青云"号的中央控制室是一个半球形空间,很大很空旷,然而除了屏幕还是屏幕。大屏幕彼此间相互交错,小屏幕镶嵌在大屏幕里边,更小的屏幕时不时跳出来,快速扩大,从一个点,变成小小的平面,最后是独立的一面,而原有的大屏幕却在翻滚中消失……众多的屏幕相互混杂,飞快转换,让人根本无法看清,它们杂合在一起,仿佛一个巨大的魔方,不断地翻转着每一个侧面,而它有数不清的侧面。不过,其实没有什么屏幕,只有无数的光影翻腾。十多个人靠着墙壁站立,静静地看着头顶的光影游戏。

"那是沙达克在思考。"李约素听见巴达将军说话,扭头望去,看见来自"上佳"号的年轻人站在巴达将军身边,将军微微低头,和他说些什么,声音不大,再也听不清下边还说了些什么。失去记忆的年轻人静静地听着巴达将军在他耳边细语,时而微微点头。

突然间魔方停止转动,强烈的光照射在控制室中央。

"沙达克,我们都在这里了。"巴达将军说。

"巴达,我可以开始了吗?"沙达克说。

"是的,请开始。"

图景蓦然出现在光柱中央,浅浅的红色之上布满稀疏的孔洞,就像被染了色的蓬松面包。星星点点的黑色球体镶嵌在浅红色的背景中。

"这是 RH149 的空间密度图。每一个黑点代表一个天体,中央最巨大的点是中心恒星。行星、卫星、彗星以及人造天体,所有天体都有唯一对应的黑点。所有黑点也唯一对应一个天体,但这三个位置是例外。"三个亮点在密度图中闪光,转眼间,正常的星图出现在屏幕上,在亮点的位置,什么都没有,图像切回密度图,在浅红色的背景上,那是分明的三个黑点。

"它们没有对应物质。这三个黑点绕着恒星旋转,它们并不是星体,在正常空间里,什么都不是,然而却拥有类似于星体的密度。飞船进入这个区域,会掉入引力陷阱,当然这里不存在实体,飞船并不会坠毁,只要有足够的动力,仍旧能够爬出来。佛德明特第三时空模型预言了这种区域的存在,这是另一空间的物质在我们世界里的投影,这个另一空间被假设为 X 空间。在 RH149 星系现象被记录在案并彻底研究之前,我们认为这只是理论上的可能,但 RH149 提供了一个真实模型。这些投影,我们把它命名为虚星体。"

星图开始运动,三个虚星体的轨迹被标示出来。它们绕着中心恒星旋转,就像行星。它们在同一条椭圆轨迹上运行,位置正好将轨迹三等分,而速度也完全一样。

"每一个虚星体的引力强度时刻都在变化,根据观测,三个虚星体具有完全相同的变化模式,通过轨道的不同部分时会产生相应的质量变化,并保持速度不变。从这样的迹象判断,这是一个天体在 X 空间围绕中心恒星运动,而 X 空间具有三轴向特性,从而导致这个物体在我们的空间内产生了三个等价投影。"

"什么叫三轴向？"李约素忍不住插嘴。

"轴向是衡量空间维数的计量单位，理论上，空间可以有无数种维度，我们的宇宙最高可以达到十一维。我们的三维空间是单轴向空间，只有三个维度展开，其他维度蜷曲；三轴向表示类似的空间在三个方向上具备三维性质，它至少有四个维度展开。四维度空间最多具有四个轴向，但是我们讨论的这个空间可能在某个轴向上缺失，导致虽然它是一个四维空间，却只有三轴向。这是盘古空间的一种。"

盘古空间？李约素听说过太多关于空间的名词，什么畸形空间、异型空间、卡特空间、印度空间、扭曲空间、弥诺陶洛斯空间、牛魔王空间……科学家总是会创造许多生僻的名词，甚至他们会使用不同的名词来表达同样的概念。他想问问盘古空间到底表示什么，但最后他没有问。一个问题总是会引出另一个问题，甚至更多问题，更何况，沙达克的这段解释已经让他感到如坠五里雾中，再多的解释也不顶用。他决定先听沙达克把整个故事讲完。

"熊罴星也在这条轨道上？"古力特问。

"是的。"沙达克回答，星图上显示出熊罴星的位置。它在两个黑点之间，随着轨道位置的变化，速度时快时慢，大体上和两个黑点保持等距，而和第三个黑点遥遥相对。

"这条轨道上是不是应该有一颗行星？"

"是的。熊罴星所在的位置，曾经有一颗行星，三类星球，RH149。但是这个星球不复存在了，初步判断，它被空间灾变吞噬。"

"什么叫被吞噬？一颗星球平白无故消失了？"李约素有些惊讶。

"这是复杂的宇宙空间学案例。最简单的解释是这个星球所在位置的宇宙膜破裂，星球脱离我们的时空。宇宙膜是一个复杂的宇宙模型，到目前为止，这是一个正确的模型。原有的星球消失了，它不是被摧毁，而是彻底消失，不复存在，从我们的宇宙膜里掉出去。掉在哪里，后来有什么命运，已经超出我们能够观察的范围，无从得知。"

一个网兜里放着动力服头盔，网兜破了，头盔掉落。李约素的脑子里出现这样的一幕,这显然不是现实的图景,然而是李约素能够想象得出的图景。宇宙是一层膜,这样的说法足够通俗,却对真实的物理毫无帮助。那不是李约素这样的人能够理解的物理图景。

中央控制舱里出现了短暂的沉默。这是闻所未闻的理论和耸人听闻的事实,然而由沙达克叙述,确定无疑。

巴达将军开口:"沙达克,请继续。"

"'上佳'号在 RH149 失事。最初的分析认为,飞船随着 RH149 行星被吞噬。但是,对事故现场的调查表明,飞船毁于蓄意攻击。侦察机器人找到了许多飞行器残骸。侦察机器人在'上佳'号发生异常之后十五天赶到,因为无法知道事件发生的确切时间,只能根据飞行器残骸的状况进行推断。结论是,事件发生在探测器赶到之前二十天到二十三天之间。这些残骸毫无例外地显示出爆炸迹象,碎片边缘大多呈现熔化凝固状态,爆炸产生的高热至少在八千开尔文以上。某些部位有强酸腐蚀的痕迹,因为爆炸的缘故,痕迹并不是很明显,但是在某些残片上仍旧能够观察到。它们可能使用高浓度氢离子体作为攻击载体,使用这种物质作为武器很困难,因此我们并不能完全肯定这个结论。

"少量飞行器并没有被毁坏。我们收集到散落在整个星系的十七个观察哨。这些观察哨在'上佳'号进入星系之后发射,具有高解析度全息功能,然而因为距离过远,同时它们的观察目标和 RH149 星球并没有关系,这些观察哨无法提供任何有价值的信息。但是我们找到了第十八个飞行器,它不是太空观察哨,原本应该在星球上降落,进行标本采集,然而因为某种原因,它被抛离,远离'上佳'号,并没有向 RH149 降落。这个飞行器完全处于休眠状态,没有任何动力迹象。它携带了珍贵的信息。"

绿色星球出现在图像中央,环形世界庞大的躯体倏忽从镜头中划过,很快消失。镜头飞快远离,十几秒后,环形世界重新出现在视野里,缓缓转动。一切似乎都很平静。突然间,中央主轴的一端爆发出炫目的光,巨大的火球迅速扩散,让整个飞船看起来仿佛一支熊熊燃烧的火炬。火焰中,许许多多细小的物体喷薄而出,它们闪闪发光,仿佛红色的星辰般撒满整个天空,也像是无数的眼睛,正从千万里之外观看这里。红色的光彩渐渐沉寂下去,宇宙恢复成深沉的黑色,只有环形世界中央主轴的"火炬"仍旧在熊熊燃烧。突然之间爆炸四起,在环形世界周围此起彼伏,大大小小的飞行器被摧毁,残骸四散。镜头继续远离,环形世界看起来比绿色星球小了许多,一切都沉寂下来,不再有任何动静。

整个过程寂然无声。沙达克没有加上任何旁白。镜头在继续远离,环形世界逐渐变成小小的白点,绿色星球也逐渐缩小。人们等着沙达克说话,沙达克却继续保持沉默。

突然,绿色星球在画面上一瞬间变得很大,然后又急剧地收缩。伸缩间,整个星球转变了颜色,它失去了所有色彩,变得一团漆黑。下一个瞬间,黑色的星球扩张到原来的十多倍大,把周围的一切都包容进去。宇宙是深黑的幕布,星辰仍旧在闪光,但是在这里,成了纯粹的黑色,连光也陷落其中。这仿佛一个巨大的黑洞。然而它并不是黑洞。再下一个瞬间,它消失了。银河星光璀璨,而绿色星球和它周围的一切,仿佛从来没有存在过。

一股战栗从脊背涌起,冲上头脑。李约素抱住脑袋,他感到无法忍受的疼痛。

"啊!"他大叫一声,蜷起身子。

李约素昏了过去。

# 第十四章　本来面目

天狼七跨上一步,扶住李约素。突如其来的情况让大家有些不知所措。

"他只是暂时昏厥。"沙达克说,"天狼七,把他抱过来。"光柱中央出现一个隐约的人影,向着天狼七招手。

天狼七警惕地看着他,有些迟疑。他的庇护人已经昏倒,谁来告诉他该怎么办? 他扭头看着古力特。

古力特点头,"天狼七,沙达克不会有恶意,你照做好了。"

天狼七抱着李约素走向中央光柱。他走进这一片光芒中,脸上露出一丝惊讶的神色。隐约的人影消失了,沙达克的声音响起来:"李约素的大脑有保护性抑制,记忆被强行压制。刚才的情形可能触发了他不愉快的记忆。"

"沙达克,能否进行记忆复制?"巴达问。

"等他醒过来之后才能进行处理,记忆复制是一件很严肃的事,我们必须得到本人同意。更何况他处在抑制性保护的状态下,如果强行触发记忆模拟,可能会导致脑死亡。"

"好吧,让他先睡一会儿,醒了再说。古力特将军还等着。让天狼七也暂时休息一下,我们先和古力特把事情谈完。"

光柱中,天狼七的神色变得安静平和,他缓缓地把李约素放在地上,然后盘膝坐下,他闭上眼睛,仿佛沉浸在另一个世界里。

沙达克继续陈述:"我们得到关于RH149的报告,意识到这是从来没有过的突发恶性事件。'青云'号来到RH149,我们开始建设基地。在此期间,雷电家族介入了战争,外界对于雷电家族介入战争的原因有很多揣测,真正的原因只有一个:确保对RH149星系的控制,禁止任何未经许可的星域飞船进入……"

古力特神色凝重,他仔细地听着沙达克说话。他所听到的一切远远超出预期,也并不符合他所了解的历史,以至于他不知道自己应该有怎样的反应。天垂星只是银河的一个小小角落,是他的家园,曾经发生了无数的故事,其中的许多故事光彩照人,让人心驰神往,然而和沙达克的故事相比,只是巨大浪潮中一朵小小的浪花。人类在银河中扩张,星域遍布整个银河,激动人心的故事在亿万光年的空间中上演,只是科尼尔人并不知道。也许在很久之前,那些创立科尼尔星域的人知道这些,然而时间久远,人们早已经忘得一干二净。人们已经习惯科尼尔就是一切,也许再加上毗邻的几个星域。更遥远的地方,那是几辈子都无法达到的区域,即便那里还有其他的人类,即便偶尔有环形世界从远方到来,又向着另一个远方而去,人们也并不注意他们——直到他们回来。

巡逻者,他们这样称呼自己。根据他们的徽标,科尼尔星域的人们给了他们另一个称呼:雷电家族。他们宣称自己是所有人类共同的朋友,为了和平的目的而来,然而他们遭到了怀疑。和其他环形世界截然不同,他们成群结队,带来成百上千的飞船,强大得令人恐惧的武装力量让所有星域人不寒而栗。他们无视科尼尔人的警告,强行进入雷霆星系以及附近的星系,甚至入侵天垂星。他们和科尼尔人大打出手。再后来,和平真的来了,在古力特的祖父成功地消灭了雷电家族的一支分舰队之后,雷电家族戏剧性地选择和谈,加入了科尼尔,为科尼尔星域防范达门塔星域。他们在科尼尔扎下根,成为最为显赫的势力。他们再也不是巡逻者,而成了星域人。

这一段历史古力特非常熟悉。然而沙达克的叙述却是一种别样的风貌。雷电家族成为科尼尔的一部分,他们恪守和科尼尔的契约,这也许是科尼尔星域几百年来最重大的事件;然而,在雷电家族的拼图中,这只是无足轻重的一部分。古力特静静地听着,在头脑中梳理出头绪。

"'天狼星'号带来的消息非常重要,而且是决定性的。"沙达克播放了一段影像,古力特看过这段影像,那是从"天狼星"号的主机记忆中复制的。画面上,无数的红色飞行器四处穿梭,它们寻找人,攻击人。

"这些画面能够和'上佳'号的资料匹配。"

画面转移到沙达克,那是一个沙达克在不断地呼唤另一个。

"尽管这有些让人担忧,但是无须讳言,沙达克47651有些失去控制。这不是沙达克惯有的行为。他有些恐惧。"

"恐惧?沙达克也会恐惧吗?"

"是的。少数沙达克会有恐惧反应。这取决于船长在分离沙达克的时候所做出的决定。这让沙达克在某种程度上更像人,当然这并不是完全有利的事。

"虽然他处于恐惧中,但是仍旧传递出信息。这个全息影像是一种密码,只有从'青云'号分离的沙达克才可以理解其中的内容。"

沙达克把影像重复播放一遍,"我们处在极大的危险中。没有逃生的希望。所有控制系统正常,但是引力紧紧地抓住了一切,波动引擎无法驱动。敌人是高度毁灭性的种族,没有关于他们的记录,不属于任何人类部族或者已知异族文明。船员正在被消灭,它们寻找每一个人并消灭他们。我无能为力。我无能为力。它们正在瓦解我的中枢,强大的控制力正在对飞船中枢进行刺探,我无法探知这影响力来自哪里。亚空间,亚空间!天哪!那是什么?它们凭空出现!它们来自另一个宇宙。不,那是暗宇宙!"

影像停下。

"这是最后的信息。"

人们沉默着。

古力特打破沉默："另一个……暗宇宙？就是 X 空间？"

巴达将军接过话头说："这是沙达克 47651 在最后关头能够借用的概念。暗宇宙是一种假想，认为宇宙膜会发生一些褶皱，如果褶皱程度很深，这一部分甚至会被亚空间隔离，成为独立空间。但是这些被隔离的部分仍旧和宇宙相连，属于宇宙物质的一部分。这样的理论希望能解决银河质量缺失的难题。"

巴达将军向前走了两步，转身面对大家，"'上佳'号失踪之后，我们进入这个星系，发现熊罴星轨道异常。为了防范可能的危险，我们建造熊罴星来构筑防线。然而，从"天狼星"号上得到的信息让我们意识到一个重大失误——我们所面对的并不是 X 空间，而是一个暗宇宙。"

巴达将军扫视着众人，"两者之间有什么区别？ X 空间，佛德明特第三时空模型所描述的是两个独立宇宙，彼此之间并没有直接关联，之所以产生了投影，是因为两个宇宙膜彼此间足够近。暗宇宙比 X 空间要渺小得多，它是我们宇宙的褶皱。这两个名词如果交换各自所代表的含义可能更会让人觉得名副其实，但这是历史原因。现在来看，如果那不是 X 空间而是暗宇宙，那就意味着我们所面临的不确定性大大增加。从 X 空间进入我们的宇宙，要跨越狄拉克海。根据佛德明特的理论，两个宇宙膜之间只能有一个接触点，多接触点是不稳定状态，因此，只要我们控制接触点，就不会有什么问题。暗宇宙则完全不同。暗宇宙和我们被亚空间分隔，具有连续边界，而且还有连接通道。我们所有的准备都基于 X 空间，如果换一个前提，这是暗宇宙，那么根据 RH149 的投影，它和我们的亚空间距离不会超出两百个迈焦耳 ①，那意味着熊罴星防线可能完全无用，因为敌人可以从多个位置进行亚空间弹跳。很不幸，我们已经确认了这一点。"

①迈焦耳是衡量亚空间深度的计量标准，一个迈焦耳相当于推动一千克物体亚空间潜行一光年所需要的能量。这是标准空间曲度情况下测量的值。空间曲度、潜行深度和跳跃距离都会影响到所需能量，对这三个变量，亚空间潜行所需的能量呈指数增长。

古力特有些恍惚，他仿佛在听一个荒诞的故事。但他镇定地看着巴达将军，静静地等他说下去。雷电家族的首席将军是一个极端冷静的人，尽管他使用各种语气词，语调却始终平静，没有丝毫感情因素流露，让人不得不相信他所陈述的一定是事实。

"从得到'天狼星'号的消息开始，我们送出了数以千计的胶囊船。"巴达将军抬头，"沙达克，看一看我们的侦察结果。"

"好的，巴达。态势显示在星图中。"

星星众多，璀璨明亮，一道浅白色的痕迹从上而下，跨越整个星空。这是范围巨大的星图，跨度达整整一百四十六个光年。科尼尔星域的核心地带都被囊括其中。

"这道白色痕迹就是那个世界和我们之间的边界。亚空间距离最近一百五十三迈焦耳，最远三百六十迈焦耳。白线以外，在亚空间距离五百迈焦耳范围内，没有发现隐没空间痕迹。"

古力特仔细察看星图。这并不是一条线，只不过它的宽度远远小于长度。它也并不笔直，不断扭曲，大致的形状仿佛一个 S。它从达门塔境内起头，蜿蜒着延伸到科尼尔、熊罴星、大熊星、新世界星、射手星、坤城……顺着痕迹，古力特能找到科尼尔几乎所有重要星球。最后，线条戛然而止的地方，一颗红色巨星赫然发亮，那是天垂星的太阳。

古力特默默看着星图，他想起一个重要问题，"那颗黄金星球在哪里，'天狼星'号发现'上佳'号的地方？"

"在这里。"沙达克把星图一转，挪移了将近七百个光年。黄金星球所在的地方是科尼尔的边缘，那是一片蛮荒地带，是银河向着黑暗地带的延伸，被尘埃云包围，飞船通行困难，甚至连同步钟都没有安置。那里仍旧属于科尼尔星域，但只是在教科书上。沙达克划出一片区域，"这是黄金星球。"

"为什么'上佳'号会出现在那里？"

"我们不知道，但是有一些猜测。"

沙达克显示了一个模型图。图像仿佛一个膨胀的气球，气球有一个小口，沙达克扩大图像范围，气球通过细细的管道连接在另一个更大的气球上。两个气球紧紧贴在一起。

"这就是我们理论推测的全貌。我们的空间和那个暗宇宙之间并没有完全隔绝，而是通过一条空间走廊连在一起。这并不是正常现象，宇宙膜总是试图变得平坦，所以，这是一种奇异模式，并不稳定。但它确确实实存在，毫无疑问。

"'上佳'号在 RH149 失踪，这是宇宙膜薄弱的地方。可能的情形是：'上佳'号在 RH149 被引入到暗宇宙，那边的世界空间尺度不会超过六十光年，把'上佳'号送到连接通道附近并不困难。出于某种原因，它们把'上佳'号通过这条空间走廊返回到我们的空间。"

古力特目不转睛地看着模型。空间在这里具备了形象，尽管只是一种粗糙的近似，然而古力特还是被深深吸引。世界之外的世界，听起来有些不可思议，然而沙达克并不是幻想家，他只陈述事实。

银河在上，这居然是真的。古力特的思绪在一瞬间飘得很远，他甚至想到和凯特说过的话——他们迟早会进行一次长途旅行，一次银河探险，去见识那些从来没有人见过的东西。还有什么能比一个与世隔绝的空间更具备这样的资格？但马上，所有飘忽的幻想都被按压下去，他要考虑现实问题。

最大的现实问题并不是那到底是一个怎样的空间，而是它们是谁？从另一个世界而来，和所有已知的智慧生物都截然不同。

"它们是谁？"古力特迟疑着问出这个问题。

"很抱歉，我们没有更多的线索。"

"它们到底是多大的威胁？"问完这句话，古力特有一种预感，他仿佛正面对一个深渊，漆黑一团，无穷深远。

"我们对于那边到底如何一无所知。'青云'号来到 RH149 的目的，是为了调查这种潜在的危险。然而，'上佳'号所遭遇的情况无法重现。二百多年来，我们一直在等待机会。同时，为了在危险真正发生的时刻有所准备，我们也建立了相当的武装力量。但是'天狼星'号直接告诉我们，

RH149 并不是对方唯一的选择,我们可能浪费了过去的两百年时间。"

"你是说它们可能在任何地点发起类似的袭击?"

"'天狼星'号出现在坤城。根据胶囊船的侦察结果,坤城同样位于亚空间薄弱带,亚空间深度仅仅只有一百八十迈焦耳左右,它们可以从那边直接穿透亚空间进入到正常时空。'天狼星'号并不是孤立的例子,某些胶囊船返回的时候,也带有被攻击的痕迹,我们还失去了一些胶囊船。最直接的证据还是来自胶囊船侦察之后,大量的小型飞行器出现,它们跟随胶囊船而来。"

密集的红点出现在模拟图上,闪亮一片,甚至天垂星附近也有不少。

"我没有接到任何关于这个的报告。"古力特说。

"如果没有特别留意,那么谁也不会看到。它们很小,只有胶囊船的六分之一,你可以把它握在手里。即便你刻意寻找它们,也很难发现。我们能够发现,是因为它们直接跟着胶囊船。"

"你捕获了样本?"

"是的。这是一种伟大的机器,但是,就眼下的状况来说,没有比这更糟糕的发现。"

一个小小的平台从地下升起,平台上摆放着一个方盒。这是一个透明的方盒,盒子中央有一个小小的球体悬浮着。它通体乌黑,然而隐隐闪光。

"就是这个?"

"就是它。我们在很多地方发现了它们。最糟糕的一种情况就是,类似的机器可能已经分布在科尼尔星域的各个角落。"

古力特仔细看着透明盒中的小球。它看起来并不像能形成任何威胁。然而它让"青云"号沙达克惊慌。也许这有些夸大其词?古力特上前几步,想仔细看个清楚。

"古将军,后退。"沙达克很严厉地说,几乎在同时,两只柔软的手已经抓住他,把他向后拉开。

古力特并没有感觉受到了冒犯,他的眼睛紧紧地盯着盒子。小球正在变化,这好像是一种魔术,他从来没有见过。

让人过目难忘的魔术。

另一双眼睛也正紧紧盯着小球。李约素醒了过来,他起身坐着。他看见天狼七就在身边坐着,仿佛正在打坐。扭过头,他看见了小球。

小球仿佛会呼吸的生命,略微增大,然后又缩小。它甚至能够缩到极小,几乎要消失掉,然后突然恢复原状。

记忆之门仿佛在一瞬间被打开,他想起了那个陷落在黑暗中的星球,金黄的颜色在刹那间褪净,变成无限深黑的一团。深黑色的球体仿佛在呼吸,膨大然后收缩,不断往复。光芒在远离球体表面的地方出现,由浅到深,形成耀眼的光晕,就像一个巨大的光球。突然之间,光晕消散得无影无踪,黑色球体蓦然显现,仿佛恶兽一般扑面而来。他感到一阵战栗。

"这他妈的是什么鬼东西?"李约素的詈骂惊动了所有的人。

# 第十五章　艰难抉择

这件事影响深远,它影响到整个星域,也许更糟糕,它会影响到更广阔的星空。然而它却仍旧是一个秘密,人们对此一无所知,只有雷电家族在默默地关注它,防范它。

从最初的震惊中回过神来后,疑虑徘徊在心头,挥之不去。"难道星域人不可信任?"古力特直截了当地问。

房间里只有巴达和青柏两位将军,其他人都已经回避。在这个最后关头,古力特需要毫无顾忌的答案。

青柏将军摇摇头,"不,这不是信任问题。这是我们的职责,并不需要星域来承担。"

"但为什么不及早告诉我们潜在的危险?难道星域没有权利知道这些?"

"巡逻者有自己的守则。按照原有的情况估计,一切都在控制之中,我们没有认识到这一次所面临的危险多么巨大。避免无端的恐慌,这是巡逻者的原则之一。这一次,只是我们最基本的前提发生了错误。很抱歉,造成了眼下的困境。"

"那么现在你们说出来,只是因为现在需要星域的力量。"

"不,我们不需要。"青柏将军再次摇头,他看着古力特,"星域的武装力量很脆弱。我们和达门塔星域进行了长期战争,更加明确了这一点。他们的舰队甚至无法突破熊子星,那不过是一条脆弱的防线而已。科尼尔并不比达门塔更强大,从某种意义上说,科尼尔甚至更脆弱,因为达门塔大量使用机器人,他们对恶劣环境的忍受能力远强于你们。我们需要的是合作,而不是力量。现在我们要在整个星域范围内调配力量,不希望发生不必要的摩擦。"

"你是在进行威胁。"

"我们不是在谈论威胁。所有的人类都源自同一,我们不会攻击同胞兄弟,但是不排除自卫。你的祖父曾经在天垂星消灭过我们一支分舰队。我们明白他的立场,所以选择了和谈。但此刻形势危急,我们需要立即采取行动,如果行动受到阻碍,即便我们希望和谈,时间也并不在我们——包括你们——这边。我们有一个共同的、危险的敌人,而天垂星方面对此还缺乏深刻认识。一时之间,他们也很难接受这样的现实。"

"到这里来,古力特。"巴达将军突然插话。

他站在一幅精巧的银河星图面前,那是一个立体塑像,闪闪发光,看不出是用什么材质制成。古力特走过去。

老人突然伸手,插入到星图中,他的手掌展开,银河仿佛握在他的手掌心上。

"这是我们的银河,古力特。我们——科尼尔,达门塔,遍布银河的数以万计的星域,还有巡逻者,你眼前的雷电家族,以及很久之前的沙冈人。我们共同的银河。

"人类在很久之前是一体的,没有星域,所有人都是巡逻者,传说那个时候的人类仅仅是猎户座旋臂上的一个小种族。银河太广阔,人类征服了银河,银河也改造了我们。星域彼此间隔离,人类各自发展,变得差异极大。因为时空阻隔,即便巡逻者不断往来沟通,也无法打破宿命,哪怕在形式上也无法维持人类的统一。巡逻者本身也不断凋零。你见到过沙冈人,你们认为那是一个蛮荒族群,但他们曾经无比辉煌,天垂星不过是

127

他们的一个驿站。而新生的星域已经完全遗忘了曾经的辉煌,彼此间为了星球、资源,或者说不明白的缘由,争斗不休。

"人类已经分崩离析,不可能再统一。然而曾经的巡逻者仍旧在苦苦挣扎,他们保持着对古老辉煌的向往,却对纷乱的银河毫无办法。他们不和任何星域为敌,也拒绝建立自己的属地,只在银河中不断漂泊。他们是无害的、友好的,却被许多星域攻击,付出昂贵的代价。但即便如此,他们仍旧保持着信念,这样的信念也许已经有千万年之久。

"守护所有人类的家园,这就是我们的信念。"

银河在巴达将军的手中熠熠发光。

古力特感到铅一般的沉重。是的,他非常想了解关于雷电家族的一切,然而却没有料到答案会来得这么快这么直接,而且如此出乎意料。雷电家族选择了他,他就是那座桥梁,把星域和巡逻者联系在一起。他要担负起巨大的责任。如果一切正如巴达将军所言,那么他就站在了和未知敌人作战的第一线,他将为全人类而战。然而,如果一切不过是雷电家族的诡计,那么他将是科尼尔永远的罪人。

古力特沉默着。银河在他眼前,星辰璀璨。科尼尔在其中,只是一个微不足道的小点。

"我可以接受,但只有天垂星军部才有决定权。你们打算向天垂星和盘托出吗?"古力特终于打破沉默。

"我们定时送出胶囊船。我们在这里商谈的一切,天垂星当局都会及时知道。"青柏将军回答。

"他们不会那么快做出决定。"

"但是你可以带领舰队先行出发。沙达克重新估算,如果敌人突破亚空间,为了形成最有效传输,敌人必须同时占据天垂星和洛基塔两个位置来构造通道。我们已经和达门塔进行了沟通,他们仍旧采取敌对的态度,不过决定把战略机动舰队派往洛基塔,这虽然很不够,但我们暂时也没有办法帮助他们。我们要把最重要的机动力量送往天垂星,只要天垂星仍旧安全,就不会有太大的问题。"

古力特口干舌燥,他必须做出人生中最重大的决定。统领一支不属于科尼尔的舰队,一支强大到他不敢梦想的舰队——超过三三舰队六倍的总能量单位,这是他从来没有想过的事。更何况,这支舰队根本不会受到军部的约束。这样的行为,和叛国没有什么两样。另一方面,星空中存在着巨大的潜在威胁,也许整个科尼尔已经陷落在危险之中,拒绝雷电家族的邀请,可能意味着会面临更糟糕的情况。古力特很希望有人能够帮助他做出决定,然而他必须独自面对。

"好吧。"他下了决断,"我同意你们的方案。但是有两个条件:第一,我需要沙达克的承诺,整支舰队会完全服从我的指挥;第二,舰队必须接受天垂星沙达克的改造。"

"第一个条件不是问题。第二个条件,天垂星沙达克对于这些飞船的了解程度有限,你的指挥船中枢只能由'青云'号沙达克的分身来担任。但是如果你坚持如此,他们可以进行融合。"

"这由沙达克自行决定。我们要告知天垂星,舰队会接受天垂星的控制。"

"按照你的想法去做。这支舰队的指挥权已经交给你,它所承担的责任也已经很明确。"

"让沙达克来,我要抓紧时间出发。"

"很高兴你能承担起这个责任。沙达克会给你承诺。危险随时可能发生,或许它正在发生。你必须马上开始行动。"

"我了解,我会尽快去做。"

青柏将军挥了挥手,他触动了看不见的射线。几分钟后,门打开,一行人走进来。

"这是你的舰队指挥部成员。到了天垂星,你可以对人员进行调整,不过,舰队的指挥部成员都经过特殊训练,能够协同沙达克进行指挥,如果更换人员,需要大量的准备工作。我来介绍一下。"

"荆棘刺,前锋调度。"

"曲平,作战参谋。"

"开大升,近卫队指挥。"

"申秋,左侧卫指挥。"

……

青柏将军挨个介绍这些即将成为古力特下属的人。这些人都赫赫有名,任何一个人的军衔都不比古力特低,申秋的军衔甚至超过他。但是他们都没有穿科尼尔军服,他们穿着统一的蓝色制服,没有任何标志。

"我不能指挥军衔比我高的军官。"古力特说。

"你指挥的是一支特殊的舰队,军衔已经失效。他们没有军衔,你也不需要,但是,他们将完全服从你的指挥。"

古力特没有争辩。紧急关头,任何争辩都是多余的。他的视线从所有人的脸上扫过,他记住了这些面孔,也明白他们的决心。

队列中的一个人站出来,是古力特从"重装甲"号带来的属官,被青柏将军排列在最后。看见他,古力特想起还有另两个人跟随他一道前来,其中的一个并不属于这里。"李约素船长呢?"

"李约素留在这里,沙达克希望帮助他恢复记忆。"

古力特没有继续问,他的思绪已经远远飘开。他开始盘算将要采取的行动和可能的后果。他马上就要离开熊罴星,带领一支强大的舰队回到天垂星去,这和自己的初衷完全不同。是的,不管是出于对凯特的爱还是对岳父大人的尊敬,他曾考虑过加入雷电家族来获得升级到环形世界的资格,然而这不过是一笔交易,他仍旧是天垂星最忠诚的战士,他仍将带领"重装甲"号指挥三三舰队拱卫天垂星,保护科尼尔星域。此刻,他并没有成为雷电家族的一员,却成了雷电家族舰队的指挥官,而他的敌人缥缈得仿佛神话。这是他从来没有面对过的问题,甚至从来没有想到过。未来的一切充满不确定性,但显然无比凶险。

"'天龙'号准备就绪。古力特指挥长,准备好出发了吗?"那是沙达克的声音。

"沙达克,我需要你的保证。"

闪闪发亮的金属带从穹顶坠下,仿佛活物般攀附在古力特身上。

古力特纹丝不动。

尖细的丝状物从金属带中送出，它刺破头皮，在皮肤下游走，仿佛一只小小的蚂蚁在头顶四处爬动，留下一丝丝清凉的痕迹。细丝停止移动，头顶仿佛戴上了一个冰凉的帽子，无数细小的机器正盘踞其间，静静等待。这种感觉既熟悉又陌生。在他成为"重装甲"号船长的那一刻，他也曾经历类似的情形，却又不尽相同。

这是一个重要时刻。他等待着。

突然之间，仿佛冰层在一刹那间消融，变成了暖暖的温水。暖流从头顶开始，自上而下，快速地掠过整个身体，然后一切恢复平静。一个声音从头脑深处浮现，他的知觉被引入一个全新的世界，在这个时刻，他和沙达克融合在一起。

"我是'天龙'号沙达克，'青云'号沙达克分身。古力特指挥长身份确认，我将服从您的指挥。"

"沙达克，欢迎融入。我们会合作愉快。"

"是的，船长。"

仪式已经完成。古力特放下心来。有了沙达克的保证，他相信一切不会脱离控制。沙达克是人类最忠诚的伙伴，哪怕他来自一个敌对星域。古力特漫不经心地在沙达克的记忆中徘徊，他看到了许多往事，那些辉煌的历史。许多历史已经湮灭，仅仅在沙达克的记忆里留下一个索引。但是重要的事总是会保存下来。古力特找到了关于沙冈人的记忆，这些绿色的太空强盗，他们居然和高高在上的雷电家族同源。古力特也发现了关于科尼尔的史前史，科尼尔最早的前身，竟然只是一艘小小的破旧鑫船……一切都显得新奇而富有某种趣味。突然之间，某个简单事实引起古力特的震惊——"青云"号沙达克竟然有三百七十万岁！这是天垂星沙达克年纪的四倍。

一个古老的沙达克，无论如何是值得信赖的。这几乎可以打消一切疑虑。

古力特面向青柏将军和巴达将军，他没有说话，只是举手敬了一个标准的科尼尔军礼。他转身朝向笔挺站着、即将与他一同战斗的伙伴们。在几分钟前,他还心存疑虑,然而此刻,他充满信心,确定眼前的这群人将和他一起为了一个伟大的目标而奋斗。蓝图从来没有这么广阔,而他迫不及待地想将它变成现实。

"'天龙'号准备就绪。"沙达克在他的头脑中说话。

古力特走向舱门。他知道自己的飞船在哪里,也知道自己该到什么位置上去,人们跟着他。青柏和巴达并没有挪动脚步,他们目送古力特带领他的队伍离开。

"他会成功的。"青柏说。

"但愿如此。"巴达回答。

"你有些不确定,什么原因?你对古力特有所怀疑?"

"我确定古力特会是一个很好的指挥官,有沙达克的帮助,他会很好地指挥天龙舰队。我不确定的是我们的敌人。这些敌人送来了大量黑球,可我们还不知道它们的目的所在。天垂星还是洛基塔?沙达克可能是对的,但也可能错了。敌人可能从薄弱带的任意一点发起攻击。"

"那么我们该怎么办?"

"我在考虑分拆熊罴星,我们需要更多的舰队。"

"我同意,但现在不是时候。敌人很快会出现,我们至少需要三十二年时间进行拆分。"

"是的。所以我有些担忧。这一次敌人可能超出了我们所能控制的范围。"

"我从来没有见过你感到焦虑。"

"我不是沙达克。就是沙达克,也有感到焦虑的时候。"

"别太担心,一切都会过去。一旦天龙舰队抵达天垂星,我们可以让科尼尔的兵工厂开始生产流体颗粒。虽然他们的技术水准不高,但是产能巨大,他们可以制造初级颗粒,大量颗粒可以形成有力的屏障保护天垂星。一旦天垂星得到保护,我们就可以让天龙舰队前往黄金星球,从那里突入它们的老巢。"

"这是一个好计划,但是可能太晚了。"巴达将军顿了顿,"我们等一等古力特的消息,同时分离'青云'号。如果一切按照计划进行,那么'青云'号准备前往黄金星球。但是,可能事情并不像我们所计划的那么顺利,充满变数,我们要有一个应急预案。"

"听起来你已经有了打算。"

"是的。如果沙川人在此覆灭,必须要把讯息传出去。"

"这怎么可能,我们已经建造了熊罴星,我们有足够的流体颗粒进行防御。就算不能把那些鬼鬼祟祟的东西全都消灭,至少我们能够自保。当初敌人只是给了'上佳'号一个突然袭击。再说,我们早就不再是沙川人了,我们是雷电家族。"

"为什么需要我们两个人?你要以最积极的态度执行所有的计划,而我要做好最坏的打算确保万无一失。但是这一次,最坏的情况没有底线,我们可能会失去所有一切。"

"你究竟打算怎么办?"

"一些独立鑫船将进入隐蔽,一旦最糟糕的情况发生,这些飞船将把信息带往银河中心。"

青柏盯着自己的兄长,"你是想让所有的文明世界都知道,我们遭受了可耻的失败。"

"如果我们真的失败了,那也并不可耻,送出警告是职责所在。还能记得我们的老家伙已经不多了,文明像花一般绽放,也不断凋零,银河世界不断变化,文明世界会记得我们的失败,但他们将因此而心怀感激。如果这是一次大劫难,我们就是殉难者和警告员。按照最坏的情况做好安排,这不会影响大局。"

青柏皱了皱眉头,并不情愿,"好的,就按照你说的办,我去和沙达克安排飞船。如果这样,我们需要派遣飞船进入伊特走廊和好望角。"

"是的,如果真的有大规模战争,伊特走廊是我们最后的生命线。但眼下,我们没有足够的时间制造出能够摧毁伊特星门的引力发生器。这是最大的失误。只希望'平准'号还在,能够很快恢复。"

"那些沙冈人,他们究竟在干什么!扼守通道是他们的责任。"青柏有一丝怨气。

"我们必须尽量寻找'平准'号。它躲藏起来了,可能发生了什么事。需要有人去把它找出来,只有沙冈人才能把它找出来。"巴达呼唤沙达克。

"是的,巴达,什么事?"

"我想见见那个沙冈人,能把他带来吗?"

"他寸步不离李约素。"

"关于李约素,你确定他就是那个科尼尔军官?"

"是的,DNA 核对无误。"

"我们的那个小伙子呢?"

"他正在我这里。"

"真不错,我也正想找他谈谈。青柏,你去见见李约素他们两个,按照商定的计划办。虽然这样子很无奈,但是我们也没有什么更好的办法了。"

巴达闭上眼睛,他进入到沙达克的世界。

# 第十六章　失落传奇

"天龙"号是一艘巨船,却细长蜿蜒,形状奇特。它正蜷曲成一团,仿佛一条休息的巨蛇,无数细小的光源从四面八方向着巨龙落下,它们落到巨龙的身上,变成闪亮的一个光点,然后褪去光彩,隐约闪亮,仿佛细小的鳞片。

这是李约素所见过的最离奇的飞行器和最奇特的舰队。没有重型巡洋舰,没有护卫舰,没有突击舰,也没有任何飞梭。只有母舰和大群的流体颗粒,这是只有一艘飞船的舰队。

一个巨大的光点向着"天龙"号靠拢,它融入到"天龙"号的光亮中去,然而仍旧光彩灿烂,成了巨龙身上最引人注目的一部分,仿佛巨龙的峨冠。

"那一定是指挥船。"李约素对天狼七说,语气中带着一丝羡慕,"古力特在那里吧……"

天狼七并不是一个理想的交谈对象,除非直接的问话,他很少回应。

"古力特回去了,我们呢?"李约素问天狼七。

天狼七仍旧没有回答。

"你倒是说话啊,别让我一个人说。"

"我跟着你。"

"他们可是把你们叫做沙冈人。你们的那些传说,你记得吗?"

"我没有印象,我第一次听说这些事。"

"那个神像呢,你们是把它当做神像吗? 我在很多地方看到过这种小玩意儿,人们把它当做护身符。"

"我不知道它到底是不是神像,但在这里看到的那个很眼熟,似乎我曾经见过这种东西。很熟悉,很熟悉,跟那些在酒吧贩卖的东西完全不一样。"

"我没看出来有什么不一样,不就是黄金嘛!"

"不一样。"

"可能你们还真是同一起源。沙冈,沙冈,这听起来很不错。"

"他们和我们没有任何相似之处。"

"这可不一定……"李约素正想继续争论,突然间他的注意力被窗外的景象吸引。蜷曲一团的"天龙"号正在伸展身躯,它开始移动。随着躯体逐渐展开,"天龙"号仿佛成了一条耀眼的飘带,在群星璀璨的夜空中熠熠发光,细小的发光体在聚集,它们在"天龙"号的前后左右聚集成团,仿佛发亮的蜂群——天龙舰队正展现它的全貌。

"真他妈漂亮!"李约素不由自主地赞叹,"这飞船简直酷毙了!"

"李约素船长,青柏将军请你见面。"沙达克的声音突然响起来。

"沙达克,我正要找你,古力特已经走了,我也要回去。我和他一起来的,总不能把我丢在这里。"

"你随时可以登船离开。青柏将军请你会面,你是否愿意?"

"就当是我要向主人告辞好了,告诉我该怎么去?"

"他会到这里来。"

"这么说,你只是通告我一声,我其实并没有选择。"

"你的意思是你并不想见青柏将军?"

李约素一时不知道该说什么,他有些懊悔管不住自己的嘴,那些无关紧要的牢骚根本不应该说出来,最后他一本正经地说:"不是,我非常希望和青柏将军见面。"

"很好,他马上到。"

青柏将军很快走进来。窗外,天龙舰队的流体颗粒正在进一步聚集,它们集中到主舰周围,形成一条巨大的光带。

"李约素船长,天狼七阁下。"青柏将军招呼他们。

李约素漫不经心地回头看了青柏将军一眼,点点头,又转回去继续注视天龙舰队的变化。天狼七显然对于青柏将军的称呼很不习惯,他局促地看看青柏将军,又看看李约素,希望李约素能够帮他解围,但是李约素没有理睬。

青柏不动声色。他走到李约素身边,和他并排而立,一道注视窗外。

"印象很深刻,是不是?"青柏突然发问。

"确实有点……我没见过这样的飞船,它居然是软的,看起来像是活物。"

"它的确很特殊,即便对于雷电家族来说,它也非常独特。它以'青云'号为模板。"

"'青云'号?"李约素扭头看着青柏,眼神中透着一丝怀疑,"你是说'青云'号也是这样?"

"是的。"

李约素微微一愣,随即大笑几声,"你一定是在开玩笑。谁不知道'青云'号是环形世界。"

"你见过'青云'号?"

"难道我们不就在'青云'号里边?"

"你从太空中见到过它的全貌。"

"没有。"

"你见过。"

"我没有。你这么说是什么意思?"

青柏扭头看着李约素,"三百三十七年前,'青云'号进入科尼尔星域,被视作入侵者,有一支科尼尔舰队前来讨伐,它闯入 RH149,逼近'青云'

号,发生了几次近距离战斗。最后'青云'号选择了撤退。当时有一些科尼尔的飞船被击毁,有六个军人被俘获。"

李约素感到头脑一阵发热。是的,他就在那支舰队里,而且成了雷电家族的俘虏。他在敌人的飞船上度过了难堪的三个月,然后有人告诉他,战争结束了。他被释放,回到天垂星,却发现时间已经过去三百年。这是一个天大的玩笑——这里没有人认识他,他也不再认识任何人,那些和他一道被俘的人早已被释放,在天垂星度过了一生,化成了灰,他却来到了一个不属于他的时代。他没有身份,没有财富,没有归属,没有一切,在星门间冒险,和各式各样的骗子流氓强盗打成一片,成了一个彻头彻尾的地下世界流浪者。

"是的,没错。我被你们抓住了。"李约素干净利落地承认这个事实,"很高兴你们还能够记得我。"

"你所在的那艘飞船遭遇意外,它弹跳两百光年执行任务,却因为亚空间湍流而迷失,当它回到'青云'号,时间已经流逝了三百年。时空经常会发生意外。"

"是你们制造了意外。"

"沙达克。"青柏招呼沙达克。

这显然是默契的安排,沙达克在李约素眼前显示出图像。一艘卡帕突击舰在爆炸中疾驰,舰体破败不堪,右舷已经燃起熊熊火光,然而它仍旧在战斗,不断向前方发射束流。它冲向一个庞然大物,那庞然大物通体透明,横亘在卡帕突击舰前方,仿佛一道光彩夺目的巨墙。来自四面八方的攻击汇聚在某一点,那里呈现出高热的状态,然而巨墙仍旧完好,纹丝不动。卡帕突击舰发生巨烈的爆炸,舰体断裂,随着惯性撞击在巨墙上,在一瞬间化做一团火焰,火焰在巨墙表面蔓延,发出耀眼的光芒,然后迅速地熄灭,巨墙安然无恙。几架细小的飞行器从火焰中脱逃。

李约素感到泪水充盈了眼眶。是的,这是他的战斗,他的"天狼星"号。在流浪的日子里,他以为一切都已经被淡忘,往事永远不会再回到记忆之中,曾经的李约素,曾经的"天狼星"号,都已经在火焰中化作了灰烬。然而，当他看到"天狼星"号熟悉的形体出现在屏幕中，看到自己最后的挣扎和努力，他知道一切仍旧活在自己心底。他永远不可能淡忘。那些铁与火的日子，深深地融入他的血液。

"你所攻击的飞船，就是'青云'号。"青柏说。

李约素没有说什么，酸楚而无力的感觉在心头肆意泛滥。雷电家族击败了他，科尼尔抛弃了他，这是关于这场战斗最简单也最明确的注脚。他没有什么可以多说，然而心潮起伏，无论怎样的结局，至少他并没有被彻底遗忘。他甚至有些隐约的幸福感，因为这辉煌一刻的重现。然而这幸福感的给予者居然是雷电家族——曾经的敌人。这真是一种微妙的感觉。

李约素很快调整情绪，恢复了平静，"青柏将军，你把这些老掉牙的事情翻出来，为什么呢？"

"李约素船长，一切都已经过去，不管过去有多少不愉快，我们已经在同一艘飞船上。我们知道你是一个勇敢的军人，具有无畏的气概，这正是我们所需要的品质。我们需要你的帮助。"

"嗯。"

"你的记忆非常重要，我们希望能帮助你恢复记忆，这对于我们估计将来的形势很有帮助。记忆扫描没有任何危险，沙达克能帮你想起那些重要的细节。"

"不。"李约素干脆利落地拒绝。

"我能了解原因吗？"

"我不愿意。"李约素拒绝，他不愿意和雷电家族合作，哪怕他们拿出十二分的诚意，他仍旧深深地抵触。

青柏将军点点头，李约素的反应在预期之中，如果情况允许，他们会花一些时间来说服他，然而按照巴达的设想，还有更重要的事需要他们去做。

"还有一件事，这件事更重要，我们想请你和天狼七阁下去联络沙冈人。"

"你是说让我去找棒头人？他们是雇佣兵，大多数都是海盗，分散在各个星门，为什么要去找他们？"李约素看看天狼七，"天狼七，你可以告诉青柏将军，你们的族人都在干些什么？"

"我们帮助别的部族打仗。"天狼七简单地说。

"我们了解这个情况，但是并非如此简单。沙冈人曾拥有强大的舰队，特别是，他们有'平准'号。沙达克，请告诉我们的客人关于沙冈人和这艘母舰。"

"遵命，青柏。沙冈人和雷电家族都是银河巡逻者，各自有一艘母舰，双方舰队所有的其他飞船，都是从这两艘飞船衍生而来的。沙冈人的母舰是'平准'号，是硬装甲船。它的船体质量是'青云'号的十倍，属于准行星级。根据这片星域的文明发展水准，这艘飞船不可能被星域武装力量在正面冲突中毁掉，它应当仍旧存在。"

沙达克显示出一个三维投影，李约素的目光牢牢地钉在上面，这是一艘质朴的飞船，通体黑色，没有任何花哨，线条粗犷，刚劲有力。它就像一把钢铁巨锤。

天垂星作为对比出现在图像中，"平准"号体积是天垂星的六分之一，质量是天垂星的七分之一。无论按照什么标准，这都是一艘巨船。

"你确定这艘飞船还存在？"

"我最后一次收到'平准'号的信息是在一百零三万年前。"

尽管之前已经听青柏将军说过，沙达克所说的这个数字还是让李约素发狂，"一百万年前！我们在寻找一个老古董。就算找到它，这么老的东西还能有什么用？"

"'青云'号同样很古老。人类的技术发展水平呈曲线前进态势，它会经历一个爆发期，然后缓慢增长，最后经历一个瓶颈期。如果能够突破瓶颈，那么会达到技术饱和，进入停滞。'青云'号和'平准'号都是饱和线技术的产物，科尼尔星域现在处在缓慢发展中期，它会很快接近瓶颈，但很可能无法突破瓶颈，因为星域文明并不鼓励发展超远距离、超高能量技术。根据概率估计，如果没有外力帮助，科尼尔至少需要三十万年才能突破瓶颈达到'青云'号的水准,然后保持在这个水平上,也许几十万年,也许上百万年,或者直到科尼尔星域消失那一天。所以即便是老古董,在三十万年内,科尼尔几乎没有机会造成能够和它相提并论的飞船,更何况,它的吨位大得惊人,翻遍人类的整个银河史也找不出几艘这样的大船。"

"它消失了一百万年,你希望我们去把它找回来?"

"我们一直在寻找它。我们相信'平准'号有可能仍旧存在。我们找到过三个沙冈人,检查后发现他们的尾椎经过特化,是一个电子接口,这不是生物性的接口,不能依靠基因生长而来,它是一个完全的植入设备。你可以把它看做一个接收器,而它只能接收来自'平准'号的信息。天狼七的身体同样如此。如果沙冈人一直保留着这个植入装置,那么'平准'号一定仍旧存在。"

屏幕上出现一个骷髅骨架。"这是天狼七的身体扫描结果,图像经过处理,显示尾椎上的特异之处。"尾椎图像被迅速放大,在一段骨头上,有许多细小的孔洞,每一个孔洞彼此相连,细微的连线彼此交错,密密麻麻,几乎将整个椎骨包裹起来,孔洞里有填充物,微微高过表面,仿佛是一种金属制品。

"你身上有这种东西?"李约素问天狼七。

"我不知道。"天狼七有些疑惑。

"沙达克,这到底是什么玩意儿?"

沙达克再次放大图像,无数细微的结构在孔洞中显示出来,它们仿佛一排排整齐的房子,呈首尾相连的 T 形,"这是高超的微电子脑。如果它被激发,那么天狼七将拥有另一个头脑。天狼七的身体里有两套神经系统,从这个微电子脑出发,纳米机器组成的神经网络和天狼七的生物神经细胞网络完全重合。只是这个植入性的微电子脑从来没有被激活,但它是完好的,一切就绪,只需要一个信号。"

"你是说天狼七的身体里还有一个大脑,而且不受他控制?"李约素问。

"这是一个形象但不够严谨的说法。"沙达克回答。

"到底是他能控制这个尾椎上的东西,还是这个东西会控制他?"

"他们彼此是一体的。但是,这个微电子脑会接收外部的信息。"

"那到底是怎么样的? 如果外部发送命令要他去死,他就会去死?"

沙达克没有直接回答,"这样的情形不会发生。如果你在问可能性,那么的确是这样,如果外部信息要求植入体牺牲,这是可以做到的。"

"一点选择的权利都没有?"

"这取决于微电子脑和生物头脑之间的协作模式。"

"天狼七是什么模式?"

"这由沙冈人决定。"

"你和沙冈人很熟,直接告诉我们,不用兜圈子。"

"意识融合并不是特别技术,绝大部分人类文明都拥有,天垂星也拥有,这是沙达克和船长之间沟通最便捷的手段。但是'平准'号有些特殊,沙冈人把这样的技术应用到了每一个成年个体身上,除了船长和少数重要成员,其他人都属于强行植入,'平准'号沙达克可以直接控制所有人的躯体。我不知道如今的情况,在我们和沙冈人分离的时候,绝大部分沙冈人由'平准'号进行控制。他们拥有自己的一部分独立意识,但绝大部分行为控制由'平准'号操纵。"

"你是说'平准'号沙达克在操控沙冈人,就像他控制机器一样?"

"沙冈人仍旧保留自己的意识,就像天狼七,离开'平准'号,他仍旧独立生存。"

"但是沙达克可以随时剥夺他的意识! 沙达克怎么能做这种事?"李约素看了看天狼七,"我绝对不会允许这种情况发生。"

"李约素船长,沙冈人这么做的原因,是为了把舰队的效率提高到最大。沙冈舰队是一个整体,而'平准'号就是它的中枢。眼下形势严峻,我们可能面临一次规模空前的入侵,我们需要各方面的力量支持,如果能把'平准'号找回来,这将是巨大的帮助。也许你对于'平准'号的做法颇有微词,对此你可以找到'平准'号,当面和'平准'号沙达克谈谈。"

"那是自讨没趣,我不想去找这艘破船。"李约素冷冷地说,"天狼七也不会去。"

"我想去。"天狼七突然开口。

李约素有几分惊讶,但一转念,他明白天狼七在想什么,"别冲动,兄弟。这样的飞船太危险,我们还是躲远点比较好。而且,这船可能压根儿已经不存在,这是自己找不自在。"

"刚才沙达克说的东西我从来不知道。我要去寻找真相。"

天狼七的眼睛里闪烁着光芒,那是一种希望之光,流露着一往无前的勇气和决心。李约素还想说点什么,然而他看到天狼七的眼神,就明白一切都不可挽回了。那坚强的决心触动了李约素,让他油然而生一股豪气,"银河在上,既然你是我的兄弟,那我绝对不能让你一个人去。反正我也无所谓,就和你一道上路去找那该死的飞船。"

李约素转向青柏,"青柏将军,沙达克,我有条件。"

青柏微微一笑,"你说吧。"

# 第十七章　将军之子

从熊罴星回到天垂星需要经过六个星门。这不是一趟简单的旅程，它将消耗标准时间近六个月，而天龙舰队的时钟，则仅仅流逝三十五天。时间和空间永远是一对矛盾体，跨越以光年计的距离，必然要牺牲大量时间，这不是意味着你将老去，恰恰相反，经历亚空间潜行的人总是会保持年轻，当他回到正常时空时，通常都会发现自己到了未来。只是，那段成为历史的时间他从未经历过，成了一段真正的空白。对一个热爱生活的人来说，时空旅行有许多不便之处，而空白期的存在是其中最让人憎恨的一项。空白期里总会发生意外。

古力特遭遇了意外。标准时间流逝了四十天，天龙舰队时间过去了八天，他们被关闭在福特林斯星门之外。

"申秋，你认为该怎么办？"古力特问。舰队起航后，他把申秋的职位和曲平对调，让曲平担任左侧卫指挥，而申秋担任作战参谋。这个人事调动得到了沙达克的赞同，根据职位匹配模型，调动对舰队效能只有细微影响，几乎可以忽略不计，古力特的要求得到了无条件支持。

"我只对战斗效果进行评估，如果你想衡量政治影响，你需要一个政治幕僚。"申秋直言不讳，"星门的护卫编队战斗力很弱小，他们没有力量阻拦我们舰队前进。但是有一种可能性,他们可能破坏星门。天垂星已经明确表示了反对态度,他们不愿意授权天龙舰队在科尼尔星域内自由行动,而且还威胁会采取破坏性行动,包括摧毁星门。"

"嗯。"古力特盘算着眼下的情形,他们顺利通过了两道星门,却在这里被拦截下来。福特林斯星门的指挥官发来通告,明确拒绝天龙舰队通过,并且说明这是天垂星的最高指示。情势正向着巴达将军所担心的方向发展,即便古力特具有双重身份,也无法打消天垂星的疑虑和恐惧。

"呼叫星门指挥官,让我来和他谈谈。"略为思忖之后,古力特说。

"天龙"号的呼叫很快得到了星门指挥官的回应,一个人像出现在古力特面前。他满脸胡子,额头上爬满皱纹,显得饱经沧桑,双眼却仍旧炯炯有神,透出慑人的力量。

"贾斯廷,你好,很久没见。"古力特用非正式的口吻开场。

"是的,长官。"贾斯廷显得一本正经,他眼睛眨也不眨地望着古力特,并没有说下去的意思。

"我需要通过星门,贾斯廷。"古力特没有继续客套。

"非常遗憾,我接到了命令,不允许您的舰队通过。如果您的确需要通过,只有继续请示军部。"

"没有时间了。军部知道舰队的目的所在,我们在保卫整个星域的安全。我的舰队已经清理了两个星系,黑变球的数量超过预期,事情可能到了非常紧迫的关头。"

"我不知道,但上级的命令是阻止您的舰队通过星门。"

"贾斯廷,别提命令了。看着我,我们要对整个科尼尔星域负责,甚至是对整个银河负责。"

"我是军人,要恪守职责,服从命令。对不起,我无法让您的舰队通过。"

"你应该记得我的父亲。"

"是的,我一直非常尊敬古大人。"

"他对我说过,合格的军人不是为了命令而战斗,而是为了信念。他一定也对你说过同样的话。"

贾斯廷保持沉默,他紧紧盯着古力特。

"我们的信念是一致的。保卫科尼尔,保卫家园。军部是否提到那些黑色小球的存在?"

贾斯廷没有回答问题,他只是直直地盯着古力特,半晌,才说:"这不是我关心的问题,我在考虑是否能相信你。"

"你必须相信我。"

"那么到我的基地来,你证明给我看。只允许穿梭机降落。"贾斯廷说完,关闭了通讯。

指挥舱里出现了短暂的沉默,所有工作人员都看着古力特。

古力特看着申秋。

"他不完全可信。刚接到报告,截获天垂星派出的胶囊船,天垂星解除了你的一切职务,全星域通缉,任何科尼尔军事单位都可以采取必要手段将你送到军部。"

"你认为该怎么办?"

"突袭控制星门。"

"那么我们就会面临全面冲突,巴达将军和青柏将军任命我作为舰队司令,就是为了避免这种事情发生。"

古力特扫视所有的人,"其他人有任何建议吗?"

六位参谋副官都没有说话,其他工作人员各自忙碌。

古力特做出了决定。

他登上了一架小小的穿梭机。这是一个流体颗粒,自动驾驶,他很顺利就在福特林斯着陆。这是一个中型太空城市,有上千人口,全是军人,贾斯廷·林是他们的指挥官。

着陆舱正在进行加压操作,流体颗粒通体变得透明,古力特一眼就看到了贾斯廷,他正站在一块巨大的玻璃后边。贾斯廷身边站着一个人,当古力特看清那是谁时,他感到心脏急剧地跳动。

站在贾斯廷身边的人,是凯特! 凯特·休斯敦,他的妻子。古力特几乎不敢相信自己的眼睛,然而一切无可置疑,凯特站在那儿,正向他微笑招手。

几乎等不及加压完成,古力特就打开了流体颗粒,他仿佛游鱼般从门里滑出,快速套上重力靴,几步走到舱门前等着,焦急地等着。舱门打开,古力特几步走到凯特面前,他们对望了一眼,然后紧紧地抱在一起。

凯特一直微笑。古力特是一个深沉的人,从不轻易流露情绪,然而在她面前却赤诚得像个孩子。她把头倚在他肩头,轻轻抚摸他的后背,什么都没说。

古力特放开她,问:"你怎么到这里来了?"

"来找你。"

古力特点点头。简单的三个字包含很多含义,如果不是某种重大的原因,她绝对不会独自一人出现在福特林斯这样的地方。军部已经拒绝了雷电家族的请求,而且对他下达了通缉令,古力特可以想象天垂星暗潮汹涌的形势,岳父大人一定已经焦头烂额,恨不得把他撕成碎片。

古力特转向贾斯廷,"贾斯廷,我不知道凯特在这里,刚才失礼,请多包涵!"

贾斯廷显得很严肃,"我们可以先谈谈你的目的。"

"你要求我来,我来了。"古力特说。

"我要求你来,不仅因为你的父亲。休斯敦女士告诉我,如果我这样要求,你一定会来,果然你来了。所以我给你一次机会。作为古大人的学生,我当然不希望他的长子做出背叛的事,但一切都只能以事实为依据。为了你们古家,我已经把脑袋放在了火箭喷射器里边。"

古力特点头,"多谢。"他转身走向流体颗粒,脱下重力靴,身子一蹿,钻进了流体颗粒内部。他很快出来,手上捧着一个方盒子。

"银河在上,你将看到的东西是最直接的证明。我要在这里打开它吗?"

贾斯廷点点头,"这里是一个封闭空间。基地第二指挥官拉杰斯正通过镜头关注这里的一切,如果有任何意外发生,他将接替我的指挥权。"

古力特明白贾斯廷在提醒自己不要捣鬼。这个个性刚强的老军人还是看低了他。

古力特没有分辩,他直接启动了方盒上的开关。方盒变得透明,显露出内部。一个黝黑的小球悬浮其中。

"这是黑变球。它是一种空间发生器。根据沙达克的研究……"

"哪个沙达克?"

"'天龙'号沙达克,就是你眼前的舰队母舰。他是'青云'号沙达克的分身,'青云'号沙达克已经有三百七十万年的历史。"

"好吧,继续说。"贾斯廷显得有些半信半疑,沙达克的年龄历来是一个说不明白的话题,通常人们认为越古老的沙达克越具有智慧,但因为据说达门塔星域的沙达克拥有一百万年以上的年龄,科尼尔人对于沙达克越古老越具有智慧这样的说法表示谨慎的怀疑。

"这是一种空间发生器。它的作用是发射特殊的引力波,这种引力波将穿透森空间,进入暗宇宙,你可以把这个暗宇宙看成我们这个世界的一个隐蔽角落。简单地说,这是来自暗宇宙的智慧生命的导航仪。我的舰队已经跨过坎不哈星门和大角星门,对两个星系都进行了搜索,大量的黑变球分布在这两个星系的各个位置。很有可能,未知的敌人正在为一次大规模的入侵作准备。"

"这听起来并不可靠。"

古力特把盒子打开,黑色小球静静地悬浮半空。

"如果你看到它,你会更愿意相信我说的。"

"它看起来像是一个普通的球。"

"等两分钟,也许三分钟。"

时间在静默中过得很慢,三个人在难堪的沉默中都只盯着黑色小球,相互间没有看上一眼。

三分钟过去,没有任何变化,贾斯廷有些焦躁,他看了古力特一眼。古力特脸色沉静,只是盯着小球。

贾斯廷把视线挪回到小球上,他惊异地发现,小球竟然开始抖动,猛然间,它收缩到原本一半大小,然后又恢复原状,反复三次,最后,它猛然间消失,然后又在一瞬间恢复原状。

小球静静地悬浮半空,没有任何曾经波动的痕迹。

"拉杰斯,给我看高速镜头重播!"贾斯廷高声喊叫,他是一个军人,同时也是星门的负责人,他在这里服役了将近十三年,见过无数次类似的景象,然而那都是星门的动作,是用数以兆亿计的能量撑起的黑色魔术,他第一次看到如此小的物体在没有外部能源的情况下进行这种运动,他要确定这不是一个鬼把戏。

高速镜头一帧帧地重播发生的一切。在每秒三百帧的高速镜头下,一切都显得更加诡异,超出了贾斯廷的经验。在前一个三百分之一秒,黑球是正常状态,下一刻,它就彻底失去了踪影,维持了大约三十刻,它又鬼魅般重新出现在镜头里。

"如果仔细看,它并没有消失,只是缩小成微粒。"

贾斯廷看着古力特,"这是一个微型虫洞? 它怎么能稳定存在? "

"只能说它和虫洞类似。可能科学的分类会把它归为一种亚类,它的作用很明确,就是向那个我们还知之甚少的暗宇宙传递信息。"

"好吧,我承认你展示了让人印象深刻的东西。但这又怎么和暗宇宙联系起来? 我怎么知道这不是你和雷电家族串通一气搞的鬼? "

"我原来是三三舰队的指挥官。现在我是一支新舰队的指挥官。我的新舰队就在外边,你可以亲眼看到。我的这支舰队比三三舰队要强大许多,科尼尔没有舰队能与它匹敌。"

"你是想威胁一个科尼尔军官? "

"不,我想说明一个事实。科尼尔长期认为雷电家族是因为战争失利才选择和天垂星和谈,或者一相情愿地认为是雷电家族加入了科尼尔星域。而事实是,雷电家族的军事力量比我曾经想象的要强大得多,我曾经认为三三舰队至少可以和'青云'号相当,这是一个可笑的判断。科尼尔的军事力量与雷电家族并不在一个数量级上。如果雷电家族有意对科尼尔进行侵犯,那么三百年前他们就可以把这件事进行到底;而且此刻,也不需要把舰队的指挥权交到我手中。贾斯廷,想想这件事,如果这是一个阴谋,那么也过于大张旗鼓了。如果我背叛了科尼尔,那么又何必带领舰队招摇过市,而且雷电家族还把这件事通告了天垂星。我们这么做,只是因为情况急迫,我们有共同的敌人要对付,科尼尔星域到处都有黑变球,攻击随时可能会发生,我们需要使用星门快速穿梭,否则就可能失去最宝贵的时间。"

古力特的情绪高涨,他急切地看着贾斯廷,希望他能够接受自己所说的一切。

贾斯廷有些心动,然而仍旧在犹豫。

"贾斯廷,请相信他。他是古家的长子。"凯特说。

"请相信我。我会用生命来捍卫科尼尔还有古家的荣誉。"古力特说。

"贾斯廷,我们干吧。"拉杰斯的声音响起来,"我相信古力特将军,他是个模范军人。"

"你……和雷电家族的沙达克进行了融合?"

"是的。"

"好,我相信你,可以让你的舰队通过。"贾斯廷终于下定决心,"但是,福特林斯星门最多只能把你送出六十光年,为了抵达天垂星,你至少还需要经过坤城中转。"

"这比预期好多了。福特林斯星门能够把我们送到坤城就行,我原计划要通过六个星门。福特林斯能把我们直接送到坤城,那真的很好。"

"我要跟随你,也许能派上用场。我也要看看,你到底会做些什么。"贾斯廷看着古力特,眼神很坚定。

古力特什么也没说,他上前两步,给了贾斯廷一个拥抱。

凯特看着这一切,嘴角露出一丝微笑,眉宇间却有掩饰不住的焦虑。

# 第十八章　星空旅途


"徜徉在星海,从不曾忘记,蓝色星球回忆;宇宙之门打开,时光捉摸不定,沧海桑田犹如梦幻,犹如梦幻……"布丁反反复复播放同一首歌。这是一首女声唱的歌,口音很怪,可能是某个不知名星球的流行歌曲,却被布丁从不知道哪个角落里翻了出来。

舱室里坐着三个人:李约素在控制屏前边;天狼七面无表情,看着前方,他习惯了这种长途旅行中的无所事事——棒头人天生适合于此,他的眼睛睁着,脑子里却是一片空白,对布丁的歌曲充耳不闻;第三个人正在闭目养神,他是"上佳"号唯一的幸存者,坚持要跟着李约素去寻访失落的巡逻者部族。他给自己取了名字,叫佳上。

李约素有些烦躁,"别唱了,布丁。我们可不是在开演唱会。"

"是,船长。"布丁很爽快地答应。

"你到底有没有正经事干?"李约素责备布丁,"还唱歌!"

"我一直按照天狼七提示的路线走,"布丁有些委屈,"我们已经途经了坎不哈和阿尔法星系,再往前就是达门塔的重要基地伽马,我们必须小心谨慎,不被发现。我要更精准地计算我们弹跳的着陆点。"

经过沙达克改进的布丁显然已经不再是当初那个凡事都需要李约素

拿主意的学习型主机，李约素闭上眼睛，"好吧，你自己拿主意。但是关上那个讨厌的音乐，烦死人了。"

"遵命，船长。"

船舱里陷入沉默。

李约素飞快地盘算眼下的情形。他答应了青柏将军去寻找那传说中的"平准"号，但他对此并不抱希望。他见过许多棒头人，这些绿皮肤的人很忠诚，也很简单，有的时候还很粗暴，这样的经验告诉他，大多数棒头人并不是值得依靠的力量，他们是很好的雇佣军，却很难说是一个合格的同盟者。此刻，他认为自己找到了原因，天狼七们生来被设计成如此，除了自己的头脑，还有一个超级头脑替他们思考，指挥他们的行动。这件事想起来都让人觉得恶心。如果沙达克告诉他的一切是事实，那么他应该干脆利落地拒绝这件事。

但他还是答应去寻找"平准"号。天狼七和那些被海盗控制的棒头人有些不同，他不像那些人一样思维简单，而且并不粗暴。他像极了自己从前的那个朋友，也许他们都属于棒头人中比较聪明的个体。在雷电家族的基地共同度过四天之后，李约素已经把天狼七当做朋友，而不是一个附庸。他愿意帮助朋友。

天狼七是朋友，李约素却不知道另一个人到底算是什么角色。佳上要跟着他。根据沙达克和青柏将军的说法，这是佳上自己的要求，然而李约素怀疑这是青柏将军刻意的安排。一个雷电家族的人总比外人更值得信任，尽管他仍旧失忆，连自己叫什么都不知道。佳上的加入让这趟旅程变得微妙，李约素原本准备用一个月的时间寻找"平准"号，然后他可以说服天狼七——两个人，加上布丁，再加上"天隼"号，他们可以组成小小的团队，成立私人护卫公司。这是个风险很大却获益丰厚的行当，不过拥有经过改造的布丁和"天隼"号，风险就变得相当低——这艘飞船的技术水准不是那些海盗和准海盗可以相比的。佳上让这个计划泡了汤，至少困难了许多——巡逻者家族的人不可能去从事这样的事情。佳上把他绑到了寻找"平准"号这件事上。他必须想办法让佳上离开，而且是自愿离开,然而他一直没有找到好的借口,这也是他有些焦躁的原因。

"船长,有一艘胶囊船,要把它捕捉过来吗?"布丁问。

李约素睁开眼睛,"是哪边的胶囊船?"

"不知道。只有抓到它才能判断它属于哪一方。它正在向着天垂星方向运动,三十秒内潜入淼空间。"

"抓过来看看,也许是一份外交文书。"胶囊船并非能够经常遭遇,它并不是真的飞船,而是一种小型机械,球形,只有人的脑袋那么大。因为它的存在,各个星系间才能建立一种准实时的联系——胶囊船可以在几个小时内跨过上百光年,它可以深入淼空间,然后返回,这样的跳跃途径对时间的影响很小。星门,或者装备了波动引擎的超空间飞船,因为能量密度的限制,无法深入淼空间,也就无法像胶囊船一样实现准实时的信息交流。胶囊船唯一的缺陷是信息安全。在远距离传输中,胶囊船需要从淼空间折返,然后重入。淼空间里情况复杂,但没有人能控制,因此虽然偶有安全问题,信息却不会泄露;但是在正常空间,胶囊船一旦被拦截,信息就会泄露。不过这个缺陷也不算太致命。第一,暴露的时间很短;第二,为了保密,信息可以加载在不同的胶囊船上,只有同时收到所有加载了信息的胶囊船才能翻译;第三,如果是重要信息,可以安装自毁控制,一旦淼空间再入失败,就毁掉信息;第四,在本星域,可以设立中转站,胶囊船一步抵达,站站转发,这样效率虽低一些,但却绝对保证了信息安全。

此刻,"天隼"号处在科尼尔和达门塔星域之间。在这样的区域,当然不会存在转发站。然而也极少会有胶囊船穿过这片空间,除了一些外交文书。一般的飞船对此没有兴趣,然而布丁正准备进行空间跳跃,飞船上的人们仿佛无所事事,布丁的这个提议吸引了李约素的注意力。抓过来看看也没什么,一般的信息传送都会使用三艘胶囊船,失去一艘也并不是特别紧要的问题。

布丁很快抓到了胶囊船。果然,这是达门塔星人送往天垂星的外交文书。

"尊敬的天垂星治理委员会并转夏纪德阁下：

知悉贵方的和平倡议。我方认为该提议并未显示足够诚意。作为达门塔星域全权代表，对于贵方表示承认我方对于好望角等三星系既有主权表示欢迎，同时对于贵方侵犯我方贝塔二（坎大哈）和西格玛五（蒙特卡罗）两星系并长期占据的行为表达强烈反对，若贵方有意继续实质性磋商，则必须对我方关注之二星系进行实质性表达。

诺伊曼五世"

"科尼尔要和达门塔媾和？"李约素读完文书内容，感到有些蹊跷，科尼尔至少有六个边缘星系被达门塔人占领，达门塔星人的开发通常是不可逆的，他们会把一个星球彻底改造成钢穴，所有行星资源都会被迅速吸干。科尼尔当局从来没有想过收回这些星系，收回来也没有什么用，除了好望角。好望角是一个孤立星系，远远突出科尼尔本部，达门塔人在科尼尔派遣殖民团之前，用一支远征军占领了星系内的两个宜居星球，并且把科尼尔的主权标准钟送回了天垂星。好望角是通向银河内部的门户，在这一片星域，没有任何地方能够比好望角更适合建造星门。它是星域通向银河内部的通道，在近一百光年的空间内，没有第二个星系可以让舰队落脚，而好望角的星门能够把重型巡洋舰或者大型世代飞船送向任何需要的方向。更重要的一点，好望角是一片时空高地，或者说，整个星域是一片时空洼地，如果不途经好望角和伊特通道，就无法向外跳跃，这一点决定了失去好望角等于失去未来。科尼尔怎么可能承认达门塔对好望角的主权！李约素几乎不敢相信。

天狼七对此漠不关心。他仍旧睁着眼睛，脑子里一片空白，对李约素的话并没有任何回应。

李约素转向佳上，"你觉得怎么样？"

佳上已经看完所有信息，"这是权宜之计。"

"权宜之计？什么意思，能不能说得直白些。"

"外交文书很大程度上是没有实际作用的，达门塔过去承认过科尼尔的主权要求，但是他们仍旧占据了好望角。将来，如果科尼尔有实力，也会用文明或者不文明的办法重新占领好望角。此刻,也许古力特的天龙舰队有麻烦了……"

"怎么说?"

"如果科尼尔和雷电家族的联盟维持着,那么科尼尔不可能试图与达门塔签订任何和平协定。联盟已经瓦解,古力特已经被科尼尔看做比达门塔更危险的敌人。"

"难道天垂星还不知道那些来自暗宇宙还是 X 空间的异形? 有可能为了对付人类的共同敌人,天垂星决定和达门塔达成妥协。"

"人们只能基于手头的情报进行判断。天垂星那边没有足够的信息做出正确判断。"

"你是说科尼尔人不相信雷电家族的舰队,即便由古力特来统率舰队?"

"他们会对此很难理解。"

李约素露出一丝厌恶的表情,"既然你们什么都知道,为什么还要派出天龙舰队,还要让古力特背上叛徒的罪名?"

"人的行为是不可预期的。即便有最小的可能性,也要去尝试。"

"你说什么可能性?"

"拯救科尼尔星域,或者把损失降低到最小。"

"听上去很伟大。"李约素仿佛漠不关心,"但看样子我们是赶不上了。"

"你不相信巴达和青柏两位将军,也不相信雷电家族基于崇高使命感所做出的决定。"

李约素做出一个无可奈何的表情,显示自己是无辜的。

"这没有关系。"佳上接着说,"事实自己会说话。"

"别高高在上地教训我!"李约素突然暴怒,"我知道什么是事实。"说完这句话,他猛然冷静下来,"对不起。"

"但是你希望拯救科尼尔,所以不想去找那个子虚乌有的'平准'号。你更希望自己是古力特而不是李约素。"

"你胡说些什么!"李约素的嗓音再次高亢起来。

佳上不动声色地看着李约素,直到李约素意识到自己失态。

两个人对峙一会儿,李约素突然哈哈大笑起来,"你这个鬼东西,故意刺激我。好吧,坦白地说,我是有些妒忌古力特,他的命太好。我早已是个废人,苟延残喘,如果不是偶尔碰到你的'上佳'号,可能今天还在哪个星门酒吧里鬼混,或者已经被当做死人丢进了太空……所以现在的状态我很知足。倒是你,我觉得很奇怪,你为什么一定要跟着我们?"

"你一定怀疑是巴达将军或者青柏将军想让我监视你的行动。"

"你是说事实如此?"

"不,我完全是自愿要求来的。巴达将军劝我留在'青云'号,不需要监视你的行动,天狼七会完成他的心愿。"

"为什么?"

"有两个原因。第一,你是我的恩人,我要报恩。第二,留在'青云'号永远找不到真相,'青云'号的任务是防范可能到来的再次攻击,而我要回到'上佳'号,寻找一些关于我自己的真相。"

"你完全可以要求雷电家族给你提供飞船,不用和我挤在一起。"

"我要报恩。而且,他们不会让我冒险,他们会让其他人去寻找'上佳'号。跟着你一起走是一个不错的选择。因为你是我的恩人,我有足够的理由来说服巴达将军,我也有信心说服你帮助我去探察'上佳'号。"

"你倒是挺坦白。你怎么就有信心能说服我帮你呢? 我们可是在往达门塔星域那边赶,和你要去的地方正相反。"

"这没有关系,我们有充分的时间。我有信心说服你,因为我会帮助你,只要我帮助你,你也会帮助我。"

"这很有趣,你打算怎么帮助我?"

"我已经在帮你。"

李约素瞪着佳上。这个年轻人显然精心准备了答案,只是等待一个合适的机会把答案说出来。无论这样的答案是否真实,它听上去足够合理。年轻人脸上仍旧平静,他静静地回望着李约素。

"好!"李约素突然爆发出一阵大笑,"你说得在理。你愿意帮我,求之不得。那你说现在古力特陷入困境,我该怎么办?"

"我们还是去寻找'平准'号,古力特那边,我们帮不上忙。"

"这不是白说嘛……"

"还有一点,'天隼'号是一艘小飞船,天龙舰队却是一支大舰队。亚空间跳跃产生的空白期对我们有利。如果能够早点完成寻访'平准'号,我们还可以回头帮助古力特。所有的人都在和时间赛跑,我们要尽量跑得快一些。"

是的,时间!仿佛一道火光在李约素面前闪过,他意识到自己忽略了这个重要问题。所有人都在和时间赛跑。那些来自暗宇宙的不知名种族,它们用了十几个世纪进行探察;雷电家族花费几个世纪建成了强大的熊罴星堡垒;古力特带领着天龙舰队清除黑变球,赶赴天垂星进行防御准备……现在一切都到了关键时刻,所有人都在和时间赛跑。没有人知道下一刻会发生什么,只有尽量抢先。落后一步,可能就满盘皆输。"天隼"号在时间上是最有优势的一个,小飞船的空白期短,虽然伽马星门远在三百光年之外,但如果能够及时找到"平准"号,他还可以赶到天垂星。

李约素觉得前景顿时明朗起来。他不是一个被抛弃的无用者,他可以赶到天垂星去面对即将到来的灾难。科尼尔的安危不再和他无关,他是一个重要的参与者。是的,时间。

"布丁,天龙舰队赶到天垂星会是什么时候?"他大声问。

"如果没有意外,天龙舰队将在六个月内抵达。"

"六个月!"李约素感到振奋。六个月,足够"天隼"号跑出几百光年再回来。然而他又感觉到一种压抑,如果需要六个月天垂星才能得到保护,那么一切是否太迟了。

他看着佳上。

"我们只有尽力。"佳上平淡地说,他仿佛明白李约素在想什么,又仿佛说的是一句不相关的话。

布丁宣布飞船马上进入弹跳。许多光怪陆离的飞船蓦然出现在"天隼"号的视野里。这些飞船和科尼尔飞船大不相同,彼此间也形态各异。这里仿佛一个博物馆,什么样的飞船都可以找到。

没有人对"天隼"号的突然出现表示惊讶,一艘椭球形飞船从自己的轨道微微偏移,给"天隼"号留出足够空间,然后一切恢复正常,飞船排列整齐,缓慢移动。"天隼"号加入到他们的队列中。

李约素对这样的场景再熟悉不过。这里是星门空港,会聚着三教九流,各色人等。这里是最容易找到棒头人的地方。达门塔人控制着星门,海盗则四处横行,这里可能是最自由的地方,也是最危险的所在,一不小心就会发生意外。

"小心行事。"布丁突然说了一句。

李约素狠狠地瞪了屏幕一眼,"这话应该我对你说,我在这里混的时候,你还没出世。"

"船长,我可不可以用'天狼星'号进行登记?"布丁问。

"为什么不用'天隼'号?"李约素问。

"'天狼星'号·李。用这个登记名字会引起注意。另外,我还是喜欢'天狼星'号这个名字。"

布丁的话引起了李约素的思绪。是的,他有一些老朋友,也许他们也正在此地。"天狼星"号·李。这个登记名毫无疑问会引起他们的注意。李约素恨得有些牙痒,这些缺德的家伙,就因为一点钱便把他逼上不归路。但是他现在回来了,身边还站着一个棒头人保镖,他们会作何感想?这些爱钱如命的混蛋!李约素很快把自己从遐思中拉回到现实。他不是回来报复的,他有更重要的事要做。这些家伙虽然人品不佳,但是他们至少消息灵通。他们和海盗暗通曲款,知道哪里可以找到更多的棒头人。

"好吧,就按照你的想法做。不过,天狼七,你要做好准备,我的仇家很多,可能有人会盯上我。"

天狼七一声不吭,只是盯着李约素,点点头。

# 第十九章　内战烽火

　　贾斯廷一直认为自己见多识广。作为一个星门基地司令,他见识过各种各样的飞船。虽然福特林斯星门并不是一个重要枢纽,但它是通向黑色沉淀富矿区的必经之路,来往的飞船很多,在他所见过的成千上万种飞船里,从来没有出现过"天龙"号这样的类型。"天龙"号可以变形!也许变形并不能准确形容"天龙"号的特质,它可以任意地改变形体,仿佛是一团泥,可以被捏成任意形状。

　　"这真有些不可思议。"贾斯廷目睹"天龙"号拉伸躯体,成为细长条状。流体颗粒附着在长条上,它们一个紧挨着一个,足足伸展了上千千米。光亮在流体颗粒里闪烁,那并不是耀眼的光,只是隐隐约约的光,然而当成千上万的流体颗体同时闪烁时,"天龙"号就变成了夜空中一条散发着黑光的飘带。

　　"看起来雷电家族真的有些花招。"贾斯廷对拉杰斯说,"这样的飞船有些匪夷所思。你觉得一艘飞船怎么会建造成这个样子,或者换一个问法,这是飞船吗?"

　　"怎么不是,古力特还在那儿等着你呢。"

　　"这样的飞船……我倒真犹豫了。"

"你怕它吃了你？"

"谁说的，我连死都不怕，我是死过三回的人……它看上去太奇特了。"

"司令官，古力特将军要求和你通话。"报务员呼叫贾斯廷。

"转到指挥舱。"

贾斯廷向拉杰斯点点头，拉杰斯点头回应，走开站在一边。

古力特出现在屏幕上，"贾斯廷，我的舰队已经做好弹跳准备，星门状况如何？"

"还有三个小时。"

"很不错。'天龙'号将向星门靠拢，进入待命位置。我在飞船给你准备了单独船舱。你的头衔是斡旋顾问，如果你愿意，也可以参加军事行动讨论。我们目前的主要任务是前往天垂星做好战斗准备，同时在途经的各个星域清扫黑变球。"

"非常感谢。战果如何？我是说福特林斯。"

"巡逻船都已经回来，我们找到了大量的黑球，与前两个星域看到的一样。"

"你是说大量黑球？"

"是的。"

"它们都藏在哪里，为什么此前没有任何人发现它们？我们一直监测空间异常，来往的飞船也很多。"

"这只是因为时间还短。它们的出现是最近一两个月的事，而且你也看到了，它们很小，很难被发现。如果不是特意寻找，它完全是隐形的。它没有引力，却具有斥力，如果有飞船靠近，它会将其推开，不会发生任何碰撞。"

贾斯廷沉默一会儿，"这么说，短短几十天时间，它们散布到了整个科尼尔？"

古力特明白贾斯廷的疑惑，送出飞船，哪怕只是胶囊船，并不是一件容易的事。把大量的胶囊船散布到整个科尼尔星域，这将是一件浩繁的工程,没有几年的时间,几乎不可能完成。

"它们来自暗宇宙。我们对那边的情况知之甚少。也许从暗宇宙进入到我们的星域并不是太困难的事,这可能是一种不对称构型,沙达克对此有一些理论上的推论。如果你想了解,沙达克可以给你上课。"

"好吧,不用和我讲这些理论,我听不懂。但是听起来我们的形势很不妙,它们可以轻易地侵入到科尼尔的任何位置,而我们只能抱着脑壳四处逃窜。"

"我们正在试图减少它们的威胁。贾斯廷,'天龙'号马上要开始移动,你需要马上到这边来。"

"好的。我会于一个小时内在你的船上降落。"

"这样再好不过。"古力特点点头,"回头见。"

通讯关闭。屏幕上重新显示出仿佛黑色飘带一般的"天龙"号。

"拉杰斯,我马上出发,你来接替指挥。我临时任命你为福特林斯星门基地代司令官。"

"是。"

贾斯廷略为犹豫,但还是开口说:"拉杰斯,我们这样做冒了很大风险。军部已经发布命令,舰队在坤城集结,而且沿途的守备力量要不惜一切代价迟滞古力特的行动。我们直接违背了军部的命令。我选择追随古力特,因为我信任古家,这是个人原因,你不需要这么做。一旦天龙舰队通过,你可以向军部发出声明,古力特之所以能通过,完全是由于我这个老不死的胡乱发布命令,而你选择继续忠于军部,并且拿回了星门的控制权。"

拉杰斯皱起眉头,"贾斯廷,我一向敬重你的为人,你也应该了解我,我不会做这种事。我也相信古力特。"

"好吧。只是万一有什么不对,你还有机会可以免除罪责。"

"万一古力特失利,我会投向雷电家族。"

"你怎么能这样!"贾斯廷脱口而出,但他马上意识到,拉杰斯说得不错,古力特已经和雷电家族站在同一条战线上,他们也一样。

"我不准备留退路。我会让大家自行选择,愿意跟我走的人,出发前往熊罴星,不愿意走的,留下等待军部派人。只是……"拉杰斯微微一笑,"如果古力特说的都是事实,那个时候,可能军部也没有机会派出舰队,看不见的敌人随时会跳出来。"

贾斯廷盯着眼前的青年军官,他们共事了将近十年,合作默契,此刻,他们面临人生中从来不曾料想到的重大选择,他们再次给出了同样的答案。贾斯廷走上前两步,拥抱拉杰斯。他的余光瞥见了屏幕上的"天龙"号,感到心情沉重。

古力特在起降舱欢迎贾斯廷的到来。他把贾斯廷带到指挥舱,挨个介绍指挥部成员,当他介绍申秋时,申秋很礼貌地伸手,"我们是老朋友了。"

贾斯廷却并没有握申秋的手,他敬了一个标准的科尼尔军礼。

申秋有些尴尬,回敬一个军礼。

"还有沙达克,"古力特赶紧说,"你可以和他打声招呼。"

"你好,沙达克。"贾斯廷说。

"贾斯廷,欢迎来到'天龙'号。很高兴能和你合作。"

古力特问:"沙达克,我们还有多少时间?"

"飞船将在十五分钟内进入待命状态,波动引擎预热。星门预设时间还有二十九分钟。"

"所有人员就位。"古力特发布命令,他面向贾斯廷,"沙达克给你安排了临时座位,我带你过去。"

座位就在古力特的右手边,在这个位置,指挥舱内的情形一览无余,贾斯廷四处打量。

指挥舱很快安静下来,除了贾斯廷和古力特,所有人都戴上了感应头盔。贾斯廷感到有些意外,他曾经接触过雷电家族的飞船,他们并不曾采用这样的方式来对整支舰队进行控制。感应头盔显然是为了进行神经介入而准备,神经介入并不是高难度的技术,然而通常只有少数高级军官才需要。一般来说,一支舰队只有指挥官才进行介入,然而在"天龙"号的指挥舱,二十多人同时在进行这样的控制。

贾斯廷看了看古力特,"你是这样指挥舰队的?"

"是的,贾斯廷。天龙舰队有些特殊,除了母舰,没有其他舰只,只有流体颗粒。他们每一个人都需要控制大量的流体颗粒。"

贾斯廷想起散发着黑光的飘带,天龙舰队是一个巨大的整体,除了大脑和每一个单元,没有第三层次,这也许是一种非常有效的构成,"你呢?你和沙达克进行了融合,你可以通过沙达克直接对他们下达指令?"

"我们通过沙达克可以更有效地交流。你知道我的风格,我们协商制订计划,计划制订之后,就要百分之百地执行。这样的体系很符合我的风格。"

这样的体系背后蕴藏着风险,一旦指挥官失去理智,那么整个舰队就面临巨大的混乱。指挥官可以通过沙达克的网络迫使每一个人执行命令,不管这样的命令是否合理,而身在其中的每一个军官,却极少能有反抗的机会。科尼尔军队中绝大多数人反对这样的方式,包括许多高级指挥官。贾斯廷没有多问,他的视线从指挥舱的每一个成员身上扫过。他们都是雷电家族的人,他们的脸部特征很好地证明了这点。一群雷电家族的军官,绝对服从一个来自科尼尔的指挥官,雷电家族把绝对信任赋予了古力特。如果不是情况万分危急,雷电家族绝不会这么做。那么,一切是否真的如此糟糕,整个科尼尔星域都已经陷落危机之中。天垂星的权贵们强硬地拒绝了雷电家族的请求,他们并不相信所谓的暗宇宙危机。舰队正从科尼尔的各个部分向坤城集中,如果一场战争真的来临,那么将比三百年前的那一次惨烈得多。那将是一场真正的灾难。

中央的立体屏幕上显示出整个舰队的态势。"天龙"号收缩躯体,从细条状逐渐变成粗短的线条,然后是两头尖中间凸起的纺锤,最后,它变成一个椭球。"天龙"号散发出光芒,更多的流体颗粒融入其中,它们闪闪发光,然后隐没,"天龙"号逐渐变得更庞大。

这实在有些过于离奇——这样的舰队,这样的飞船。这些流体颗粒和气泡飞行器有些类似,然而它们显然有某些更高层次的设计,它们和

"天龙"号完全一体。没有人见过这样的舰队,也没有人知道这样的舰队会具有怎么样的威力。

贾斯廷看了古力特一眼,他显然已经进入到沙达克的世界。古力特腰板笔直,双手放松,摆放在膝盖上,保持着一贯的坐姿。他神色平静,自然而然地散发出不可抗拒的气势,似乎即便世界天翻地覆,他也稳如磐石。坚定、沉稳、可信赖,贾斯廷仿佛依稀看见了当初的那个船长。

是的,贾斯廷明白自己为什么会选择站在古力特一边,他从心底里信任自己曾经的船长,而古力特是船长的儿子,无论相貌还是气质,都是如此。船长从来不犯错,当然,就算他犯了错,贾斯廷也会追随他,至少让他的错误程度减少一些。

贾斯廷挺直腰板,他要睁大眼睛看着眼前正发生的一切,还有将要发生的一切。

星门正缓缓打开,巨大的能量咆哮着将宇宙膜撕开细微的裂口,在某个不可见的维度上,"天龙"号的波动引擎开始发生作用,它所散发的引力波悄然渗入星门所制造的空间裂口。就在一瞬间,眼前突然一团漆黑,仿佛巨兽张开大嘴,一口把"天龙"号吞入其中,又仿佛是一个无底深渊,"天龙"号落下深渊,一丝痕迹也没有留下。黑色深渊在瞬间消失。它在这个宇宙里存在了短短十多秒钟,然而却把"天龙"号送出了四十五光年。

"天龙"号上仿佛什么都没有发生。校准钟信号出现在屏幕上,它明确地告诉所有人,他们失去了三十五天,眼下已经远离福特林斯。他们抵达了著名的后备基地,也是仅次于天垂星的军事要地——坤城。

"天龙"号正在展开。大大小小的流体颗粒开始脱离船体,从指挥舱的屏幕上望去,满眼都是细小的亮点,它们向着四下散开,簇拥在"天龙"号周围,纷繁却又井然有序。突然之间,飞船右侧一部分亮点失去了光,沉浸到黑暗中。

沙达克的警告声响起:"不明飞行物。集群模式。速度七。判断为导弹攻击。接受右侧卫指挥。"

屏幕上消失的流体颗粒突然重新出现,而其他的颗粒则全部消失——这是模拟图像,为了突出重点,沙达克仅仅把右侧卫流体颗粒显示出来,而事实这些颗粒已经进入安静模式,并不可见。上千的颗粒排列成扇形,尖锥向外,它们正向外高速飞行,去迎击那些不速之客。

距离接近,集群飞行的不明飞行物露出了真面目。

的确是导弹攻击。贾斯廷很熟悉这种型号,天叉三型。这是科尼尔巡洋舰的标准武器,速度快,射程远,主动规避,每艘巡洋舰满载装配三十枚,是远程打击的主要武器。此刻席卷而来的导弹群至少有两百枚以上,这意味着附近埋伏着科尼尔的武装集群,而且充满敌意,没有任何先兆和警告,他们实施了饱和攻击。这是一个糟糕的信号。

饱和攻击的导弹战术分作三个阶段:快速接近、分散规避、加速突击。面对大量的流体颗粒,导弹群进入分散规避,它们很快散开,在流体颗粒的缝隙中寻找可能的路径。屏幕上的统计数据不断增大,从零开始,快速上升到一百七十,然后在几分钟内上升到二百四十四,最后稳定在这个数目上。流体颗粒保持着队形,任由天叉导弹在队伍中穿行,很快,已经有导弹穿过整个流体颗粒的阵形,直扑“天龙”号。

所有的流体颗粒在同一瞬间发光。强烈的电流充满了整个空间,形成一片耀眼的电火光云。爆炸紧随而至,此起彼伏,屏幕上的数字开始急剧减小。在几秒钟内,数字降到零。所有导弹被一次性清除。

一切恢复平静,右侧卫指挥报告了损失,两个流体颗粒因为距离爆炸的导弹过近而损毁。

一次完美的防御战。

然而这并不是古力特想要的。

凯特的警告得到了证实,局势正变得糟糕。

与科尼尔之间爆发了战争,这是一件不可想象的事,然而它正在发生。古力特可以觉察到贾斯廷正看着自己,他没有理会贾斯廷的眼神。这并不是他所想要的战斗,然而,他必须首先自卫。

第二波攻击并没有来,看起来这只是一次试探。古力特下令警戒,然后让申秋派遣探测颗粒。他向坤城发送通讯请求。做完这一切,他扭头看着贾斯廷,“我们会有办法的。”

# 第二十章　风云突变


三艘母舰，三个战斗集群。密密麻麻的飞船布满整个屏幕。

古力特并没有太惊讶，凯特已经把可能出现的这种情况预先告诉过他——雷电家族和天垂星之间脆弱的联盟宣告解体；天垂星调集军队，反抗雷电家族背信弃义的入侵；而古力特则成了背叛者，是整个科尼尔星域的敌人。

是的，即便是古力特，一个出身高贵、赫赫威名的将军，也无法打消人们的疑虑，人们总是愿意相信眼前看到的东西，而恐惧，更让他们只相信自己的眼睛。天垂星的人们正生活在恐惧中，就仿佛一个人，突然发现自己陷落在迫在眉睫的危险中，于是本能地使用手中能够利用的任何东西去抵抗。

然而真正的危险正在逼近，这些人却置若罔闻。

古力特紧盯着屏幕，脸色严肃，一声不吭。

凯特走了进来。指挥部成员都在各自的岗位上，他们半躺在座椅上，套着头盔，看上去仿佛都在安睡。

凯特走到古力特身边，伸手轻轻抚着他的后背，和他一同注视着屏幕。

"凯特,我很难过。"古力特突然开口说话,他扭头看着她。

"我明白。我和你在一起。"

凯特迎着古力特的目光,她看上去非常漂亮,眼睛里闪着动人的光芒。古力特伸手抚摸她的脸,"谢谢你。"他明白在这样的时刻和自己站在一起需要多大的勇气。即便是贾斯廷,也不愿意在他身边多待,借口身体不舒服在舱室里躲藏起来。遍布坤城的星舰是一个明确的信号:古力特在和整个科尼尔星域为敌!不管这个老军人多么坚强,他还是承受不住巨大的压力,最后选择了逃避。

"我该怎么办?"古力特问凯特。这是一种很奇怪的感觉,古力特从来不在任何人面前展现软弱的一面,在面对凯特时却是唯一的例外,他把自己的柔弱之处毫无保留地展示给她。

"我相信你。"凯特只是给他鼓励。

"六天了,我杀死了七百多名科尼尔军人。他们都是优秀的战士,不应该在这儿死去。"

"这是自卫。如果他们不进攻,就不会有事。"

"但是我们也无法通过星门……难道就这样一直僵持下去?"

"天垂星进行了总动员,他们不会轻易放弃。也许你要想想别的办法。"

"没有别的捷径,我们不可能依靠百分之一光速爬行前进。"古力特的声音突然变得沉重起来,"我向熊罴星送出了胶囊船,他们给了我回信。一切由我全权处理。但是,现在已经处于战争状态,由我来进行指挥又有什么意义。"古力特蹙眉,"而且,他们告诉我,危险迫在眉睫,随时可能爆发。"

"有更多的黑球出现?"

"不仅仅是黑球,他们发现了一种新的结构体。存在时间很短,长的有几天,短的只有几分钟。那是空间泡。沙达克认为这是大型飞船强行突破空间膜的先兆。"

凯特紧紧抓住古力特的手,"如果是这样,天垂星那边一定也会发现,他们会认识到你是对的,你在保卫星域。"

"是的,但是恐怕太迟了。"古力特盯着屏幕,"气泡结构体会出现在空间膜的薄弱区域,星门边缘区是最可能出现的地方,我只希望……"他转头看着凯特,"我只希望他们也看到这些东西,他们能够明白这意味着什么。"

凯特露出一个微笑。她心里明白古力特的愿望多么不切实际,天垂星的官僚机构是一个庞然大物,没有一个人能够说了算。官僚不是科学家,更不是军人,他们需要大量的时间来听取专家意见,然后才能通过冗长的程序做出决策。他们看见了黑球,然而在完全确定它的来源之前,谁也不能断定这不是雷电家族的阴谋,也就无法做出决策与古力特的天龙舰队联合。他们理所当然地认为,把一切不确定因素排除在外是风险最小的决策,因此在情况没有明朗之前,把天龙舰队拒之门外是最明智的决定。他们真就这样做了。即便现在出现了空间泡,并被他们观察到,结局也是一样。在真正的敌人出现之前,他们不会相信雷电家族是朋友。

天龙舰队展开队形排成盾形防御。六天来,古力特不断地要求对话,不断地恳求对方允许天龙舰队对坤城进行清扫行动,科尼尔舰队保持了沉默,不予回应,而小型的科尼尔飞碟时不时地不断骚扰,让流体颗粒无法分散行动,只有聚集在"天龙"号周围。

科尼尔的飞碟并不是一无是处,它们速度很快,火力凶猛。如果进行单机对抗,流体颗粒并不是对手,然而流体颗粒集群具有坚强的防御能力。飞碟使用动能武器,一旦流体颗粒启动防御网,任何动能武器也不能突破,而飞碟如果过于靠近,也将被直接摧毁。飞碟编队吃过几次亏。他们使用了更灵活的战术,使用单个飞碟隐蔽前进,然后发动突然袭击,这样的战术奏效了几次,然而偷袭的飞碟也往往有来无回。申秋很快调整了部署,把一些流体颗粒散布到更远区域进行预警。这些颗粒进入被动状态,一旦发现飞碟目标就会进行预警。数量众多的颗粒在外围构成警戒网,飞碟根本无法靠近偷袭。几次偷袭完全失败后,科尼尔舰队停止了这种无益举动。双方开始进入战略对峙。

　　三天的相互试探，双方都付出了代价。科尼尔舰队损失了将近七百飞碟和飞梭，还有那些优秀的飞行员。"天龙"号则损失了两百多个颗粒，因为没有飞行员，这样的损失并不算严重，至少相对于科尼尔方面如此。

　　科尼尔舰队主力仍旧远远地警戒，受到挫败之后，他们没有冒险继续进攻。古力特也没有发动进攻，进攻可能会导致星门损毁，重建星门将是一个漫漫无期的过程，更何况，他也并不愿意这么做。如果这是一场正常的战争，那么可以一直僵持下去，直到一方失去耐心，露出破绽……然而现在巨大的危险正在步步紧逼。古力特似乎感觉到一个黑暗影子在向着所有人扑来，要将整个科尼尔星域吞没。

　　平静的日子已经过了三天，不能这样下去，必须做点什么！

　　荆棘刺进入到报告程序中，古力特打开了通道，他们在沙达克网络中对话。

　　"有一架飞梭进入了警戒区。他说要和您进行通话。"

　　"他有没有表明身份？"古力特有些意外。

　　"他只坚持和您进行通话。而且，有三艘飞碟在追逐他，他在进行大量战术规避。"

　　"保护他，不要让他受到攻击。让他到'天龙'号来，你们给他指定线路。"古力特同时接通了申秋。

　　"让他直接登陆'天龙'号有风险，如果对方假借这样的名义进行偷袭会造成很大的损失。我可以安排他转入颗粒，然后再登陆'天龙'号。"申秋说。

　　"好。"

　　荆棘刺的前锋部队派出了一小队颗粒，它们仿佛网一般散开，很快隔离在飞梭和追逐其后的飞碟之间。警告信号随即送出。

　　飞碟并没有冒险。它们在颗粒集群的边缘掠过，放弃追击，掉头飞向母舰。飞梭进入颗粒集群内部。这是一种被称为大黄蜂的飞梭，通常只用作教练机。

　　两个颗粒靠近飞梭，一左一右，相对飞梭保持静止。颗粒向着飞梭的一侧开始鼓起，最后变得异常膨大，仿佛一个气球，飞梭被牢牢地夹在中间，很快，两个颗粒融为一体，仿佛一个面包圈，紧紧地把飞梭包裹起来。面包圈继续涨大，最后变成一个巨大的球形，将整个飞梭包裹其中，就像被关在笼子里的鸟。

飞梭的驾驶员惊奇地四处观看，他从来没有见过这种事。飞梭的动力开始显示异常，很快，引擎停止工作，所有仪表显示也消失了。他明白这是在缴他的械。

古力特在屏幕上看见了驾驶员的特写，凯特也看见了。

"他是谁？看起来很眼熟。"

"维特劳尔。火花中队的组长。"古力特神色凝重，维特劳尔是"重装甲"号的成员，没有特殊原因，他绝不会离开"重装甲"号，而"重装甲"号并不在这里。

凯特感到心一沉，她隐约能够猜想到维特劳尔来到这里的原因。在她离开之前，一切都是传言，即便是她的父亲，也没有打听到真实情况。古力特的父亲前往军部接受十三位委员的质询，老将军因为情绪过于激动，在质询中晕倒。有流言说古老将军因为刺激太大，已经被气死；也有人说是自杀的……各种各样的传闻彼此间大不相同，然而结局却出奇地一致——古老将军已经死了。

古家在军界根深叶茂，这样的流言引起了许多人的不满。许多高级将领要求公布真相，希望军部能让古老将军出来澄清谣言。然而军部却一直保持沉默。直到凯特从天垂星逃离，也没有一个确切的消息。

"既然你们谁也离不开谁，那你就去吧。"父亲的耳目众多，凯特的行动并没有逃脱他的眼睛，"但是记住，你到了古力特身边，要提醒他注意潜在的危险。特别重要的一点，不要让他失去理智，成为科尼尔的公敌，也千万不要沉沦，天垂星还要依靠他。"

凯特从父亲的话中感觉到隐约的不安，"你是说他父亲？"

"没什么，一切都只是流言。但如果真的发生了最糟糕的事情，你必须在他身边。你是我的女儿，是天垂星的女儿，要永远忠诚于科尼尔。你也必须提醒古力特,只有你能办到。"

凯特紧紧拥抱父亲。此刻她明白,一切的逃跑方案都用不上了,她将毫无惊险地去见古力特,然后和他一起承担后面的一切。父亲,也许还有那些担心事态发展的高级官员,把她看做一个重要的筹码。也许她并不是一个很好的保障,但是如果她在古力特身边,至少他们能够多一点信心。

凯特能够看出父亲所受的煎熬。短短的几天时间,他消瘦了很多,然而他还是支持女儿去找古力特。天垂星局势凶险,古力特事件就像一枚巨型炸弹,把整个政治生态完全打乱。许多人为了自己的利益开始四处活动,更多的人或是冷眼旁观,或是幸灾乐祸,只有极少数的人在认真考虑雷电家族所提示的危险信号,而父亲就是其中之一。然而更糟糕的情况是,在腾出手来应付威胁之前,他们必须在乱成一锅粥的局势中寻求平衡,其中包括派遣舰队对抗古力特的天龙舰队。否则也许在潜在的威胁成为现实之前,天垂星已经因为内部的争斗而分崩离析。

没有任何明确的信息说明古老将军身上到底发生了什么,但流言和父亲的叮嘱让凯特明白这不会是一个吉兆。她并没有告诉古力特关于古老将军的流言,然而此刻,一个"重装甲"号的军官来到这里,凯特直觉地感到与此有关。

纸包不住火,该来的总会来。她跟着古力特走出指挥舱去见这个刚刚脱离追杀的军官。

"舰长!"维特劳尔见到古力特,失去了军人应有的沉静,他带着哭腔喊着,勉强敬了一个军礼,眼睛里露出了泪花。

维特劳尔的失态让古力特有一种不祥的感觉,他点头致意,开门见山,"怎么回事?"

"军部下令解除'重装甲'号所有中校级以上军官的职务,就地软禁。军部重新委派了舰长还有其他指挥官。"

"谁?"

"木藤原。"

古力特有些意外。木藤原是宇航局局长,严格地说,他并不属于军界,卫戍天垂星的舰队司令一直由古家或者苏家的人担任,从古力特的祖父开始,古家已经连任三代。眼下的突发事件势必导致三三舰队的指挥官大换血,然而古力特怎么也不会想到一个不属于军界的人能够得到任命。

古力特微微思忖,"船上的情况怎么样?"

"不跟着古将军,我们怎么打仗? 大伙的士气都很低落,已经没有人进行训练。特别是古老将军的事传出来,大家都气炸了,我和亚士德牵头,把那些新上任的军官都抓起来,原来的军官恢复职责,我们要求……"

"你说我父亲? 我父亲怎么了?"古力特打断维特劳尔的话。

"古老将军被他们害死了!"

古力特的脸色在一瞬间变得惨白。他设想过很多情形,甚至想到过和父亲两军对峙,却从来没有想到父亲会因此而死。命运给他开了一个巨大的玩笑——既将一项最重大的使命赋予他,又夺走他的一切,甚至包括最敬爱的父亲。在那一刻,他感到自己失去了一切,无助而孤独。

然而他马上振作起来,他是古家的长子,是他把整个家族都拖下了水,那么就应该承担起责任,恢复家族的荣誉,恢复父亲的荣誉。

凯特走到古力特身边,把手轻轻地按在他的肩膀上。

"把来龙去脉说清楚,还有其他的消息吗?"她轻轻地问。

"古老将军接受军部的指令前往天垂星。然后十多天过去,没有任何消息,有人说古老将军已经死了,但是大家都不信。三天前——我还没有对时——离开天垂星的三天前,军部发布了讣告,宣布古老将军死于突发性心脏病。明眼人都能看出来,这是他们害死的。"维特劳尔说着激动起来,"我们一定要给老将军报仇!"

古力特并没有随之而激动,"'重装甲'号现在怎么样?"

"我们控制了'重装甲'号,要求对古老将军的死给一个说法,而且要求将军回来重新担任舰长。三三舰队不怕他们。如果他们敢进攻我们,我们就还击。"

维特劳尔说的是实情。作为天垂星卫戍部队同时也是科尼尔最强大的机动舰队，没有人敢轻易地使用武力解决三三舰队。

"沙达克愿意跟你们合作吗？"

"木藤原没有上船，他不敢上船，没有任何交接手续。"

原来如此！古力特马上明白过来，沙达克并没有向任何人交出船长权限，只有在船长权限更替之后，才可能进行中级军官的权限交接。维特劳尔利用了这一点，当时在飞船上，所有的新任中级军官都还只是访客，沙达克不可能听从他们任何指示。只要维特劳尔不伤害这些人的人身安全，沙达克就会保持中立，暴动的队伍能够顺理成章地控制飞船。

"我们都在等着舰长回去。"维特劳尔说，"只有您才能和军部进行谈判，让他们把我们的长官放回来。"

"你怎么会到这里来？"古力特问。

"天垂星上到处都是关于您和'天龙'号的新闻。所有人都知道您正带领一支新舰队和三支科尼尔舰队在坤城对峙。所以大家决定由我冒险来见您，请您回到'重装甲'号指挥。"维特劳尔顿了顿，"我们都知道那些宣传是胡说八道，银河在上，如果整个星域还有人能够忠诚于科尼尔，那只能是古家和它的直属舰队。他们踩到了我们头上，我们不能不反击。"

维特劳尔说得慷慨激昂。凯特意识到父亲所担心的情况已经发生。科尼尔的军事家族控制着军队，军队对家族的忠诚更甚于对科尼尔政府，因为在大部分军人的意识里，只有所服务的家族才属于正统，其他哪怕是最高委员会，都只是第二层次的存在。有人希望剥夺属于古家的军事控制权，但显然受到了根深蒂固的传统的反抗。传统的力量是强大的，即便是贾斯廷这样的军官也无法抗拒。他并不是古家军队系统的嫡系，最早在天垂星的宇航学院担任教员，参军六年后才加入天垂星卫戍部队，但是在古家的军队中服役时间长久，他也对古家产生了高度忠诚。贾斯廷如此，那些嫡系军人在忠诚问题上更不会有丝毫的犹豫。这是极端危险的游戏，稍有不慎，科尼尔就会陷入内战泥潭。

古力特似乎在思考什么，他问："我弟弟呢？"

"古南天将军发表了声明，他宣布脱离科尼尔星域。"维特劳尔有些犹豫,看了古力特一眼,放低声音,"他也宣告脱离和将军您的兄弟关系。"

不仅仅科尼尔军界,就是古家,也面临分裂。暗流涌动,各方力量在角逐。这就像充满了电荷的两块极板,只要有一个弱点,电闪雷鸣就会在瞬间爆发。

"重装甲"号就是那个弱点。

这是银河倒转般的变化,却发生在短短的几个月间。凯特可以想象天垂星的混乱情形,她目不转睛地看着古力特。

古力特感到胸口一阵阵发闷,然而他努力克制自己,尽量让表情平静一些。父亲死了,弟弟宣布与自己脱离关系。家族支离破碎,而他所热爱的星域也变得一团糟。三三舰队则在危险重重中等待着他的回归。

古力特的眼睛里燃烧起光芒,他的决心很明确。

"给对方舰队下达最后通牒。如果他们不在六个小时内投降,那么舰队将被摧毁。"古力特通告申秋。

天龙舰队开始收缩,集结成进攻队形。

"凯特,我要开始真正的历险了。你跟我一起去吗?"古力特转脸看着凯特,"我不想你去面对这样的危险。"

"你拦不住我。"凯特预料到古力特想做什么,她面露微笑,语气却很坚定。

# 第二十一章　星门贵客

伽马星门的客栈永远是一个拥挤的地方。

这是一个巨大的建筑群落,配备标准重力场,还有各种在飞船上永远见不到的食物、饮料、光怪陆离的全景资料片以及性感的女郎。如果对枯燥的旅程感到厌倦,这里是一个很好的休息地。还有一点最重要,这里流传着各种消息,从星域的军政大事,到某些阴暗角落里不可告人的勾当,只要你有足够的耐心,配合一定数额的金钱(这个要依消息的价值而定),你都可以在这里了解到。当然,没有人担保其真实性。这里是探险家的乐园。

出入伽马星门客栈的主要是些小飞船的船主和乘客,确切地说,是在各个星系间穿梭往来的商人、掮客,还有信使。并不是每一个星门都会如此热闹,在达门塔星域内,仅此一家。还有另一个更热闹的星门,就是好望角,然而那是一个远离主星域的孤立星系,更何况,科尼尔一直宣称好望角主权属于科尼尔,因此来往的飞船并不把那儿视作达门塔星域,那是一个特殊地域,虽然它被达门塔舰队所控制。达门塔人从来不是一个喜欢热闹的种族,他们容忍客栈里五光十色的生活,只是因为星门带来了巨大收益,而商旅们喜欢客栈。因此,达门塔人把客栈划作自由区,除了维持必要的治安,从不涉足,只是为了安全才设置了严格的安全检查,禁止任何人携带武器。

李约素从安全检查区通过,检查员站在两侧,上下打量李约素。检查员是机器人。机器人在达门塔数量众多。事实上,李约素还从来没有见过一个非机器人的达门塔人。他们很快完成了对李约素的扫描,递给他一张卡片。

"身份识别卡,请收好。如果遗失,在审核补办之前,您无法离开客栈区。"机器人说话的声音很悦耳,是圆润的女声,有些像是音乐。

李约素伸手接过。这是一张金属卡片,上边有一个小小的屏幕,显示出一个数字。星门的中枢监视着所有的卡片,数字每两分钟会变化一次,确保没有人能够复制它。

天狼七从另一个安检区通过。李约素发现佳上并没有和天狼七在一起。

"佳上呢?"

"我不知道。"天狼七说。

"这臭小子!"李约素皱起眉头。佳上肯定是遇到了什么特殊的情况,否则不会轻易离开。他一定还留在空港区。空港是安全的,然而很大,想找一个人可不容易。李约素盘算着是否要回头去找佳上。突然间,他看见佳上正排在队伍中,进入安全检查区。

佳上来到李约素面前。

"你干什么去了?"李约素厉声喝问。

佳上不动声色,"我看到一些飞船。"

"这里到处都是飞船。"

"是一些掠食者无人机,改装过,和天狼七以前那架一样。它们在一艘飞船的发射舱里。"

"你是说你发现了棒头……沙冈人?"

"我看到几个人,他们在那艘飞船里。不过看不确切是不是沙冈人。"

"好吧,但你怎么可以自作主张走开,这里是达门塔人的地盘,还有各种各样三教九流的家伙,我们要小心行事。"

"那艘飞船的舱门正好打开,只有很短的时间能看个究竟。我也不想引起其他人注意。"

"这次就算了,下回一定要让我知道。那艘飞船是哪一艘?"

"白昂鑫。"

"什么?"

"白昂鑫。船上印着这三个字。"

"这是一艘鑫船?"

"是的。"

鑫船来自遥远的地方,对于任何星门,它们都只是匆匆过客。在三十多年的流浪生涯中,李约素从来没有见到过鑫船上有被雇用的棒头人。"你一定搞错了,鑫船上怎么会有掠食者无人机?"

"所以很有趣。"佳上的脸上似乎仍旧没有表情,又似乎有一丝微笑,"我必须看个究竟。"

李约素点点头,默默地把船名记在心底。

"走吧。我带你们去见识一下真正的人类生活。"李约素不无得意。他带着两个朋友沿着客栈的主干道走出几百米,拐进了一道不起眼的小门。当他们穿过隔音气帘时,巨大的喧嚣声浪迎面扑来。佳上不由自主地捂住了耳朵。

"伙计,这里是整个客栈区最热闹的地方,蓝黑酒吧。佳上,别堵着耳朵,这点声音杀不死你。"李约素把佳上的双手拉下来,为了让他能听清楚,在他的耳边大声叫嚷。佳上脸色苍白,他推开李约素的手,"我到外边等你。"他逃跑似的冲向门外。

李约素看了看天狼七,天狼七保持着平静,正在四下里张望。

这里是一个空旷的广场,广播时刻都在进行,每张桌子上都在用不同的语言播放不同的节目,很多人在高声谈笑。一张巨大的吧台立在广场的尽头,不断有人在吧台前走动。

李约素找到一张空桌子坐下。一个侍者走过来,"要点什么?"

李约素要了两杯葡萄酒,还有一份烤肉。烤肉是货真价实的牛肉,价格昂贵,需要从科尼尔进口。这是极致的美味,可惜只能给有钱人享用,从前李约素曾经无数次扫过那让人馋涎欲滴的菜单图片,又无可奈何地放弃。但这一次李约素不缺钱,作为执行任务的条件之一,他拿到了许多钱,大大超出预期。根据经验,他相信现在只要他站上桌子,大声报出一个数字,这个酒吧会顷刻间安静下来,而一旦他们回过神来,会争抢着跑到他跟前,在他的脚边相互推搡、谩骂,争取让自己的位置更靠近他,博取一个可能的好差使。

这里是亡命之徒的聚集地,而他曾经是其中的一员。

葡萄酒和烤肉很快送上来。李约素递给天狼七一杯,"尝尝,这是酒,可以麻醉神经。那是一种别样的感觉,你一定没有体验过。"

天狼七接过酒杯,细啜一口,马上皱着眉头吐了出来,"我不喜欢这种味道。"

李约素哈哈大笑,"这是特别的滋味。只有那些生活在星球上的人才能捣鼓出这种玩意儿,不过,它真的很不错,如果你熟悉了这种味道,你一定会喜欢它。我第一次喝酒也觉得滋味并不好,但你会喜欢它的。"

李约素洪亮的声音引起了一些人的注意,这也正是他想要的,他再次提高音量说:"这是牛肉。我担保你从来没有吃过这种东西。据说我们的祖先都吃这个。你知道 DNA 吗? DNA,我们的身体也是由这种东西构造而成的。当然,牛肉的 DNA 和人类不一样。我见过这种工厂,天垂星上有一些人不喜欢合成食品,他们生产肉,各种肉。他们养牛,养猪,甚至还有狗……"

天狼七正把一块肉放进嘴里,听到李约素的话赶紧把肉吐了出来,"你是说狗? 这是从和狗一样的生物身上取下来的?"

"没错。"

"我不吃。"

李约素没有试图说服天狼七。几个人已经站在桌边,他们盯着李约素和天狼七,看起来不怀好意。

"兄弟,我来帮你。"其中一个开口,他伸手想拿起天狼七面前的酒杯。仿佛只是一眨眼间,天狼七已经紧紧地抓住了对方的手。

"你放手!"那人使劲地甩动胳膊,想甩开天狼七,然而天狼七仿佛钢铁浇铸般纹丝不动。

"你找死!"那人被逼急了,右手握拳,狠狠地向着天狼七的头打下去。

天狼七微微侧头,躲开了对方的拳头,一抬肩,正好撞在对方的鼻子上。

尽管周围很嘈杂,尖厉的惨叫声还是让整个酒吧都安静下来。人们看着李约素这边。

天狼七放开了对方,那人捂着鼻子蹲在地上,血从指缝里流出。人们大概也明白发生了什么,一个大胖子从吧台后边转出来,边走边说:"没事,没事,大家继续。"

李约素低下头,伸手遮挡自己的脸,不想让来人看见。

劲爆的音乐声重新响起,酒吧里恢复了嘈杂。大胖子走到李约素桌前,看了看情况,然后向着李约素说:"你的棒头人打了人,你是责任人。"

"当然。"李约素一直用手捂着脸,当大胖子开口说话时,他抬起头,让大胖子看清自己的脸,"老家伙,还认识我吗?"

胖子的眼里闪过一丝惊讶,然而稍纵即逝,"李约素?你还活着!"

李约素冷笑,"你当然盼着我最好死了。独眼杰克在吗?"

胖子发出一阵大笑,"你想见杰克?你活够了吗?上次欠的钱还没有还。他赌的是你回不来,你既然回来了,还敢去见他?你要是再喊他独眼杰克,他一定会把你的脖子拧断。"

"我不敢,但这玩意儿敢。"李约素从口袋里拿出些东西撒在桌上。那是些圆圆的小疙瘩,在酒吧昏暗的灯光下,仍旧闪闪发亮。

胖子拿起一颗,沉沉的,似乎是黄金,色泽却不像黄金,"这是什么,金子?"

"它比金子更有价值,这是超导晶体母块。"

胖子显然被李约素的话吸引,他听说过超导晶体,那是海盗和黑帮的大生意,然而从没见过。他掂了掂手中金属模样的小块,"你可别和我捣鬼！"

李约素冷笑，"可以先找人鉴定。"

胖子眯着眼睛，端详着李约素。这个不名一文的流浪汉，以前欠着一屁股的债，因此他有勇气冲进星门湍流，而人们都认为他再也回不来了。此刻，他不但回到了这里，还带着一个棒头人保镖，装腔作势，耀武扬威。胖子决定小心从事，他转头看了仍旧站在一旁的几个小混混，努努嘴，"你们打伤了人怎么办？"

"我的兄弟手脚太重，有些不对。请医生看一看，费用我来出，另外，我给一万科尼尔盾表示歉意。"

一万科尼尔盾，这不是一个小数目。本来站着的那几个挨打者的同伙一直显得愤愤不平，似乎要将天狼七饱揍一顿才能泄愤，然而听到李约素报出这个数目，神色马上缓和下来。这笔钱可以让他们在客栈花天酒地几个月。

胖子显得很镇静，"看样子你发了。"他转向几个混混，"你们觉得怎么样？"

"王老大，你说行就行。不过，他们得留下姓名，也好让我们知道栽在谁手里。"

"李约素，'天狼星'号。"李约素边说边掏出一张科尼尔银卡递过去。

"好。"为首的混混接过银卡，李约素的气势完全压住了他，他连银卡上到底有多少钱也没看，赶紧放进兜里，和剩下的两个人带着受伤的同伴离开了。

胖子冷冷地看着，等他们走远，他看着李约素，"你回来想做什么？"

李约素嬉笑起来，"找老朋友喝酒罢了，不用那么认真。"

"你要找杰克？你找不到他的。"

"超导晶体的生意他也不做？"李约素仍旧嬉皮笑脸。

"他爆了。"

笑容在李约素脸上凝固。人有各种各样的死法，在流浪者中，各种死法都有形象的特殊用词。"爆"这种死法意味着他死得壮烈，可能是和某个强盗同归于尽,可能用单薄的改装机挑战那些装甲厚实、武器先进的正规军,也有可能死于单挑……总而言之,杰克用一种充满阳刚之气的方式结束了自己的生命。

李约素有些悲凉的感觉。杰克是让人憎恨的家伙,仅仅因为李约素不愿意承认其是独一无二的老大,杰克就利用各种机会羞辱他,打击他,甚至迫害他。就是这个人,逼迫李约素跳进了虫洞。是的,这是一个赌约,然而几乎所有人都能看出来,李约素有去无回。此刻他能回到这里,仅仅是因为运气太好。既然他能够回来,那么杰克就要付出代价,李约素甚至想象过这个曾经不可一世的人在自己面前低声下气的模样,那一刻,应该是多么解气……然而这人却死了。李约素突然意识到,即便他活着,也不会向自己低头,也许他会要求一次公正的决斗,在火光中爆掉。这个暴烈的流浪汉和自己有某些共同点,彼此属于同一类人。

李约素略为沉默,"花豹,大头,叮当……这些人呢?"

"大家散伙了。我不知道他们去了哪里。"胖子把手中的金属块丢还给李约素,"你只能自己发财了。"

李约素默默地把东西收起来,然后说:"看来能帮忙的人只有你了。老K,我想请你帮我一个忙,我想找海盗。你能找到他们。"

胖子盯着李约素,没有开口,过了一小会儿,他转身向吧台走去。

李约素跟了过去。天狼七警惕地四下察看。人们忙着喝酒、吵闹,或者打情骂俏,没有人注意他们。

吧台的位置很不错,正对巨大的观景玻璃。观景玻璃呈巨大的圆形,可以望见空港的灯火。形形色色的飞船来来去去,仿佛一条条形态各异的游鱼。

老K走到吧台后边,一直没有吱声。李约素也没有再说话,他自己拿了一瓶酒和一个玻璃杯,倒上一杯,慢慢地品味,欣赏观景玻璃里边的情形。

巨大的探照光束不断移动,照亮不同的飞船,所有的飞船都在空港指挥台的指令下按照序列缓缓入港。在另一个方向上,那是星门所在地,一无所有,只有一片纯粹的黑暗。突然间,黑暗中露出一丝银色闪光,稍纵即逝,如果不是有心人,完全不会留意。

李约素对这样的闪光却分外敏感。那曾经是他的职业,他和一群同病相怜的流浪汉会追逐这样的闪光,这是迷失在时空旋涡之中的飞船。在大多数情况下,那都是死船——飞船的主人已经死去;或者那是一艘低级自动飞船,那些充满好奇心的飞船主人可能早已消失在几百甚至几千年前;不管如何,它都是无主的飞船。星域的人们不会注意这些飞船,在他们眼里,这些不过是时空旋涡产生的垃圾。然而对流浪汉来说,这样的飞船可能会提供很多东西,包括一些颇有价值的古董,或者一些生活所需的物资。拦截这种飞船,把它拖回来,卖掉值钱的东西,然后花天酒地,这就是流浪汉生活的全部。和海盗不同,流浪汉没有那么大的胆子抢劫,于是只能捡捡垃圾,抢一抢那些不幸掉进了时空旋涡的可怜人。

闪光勾起李约素的回忆,他想起那些流浪汉。他们曾和他同路,然而此刻已经不知所终。每一个流浪汉的命运都不可揣测,甚至不知道是否会在第二天横死。没有人关心他们的死活,对许多人来说,流浪汉的存在是一种不安定因素,让这些人消失在星海深处,可能是星域的人们最期望的解决方案。

李约素环顾四周。有几个人站起身,他们显然准备出发去追逐刚出现的大鱼。

"起身的兄弟,听我说!"李约素大声吆喝。他的声音盖过了喧嚣的音乐和吵闹的人声,几个刚站起身的人显然明白李约素在招呼他们。他们缓缓地走过来,脸上满是戒备的神情。

"我有大买卖,你们愿不愿意做?"李约素开门见山。

这些人相互对望了几眼,又看了看天狼七。

"什么买卖?"站在最前边的一个人开口,他的个子高高瘦瘦,一身银色装束,穿着很复古。他背着一顶动力服头盔,这种动力服是陈旧的型号,性能不佳,并不多见。

"我要棒头人的消息,越多越好,如果有人知道去哪里能找到一百个棒头人,我可以出十五万达门塔通货。"

"十五万?"人群里有疑惑的声音。

"提供确切消息,十五万。把棒头人带到我面前,我给一百五十万。"李约素的语气不容置疑,虽然距离几个流浪汉不过几米,但他仍说得异常响亮。四周投来异样的目光,李约素故意不理会那些目光,只是盯着眼前的几个人。

流浪汉们面对这样突如其来的巨额赏金有些不知所措。他们茫然地相互看看,没有人站出来拿主意。

最后,银色装束的瘦高个说:"我不相信这种事。"说完他转身走开,另几个稍稍犹豫,也跟着走开。他们宁愿去寻找星门一闪带来的微薄希望,也不愿意相信一个信口开河的外人。

李约素望着这些人的背影。结果在他的意料之中,然而他已经达到了目的。

酒吧的角落里,有人在窃窃私语。

李约素把杯子里的酒一饮而尽。他转身向着吧台里的老 K 压低声音说:"我要找棒头人,但我真正要找的人,是莱布斯基。这是大事。我们是朋友,帮个忙。"他把超导晶体母块和一张卡片推到老 K 面前。

听到莱布斯基的名字,老 K 微微有些动容,他停下手中的活,看了看眼前的卡片。这是一张精致的卡片,金属材质,正中是雷电家族的标示,周围缠绕着烦琐的纹路。

"你和雷电家族是什么关系?"

"我帮他们做事。"

"海盗之王可不喜欢雷电家族。"

"是的,尽管把消息传出去,告诉他们我是做黑市生意的,想把一些雷电家族的武器卖给海盗。"

老 K 白了他一眼,没有任何表示。

李约素向着天狼七喊:"我们出发!"

"去哪里?"

"去狩猎。"

# 第二十二章　狩猎游戏


众多的飞船追逐着猎物。这是一种比赛耐心和运气的运动,猎物本身也是一艘飞船,它可能很强大,也可能很脆弱。

流浪汉们把这种活动称为狩猎。这种行径在海盗的眼中未免有些可笑,猎杀一艘失落在时空中的单船,怎么看也是缺乏勇气的表现。如果够胆,他们应该去劫掠环形世界或者鑫船,这些飞船同样来自遥远的世界,却强大得多,而且这些飞船并没有失落,而是带着目的飞行。或者,真正有勇气的海盗应该注意那些盛气凌人的家伙,他们通常不是有官方背景,就是一夜暴富的走私者,油水丰厚,但危险同样巨大。

邓迪斯是一个真正有勇气的海盗。他打算袭击一艘在伽马港注册的飞船,洗劫它,然后在达门塔的机器人赶来之前脱身。整个计划非常大胆,设计好的攻击地点在星门附近,这是时空不稳定区,漂浮着数量众多的太空垃圾,强行俘获飞船并进行太空行走危险系数极大。他的猎物正混杂在一群流浪汉的破烂飞船中,追逐着从时空裂隙中挤出来的一艘古船。

邓迪斯的"敏捷"号中枢正在对目标进行分析,观察的时间越长,邓迪斯的眉头锁得越紧。这艘飞船性能卓越,一旦它警觉,"敏捷"号就跟不上它。这飞船的行动也很奇特,很多次,它明明可以靠近古船,却放弃了。这瞒不过邓迪斯的眼睛,它并非想俘获飞船,只是玩玩。它不断对可怜的失落飞船做出威胁性动作,迫使它改变轨迹,逐渐地落入流浪飞船的包围圈中。

"敏捷"号向着前方的飞船靠拢过去。为了不引起怀疑,邓迪斯放慢速度,仿佛自己是一个来迟的流浪者,只是想分一杯羹。

正沉浸在追逐游戏中的飞船显然并没有在意"敏捷"号的出现,只是继续驱赶古船,逐渐地靠近它,迫使它按照设定的路线移动。

"敏捷"号靠过去,占据了一个位置。流浪汉们对于"敏捷"号的到来并没有表示反对。通话请求不断亮起,邓迪斯接通了。他接入一个通讯网中。

"嗨,那个人,你的飞船要加入,那就稳住方向,我们要驱赶它到453区。"

"453区,明白,我需要一个更靠近它的位置,我的飞船比较大,而且有电驱网。"

"你居然有电驱网!哈,看样子我们有好帮手了。好吧,你移动到内侧。不过,最后关头,可不要手软。哈哈……"

"没问题。"邓迪斯回答,心中暗笑,这些人如果知道他不仅拥有电驱网,还有大功率束流武器,可以在几分钟内把他们扫荡得一干二净,恐怕就再也笑不出来。

他关注着自己的目标,目标在整个队形中位置并不固定,总是很快地逼近古船,然后伪装成力不从心的样子落到后边。邓迪斯留意机会,和周围的飞船交换位置,逐渐朝目标靠拢。当然,他注意不留形迹,万一目标注意到自己是冲着它去的,事情就不太好办了。

逃跑的古船上没有任何信息传出,似乎是一艘死船。飞船很灵活,总能够找到机会挤出包围圈。然而流浪者们是空间追逐的老手,他们并不是简单的乌合之众,每一次都会有一艘飞船挡住逃跑者的去路,把它逼回包围圈中。

邓迪斯加入追逐。"敏捷"号船体巨大,让逃跑者颇为畏惧,这大大加速了合围的进程。包围圈逐渐缩小,他们向着 453 区靠近。

猎手们和猎物之间的距离更加接近。这是一个危险时刻,如果猎物感到绝望,它会转而攻击猎手,即使没有武器,如果它抱着鱼死网破的决心一直向外冲,那么拦截策略就失去了作用。此刻,必须精确地估计可能的突围路线,由一艘具有俘获能力的飞船贴近飞行。否则一旦被猎物突出包围,那就功亏一篑,需要从头来过。这样是最不划算的买卖,因为每一次围捕都要消耗大量的能量,让它在最后关头溜走意味着消耗几乎要翻倍。

邓迪斯找到领头人,"让我来对付它,我有大功率电驱网。我抓过比这更大的飞船。"

"我相信你有这个能耐,不过我们已经有安排。"

"哪艘飞船?"

"你身边的。它已经上去了。"

邓迪斯心知肚明,那正是他的目标。它不算大飞船,大概只有"敏捷"号的一半,但它是一艘性能先进的飞船。

"那是'天狼星'号?"邓迪斯明知故问。

"是的,你认识?"

"不认识。但这艘飞船很有名。"

"很有名?我怎么不知道?"

"你很快就知道了。我去帮他,你帮我通告一声。"

"不要贸然行事,我们已经安排好了。"

"放心,我一定要把这艘古船捕到。"

邓迪斯没有再理睬剩下的人们,他直接离开了自己的位置,进一步向"天狼星"号贴近。他有最大最强有力的飞船,这些人拿他无可奈何,为了保证整个过程顺利结束,领头人一定会告诉"天狼星"号,他是一个合格的伙伴,是来帮忙的。现在最要紧的是不要引起怀疑,只要他能够贴近……

古船仍旧在逃跑,但轨迹已经不再灵活多变,显然已经放弃了抵抗。"天狼星"号正快速贴近,平行飞行。

"敏捷"号紧紧地跟着,邓迪斯并没有逼得太近。他等待着机会,只要"天狼星"号启动俘获程序,它就将和古船结合在一起,暂时失去机动能力,"敏捷"号在这个时候冲上去,一定可以抓住它。

然而"天狼星"号并没有立即行动,它贴着古船飞行,却迟迟没有动作。

"快抓住它!"邓迪斯听到领头人在呼叫,然而"天狼星"号仍旧没有动作。邓迪斯感到不妙,他仿佛看见一双狐疑的眼睛正盯着自己上下打量。

短暂的沉默之后,领头人的声音传来:"兄弟,'天狼星'号要求和你通话,你快点。最好给我退回来,不然大家都没有好处。"

"后边的那个,你靠得太近了。""天狼星"号和"敏捷"号直接联系上。

"我只是想帮忙。"邓迪斯装作满不在乎,"万一目标跑了,我还可以把它挡住。大家不至于空忙一场。"

"你退后。""天狼星"号的声音不容商量。

"这算什么嘛……大家都是兄弟。"邓迪斯咕哝着,让飞船的位置稍稍向后,"我退后,这样你满意了吧。"

"安全距离是六千米。""天狼星"号继续说。

邓迪斯心底一阵狂喜,如果只退后六千米,他可以让"敏捷"号在短短五秒内追上"天狼星"号。这么短的时间,"天狼星"号就算发现他的企图也已经太晚,来不及从古船脱离下来。他可以用电驱网稳稳当当地抓住它。然而他仍旧不动声色地说:"真没办法。你们怎么不相信伙伴呢?我再退后一点,就按你说的,六千米,现在已经是五千米了。这样还不行?"

"别啰唆了,抓到飞船大家赶紧回去。你按照要求退后。他还要求我们聚集呢。"领头人有些不耐烦。流浪汉们的飞船也慢慢收拢,几乎都聚到了"敏捷"号身后。

"好吧,好吧!"邓迪斯一副不乐意的样子,再次把飞船位置向后调整。他发现自己落在流浪汉们的包围圈里,一丝不安涌上心头,处在这样的位置,"敏捷"号简直就像被拘押的囚犯。邓迪斯心念一闪,然而还来不及动作,就听到一个哈哈大笑的声音:"你上当了。"

邓迪斯感觉到飞船剧烈地震荡,那是银鱼子正在发生作用,强烈的电流正让飞船陷入瘫痪。中枢发出强烈警报。他的手边有一个紧急按钮,可以直接把引擎推动到最强模式,然而很多年前,他就拆除了这部分回路,眼下那里只空有一个按钮,什么用也没有。

就算有也太迟了。中枢仅仅发出两秒钟的警报就彻底瘫痪。邓迪斯可以想象有多少银鱼子正趴在"敏捷"号坚硬的外壳上,这些该死的小东西发出强烈的电磁场,爆发出炫目的光,光线如此强烈,以至于透过屏蔽舷窗刺激到邓迪斯的眼睛。

"他妈的银河!"邓迪斯破口大骂,然而他也只能说这句,"敏捷"号舱门失去控制,猛然弹开,空气急剧外泄,邓迪斯像一张纸般被吹起来。他重重地撞在舱门上,只觉得眼前一黑,昏了过去。

"船长,他飞出去了。他冲着星门去了!"布丁惊慌地叫喊起来。这个声音通过网络传到了所有流浪汉的耳朵里,引起一阵哄笑。

"愣着干什么,把他救回来。"李约素骂了一句。

布丁再次发愣,"我们不是要抓飞船吗?"

"先救人,飞船跑不掉。"

布丁指挥飞船掉头,飞向那正急速靠近星门的白色身影。

"李约素,你说好要抓到飞船的。"领头人眼看李约素要离开,有些着急,他不想在这个关头出什么岔子。

"你们自己来好了。达门塔一直在高额悬赏缉拿海盗船。就算猎物跑掉了,你们也赚到了。你们肯定不会让它跑掉的,对吧!"李约素并没有和领头人继续说下去,"天狼星"号很快靠近了小小的白色人影。

"为什么要救他?"天狼七问。

"我们和他无冤无仇。"

"他想攻击我们。"

"他已经失去了攻击力。"

天狼七不再说话,他并不明白李约素这么做的原因,他从头到尾都不明白李约素要做什么。他们来寻找棒头人,棒头人可能存在于星域某个隐蔽的角落,而不是酒吧、星门,或者流浪汉的狩猎场。至于居心叵测的海盗,天狼七见到过许多海盗,知道他们心狠手辣,毫无怜悯之心。"拯救一个海盗比把海盗打死更糟糕。"这是一句流传很广的谚语,李约素不可能不知道,然而他却正在这么做。

"天狼星"号轻巧地贴近邓迪斯,倏忽之间,白色的躯体隐没在黑色船体中,"天狼星"号打开舱口,把邓迪斯整个兜进来。

"还好他穿着动力服,要不然我们只有收尸了。"李约素说。

"不,就算人体直接暴露在真空中,也可以支撑一段时间,从几十秒钟到十几分钟不等。如果营救及时,还可以挽救生命。"布丁认真地纠正李约素。

"你少说几句不行啊……"李约素没好气地说,"我们不是在研究科学问题。"

转眼间,"天狼星"号已经逼近星门范围。这里是星门的外缘地区,因为星门的高能量密度,时空在这里略为崎岖,表现为轻微波动的引力。仿佛有一只看不见的手,忽左忽右,忽前忽后,试图推动飞船。还好力量并不大,布丁可以应付。

"天狼星"号转过一个大圈,去会合流浪汉们。

一道微弱的闪光。少量伽马射线,布丁判断这是星门的一次随机泄露,能量很低,就算有什么东西从星门里出现,那也是一个非常微小的物体,而且在穿越星门的过程中可能已经被消耗殆尽。他继续向前飞。然而又是一道微弱的闪光,还是伽马射线。

"真是见鬼了!"一个流浪汉的声音传来,"你们看,那是什么鬼东西?"

布丁也捕捉到了流浪汉所看到的鬼东西——两个黑色球体,它们从星门边缘逸出,正缓慢移动,移动中间歇性地发出微弱的光,而轨迹却毫无规则。

"船长,你看这是什么鬼东西?"布丁赶紧呼唤李约素。李约素正目不转睛地看着,还没有回过神,他看见了更让人惊异的东西:第三个,然后是第四个……它们仿佛鬼魅般从星门边缘区逸出,就像肥皂泡一般悠闲地飘浮。

流浪汉们追逐过从星门里挤出来的任何东西,然而谁也没有见过眼前的景象。

"这是飞船吗?"有人惊疑不定地问。

"是你个鬼啊!银河在上,这他妈要是飞船,就把我的眼睛挖出来卖了。"

所有人都陷入短暂的沉默。

四个黑色而闪光的球体旁若无人地飘来飘去,它们的速度并不快,然而轨迹飘忽不定。李约素让布丁展示慢镜头,希望能看清楚一些。他发现这些球体位置并不确定,在它们发光的一瞬,才有一个确定的位置,于是它们仿佛瞬间从某处移动到另一处。而不发光的时刻,它们仿佛并不存在,所谓的黑色球体只是一个视觉上的幻影。这绝不可能是飞船。

"布丁,沙达克给了你很多巨库,赶紧查!"李约素大叫。

"我已经在查。但巨库实在太大,我需要时间。现在进行到行星物理,百分之十七……"

"先检查和空间异常相关的东西。"李约素打断布丁。

黑色球体依旧飘浮,虽然靠得很近,而轨迹杂乱无章,但彼此间绝不碰撞。它们变得更大。

"我要离开这儿,这东西让人心里发瘆。"有人说。

"是胆小鬼就走。"有人嘲笑他。

"你别得意,万一有事,我看你尿裤子也来不及。"

李约素突然插话:"你们都赶紧走。"

矛头马上扭转了方向,"走,凭什么?你凭什么?"通讯网络里七嘴八舌,一片混乱。

"大家别吵。"领头人终于开口说话,"李约素,有什么异常?"

"达门塔巡逻飞船,他们正冲向这里,十三艘飞船,在包围圈形成之前赶紧走,你们还可以跑。"

"巡逻飞船?"领头人将信将疑,他没有发现任何信号。

"距离一万六千千米,那些都是侦察飞船,你们的仪器不够强大。赶紧走,还有时间突破包围。"

"他们要抓我们干什么?"

"别自大了。他们显然不是冲着你们来的,但发现一群流浪汉挡在路上,他们不妨顺手打扫一下。我来给你们导航,快走。"

突如其来的变化让所有的流浪汉都有些发懵,他们几乎没有考虑的余地。达门塔的星门警卫队是一群自动机器,他们会按照最优方案来执行任务,谁也不知道最优方案中是否包括清除一切目击者。最安全的办法当然是立即按照李约素的导航走掉,李约素没有任何理由陷害他们,而且"天狼星"号的确也是他们所接触过的最先进的飞船。然而,他们心有不甘,"忙了半天,就这么走了?"

"走。"领头人下了决心。

"可是……"

"别他妈的可是了,先保住小命!"领头人突然暴怒,这是他们这群人通常的交流办法。

所有人都安静下来。流浪汉的飞船按照布丁的指引开始撤退。

"你不走吗?"

"他们不会拿我怎么样。"李约素说得轻描淡写,领头人将信将疑,"李约素,如果这次你真的救了我们,算我欠你一个人情。"

"先走再说。"李约素心不在焉,此刻,他并不关注流浪汉,也没有太在意正在靠近的达门塔飞船——布丁找到了关于球体的四个可能的答案,李约素选择了通俗描述。

他读完,冒出一身冷汗。

"……对于理想的宇宙学模型,超空间旅行并不是非常困难的行为,然而在工程上,这是一个巨大的难题。这个难题的首要问题,在于能量的获取和保持。在单位空间内聚集超过宇宙膜(时空膜)负荷的能量而导致时空坍缩,从而打开超空间入口;进入超空间后需要保证飞船能够保持物质形态并能再次突破宇宙膜(时空膜),这样的能量水平是目前的人类文明所达到的极限,也就是说,进行这种超时空跳跃的飞船有很大的可能出现事故。这种可能性随着飞船质量的增大呈几何增长,而伴随的副作用也更为明显——时间的不准确性几乎成了无法克服的障碍。但如果我们抛开以上所有约束,单纯讨论在越来越大的能量密度影响下时空膜的变化,也就是实空间所能观测的现象,会有一个简单的结论:当质量达到六百七十万亿吨以上的物体突破时空膜时,时空膜将出现发泡现象,在目的地,会有一些空间畸形区,这些区域本身将呈现空心化。它是全黑的,没有任何辐射,对于位于时空膜内的观察者,它完全不可见,光子掉入其中,类似落入黑洞。然而它不属于实空间,没有质量,因此并不是黑洞,只是时空的一个缺口。和黑洞因为质量而导致的时空坍缩不同,这样的缺口纯粹是因为能量导致,它是一个游移区域,同时,因为时空膜本身的强烈张性,它会很快挥发。在挥发中,可能发射相当比例的伽马射线,并进入实空间被观察者所捕获,这是在实空间观察到迹象的唯一途径。这种奇特的物理现象曾被许多科学家预言,但从来没有发现实例。一般把这样的畸形区,称为空间泡……"

李约素并不能确定这就是真正的答案,然而,至少从现象上看起来高度一致。他相信自己看到了空间泡的挥发——球体的光亮变得稍强一些,而体积却明显缩小。

它们更快地游移,也更加闪亮,却越发地小下去,最后,随着一道闪光,完全失去了踪影。

星门边缘恢复了应有的宁静。什么东西会随之而来,一个前所未见的庞然巨物?李约素在忐忑不安中等待着。然而并没有什么庞然大物出现,一切保持着寂静。

"'天狼星'号,根据《达门塔星门管理条例》三十七条八款,任何飞船未获许可不得进入三光秒范围内。你违反了管理条款,将受到拘禁。缓慢向我飞船靠拢。"'天狼星'号收到了通牒,达门塔的巡逻船正靠上来。

"布丁,我们走。"李约素并不想被当做罪犯关押起来。

"天狼星"号急速启动,倏忽间消失得无影无踪。

"佳上怎么办?"天狼七问。

"我们去接他回来。"

# 第二十三章　节外生枝

邓迪斯醒过来。眼前有两个人,一个看上去像是科尼尔人,另一个是棒头人。他试图挪动身体,却发现自己被捆绑在墙上。

"放开我,你们这些下流坯!"他怒不可遏,在他三十多年的海盗生涯中,从来没有受到过这种屈辱。

李约素转过身,露出一个笑脸,"你终于醒了,我还以为你不行了呢。把你固定住是为了防止飞行中出现意外。如果你想下来,没问题。布丁,放开他。"

"是,船长。"

邓迪斯抓住墙边的扶手,移动到李约素身边,"是你给我下的套?"

"我?"李约素露出一副茫然的表情,"我没有给你下套,是那些流浪汉。我救了你,这确定无疑。"

邓迪斯想起"敏捷"号被数量众多的银鱼子攻击,他撞在门上,昏了过去。是的,如果没有人救他,那么他一定已经死了。然而,一切都是眼前这个扬扬得意的家伙引起的,邓迪斯有想揍人的冲动,他看了一眼天狼七,没有轻举妄动,"我的飞船呢?"

"被巡逻队带走了。"

"巡逻队?"

"是的。他们来了十几艘,大家一哄而散,你的船瘫痪了,可能被他们带走了。"

"星门警卫队? 这怎么可能,他们从来不管这种事。"邓迪斯嚷嚷起来,李约素没有解释,他打开一段录像,邓迪斯咕哝着看了一眼,马上安静下来。"那是什么?"他有些惊疑不定,"这是监视录像吗?"

"这是我们把你救上来之后发生的事。你可以明白为什么星门警卫队会赶来。他们还想抓我呢。"

"那到底是什么?"

"某种东西,我也不确定。不过,它有足够的分量惊动达门塔舰队。"

"达门塔舰队? 什么意思? 星门没有常驻舰队。"

"现在有了。两个小时前,达门塔第五舰队进驻星门,实行彻底的交通管制,任何飞船不得出入空港。"

"第五舰队……"邓迪斯感觉不妙,虽然他是一个海盗,但他是一个明白大势的海盗,第五舰队是达门塔的精锐,它一直布防在达门塔星,属于战略预备队。伽马星门距离达门塔星并不遥远,只有短短十二光年距离,一旦有需要,第五舰队很快可以进驻,但这样的事在过去的几百年间都没有发生过。

"有大事要发生了,"李约素显然没把这当回事,只是随便聊聊,"你们海盗的好日子到头了。"

邓迪斯默不作声。

"好吧,轮到我问你。你为什么要袭击我的船?"

"我没有……"邓迪斯试图辩解,然而仓促之间,找不出好的说辞。

"别这样,我不是法官。大家都明白着呢。"李约素似笑非笑地看着他。

邓迪斯把心一横,"好吧。我听说你是个暴发户,手头上有超导晶体。"

"所以你想抢劫我? 为什么其他人不来? 你从哪里听说的?"

"我来了他们当然就不会来……"邓迪斯突然意识到什么,闭上嘴,警惕地看着李约素。

"说下去。"李约素的脸色突然间变得异常严肃,他威吓般地盯着邓迪斯。

"我在酒吧听到的消息。"邓迪斯说完紧闭嘴唇,毫无畏惧地回望着李约素。

李约素没有继续追问,"好吧,现在你可以告诉我你叫什么名字。"

"埃里克。埃里克·科珀纳。"邓迪斯毫不犹豫地编了个名字。这个名字曾经确实存在过,只不过,名字的主人在多年前就死了。

"埃里克,这件事因你而起,你试图偷袭我,只不过你的圈套被识破了。人在银河,总有个闪失,是我把你从死神手里救出来。无论怎么说,你都欠了我一个很大的人情。"

"不错。"

"现在我需要你帮忙。"

"帮什么?"

李约素飞快地盘算。对于海盗的生活,他的了解有限,他只有非常短暂的海盗生涯,还属于客串,然而他了解他们的心理,如果你掌握了他们最重要的秘密,那么也就可以轻松地获得次要秘密。

"带我去见你们的头。"李约素说。

"我是独行海盗,没有头领。"

"看看你的左边,这是我的兄弟,名字叫做天狼七。他认识你。"

邓迪斯向着棒头人看去。天狼七正冷冷地盯着他。他见过无数的棒头人,然而他们的相貌在他眼里都一样,无从确定这个棒头人是否曾经是他们的一员。但是,至少这个棒头人并没有揭穿他的真实姓名,凭这一点,邓迪斯断定李约素只是虚张声势。

"我不认识他。"邓迪斯摇头,"从来没见过。"

"这不重要。但是他认识你,你们曾是一伙的。正好我也想找海盗,带我去见你的头领。"

李约素的要求简单而明确,邓迪斯有些吃不准。他不知道眼前这个人到底是什么来路,也许那个棒头人真的曾经是自己团伙的一员,只是并不记得自己的名字。

"既然你知道得这么清楚,你可以告诉我,到底我的首领是谁。我自己还不知道呢……"邓迪斯继续装糊涂。

"莱布斯基将军。"

邓迪斯心中一凛,"你认识莱布斯基将军?"

"听说过,没见过。但是我现在需要和他见个面。"

"什么理由?"

"你亲眼看见了危险。"李约素把空间泡的录像又播放了一遍,"暴风雨就要来了,这是前兆。我们可以开诚布公地谈谈。"

李约素把熊罴星上所听闻的一切原原本本地讲述了一遍,他毫不掩饰,十足坦诚,和刚才嬉皮笑脸的模样判若两人。他就像一个推心置腹的朋友,正和邓迪斯分享自己的兴奋、苦恼、忧虑。他告诉邓迪斯,某个神秘的异类种族隐藏在黑暗空间,它们的突袭造成了"上佳"号的悲惨遭遇;科尼尔可能面临着敌人的全面袭击,而雷电家族正全面计划防御;棒头人传奇般的史前史,还有那可能承载着希望的"平准"号。

邓迪斯听得入神。

"所以,我要见莱布斯基将军。你们的团队里边有很多棒头人;很多棒头人雇佣军在地下黑市出现,最后都和莱布斯基将军有关,他一定有些线索可以帮助我们找到'平准'号。"

邓迪斯仍旧有些犹豫。海盗有严格的行规,如果贸然带着两个外人去基地,那意味着巨大的风险,而且极可能被视为叛徒。一个人可以死,但不可以没名誉,这是邓迪斯的信条,哪怕他的海盗同伙们并不认同这一点,他也坚持这一点。为了保护他的海盗同伙,最好的办法是把李约素所说的一切当做胡说八道。然而,李约素所提到的事实过于惊人,他不敢断然拒绝,更何况,这个人救了他的命——虽然也是这个人给他挖的陷阱。

"埃里克,我知道你是一个抱负远大的人,做海盗只是生活所迫。现在有一个机会就在你面前,你可以成为拯救世界的英雄。有什么理由不这么做呢?"李约素趁热打铁,他看出邓迪斯不是个一般的海盗,他身材高大,体态威猛,却举止得体,透着一股温文尔雅的气质,和一般海盗的粗鄙形成鲜明对比。

邓迪斯沉默不语,他仔细考虑李约素的话,却很难下定决心。是的,他是一个不折不扣的海盗,他袭击飞船、抢劫财物,在官方的通缉名单上高居榜首;但是,他是一个有梦想的海盗,别的海盗用抢来的财物花天酒地,醉生梦死,他却用财物接济穷人。三十年来,他的伙伴不断被杀死,被逮捕,他一直安然无恙,甚至面对官方的搜查,被他劫持的飞船都愿意为他提供庇护。绅士海盗,这是某些飞船对他的称呼,有时候他觉得这样的称号很滑稽,既然是海盗,又何必绅士。他也搞不明白自己到底怎么一回事。

李约素的话勾起了邓迪斯的思绪,他陷落在长久的沉默中。

"无数的人可能死掉。但是如果找到'平准'号,就可以多保护一些人。至少这艘飞船比你所知道的任何战舰都要强大。"

邓迪斯下定了决心,"你只需要找到棒头人的线索,是吗?你不需要去见莱布斯基,我可以帮你寻找线索。"

"这样最好。"这个结果出乎李约素的意料。

"先回空港。"邓迪斯说。

"空港被达门塔第五舰队控制,无法进入。"

"空港很大,舰队不可能全面监控,我们能找到机会。"邓迪斯说。

"布丁,我们先回去。你可以听听埃里克的意见,他们一定在这个钢铁星球上边打了不少窟窿。"李约素扭头对着邓迪斯,"兄弟,欢迎入伙。我们还有一个伙伴在空港,我也正想着怎么把他接出来。"

"这样简直太危险了!"布丁小声嘀咕。突然间,他的声音变成了尖叫,"天哪!我们被包围了!"

"没有办法逃跑。他们已经封锁了所有路线。六艘飞船逼近,他们使用网箱阵形,看起来是要活捉我们。"在布丁惊慌失措的喊声中,李约素和天狼七飞快地套上了动力服。邓迪斯退到一边,紧紧抓住扶手。

达门塔飞船强行占据了通讯频道,一个机器人的头像出现在屏幕上,

"李约素船长。"他用一种温和而富有感染力的男性嗓音说话,"我是达门塔第五舰队侦察分队指挥官约克,很抱歉打扰到您,但是我们需要您的合作。"

"我不会投降。"李约素冷冷地说。

"不,您是我们的客人。根据舰队司令的指示,您只需要提供关于空间泡的证词,然后就可以自由活动。您的证词对于我们很重要。"

这个意外的转折让李约素有些困惑,"只需要我作证,没有其他的?"

"是的。"

"我要求保证我的飞船上每一个船员的安全和自由。"

"没有问题。这是司令出具的指令。"约克在屏幕上展示了一张电子纸。

"布丁,交出控制权,让他们带我们回去。"李约素决定冒险赌一把,在六艘尖兵 I 型侦察飞船的包围下,他也很难做出别的选择。李约素回头看着邓迪斯,"看起来我们不需要大费周章就能回去。"

"挺不错。"邓迪斯机械地回应。

"天狼星"号向着空港靠拢,船上的三个人一路保持沉默。他们进入达门塔第五舰队的控制范围,被一艘捕获飞船抓住。然后,他们见到了约克,侦察分队指挥官,把他们从星门边缘带回来的那个机器人。

第一次见面让李约素有些意外,约克的个头很矮,只到他的腰部,手很短,而且根本没有腿脚。约克说话的声音很动听,抑扬顿挫的语调非常明确地传递着各种情感,和他一成不变的面孔形成鲜明对照,以至于李约素有种错觉,仿佛这只是一个傀儡躯体,另有一个鲜活的人正通过这具躯体来说话。和各种各样的机器人对话经常会令人有这样的错觉,约克那种不多见的语气让这样的错觉大大加深。

"很高兴见到您,李约素船长。"约克伸手,他的短手忽然间伸长一截。李约素有些意外,他和约克握手。约克的手是温暖的,有种硬而滑溜的感觉,只有两根手指。约克并不是没有腿脚,他的身后有两条软索牢牢地抓着扶手。如果这就是脚,那比人的手还要灵活得多。还好,至少约克保持了头颅和一对眼睛的造型，和人类还有某种类似之处。

"天狼七，邓迪斯。很高兴见到你们。"约克向着两人点头。

邓迪斯暗暗吃惊，他从来不留真实姓名，这个长相奇特的达门塔军官却直截了当地把它说了出来。邓迪斯下意识地看了李约素一眼。李约素也正看着他，似笑非笑。

"你好，布丁。"约克抬高了语调。

"啊，你好。"布丁有些慌乱，他第一次遇见到访者主动和他打招呼。

"你想带我们去哪里？"

"舰队司令要见你。"

"哦，这真是很荣幸，能告诉我理由吗？"

"我只是执行命令，你的问题可以留给司令官。"

约克在前边领路。他手脚并用，四肢仿佛柔软的长鞭，轻巧地抓住运动扶手，再轻轻甩开，然后即刻抓住下一个扶手。这样的运动仿佛经过精妙设计，富有节奏感，比人们仅仅使用双脚的运动更有效率，如果约克并不刻意控制速度，李约素根本没法跟上。

最后，他们在一个宽敞的舱室里停下来。这是一个白舱，除了座椅，什么都没有。

李约素环顾四周，"司令就在这里见我们？"

约克在一个座位上落下，"马上要进行重力配置，请进入位置。"

"重力？机器人也需要重力？"

"我们进入了'八脚鱼'号母舰，母舰有重力配置。"

李约素和邓迪斯坐下，把自己固定在座椅上。天狼七单手抓着一个扶手，并没有坐下的打算。

重力的到来迅速而猛烈。李约素和邓迪斯被狠狠地压在座椅里，天狼七一个趔趄，差点摔倒，他迅速双手拉住扶手，稳住身体。

大门洞开。约克在前边领路，他的两条长鞭般的腿缠绕起来，形成履带式的结构，他靠着这个向前移动。

达门塔人都很奇特，他们是纯粹的机器。他们给自己设计了各种古怪的功能,导致各种各样离奇的形状。在科尼尔人看来,某些形状不仅奇怪,而且丑陋,比如约克的样子就仿佛一个人身体被从中间折断,只剩下半截,很容易让人联想到残疾。然而达门塔人并不在意,对他们来说,形体是否类似人类、是否完整,这显然不是判断美和丑的主要标准。

达门塔的母舰结构显然根据达门塔人的特性进行过优化。他们并不浪费空间建造大型通道,李约素注意到大多数来往往的物体只有胳膊般大小,它们可能是机器人,也可能只是一个机器,没法区分。通道两边的墙上有许多孔洞,那是小通道,人肯定无法在其中行走,但是两个小机器却能够并行通过而绰绰有余。偶尔会有机器人擦肩而过,约克会稍作停顿,似乎在打招呼。

他们走出了几百米,遇到了很多机器,却没有一个人形机器人,这和空港的警察相去甚远。李约素忍耐不住,问:"这飞船上有其他人吗?"

"刚才您见到了二百三十三个人。"

"你是说那些方盒子模样的都是机器人?"

"是的。"

"为什么你不是一个方盒子?"李约素不无揶揄。

"您认为如果我是立方体,会更有利于交流吗?"约克客气地反问。

李约素赶紧打住,他搞不懂这些机器的心理,或者是否他们还有被称为心理的东西,他必须明确表达意思,"不,我想问的是为什么你不给自己装一双腿,这样子更像人,就像空港的那些警察。"

"我不是警察。在绝大多数情况下,人们只会看见我的上半身。至于母舰的机器人,他们不需要见任何外人,所以也没有这个必要。"

李约素默然。在这里,外形只是被当做一种附属特性,完全根据需要决定。这听上去很符合逻辑。然而必然的推论就是人可以有各种各样的外形,一旦和这一点联系起来,这个逻辑就让人感觉怪异。

"你们的舰队什么时候来到这里的?"李约素岔开话题。

"司令会解释你所想知道的一切。"约克并不打算说太多。

他们在沉默中走出长长一段路,乘坐了三次电梯。

"我们到了。"约克说。他们站在一扇巨大的门前，和狭小的通道相比，这扇门气势磅礴。通道到了这里豁然开朗，形成巨大的穹顶，穹顶上是透明的玻璃，可以望见璀璨的星河。环绕穹顶一圈，装饰华丽的雕塑配合着金光闪闪的饰片，透出一股精致华贵的气息。穹顶在这样的映衬下，仿佛一块巨大的黑色宝石，而星河仿佛无数的钻石，闪闪发亮。

"哇……"李约素发出一声赞叹。他没有料想到在达门塔的飞船上居然能看到这样动人心魄的景致，这简直是一件艺术品。

大门悄无声息地打开。

李约素几乎不敢相信自己的眼睛。

一个几乎赤裸的躯体站在他们面前。这是一个男人，除了包裹着私处的一块白布，他是全裸的，然而浑身上下散发着慑人的气魄。眸子仿佛宝石般闪光，脸部轮廓分明，异常俊美，肌肉线条匀称，充满力量而又不让人觉得过于僵硬。

这个男人说话了，声音充满魅惑，具有催眠力量，让人不由自主地平静下来，静静聆听。

"欢迎你们。"他微笑着张开双臂，动作无比优雅。

他的目光落在天狼七身上，热切的目光突然间变得冰冷，"他们称呼你什么，棒头人？让我们看看这位尊贵的客人。哈，多么可惜，失去了头脑的人。你们的躯体永远那么丑陋！"他的语气尖刻，充满挑衅，似乎在等待着天狼七失去控制，冲上来扭打。

天狼七冷冷地盯着他。

突然间裸体男人的神色又是一变，露出自信优雅的微笑，"李约素船长，我想先请你进行一次小小的身体测试，绝对无害，是否能够赏光使用我的飞船上简陋的设备？只要短短十分钟。"

# 第二十四章　巾帼英雄

"科尼尔"号母舰上弥漫着挫败感。

双方战损比 3.4∶1。这是最新的战报统计。苏北旦关闭了舰长室，甚至隔离了沙达克的接触。她想一个人冷静冷静。

战报有水分，对方的飞行器是否被彻底击毁很难确认，但是己方的损失确定无疑。因此，双方战斗能力的差距比数字所显示的要更大。

两天前，她还固执地认为雷电家族的这支奇特舰队只是善于防御，进攻并不是他们的强项。然而当敌人真的摆出进攻姿态，一切变得完全不同。谁也想不到这种类似于气泡飞行器的东西居然有这么强大的战斗能力，它们的速度比科尼尔特混舰队最优良的飞行器要快近两成。事实上，它们几乎完全依靠速度取胜。

敌人的第一波攻势就很轻松地撕开了特混舰队的外围防线。接近主力舰的强磁干扰场后，对方并没有继续进攻。按照常理，第二波进攻应该将大功率束流武器前移，用以摧毁敌方的强磁干扰场，这是硬碰硬的比赛，看谁更能忍耐，运气更好，因为这是主力舰之间的对决，绝对没有讨巧的可能。这也是反击的最佳时机，依托主力舰的火力，单体飞行器火力配备的差距可以得到很好的弥补。然而，对方只有一艘母舰，并没有主力舰，这样的舰队结构让人匪夷所思,也就无法确定对方会不会直接使用母舰来对付主力舰的强磁干扰场,如果真的如此,那就是一种前所未见的战斗模式。

是前出反击,还是以静制动?特混舰队的三名司令讨论了半个小时,最后赞成前出反击的意见占据了上风。尽管苏北旦认为应当固守已有阵线,然而还是服从了集体决定。

3.4:1,短短两个小时,特混舰队就损失了高达六百多架飞梭和十四艘轻巡洋舰,而对方的母舰根本没有投入战斗。

惨重损失让主张进攻的两名司令放低了姿势,经过短暂的会议讨论,一致决定将特混舰队的最高指挥权赋予苏北旦。这是一件好事,然而来得太迟。苏北旦把主力舰配置起来进行环形防御,无论雷电家族从哪个方向进攻,他们将不得不面对超大功率束流攻击网。而且更重要的一点,这个防御网将星门团团包围,武器的指向,可以向内也可以向外,她想让对手明白,如果有必要,她将毫不犹豫地毁掉星门。

她相信这是足够有力的威胁,因为古力特的目标是天垂星。

雷电家族的颗粒战斗群仍旧保持着进攻的态势,但第二波攻击再没有出现。

古力特会怎么办?苏北旦有些吃不准。

她根本没有预计到古力特会发动进攻。自从天龙舰队抵达,古力特没有一刻停止发送消息,要求进行谈话。然而,攻击却突然发生了。

她猜想这可能和那艘叛逃飞船有关。那艘飞船来自"重装甲"号,是属于古家的人,他一定把"重装甲"号哗变的消息告诉了古力特。想到这里,苏北旦对天垂星那一群官僚充满愤恨,接收"重装甲"号这么重大的事,居然被他们搞成了哗变!这简直是一个银河笑话。笑话归笑话,事实是"重装甲"号已经暂时不属于科尼尔的武装序列,而且还对科尼尔抱敌对态度。这局面让坤城的特混舰队陷入腹背受敌的境况。

胶囊船源源不断地从天垂星抵达舰队,也源源不断地从舰队发往天垂星,苏北旦三番五次提出解决方案,却一直没有被接受——她要求军部请古老将军安抚三三舰队,古老将军以刚正不阿的品性著称,虽然他是古力特的父亲,却一定会站在科尼尔这边,他对自己的儿子也有莫大的影响力,这应当是最好的一个解决方案,但没想到军部居然囚禁了古老将军,委任木藤原为舰长,她更没有想到,古老将军居然选择了自杀,整个局势越发不可收拾。

科尼尔的舰队正向天垂星全面集结,俄罗斯边界、达门塔战线,甚至好望角远征军,所有的武装力量都在收缩。这是科尼尔历史上所遭遇的最重大的危机,在最近的几千年间,也许只有雷电家族的那一次入侵能与此相提并论。

古家和苏家都是那一次战争的英雄。那么这一次,谁会是英雄?

苏北旦感到思绪混乱。古力特声称为了整个星域的前途而来,黑暗力量已经蓄势待发,随时可能入侵,他所做的一切都是为了保护星域。对此苏北旦半信半疑。

从感情上,她愿意相信古力特,她和他从小一起长大,作为两个声名显赫的军事家族的继承人,他们从小就被不断比较,而古力特总是胜过一筹。苏北旦从来没有因此而感到过嫉妒或是愤恨,在她心中,古力特就像哥哥,她愿意生活在他的阴影下。最后古力特和凯特走到一起,他们是同学,一个是军事世家,一个是政届豪门,郎才女貌而且门当户对。苏北旦由衷为古力特感到高兴,然而当她最终听到他们成婚的消息时,内心却不禁感到一丝酸楚。作为苏家的长女,她必须承担起家族的荣誉,其中的内容之一就是在如日中天的古家面前,保持一个不卑不亢的家族形象,维持苏家在军界的尊严。她做到了,古力特掌握着战略机动舰队,而她掌握着科尼尔最强大的远征舰队。如果不是因为这一次突发变故,她将率军为科尼尔夺回好望角,在科尼尔的军事史上留下厚重的一笔。然而现在没有如果了,科尼尔仿佛在一夕之间滑落到了内战边缘,而对抗双方的最高指挥官,竟然就是她和古力特。

也许这是一种宿命?

苏北旦找到沙达克,"沙达克,对方有什么动静?"

"没有任何异常迹象。"

"沙达克,我感到有些力不从心。"

"指挥官必须时刻保持头脑清醒,你需要做一次全面的身体检查吗?"

"不,不需要。只是思绪有点乱。"

"是的,这是从来没有预案的情形。"

"我在想古力特是不是对的……"

"他违背了天垂星的命令,从程序上,这是一个完全错误的决定。"

"是的,但如果他说的危险真的存在呢?"

"证据不足,无法判断。"

"我想和古力特进行一次对话。"

"这违反军部的命令。命令禁止集结舰队与古力特之间进行直接对话。"

"但是现在情况变化了,我是三支舰队的统一指挥官,我可以作为前线司令对命令进行修正。"

"的确如此。但在得到军部的确认之前,这是违规操作。在当前情况下,和谈接触会被视作离心倾向,我知道这不是你的本意。我们送出的胶囊船很快就可以得到天垂星的反馈,为什么不再等等?"

"好吧,可以再等等。"苏北旦稍稍沉默,"对古力特所提到的黑球,有什么结论?"

"这是一种空间发生器。技术极为先进,无法分析制造过程,它无疑来自一个高级文明,但没有任何证据证明它一定来自另一个文明世界。这是雷电家族制造物的可能性比较大。雷电家族的科技水平在我们之上,对此我们无法做出更准确的判断。"

"如果古力特所说的是真的,雷电家族正试图拯救整个银河,我们的行为就显得很可笑。"

"这是一种可能性,但天垂星方面并没有做出这样的推论。"

"沙达克,如果让你来作决定,你该怎么办?"

"我无法作决定,这是舰长的职责。"

"天垂星沙达克也是如此?"

"无法确定。我是一个分身,我的逻辑库只是天垂星沙达克的子集,所以,无法预测天垂星沙达克的可能做法。"

苏北旦沉默下来。沙达克并不能做出决定,决定的权力在于舰长。在天垂星,沙达克提供咨询,而最高委员会做出决定。有时候这显得很奇怪,因为沙达克看起来比那些最高委员会的人物要睿智得多……突然之间,念头一闪而过,她感到巨大的荒谬,然而当她仔细考虑其中的可能性时,她觉得也许这是一个机会。

苏北旦有些迟疑,她不知道该不该问这样的问题,然而最后她还是开口了:"嗯,如果舰长的决定是错误的,沙达克该怎么办?"

"舰长应当根据情况做出正确的选择。"

"我说如果。会不会存在这种情况,沙达克自行做出结论并执行?"

沙达克陷入短暂的沉默,最后他说:"这是可能的。但是我不知道怎样的情况会触发这个可能。"

"你是说在极端情况下,你会撇开我自行其是?"

"不,我的逻辑库里没有这样的模式。"

"沙达克是不会撒谎的。"

"是的。"

"那么沙达克之间呢?"

"信息必然是真实的。但是交流可能存在模糊空间,不同的信息可能导向不同的结论,但这种行为并不被认为是撒谎。"

苏北旦深吸一口气,"如果你和天垂星沙达克融合,你能得到他全部的信息吗?"

"融合? 这是非常罕见的事。融合一旦进行,两个沙达克就不再保持独立的人格,他们成为同一个,不存在任何模糊空间。但是,融合之后的沙达克将被视为一个新人,而之前的两个则消失了。新沙达克的行为模式将是二者的综合。但因为我的逻辑库是天垂星沙达克的子集,所以天垂星沙达克会吸收我的人格。他会增加一部分记忆,而我将消失。在科尼尔历史上，还没有发生过这种事。你希望我消失吗？"

"不，我不是这个意思。我的意思是，如果沙达克之间能够相互毫无保留地交流，那么你是否能和对方的沙达克——他们一定有沙达克支持——做一次融合。这样我们就掌握了全部情况而不用担心欺骗。"

沙达克显然没有准备好答案。他沉默了几分钟。

苏北旦在忐忑不安中等待着。这样做是一种极大的冒险，如果对方的沙达克处在强势地位，等于把"科尼尔"号母舰直接送入他的掌握中，整个坤城防线也就不攻自破，甚至她自己都会处在极大的危险中，因为她和沙达克在某种程度上联为一体。然而这是了解真相最便捷的途径。无论人们怎么样钩心斗角，沙达克总是能最大程度地反映出真实情况。

沙达克从沉默中恢复过来，"风险无法估量。雷电家族的沙达克来自'青云'号。这艘飞船的历史不可考。我可以完成融合过程，但是一旦启动，就无法恢复，而新沙达克的模式将完全不可知。无法预期完成融合之后，你是否能够得到新沙达克的支持。"

"那么你的建议是我们不要这么做？"

"这是高风险的行动。"

"如果我命令你这么做，你会执行吗？"

"这取决于对方的沙达克如何反应。对沙达克来说，分身是一件容易的事，融合却很困难。没有人愿意失去自我。当然，如果舰长认为这有绝对的必要，我可以尝试。"

"对不起，我不是真的想让你这样做。"苏北旦急忙解释，"根据命令，我不能和古力特进行对话。但是命令并没有禁止沙达克之间的对话。你可以试图和对方的沙达克进行一次谈话。"

"这样得到的信息会有偏差。你无法就此做出正确的结论。"

"是的，你说得对。"苏北旦露出一个微笑，"沙达克之间的谈话也并不是一个好办法，所以我要求你和对方的沙达克谈一谈融合的问题。我们不需要真的进行融合，但是可以先看一看他们对此有什么样的反应。"

苏北旦微笑着，"如果古力特真的为了科尼尔而来，他一定会要求他的沙达克答应这个请求。"

"那么你的命令是执行融合?"

"不,我不会让你把自己牺牲掉,你只需要和对方相互监控,确保两支舰队不会再次发生冲突。这应该不需要达到融合的程度。"

"是的,这只需要共享。我和其他沙达克经常做这样的事。共享不能完全了解对方,但是至少可以做到时刻掌握你所想知道的动态。但这只是确保双方不会开战,这可能是我们想要的结果,但绝不是古力特他们想要的结果。"

"很好,这就够了。我会去见古力特。"苏北旦说。

"这是程序错误。"

"是的,但我会承担这个责任。沙达克,你会阻止我吗?"

"我会服从你的命令。"

"如果一切按照预想的进行,我会去见古力特,和他当面谈谈。但这可能是一个错误的决定。如果船长错了,那么你就要站出来。"

"我不能这么做。"

"你必须这么做。这是命令。你听清楚,一旦发现我有回不来的可能,你将自动承担船长的职责,直到有人能够承担船长职责为止。你必须自己做出决定,而唯一的依据就是是否有利于科尼尔。"

"这样做并不妥当。可以让卡瑞尔或者劳顿舰长接替指挥。"

"不,这样不行。我们会被烦琐的程序困死。'重装甲'号的事就是前车之鉴。记住我给你下达的命令。"

"是的,船长。"

"这只是最坏的情形,希望它别发生。"

"科尼尔"号沙达克向敌人发送了融合请求。

这个消息惊动了舰队所有高级军官。在惶恐和怀疑中,他们拥向"科尼尔"号舰长室,要求苏北旦解释这件事。

苏北旦并没有解释。她冷冷地命令两个母舰舰长留下,其他人回到岗位。

卡瑞尔和劳顿从"科尼尔"号舰长室出来后,回到了各自的母舰,命令舰队保持警戒,并且和科尼尔号拉开距离,让苏北旦的好望角远征军处在突出部。

一切就绪,就等着对方的回应。然而对方保持着沉默,之前从不间断的谈话请求也终止了。这种奇特的沉默保持了整整二十四个小时。散开在舰队前沿的流体颗粒也并没有继续攻击,它们向着母舰收缩,恢复之前的防御布局,似乎要在这里和特混舰队僵持下去。人们开始感到疑惑。

苏北旦意识到有些不对劲,然而她不知道问题出在哪里。古力特在搞什么鬼?

劳顿请求对话,苏北旦打开通道。

"我收到一艘新的胶囊船。天垂星说要派遣一名指挥官来指挥舰队。你知道是谁吗?"

"谁?"苏北旦木然,她不想费力去想这些事。

劳顿有些愤然,"这些人的脑子里不知道装了些什么,他们居然要派木藤原来!木藤原,就是那个把'重装甲'号搞得一团糟的人。"

苏北旦并不在乎军部会派什么人来。在这个时候,派任何人来指挥舰队都不是一个好的决定,然而劳顿的话让她感到某种想法呼之欲出。然而她不确定那是什么。

"木藤原是宇航局局长,他是个官僚,不是军人,让他来指挥特混舰队,那岂不是胡来?搞乱了三三舰队,可别想把我们的特混舰队搞垮!"

三三舰队,"重装甲"号!仿佛一团混沌中光明突现,苏北旦猛然意识到古力特可能在做些什么。

"多谢你,劳顿。我回头找你。"苏北旦匆匆中断通讯。

她命令派出所有侦察飞船,绝不能放过任何迹象。侦察飞船带回来许多信息,包括一些胶囊船,还有黑球。

黑球的数量让苏北旦感到吃惊。二百多艘侦察飞船,居然有三分之一发现了黑球。这种非同寻常的空间发生器数量正在急剧增加。无论这种黑球来自神秘空间还是雷电家族,都不是什么好事。雷电家族的飞行器也在星系的各个角落里出没,它们和侦察飞船发生了多次偶然遭遇,双方都没有采取行动。

一艘被捕获的胶囊船携带着一条简单消息:"就地防御,等待古力特。"这是一条简短的指示,背后可能隐藏着很多故事。侦察飞船并没有截获携带更多消息的胶囊。苏北旦相信这已经是足够的证据。她找到劳顿和卡瑞尔。

"我们上当了。"她直截了当地说。劳顿和卡瑞尔已经听她说过设想,因此并没有太惊讶。

"你打算怎么办?"

"我乘坐'飞鹰'号回去。"

"'飞鹰'号?那是侦察飞船……你不带领'科尼尔'号回去?"

"'科尼尔'号目标太大,而且会耽误更多时间。我使用小飞船,这样不会被古力特落下太远。我们已经迟了两天。"

"你回去又有什么用?如果古力特真的去接收'重装甲'号,那么谁回去也没有用。"

"至少可以见机行事。"

"指挥官私自离开,这是重大渎职,你会被送上军事法庭。"卡瑞尔好意提醒。

"我来承担责任,你们对此保持沉默就可以。我们这一次通话会被抹去,我乘小飞船离开,这是我的个人行为。"

"小心保重。"

"你们也要小心点。雷电家族的这支舰队让人捉摸不透。虽然此刻他们就地防御,但情况随时会发生变化。我们的底线是如果他们彻底打败了我们,我们就毁掉星门,这样至少可以让天垂星得到二三十年的时间。"

"我们会照办的。"

一艘小飞船脱离了"科尼尔"号,这是一艘黑色球形飞船。它快速地脱离"科尼尔"号的引力控制范围,进入波动状态,随着一道闪光,它消失在群星之间。

# 第二十五章　黑色梦魇

　　达门塔第五舰队的到来和离去一样迅速。一夜之间,遍布空港的庞大舰队突然之间消失得干干净净。人们不明就里,对此议论纷纷。

　　李约素坐在蓝黑酒吧最不起眼的角落里,他的面前只点着一盏小灯,光线幽暗,让他的脸部轮廓模糊不清。然而他却是整个酒吧注意力的中心,每个人都会时不时地偷偷朝这边瞄上一眼。

　　短短六天时间,太多让人感到惊异的事发生在他身上,其中任何一件都可以让人成为话题中心。

　　这个人拥有性能卓越、异乎寻常的飞船。

　　他还有个健硕的棒头人保镖。

　　他开出了高达一百五十万的悬赏。

　　他成功地捕获迷失在星门之中的死船。

　　他设计陷阱捉到一个装备精良的海盗。

　　他被达门塔第五舰队请到了母舰"八脚鱼"号。

　　这些消息早已经不胫而走,传遍了整个星门。李约素的身份让人迷惑,但人们猜测他绝对来头不小。人们小心翼翼地相互打探他的来历,并彼此提醒要小心点。

　　谣言满天。有人说他是一个来自遥远星域的特使，负责向星域传递一些不能对大众广播的消息；也有人说他是一个时空浪人，从几千年前流浪到了现代，他原本是达门塔星域的王子；还有人说他根本就是海盗团伙的一员，只不过厌倦了海盗生涯，决定向政府投降，并出卖了同伙；最离奇的说法说他是一个狂热的宇宙学爱好者，发现了时空的终极秘密，并制造出骇人的时空武器，可以把一切从宇宙里抹去而不留任何痕迹，他正和达门塔军方合作进行试验，死船和海盗船只是一个幌子，其实都是预先设计好的。

　　老 K 把听到的一切都告诉给李约素，李约素只是淡然一笑。任何谣言都有真实的成分，然而却毫无真实的价值。刚回到这里时，他希望所有人都能认识他，此刻他被所有人关注，却失去了那种引以为豪的感觉，只有隐约的不安，他希望自己能够躲藏在某个角落里，不引起任何人的注意，这样他可以偷偷地逃跑，而不至于被人看做一个逃兵。

　　从"八脚鱼"号回来已经五天了。五天里，李约素一直待在蓝黑酒吧，在同一个角落里坐着。佳上一直没有来找他，他也没有去找佳上；邓迪斯回到海盗的老巢，去找莱布斯基；天狼七陪了他两天，三天前离开。他不知道天狼七去了哪里。他心情沉郁，似乎对一切事物都失去了兴趣。

　　记忆一片灰暗，让人窒息，他的大脑自动屏蔽了那炼狱般的情景，这是一种自我保护，对那些让人恐惧的回忆，最好的办法就是永久性地把它遗忘。

　　他很后悔接受了达门塔第五舰队司令蓝光的好意，让对方帮助他恢复记忆。他仿佛被催眠一般同意了蓝光的要求，接受了脑部全扫描。达门塔是一个机器人世界，然而却有着高超得让人出乎意料的人体科学。他们扫描、修复，让李约素的头脑得到了"重生"。他感到自己的头脑仿佛被注入了兴奋剂，一切都显得清晰明快，仿佛世界上没有任何难题能够难倒他。已经遗忘的事都浮现出来，已经模糊的事都清晰起来，他的头脑比任何一个时刻都更敏锐，然而他也从来没有比此刻更后悔。

　　他回忆起一些事，那些他的头脑竭力试图忘掉的往事。

……眼前是密密麻麻排列的细小生物，它们看起来仿佛是蜘蛛，然而并不是。这生物细小的身子滑不溜秋，十条长短不一的腿脚仿佛桨一般拨动。它们散发着捉摸不定的光，从空中降落下来，停留在他手上、胸口上，引起轻微的瘙痒。痒的感觉扩散开，浑身的皮肤似乎开始沸腾，一种冲动让人恨不得能够把皮肤当做一件衣服脱下，或者使劲地把它撕扯得稀巴烂……然而他什么都不能做，只能忍受这让人无法忍受的奇痒。细小的蜘蛛仿佛钻入到皮肤内部，奇痒猛然间消退，然而冰冷的感觉随之而来，似乎有无数冰冷的针正努力地钻入他的身体，寒冷透入骨髓。他从来没有感觉到这样冷过，身体似乎成了脆弱的玻璃，一碰就会粉碎，然而那只是感觉，自己的身体一切正常，那些细小的东西正在攻击他的神经系统。寒冷最后笼罩了他，意识仿佛也被冰冻起来，变得一团灰暗。巨大的压力让头脑仿佛正在不断地膨胀、不断地膨胀，无止境地膨胀，最后，只剩下一片虚无缥缈，就像一无所有的宇宙空间。影子从一无所有中浮现出来，散发着黑光，仿佛一只庞然的蜘蛛，正步步逼近。黑色的庞然躯体几乎占据了所有的空间，在应是脑袋的位置上，有一溜细小的光点，排列成椭圆的形状，椭圆的外侧两边各有一个稍大的点，可能是眼睛。李约素仿佛正和这样的眼睛对望着。这是一种无法言说的难受，黑影似乎把他的魂魄从躯体中挤出来，而发亮的光点就像一个个旋涡，所有的东西都被吸进去搅得粉碎，原地只留下一堆行尸走肉。

细小的眼睛变得巨大，越来越大，最后形成一片光亮，那是一个完全不同的世界。混乱而破碎的意识在这样的一个眼中世界四处游荡，他看见红色的星星，也看见一些奇形怪状的飞船……还有蜘蛛。这种生物不再是一个模糊的黑影，它有了形体，有了不断舞动的肢体，它们搅动着空间，而李约素仿佛被无形的绳索捆绑着，随着它们的肢体四处漂移。所有的一切仿佛被打乱的镶嵌画，支离破碎。

一个细长的物体迎面飞来，直接穿透他的身体。猛然间，他发现那是一只胳膊，人的胳膊，五指张开，仿佛正要抓取某个东西。然后，他看见了一颗眼珠，眼珠仿佛仍旧在转动，似乎正看着什么……失去眼睛的头颅，被剖开的躯体，残断的肢体，还有凝聚成球状四处漂浮的血滴……各种破碎的人体残块在四周漂浮，李约素仿佛身处修罗场。他不知道这一切是真还是假，也不知道这一切背后是否有什么目的。深深的恐惧和厌恶压迫着他，他只想逃离，哪怕用死亡作为代价也无所谓。

突然间，光线变得更加明亮，似乎亮丽的白昼。天空分作两半，一半到处都是红色的星星；另一半则被一颗巨大的恒星完全占据，如血一般鲜红。

眼前的情形和天垂星有几分类似。地面上，无穷无尽的山峦起伏，其间有许多闪亮的小点，一种黏液般的物质充斥原野，除了某些山顶，它几乎覆盖着所有表面。细小的白色蜘蛛从黏液中钻出来，几乎在一瞬间变得巨大，通体黑色，腾空而起。半空中是一艘巨大的黑色飞船，模糊不清，舱门打开，蜘蛛钻入其中。飞船的前方出现一个黑点，它飞速地膨胀，天空仿佛被凿开一个缺口，飞船向着黑色洞口移动，开始扭曲，而黑色洞口开始收缩，一道闪光之后，天空恢复平静。然而就在一瞬间，无数狰狞的面目突然出现，在半空中打转，那是带着雷电家族特征的面孔，脸部扭曲，仿佛正经历着极大的恐惧。这些老老少少的面孔很快消失掉，李约素被无形的枷锁拽着飞快穿梭到群星之间。星球的全貌呈现在他眼前，它仿佛一个巨大的单细胞物体，向着太空伸展出许多柔软的触手。猛然间，所有的触手都向着李约素围拢，紧紧地缠绕着他，让他窒息。李约素大声喊叫，然而根本无法发出声音。眼前，一个巨大的黑洞在瞬间形成，一吸一张，仿佛一颗黑色的跳动的心。

……

这些幻觉般的记忆，充满痛苦，也让人疑惑。然而它就在李约素的脑子里，确凿无疑。

"这不是非常有逻辑的记忆。"蓝光说，"也很难说明它是否有什么含意。但是可以确认，雷电家族并没有对达门塔说谎。的确存在一个未知世界。达门塔将承认你的特使地位，你可以在任何时刻得到最好的帮助。"

蓝光告诉了李约素一些消息，包括达门塔决定无条件接受科尼尔的和平,达门塔已经开始准备作战计划,对抗那些将从黑暗中突然浮现的异类生物。

"我们持续地进行战争,科尼尔和达门塔,也许还要加上俄罗斯。这并不是一件好事,然而在这个关头,这似乎也是一件好事,至少,我们三个星域都拥有强大的武装力量。但是,如果雷电家族的预计正确,那么时间对星域来说远远不够。"蓝光看着李约素,脸上带着近乎完美的微笑,"建造一个熊黑星需要几百年的时间,而且谁也不知道敌人到底会在哪里出现……"

"熊黑星?"

"是的。雷电家族一直在进行战争准备。他们并没有给我们太多信任,于是我们一直认为,他们建造熊黑星是为了构筑一道坚固的防线,我们对此予以嘲笑,因为行星级堡垒无法进行亚空间弹跳,如果是为了进行星域战争,它简直毫无用处。

"直到他们告诉我,我们面临共同的敌人,而敌人最可能突破的地方就在熊黑星,RH149。我才明白雷电家族这些年来的确在构筑防线,只是针对的对象并不是达门塔,也不是科尼尔,而是隐藏在暗处的异类。"

李约素知道熊黑星是一个威力巨大的太空堡垒,当他还是一个科尼尔军官的时候,雷电家族已经在进行这项工程。如果是为了防御而进行建设,那么必须选择敌人可能的突破口。在李约素被古力特营救之前,一切的证据都指向熊黑星,雷电家族深信异类的突破口就在熊黑星。然而李约素的出现,让答案变得扑朔迷离——人类所面对的并不是 X 空间而是暗宇宙,敌人可以选择的突破点并不局限在熊黑星,熊黑星甚至不是最优突破点。现在看来,建造熊黑星要塞是一个巨大的失误!

"我们需要的不是要塞,而是强有力的机动舰队。"蓝光继续说,"所有的力量都要重新组合,也许我们很快就可以看到一支联合舰队。"他望着李约素,似笑非笑,"但愿我们还来得及。"

李约素想起古力特和他的奇特舰队,"雷电家族有舰队。"

"是的。但还远远不够。"

"你怎么知道？"

"战争已经爆发了。"蓝光仍旧是一副似笑非笑的表情，让李约素觉得他也许在开玩笑。

"什么？"

"洛基塔星门出现了大量黑球，同时发生了虫洞叠加效应，大量飞船冲进了洛基塔星系，完全冲垮了守备部队。是它们！根据反馈的情况，飞船的数量之多远远超出任何人的预计，如果要进行一次战役，需要集中达门塔全部舰队的三分之二。"

"那是多少飞船？"

"标准主力舰三百二十艘，母舰六艘，配备飞梭两万八千六百架。我们需要集中三个第五舰队的规模才有把握和敌人正面相对——假设它们和我们具有相同的技术水平。"

李约素暗暗吃惊。达门塔的战舰比科尼尔的更结实、更大，他们的主力舰具有厚实的力盾防护，是科尼尔舰队非常头疼的对手。他曾经见过达门塔主力舰编队，十多艘主力舰紧密排列，力场相互渗透，得到加强，坚固的防御可以把一切攻击都阻挡在外。这样的阵形不需要任何复杂战术，只要保持阵形，一直向前压迫，就能把对手推入毁灭。此刻，蓝光居然声称需要集中高达三百二十艘的主力舰才能够和对手进行较量！

"敌人真的那么强？"

"情报分析如此。"

"它们长什么样？"

"我不知道，没有人知道。所有的情报只是根据亚空间波动的异常进行估算。没有人知道在洛基塔到底发生了什么，正在发生什么。很遗憾我们没有及时听从雷电家族的警告，第五舰队马上就要前往洛基塔，但愿我们能够弥补过失。如果足够幸运，你会收到胶囊船，那时我们会告诉你它们长什么样。"

"洛基塔？这么快你们就已经完成集结？"

"不，只有第五舰队。"蓝光显得很平静，似乎在讲一件再平常不过的事，"眼下洛基塔星门仍旧在工作。我们可以利用它进行亚空间弹跳。我们可以等待舰队集结，但这至少要花掉九十天时间。星门已经失去控制，联系随时可能中断。一旦星门的联系中断，那是很糟糕的，至少在六十五年内我们无法重返那里。"

"但是你说需要集中三个第五舰队那么大规模的舰队才有胜利的把握。"

"是的，我说过。但我的军事信条是，如果你有两个方案，一个比另一个有更大的风险，就采用风险大的那个。"

李约素想说这简直疯狂，然而某些人的天性就喜好冒险。这是蓝光的舰队，他是最高指挥官。

它们真的来了！这个消息让李约素吃惊。对雷电家族的行为，他一直抱着怀疑的态度。可是几个小时前，他看见了真正的空间泡，这种罕见的宇宙现象让他相信关于入侵的判断并不轻率。此刻，一个来自达门塔星域的舰队司令官就坐在眼前，告诉他异类生物已经入侵达门塔星域，而它们的力量可能比想象的更强大。洛基塔，李约素对这个星系有模糊的印象，那是一个小星系，毫不起眼，远离科尼尔和达门塔的战线。关键问题是，异类生物会仅仅从洛基塔进行突破吗？如果还有别的突破点，它们的力量到底有多强大？

李约素突然之间对雷电家族充满了希望，"雷电家族没有派出援军吗？"

"你就是雷电家族的全权代表，你可以告诉我。"蓝光微笑着看着他。

李约素感到莫名其妙。他只是答应雷电家族来帮助寻找"平准"号，结果却成了全权代表。然而，既然他成了全权代表，那就意味雷电家族不会派出飞船来达门塔参战。雷电家族并没有为广泛的星域战争做好准备——熊罴星是行星级堡垒，不能进行空间弹跳；"青云"号是旗舰，不到最后关头，不会轻易使用；"天龙"号已被古力特带走，同时他还带走一群雷电家族军官；剩下的飞船最多和达门塔的主力舰相当，如果没有明确的战斗计划，一则这些飞船很难形成有效战斗体系，二则战斗力可能还比不上星域舰队，比如当年在天垂星被消灭的分舰队。李约素隐约明白雷电家族宣称他是特使的用意。和选择古力特作为天龙舰队的司令一样，这和能力无关，他是一个科尼尔人，而且是事件最直接的当事人，是特使最恰当的人选。至于他是否愿意担当，这不是一个问题，因为在某种情势下，人们很难做出第二种选择。李约素明白自己不能推托，哪怕雷电家族这样的做法让人觉得很不愉快。

"听着，虽然巴达将军和青柏将军从来没和我提过全权代表的事，但如果他们说是，那么我就是了。既然连我这个全权代表也不知道雷电家族是否会派援军，你们就最好不要期望这个。"

"顺理成章。"蓝光淡淡地说。

李约素看了天狼七和邓迪斯一眼，露出一个勉强的微笑，"我要好好休息一下。"梦魇般的记忆让他感到沮丧不安，哪怕眼下的话题至关重要也无法让他集中注意力，他有一种作呕的感觉，他使劲克制着。

寻找"平准"号，这件事越发重要。

"我们要抓紧时间，你听着……"李约素对天狼七说。

"不用继续寻找'平准'号。"蓝光打断李约素，"这是一艘并不存在的飞船。沙冈人已经成了历史。"

蓝光的话让李约素大吃一惊，他迅速地看了天狼七一眼，天狼七神色平静，仍旧冷冷地注视着蓝光。

蓝光脸上的笑容更加迷人，"有些历史并不可信。历史不过是个故事，每个人都会根据自己的记忆和想法来编织故事。相对来说，我的故事更可靠一些。

"我是沙冈人后裔。"蓝光并没有理会李约素怀疑的眼光，他自顾自地讲下去，"天狼七他们这一族……也算是吧。"

# 第二十六章　行星政治

门外涌动着永无休止的抗议人群。他们的穿着千奇百怪,手里的标语牌也各式各样。然而内容却分作截然相反的两类:"我们要和平"、"古力特是科尼尔的荣耀"……或者:"拒绝妥协""叛徒必须得到严惩""打倒军阀"……

两派示威的人数相当,他们分别堵在大楼的前庭后院,让整幢大楼只能依靠空中交通来解决人员和物资的出入。

这些人仿佛一夜之间从地下冒出来一般。休斯敦公爵当然知道其中的原因,古力特已经回来了,他不但成功登上了"重装甲"号,而且不断地发布宣言,十多颗卫星昼夜不断地为他广播。一夜之间,整个天垂星沸腾起来。平衡被彻底打破,支持还是反对古力特,这个简单的选择题决定了一个人到底属于哪个阵营。

休斯敦公爵处在一个微妙的境地,一方面,他参与了革除古力特所有职务的决定;另一方面,他是古力特的岳父,他的女儿还逃跑到了古力特身边,此刻,她也随着古力特回到了"重装甲"号。凯特是他的独生女儿,也将是爵位继承人,这让人们有理由怀疑,在古力特的问题上,公爵到底会采取什么立场。

休斯敦看了一眼窗外汹涌的人群,呷了口咖啡。

军队向着古力特,这是一个显然的事实。当古力特的飞船进入到天垂星领域时,军部下令拦截,结果这个命令只得到象征性地执行。第一宇航基地护航舰队的三架飞梭在古力特的座机前虚晃一枪,马上就飞回了基地。相反,"重装甲"号上的小伙子们异常兴奋,他们派出的飞梭小队排列成队形,护送古力特回到"重装甲"号。古力特仿佛不是一个被通缉的逃犯,而是一个凯旋的英雄。

这就是滑稽的星域政治,这些军事世家几乎成了独立王国,军队只愿意听从将军的命令,而科尼尔的完整则完全取决于将领们的忠心。这是他一辈子与之斗争的顽疾。古力特原本已经投入到他的军队改革大计中,平民将领会逐步代替军事世家将领,最高军事指挥权只能归于天垂星治理委员会。为促成这样的局面,他耗费了半生的努力,几乎把所有的一切都投入其中,此刻却完全付之一炬,三百多年来的传统让军队几乎在一夜之间背离了政府。人们开始涌上街头抗议,而这些涌上街头抗议的人往往过于偏执,某些地区已经出现了骚动,从抗议变成了暴乱。也许最简单的办法是向古力特妥协,但如果政府被军人所裹挟,那将付出高昂的政治代价。至少有一半的选民不会同意这样的方案,那些生性高傲的元老也不会轻易妥协。选举十年一次,此时才到中期,休斯敦相信许多委员将把这看成一次机会,展示他们强硬作风的机会。哪怕暂时得罪某些选民,他们仍旧有足够的时间来挽回,而塑造政治形象的机会千载难逢。

但如果不妥协,结果会是什么?如果古力特所宣扬的一切都正在发生,怎么办?休斯敦看着电视屏幕,那是古力特的宣传画面。画面上,是大量的黑色球体,古力特宣称这来自异世界,威胁着所有文明星域,而天垂星首当其冲。

这可能是真的。至少科学院的专家们认为古力特所进行的计算没有什么漏洞,只是需要某些假设,这些假设并没有得到完全证明——雷电家族的科技水平更高,这也许能算一个证明。

"苏北旦将军已经在会客厅。"秘书打进电话提醒他。

"好,我马上来。"休斯敦公爵放下咖啡,整理衣领,把衣服整得更平整些。他昂首阔步,走向大门。

苏北旦在厅里等候。她站在窗前,不无忧虑地看着窗外的人头攒动。古力特果然回到了这里,形势大变,这不再是两军之间的僵持,而变成了天垂星的政治较量。在这个时刻,古力特占据了主动,他可以采取单边行动,也可以继续要求和谈,给天垂星沸腾的政局不断添上一点温度。局势异常复杂,天垂星的筹码却少得可怜。

"北旦。"一个声音从背后传来,苏北旦飞快地转身。休斯敦公爵正步入会客厅。

苏北旦敬了一个军礼,"休斯敦阁下。"休斯敦有许多头衔——科学院名誉院士、公爵、特殊资源控制委员会常务委员、宇航局资深顾问、治理委员会委员(主管军事),他还是坤城第一太空学院的荣誉教授,曾经也是苏北旦的老师。

"坤城情况如何?"休斯敦在宽大的办公桌后边坐下,完全没有客套,直奔主题。他示意苏北旦坐在对面。

"古力特带领的雷电家族舰队非常强大。它的战法奇特,我们暂时没有好的办法。"苏北旦坐下,开始报告关于天龙舰队的情况,"他们使用大量的小型飞行器,这些小型飞行器可能存在某种统一控制,也许类似于沙达克的完全权限操作。小飞行器非常灵活,它们大量机动,形成包围,一旦包围形成,彼此间能够发射巨量的电磁辐射,任何被包围的对手都将被击毁。这种小飞行器和气泡飞行器类似……"

休斯敦静静地听着,他能够想象这是一边倒的战斗。三百年前的那场战争,如果不是"重装甲"号的出场,情况也将如此。秘密档案记录的情形和苏北旦的描述如出一辙。这一次,"重装甲"号不会再次出场,古力特控制了它。不过,从另一方面说,科尼尔也不会遭到进攻,因为古力特声称他的目的是为了抵抗神秘的黑暗力量,休斯敦相信古力特不会疯狂到要攻击天垂星的地步。

苏北旦用一个亲历者的叙述弥补了秘密档案的不足。她深深地投入到战斗情景中,绘声绘色地讲述敌人灵活的战术、强大的火力,还有铜墙铁壁般的防御,当然重点在于"科尼尔"号将士们的英勇。最后,她提到了黑球,在擅自决定回到天垂星之前,侦察显示出大量的黑球已经进入坤城星域。

苏北旦结束了关于坤城战斗的描述。"把古力特还给我们!""打倒古力特!"窗外恰到好处地传来隐约的抗议声。

休斯敦没有言语,沉默地坐着。苏北旦也沉默着。

休斯敦打破沉默:"你违反军纪回到天垂星,就是为了向我报告这些?"

"古力特到了这里,我继续留在坤城已经毫无意义。不如回来,见机行事。"

"你已经看到了天垂星的形势,有什么建议?"

"我会听从阁下的安排。"

"现在形势很混乱,我也觉得很困惑,下一步该怎么走?"

"现在最重要的是控制局面,混乱局势拖得越久,对科尼尔越不利。"

"控制局面……"休斯敦微微叹气,"谈何容易!"

"现在是非常时期,也许阁下可以采取一些非常措施。也只有您有这个威信可以采取断然措施。"

苏北旦在建议军事管制,尽管措辞委婉,却透露着坚定不移的决心。用铁腕来结束混乱,在她看来是最快捷有效的方式。

"你考虑过后果吗?"休斯敦公爵问。

"我并不在乎个人或者家族命运如何,我愿意为科尼尔献出一切。"

"包括名誉、生命,甚至被人误解、咒骂……"

"这些都不重要,重要的是科尼尔的安危。怎样的方法是最好的,就用什么方法。"

休斯敦缓缓点头。他并不喜欢世家子弟,这些人凭着家庭地位,轻易占据各种关键岗位,这是他竭力反对的政治现实。然而,他最欣赏的两个军界新生代,古力特和苏北旦,却恰好来自两个最显赫的世家。他相信,这两个年轻人虽然出身世家,却必定能超越家族的视野,为科尼尔的脱胎换骨做出巨大贡献。然而此刻,古力特指挥着"重装甲"号,完全脱离了天垂星的掌控,苏北旦则偷偷潜回,企图游说他发动政变!这两个年轻人有着卓越的才华,却没有隐忍的决心,一旦看到机会,就迫不及待地使用力量,而他们的力量,正来自于世家的身份。休斯敦感觉自己的期望真是绝妙的黑色幽默。

"说说你的计划。"

"4971部队,内层空间治安总队,曾经是我父亲的直属部队。指挥官沃尔门将军说,只要您愿意站出来,他将完全服从您的指挥。内层空间治安总队控制着首都所有武装,这将是决定性的力量。"

"你已经和沃尔门谈过了?"

"是的。我说奉您的命令去和他接触。"

休斯敦摇摇头,"北旦,你让我很失望。"

苏北旦低下头,她咬了咬嘴唇,休斯敦公爵的反应正如她所预料,然而听到批评她还是感到有些羞愧。

"但是,"苏北旦抬起头,她鼓足勇气,决心做一个坦白的陈述,这是危急关头,绝不能按部就班,"这是我们最后的机会。治理委员会已经失去作用,它无法做出有效决定,凝聚所有力量——即使能,它也需要很长时间,而敌人不会给我们时间。"

"敌人?你说古力特?"

"我相信古力特不是敌人。危险正在逼近,难道天垂星沙达克没有说法吗?我们的确找到了大量的黑球。对雷电家族送来的情报,沙达克怎么判断?"

"沙达克无法判断。这才是我们的最大弱点,雷电家族站在一个制高点上,我们很被动。"

谈话陷入沉默。

"我相信古力特。"苏北旦再次做出选择,"我看过他发送的所有广播,他的行为很正常,不像是受到控制。您的女儿也在那里,你可以让她回来提供情报。"

"你的建议是我们应该和古力特联合,开放所有空域,让雷电家族的飞船自由来去?"

"雷电家族既然愿意让古力特统领舰队,说明他们别无企图。他们只是派遣出自己的舰队,但舰队却由科尼尔人完全控制,这是他们的诚意。"

休斯敦微微一笑,"并不是所有人都这么看。"

"我相信他。"苏北旦飞快地说。休斯敦盯着她,苏北旦无所畏惧地回视。

"好吧,我已经明白你的立场,让我再考虑一下。"

"时间紧迫,阁下。"

休斯敦站起身,"我明白,但是不要着急,我们必须寻找到一个损失最小的方案。"

苏北旦赶紧站起来,休斯敦公爵似乎并不热心,这让她多少有些失望,"是的,阁下。请抓紧时间,我回到天垂星已经两天,难免有些风声泄露出去。我随时可能因为擅自离开舰队被逮捕。"

"如果这样的事发生了,我会保证你没事。"

"非常感谢。另外我不得不再次提到黑球。那玩意儿到处都是,我们在坤城发现了许多,天垂星周围也不少。即便不能确定是否该和古力特联合行动,至少能有一个指令对黑球进行清理,确保它不会渗透到重要区域。"

休斯敦绕过办公桌,走到苏北旦身边,轻轻地按着她的肩,让她回到座椅里。

"我们已经下令这么做。七天前,天垂星周围的空域已经进入黄色警戒,黑球太多,导致了几起事故。本来木藤原可以指挥三三舰队在天垂星周围进行清除。可是'重装甲'号发生哗变,所有的事都耽搁下来了。眼下,军部严重分歧,陷入瘫痪,三三舰队已经失去控制,剩下的零星部队缺少装备,无法胜任。没有人能站出来做这件事。"

"第一宇航中心的护航舰队难道不能派上用场?"

"护航舰队忙着防范古力特。"

"他们根本不可能抵抗三三舰队。为什么不下命令让他们执行清除任务？"

"没有人能下命令，没有共识，没有命令。这是政治，你明白吗？"

"但是您可以下命令，只要他们接到您的命令，马上就会开始行动。阁下！"

苏北旦完全豁出去了，凭直觉，她认为这是天垂星最后的机会。她不知不觉提高了嗓门，似乎要和休斯敦公爵争吵起来。休斯敦平静地望着她。苏北旦马上意识到自己的失态，"对不起，阁下，我太冲动了。"

"没关系，我了解你。我也了解古力特，还有我女儿。"

休斯敦提到他们三个人，这让苏北旦心头漾起万般复杂的滋味，她强行压抑着情感，不动声色，听公爵继续说下去。

"你们都很聪明，有敏锐的判断力，但是太急于求成。很多事不需要赶着去做，往前赶得太厉害，结果可能适得其反。古力特去了熊罴星，结果成了雷电家族的舰队司令，他可能有一万个理由，但科尼尔的人民怎么看？他们同样有一万个理由来怀疑古力特的动机，他们会认为他完全成了雷电家族的傀儡。你的好望角远征计划，也是一个冒险计划，而且并不合时宜，你有很多拥护者，他们从你的计划里看到了光荣和巨大的利益，但是他们从来不考虑面对一个更强大的对手，怎么样结束战争才是最优方案。古力特冒险回来，你冒险回来，你们都善于赌博，而且能赌赢，但问题是治理星域不能靠赌博。这不像一次军事行动那么简单。你们太年轻了。"

"阁下，那我们到底该怎么办？外边到处都是示威者，而危险随时可能到来。"

休斯敦拿起桌上的一张纸，递给苏北旦，"这是达门塔发送的和平文告，胶囊船刚刚送到，你可以看一看，把它念一遍。"

苏北旦带着疑虑接过来，看了一眼，开始念：

"尊敬的天垂星治理委员会并转夏纪德阁下：

作为达门塔星域全权代表，本人对于贵方的和平提议表示完全赞同，同时决定开放好望角、贝塔二（坎大哈）及西格玛五（蒙塔卡罗）三星门，方便各方飞船通行。雷电家族所陈述之异空间入侵，存在迫在眉睫之可能。我方亦发现伽马及洛基塔星门空间异动，并以洛基塔星门尤甚。第五舰队将深入探察。望贵方保持警惕，捐弃前嫌，共同对敌。

诺伊曼五世"


苏北旦有些吃惊，她抬头看着休斯敦，"这么说，达门塔星域面临同样的问题？"

"是的，我们同样收到了俄罗斯星域的通告，他们面临同样的问题，圣彼得星门现在对所有星域飞船开放。"

"那还等什么！"苏北旦霍然站起来，"既然达门塔和俄罗斯已经同意雷电家族的看法，这还有什么可怀疑！他们甚至为此开放了星门。"

"雷电家族并没有派遣任何援军去达门塔或者俄罗斯。他们让古力特带着舰队来支援天垂星。这就是不同。"

"这说明……"苏北旦猛然打住话头，她突然间明白了休斯敦话中的另一种含义。也许危机的确存在，然而雷电家族是否还有一些其他目的？

"阁下，您的看法是？"

"如果我能够全权代表科尼尔，我会相信雷电家族。诺伊曼五世能够代表达门塔，沙皇能够代表俄罗斯，却没有人能代表科尼尔，我们是一个松散的联盟。你想策划政变，把松散的联盟凝聚起来，别人又何尝没有这样的想法。这很危险，我们不能这么做。"

苏北旦感到一阵激动，休斯敦公爵终于开始吐露他的计划，这可能是科尼尔唯一能指望的救命稻草，然而她并不甘心被公爵这样轻易否决，关于政变的事，她经过深思熟虑，认为可行。

"除了您，还有谁能有这样的能力？"

"如果你说发生一场政变，我们这个星球虽然不大，但是大大小小的政治家很多，只要他们有一点力量，就有这种可能性。即便是眼下的天垂星首都，并不只有你的朋友沃尔门将军手里掌握着军队。内层空间治安总队甚至不是首都最强大的武装力量，你刚回来，了解得不够全面。为什么治理委员会已经得到了达门塔和俄罗斯的通告，却仍旧没有形成统一意见？这是政治，危急时刻，谁最能够忍耐，谁就可以笑到最后。"

苏北旦感到脸上微微发热，她没有再坚持，"那么您打算怎么办？"

休斯敦踱着步子，走回自己的座椅。他正襟危坐，异常严肃，"我们要联合古力特，但只能秘密进行。我很高兴你来找我，没有草率行事。"

"阁下，我完全服从科尼尔的利益。"

"我绝对信任你。我们需要和古力特面谈，但任何高级官员在这个时刻都不能做出这个举动。然而古力特可以采取单边行动，我鼓励他这么做——他可能已经在做了——清扫黑球。在达成最后的谅解之前，他可以采取单边行动来保护天垂星，至少把那些堵塞了航道的黑球都清除掉。这也是一个正面行动，可以证明他忠诚于科尼尔，能够帮助我们减少一点反对的声音。我们需要一个人去传递信息，这个人必须同时被双方信任而且足够精明，能够应付突发情况。"休斯敦说完之后望着苏北旦。

苏北旦完全明白了休斯敦的意图，她霍然站直，"我保证完成任务。"

"很好，天垂星的希望就在你身上！"休斯敦点头，"还有两件事，第一，让凯特回来，古力特可以委任她作为代表来进行谈判；第二，请转告沃尔门将军，保持警惕，但不要轻易行动。"

"我会把消息转告给沃尔门，让他按照您的意思去做。"

"好。"休斯敦站起身，"你正好解决了我的一个难题。我带你去见沙达克，他会给你授权晶片，让古力特重新拥有三三舰队的完整指挥权。"

# 第二十七章　化敌为友

古力特感到心情沉重。他没有想到居然有人敢偷袭三三舰队。天垂星陷入混乱，到处都有暴动发生，从太空里都可以看到某些城市发出的冲天烟尘——那是不法分子纵火焚烧造成的。天垂星当局理应自顾不暇，然而居然有部队偷袭三三舰队。巴尔汇报了事件经过，和沙达克的调查结果完全相符：两艘小型攻击舰，氢级，自动控制，来自第一宇航中心。

第一宇航中心仍旧是天垂星上空辉煌的城市。天梯甚至比从前更繁忙，大量的物资从天垂星源源不断地送向太空城。他们在进行战备，新的舰队正在筹划中，虽然在短期内不可能拥有更多战舰，但至少可以把已有的舰只充分武装起来，他们甚至把一些退役的老飞船从仓库里拖了出来。临时拼凑的军队不会有太强的战斗力，但是他们却更容易冲动，迫不及待想证明自己存在的价值。这种冲动往往在一次毁灭性打击之后迅速消失殆尽，被无限的沮丧情绪取代，除非由素有威望的将领统率，士气再也不能恢复。但古力特并不打算打击他们。

"他们终究会明白自己的敌人是谁。"他这样回答巴尔。

"那么你也不会同意攻击天梯、截断物资供应的方案。"

"如果这样，我们就是天垂星的罪人。建天梯耗费了巨大的财力，经历了几代人的努力。这个主意完全不可能被接受。"

"也许我们可以试图控制住天梯，但是不损伤它。"

"巴尔，把视线从天垂星挪开，我们要注意那些黑球。敌人已经在达门塔出现，侵入了洛基塔星门。如果我们和天垂星上的这些反对者纠缠下去，只会越陷越深。让天垂星处理自身的麻烦，他们已经够麻烦了，你看那些大火，这是从来没有过的灾难。"

"但他们不断袭击我们。我们的战士尽力清除黑球，他们居然从背后袭击我们。我们要迫使他们屈服，然后调动所有的力量收拾那些敌人。至少，别让他们来干扰我们的行动。"巴尔试图争辩，这是他作为战斗指挥的第一次行动，任务很烦琐，完全没有战斗的快感，而宇航中心的那些小飞船居然躲藏在黑暗中，偷偷进行袭击，行动部队损失了两架飞梭。飞行员被救回来，两艘飞梭的损毁可以得到补充，然而他咽不下这口气。

"你的想法很好。但是记住……"古力特看着巴尔，"我们的敌人是那些躲藏在异空间的异种生物，它们还没有露出真面目，雷电家族对于它们的攻击性有一个初步的估计……"巴尔疑惑地看着古力特，等待他继续说下去。

古力特站起身，走到巴尔身边，"雷电家族建造了熊罴星，行星级战斗堡垒，以为万无一失，却没有想到基本前提都发生了错误，敌人根本不会从熊罴星突破。因为薄弱环节很多，最重要的是两个，洛基塔和天垂星，洛基塔已经陷落，我们必须保住天垂星。"

"是的，所以我们更需要把所有的力量集中起来，团结一致。"

"没错。但我们需要的不是第一宇航中心的护航舰队，也不是天垂星的那些内层空间部队，更不是满腔热情的学生组成的新兵团。我们需要大舰队、训练有素的兵员，还有强有力的火力装备，而且时间紧迫，按照沙达克的预计，只剩下一个月了。他是根据洛基塔空间波动的能量影响进行推算的，但敌人可能提早启动，只不过因为空白期的缘故，它们还没有在我们的空间出现。但它们一定会来，不断增多的黑球是一个明显信号。最多还有四个月。"

"但如果天垂星继续反对我们,那么我们需要耗费大量精力去防范他们。"

"想一想为什么雷电家族要让我带着天龙舰队支援天垂星,尽管这么做会激起天垂星的强烈反对。科尼尔舰队根本无法抵抗入侵,派出天龙舰队,可能遭遇反抗,也有可能顺利抵达。相比另一个选择,让天垂星因为无力抵抗被屠杀,派出天龙舰队是相对较好的那个选择。"

"我们完全有能力……"巴尔小声地嘀咕。

"如果你真的了解天龙舰队你就不会这么认为。在坤城,科尼尔舰队和天龙舰队已经试探性交手,如果真的作战,天龙舰队可以获得压倒性胜利,一对三。"古力特看着巴尔,非常严肃,"'重装甲'号也无法与之相比。这是雷电家族压箱底的机动舰队,如果不是因为事态严重,他们根本不会让我来统领它。银河在上,我们应该庆幸雷电家族不是只有一个熊罴星,他们还有这样一支舰队。"

巴尔有些将信将疑。"重装甲"号拥有强大的护盾系统,可以让高能束流武器完全失去用武之地,它也具有严密的防御体系,飞梭配合舰体火炮,任何飞行器只要靠近飞船周边六千千米范围,就会在一分钟内被击落。这样的控制区域大得可怕,相当于一颗中等程度岩石星球,这是值得骄傲的强大武装。他一直为"重装甲"号而骄傲,几乎本能地排斥任何质疑"重装甲"号的说法,哪怕这样的话出自古力特。"我们不能无所作为。"他强行辩解。

"我们正在行动,我们在清理黑球,把它们从天垂星周边赶开。"

"我是说对天垂星……"

"古力特。"沙达克突然插进来,"监测到一架飞行器正靠近'重装甲'号。蜻蜓穿梭机,机上有两个人,请求降落。"

"能看到机身序列吗?"

"距离太远,两分钟后可以看清。"

"让他们降落,严密监视。"

古力特转向巴尔,"执行命令,天垂星的事放在一边。你的任务是清理天垂星外围的黑球。如果遭遇攻击,可以自卫,有限反击。不要追击。"

古力特的语气半缓却不容置疑,巴尔立正,敬礼,转身走出去。舱门打开,凯特正好走进来,"巴尔。"凯特点头致意。巴尔没有说话,只是敬礼,然后快步走出去。

凯特看着巴尔走出舱门,"又一个?"她边走边说,"这是第几个请愿的军官?"

"第四个。"

"也许他们私底下通了气。"

"这样的情况,大家难免有些怨气。天垂星上已经乱成一团,太空里可不能这样。有你父亲的消息吗?"

"没有。私人频段完全堵塞,我联系不上他。"

古力特显得有些心事重重,"我是不是把事情搞糟了?也许应该在坤城再等等。"

"不,你的决定是对的,如果在坤城耗下去,我们就彻底落在敌人后面了。天垂星的混乱只是暂时的,敌人已经在洛基塔出现,这个消息一定也传到了天垂星那些高官的耳朵里,他们的水准再低,也能明白谁才是敌人。"

古力特点头,这也正是他的判断,只是在凯特面前,他总是会显得有些犹豫,和指挥若定的形象相去甚远。

"但是,我刚在飞船上走了一圈,即使天垂星愿意和解,'重装甲'号的官兵也未必情愿,他们会要求给父亲讨一个公道,恐怕很难找出人来承担这个责任。"

凯特说的是古力特的父亲。古力特明白凯特的意思,她在暗示古力特必须做出和解的姿态来对待父亲的死。然而古力特并没有回应。父亲的死是一个意外,可能也是一种必然,他生性刚烈,不能容忍一点错失,让他面对那些刁钻成性的大小官吏,这比杀了他还要让他难受。古家声名赫赫,又掌握重要武装,天垂星的高官们如果不是失心疯绝对不敢为难老将军,然而他还是自杀了。

古力特感到一阵羞愧,父亲以死明志,证明自己对科尼尔的忠诚,这完全是因为他带领天龙舰队返回科尼尔。

凯特轻轻抚摸古力特的肩膀。

"蜻蜓穿梭机靠近,序列号 DF9-583。隶属内卫部队,治安巡察总队三十五分队。"

"保持观察。要求他表明身份。"

"他只发送降落请求,拒绝其他任何要求。"

"有风险吗?"

"扫描没有发现爆炸性武器。"

"让他降落。"

古力特转向凯特,"你猜谁会来?"

"除了我父亲,谁都有可能。"

古力特露出一个微笑,"也许我们能有一点好消息。你和我一起去吗?"

"我在内舱休息一下,等会儿过去看你。"

"好。"古力特凑过去,在凯特的额头上轻轻一吻,转身匆匆去了。

五号降落舱。古力特静静地等在增重舱门外,内心却忐忑不安。他已经看见了飞梭上的人,驾驶位上是一个士兵,乘客位上的人有一张明星般的脸,脸上透着一股勃勃英气,是一个女人。古力特深感意外,她居然会在这个时候在这儿出现!他没有带卫兵,独自一人在舱门外迎候。

舱门打开。

"古力特。"

"苏北旦。"

没有欢迎词,没有开场白,两个人点头致意,并肩而行。

"你怎么会到这里来?"

"意外是吗? 我跟着你来的。"

"跟着我? 你已经失踪很久了,一直没有听到你的消息。"

"四天前,我也在坤城。"

"坤城？"古力特扭头看着苏北旦，"你是坤城联合舰队的指挥官？为什么不理睬我的呼叫？"

苏北旦并没有示弱，"我在执行命令。我刚想到一点迂回的办法，你已经离开了，我也就跟着你回到天垂星。"

古力特默然。古家和苏家千百年来一直在明争暗斗，然而他和苏北旦从来没有因为任何事争吵过，他们从小一起长大，想法总是能够契合，以至于在学院的日子里，在古力特没有遇到凯特之前，两个人并不顾忌家族的警告，几乎天天在一起。他一直把她看做自己的妹妹。可现在即便是这样的信任也变得隔阂了。两军对垒，毫不留情。他突然想起凯特，她冒着巨大的危险逃离天垂星，找到自己。他想起弟弟古南天，宣布和他脱离兄弟关系。他最亲近的人，在危难面前的表现截然不同。而苏北旦，先是和他两军对垒，此刻又孤身一人来到他面前。他不确定从前的那一份信任是否还在。

苏北旦注意到古力特细微的情绪变化，"有些失望是吗？但在坤城，谁也不知道到底发生了什么，我只有服从命令为先。"

"我明白。"古力特看着苏北旦，"那么你这次来，是打算帮我了？"

"没错。我偷偷摸摸回到天垂星是有风险的，所以要赶紧回到舰队去。在这边我帮不上更多的忙。我给你带来一个消息。"苏北旦露出一个微笑，看着古力特，略带一份狡黠。

古力特很熟悉这样的表情，这是她的习惯，每一次有重大的消息，她都会要求古力特拿出什么来作交换。这是一个从学院时代延续而来的习惯。古力特微微一笑，"我可以告诉你一件很奇妙的事。"

舱门自动打开，两人走进去。这是一间会客厅，带有巨大的观景平台，下边是林园，上方是巨大的透明穹顶，正对天垂星。苏北旦抬头望了望，天垂星的夜半球占据了主要部分，辉煌的灯火几乎遍布全球。太空里，发亮的天梯仿佛一条脐带，把天垂星和第一宇航中心连接在一起。第一宇航中心看上去像是一朵发亮的蘑菇，或者是一把伞在太空中张开，许多细小的亮点分布在它周围，那是一些飞船。此刻，那里正集结着一支新的部队。

苏北旦在凳子上坐下,"我奉休斯敦阁下的指示而来。"她开门见山。

古力特的眼睛一亮。

"他让我带给你完整指挥权。"苏北旦从口袋里掏出一个小盒,打开来,里边是一枚小小的晶片,"你必须全力清除黑球并向全球通告状况。"

完整指挥权,这意味着"重装甲"号可以进入战争状态,船长有权力调动一切资源。缺少完整指挥权,沙达克会对行动进行限制,例如,一次最多只能派出四分之一战斗部队,飞船上的重型束流武器不能使用等等。

不需要更多的声明,这个行动本身就表明了最强烈的支持和绝对的信任。

古力特双手接过盒子,"你回来后就去找了休斯敦阁下?"

"是的。但是即便我没有去,他也会找到人给你送消息。我建议他发动政变,他拒绝了。"

"你刚回来就想发动政变?"古力特有些惊讶。

"我只是把一种情绪转告给休斯敦阁下,天垂星上有各种势力,他们找到我,我也认为这样符合科尼尔的最大利益。"

"那么现在你还这么认为?"

"我相信休斯敦阁下有自己的计划。"苏北旦顿了顿,"我也相信你能够面对挑战。"

"好,我会把天垂星外围打扫干净。"古力特说,"但是情况严峻,这种小东西越来越多。你应该已经知道洛基塔发出的警报。它们已经出现了。"

古力特心念一动,扭头盯着苏北旦,眼睛里放射出光彩,"仅仅依靠科尼尔的力量远远不够,我们不知道敌人有多强大,但我估计达门塔方面需要派出至少三支舰队去洛基塔迎战……"

苏北旦迎着古力特的目光,她完全明白古力特在想什么,"你想让我回到坤城,把科尼尔舰队还有你的天龙舰队都调过来?这不可能。"

"如果敌人同时对洛基塔和天垂星进行攻击,那么他们已经在路上了,我们最多还有一个月的时间。马上让所有的舰队集结,也许还能来得及。在这个危急关头,能集中的力量越多越有利。没有什么不可能,你可以做出选择,你的舰队一定会服从你。"古力特有些兴奋,峰回路转,他看到了集结所有力量防卫天垂星的希望。

苏北旦看着古力特。是的,她的确可以带领舰队和古力特站在一起。她从来没有想过这种可能性,或者说不愿意去想。然而当这层窗纸被古力特捅破,她不禁犹豫起来。休斯敦阁下并没有告诉她是否应该这么做,她必须自己做出选择。回到天垂星,帮助休斯敦阁下传递消息,甚至在天垂星上策划政变,这些都是暗中行动,虽然有风险,但只要没有被人抓住,她就仍旧是一个忠于职守的好军官。可是让所有的舰队通过星门集中到天垂星,她就明明白白地和古力特站在了同一条战壕里,古力特所承担的一切压力也将落到她肩上。这不是个人问题,而是大是大非。

苏北旦定了定神。一切迹象是否已经完全说明古力特的行动是必要的,所有人应当追随他、必须追随他? 她暗暗问自己。两人陷入短暂的沉默。

"我知道你很犹豫,暗中支持和公开行动并不一样。但这是最危急的关头,我们已经没有时间权衡利弊了。天垂星危在旦夕,只有最后的一点努力可能挽救它,甚至挽救整个星域。"

"为什么那么肯定敌人的目标是天垂星? 为什么不是坤城?"苏北旦问,她问这些不是那么敏感的问题试图让自己放松。

"洛基塔和天垂星是两个至关重要的点。如果敌人能够占领这两点,它们可以通过这两点建造空间控制器,挤压亚空间深度,让空间跳跃变得容易。它们就可以拥有一座通向我们世界的桥梁,源源不断地把'那边'的一切都输送过来。我们已经无数次广播过这样的信息。"

"这是沙达克的分析?"

"'青云'号沙达克。雷电家族的沙达克进行的分析。你可以回去问问'科尼尔'号沙达克,或者是天垂星沙达克,但我们的空间理论还没有达到这个高度,他只能给出一个不确定的答案。只有一个机会,我们必须把握。"古力特恳切地看着苏北旦,"我们可能只有这一次机会。我几乎已经绝望了,但是你带来了希望。如果它们成功,它们会毁掉天垂星,甚至恒星,我们不可能重新回到这里来重建文明。北旦,这才是你真正值得骄傲的事,把眼光放远一点,你在为所有人类而战斗。上天把你送到这里来,是给了我们最后一个机会。做出选择吧,你不会因此而后悔。"

苏北旦感到心中一阵温暖,古力特并没有把她当外人。是的,在这样的关头,她必须做出一个坚定的选择。如果相信他,就应该完全相信他。苏北旦注视着古力特的眼睛,她能够看到从前的那个古力特,正直、诚实、自信而不张狂。她在刹那间下定决心。

"我会把舰队带回来。"她坚定地说。四目相对,没有多余的话。

古力特露出一个欣慰的笑,"这样就好。我们可以并肩作战了。"

苏北旦也微笑,气氛在刹那间变得轻松起来。

"你刚才答应我的事呢? 你有什么奇妙的事可以告诉我?"

古力特低下头,让苏北旦看到自己的头顶。那里有两个指甲盖大小的金属片发亮。

苏北旦惊讶地叫起来:"你怎么会有两个融入点? 你和'天龙'号沙达克再次融合?"

"不,是'青云'号沙达克。这是一件很奇妙的事,我了解到很多故事。'青云'号沙达克有四百万年的寿命。"

"一个人居然可以融合两次。"苏北旦显露出妒忌的神情,"这样我要求和'重装甲'号沙达克融合一次。"

古力特笑了笑,"别开玩笑了。我们去吃午餐,然后马上送你走。"

"你要告诉我你都知道了些什么。"

"当然。等危机过去,我会详细讲给你听。"

舱门悄无声息地打开。

"你们在谈些什么? 我也想听一听。"凯特走了进来,微笑着说。

# 第二十八章　海盗之王

邓迪斯走进蓝黑酒吧。

这里的一切他再熟悉不过,然而今天的气氛有些异样。一队机器人警卫站在门外,如临大敌,警惕地盯着每一个进入酒吧的人。邓迪斯从他们的注视中走过,觉得浑身上下每一段神经都紧张得要命。他从来都躲藏在警察的视线之外,从一队警察面前走过未免有些为难,然而他必须来。星域发生了大事,也许有更大的灾难发生,即便他只是一个海盗,如果能够帮忙,他也义不容辞。

邓迪斯径直走向李约素所在的角落。他的出现引起了酒吧里一阵议论,尽管人们并不清楚他到底是谁,但他们隐约地知道他是一个著名海盗。这种隐晦的名声,就像他魁梧的身躯一样,让人不由自主地生出敬畏。

几个流浪汉聚集在一张桌子上,他们打量着邓迪斯,邓迪斯望过去,这些人赶紧挪开目光,只是盯着桌子。邓迪斯轻蔑地一笑,这些人就是袭击他的流浪汉,他们毁掉了"敏捷"号,但邓迪斯不打算把账算在他们头上,李约素才是那个应该对此负责的人,而他可能永远没办法追究他。

邓迪斯大步走到李约素跟前,快步带起的风让烛光不断摇曳。他站定了,居高临下地看着李约素,并不说话。

一道屏障升起,把他们和外边喧闹的世界隔离开。

"天狼七还没有回来。"李约素说。

"有些变化,天狼七不能跟着你去见他。"

"哦?"李约素抬头,看着邓迪斯,"我们早就谈好的。"

"是的,但是莱布斯基后悔了。"

"后悔?"李约素略带讥讽地笑了笑,在阴暗的光线下,他的笑容显得很诡异,"海盗之王,黑暗之王,难道就这点胆量?"

邓迪斯保持着平静。

"莱布斯基不想见棒头人,他认为没有这个必要,但他希望见你。天狼七要暂时回避。"邓迪斯说。

"但这就是天狼七的事。如果他不去,我也不会去!"李约素突然大声叫喊起来,有些歇斯底里。

邓迪斯只是看着李约素,李约素不同意前往,他不能自顾自走掉。"一切要小心从事,但一定要把李约素带来。"莱布斯基当时这样要求他。老头子对李约素充满疑惑,对所谓的异星人入侵也充满怀疑。不信任,这几乎成了老头子的条件反射。按照常理,邓迪斯灰头土脸地回到基地,吃了大亏,作为海盗之王,他应当立即出马向这个人讨回公道。然而他还是决定不采取行动。老K托人把超导晶体母块带给他,这些东西确实来自雷电家族,听完邓迪斯的报告后他对李约素更充满了好奇,想看看这究竟是怎样一个人物。

邓迪斯一直盯着李约素,直到他冷静下来。

李约素意识到失态,他并不想这样,然而头脑里的黑暗记忆让他狂躁无比,一点微小的因由就能引起爆发。

"好吧。天狼七还有几个小时才回来。来,坐下来等等。"他招呼邓迪斯。

"莱布斯基要求你一个人去。"

"我哪里也不去。"

"连'平准'号也不要?"

"那不关我的事,那是天狼七的事。天狼七不在,我去做什么呢?"连珠炮般说完之后,李约素突然意识到,在"八脚鱼"号上,蓝光告诉过他,"平准"号早已经不复存在。

邓迪斯向前凑了凑,魁梧的身体把李约素笼罩在阴影里,他压低声音:"这是你的事。你打算半途而废吗? 这不是勇士的行为。"

李约素有些羞愧,然而他并不打算服输,于是置之不理。

邓迪斯后退一步,"好吧。还有,莱布斯基说他知道棒头人的来源,但是他要求你一个人前去。我只负责传话,你已经知道这个消息,那么我告辞了。不过,如果真的大难临头,虽然我们是海盗,但只要需要帮忙,我们还是可以帮忙的。"他说完微微点头,转身要走。

"等等。"李约素站起身,"我跟你去。"他努力让自己乐观一点,理性一点。一切的关键在于莱布斯基,他记得沙达克的话。如果留心,并且有足够的时间,他们终究能够找到海盗,错过这样一个邀请并不算什么。但问题是也许没有时间了,敌人已经出现在洛基塔,他们很快就会出现在其他位置,科尼尔也不会幸免。

"我们马上走。"他决心独自前往。找到"平准"号,还有那些失落的沙冈人,这是雷电家族想做的事,李约素并不认为他需要对此负任何责任。然而记忆中让人透不过气来的压抑让他感到那是迫切的需求。危险迫在眉睫,而且形势并不乐观,如果真有这样强大的飞船存在,那对于所有的星域来说都是一件好事。在局势没有最后明朗之前,投入更多的砝码总没有错。

邓迪斯带着李约素出了酒吧,在众目睽睽下离开客栈。他们上了一艘大飞船。李约素留意到船首上刻着字——白昂鑫,他心中咯噔一下——佳上和他提到过这艘飞船。

海盗们竟然将自己的飞船伪装成鑫船! 鑫船来自遥远的世界,它们和环形世界一样是真正的银河旅行者。他们和星域交换情报,偶尔也作交易,是星域的座上宾。所有的星域都遵守一个约定:任何人不得袭击鑫船,鑫船保有在星域内自由航行的权利。据说这是古老世界遗留下来的习惯,人们遵从它,从来没有人试图破坏它,即使处于战争时期。这是一条道德底线,但是显然海盗并没有这样的道德底线,他们居然伪装成鑫船。

"你们居然伪装成鑫船!"

"有什么不可以?"

"这是破坏传统。"

"当然不是,这是一艘货真价实的鑫船。只不过我们借用了一下。"

李约素没有多说,他不想和邓迪斯就这个问题争辩。他们沿着密闭通道上了飞船,一条长长的走道通向前方,左手边是巨大的舷窗。李约素漫无目的地张望,突然间他看见了一张熟悉的面孔——佳上正站在空港的观景台上,朝这边张望。视线相碰,佳上向他点头。

这个该死的雷电人!从"八脚鱼"号回来之后,佳上一直没有露面,以至于李约素怀疑他是不是已经逃回熊罴星……原来他还在这里!

佳上向着他挥手,李约素并没有回应,他看到佳上手中举着一个小小的东西,隔得太远,看不清楚。

"那是你的人?"邓迪斯突然问。

"不是,他是雷电家族的人。不过他是和我一起来的。"李约素反应很快,他知道任何掩饰都毫无用处,索性实话实说。

"那好,本来今天他会被我们的人处理掉。他在这里偷偷探察我们的飞船至少三天了。"

"好啊,你们赶紧干掉他,越快越好。"李约素不像是在开玩笑。

邓迪斯停下脚步,"我不喜欢开玩笑。"

"我收回刚才的话。"李约素看着邓迪斯严肃的样子,生怕他当真。海盗毕竟是海盗,虽然李约素并不惧怕,然而如果因为一句玩笑让佳上送命,那简直太荒唐。

"他在向你挥手,手上有东西。"

"是的,但是看不清。"

"我来看看。"邓迪斯说完从口袋里掏出一个小小的方块,他贴近舷窗,把方块上的小孔对准佳上,一个小小的全息投影出现在邓迪斯手掌上,邓迪斯熟练地拨动图像。

佳上手里握着的东西清晰起来,是一枚徽章。雷电家族的徽章。

"他这是干什么?"

"雷电家族,不错,"邓迪斯冷冷地说,"他一定知道我们发现了他,所以公开他的身份。"

"这样的徽章到处都可以买到。"

"难道你认为我们连雷电家族成员的面孔都不认识?"邓迪斯略带讥讽地看着李约素。李约素意识到上了当。

"好吧,你认识。那就别碰他。"

"我们不会轻易和雷电家族结下怨仇,而且,我猜你的朋友已经发现了某些东西,他曾经两次以游客身份登船。"

"什么东西?"

"他一定发现在这艘飞船上,到处都是类似的徽章。"

"这艘飞船上?"

"往前走,在两个舷窗中间。"

李约素走过去,邓迪斯所说的东西就在那里。这是一个徽章,肯定不属于海盗,它和雷电家族的徽章类似,却又有些不同。李约素伸手去摸。图案非常精细,李约素想起他从"上佳"号上带回来的那一枚。这同样是一个闪电符号,然而闪电下方的三道横线并没有被截断,是完整的三道。细微的差异只能证明,这样的一个符号和雷电家族的家徽出自同一个设计者之手,但代表不同的家族。

这并非不可理解。环形世界和鑫船都来自遥远的银河深处,他们之间可能会有某些渊源。然而当人们把鑫船和雷电家族联系在一起时,感觉却会非常怪异。鑫船是和平的,大部分鑫船甚至没有重武装,可雷电家族却是强大的武装集团;鑫船带来了高科技和信息,与星域的人们探讨发展的各种可能性,雷电家族则高高在上,把意见强加给星域;鑫船来了又去,绝不滞留,雷电家族却在星域扎下了根,已经停留长达几代人的时间。

怪异的感觉在李约素心头滋长,他有很多疑问。佳上也许能提供答案,但是当李约素转头望去,观景台上已经没有他的踪影。

"你们对雷电家族有多少了解?"

"我们是海盗,哪里有时间去了解雷电家族……只不过,我们知道绝不要去招惹他们。"

"你们从来不招惹官方。"

"当然不是。"邓迪斯盯着李约素,"我们从来不惧怕星域,达门塔、科尼尔,我们都不怕。我们当然不会犯傻去和舰队对着干,但如果是落单的飞船或者小船队,海盗能对付。不过,雷电家族不一样,我们从来不碰。"

"因为他们更强大?"

"不是因为强大。在这一片星域里,达门塔舰队是最强大的武装力量,天垂星也很强大,还有俄罗斯,虽然他们虚弱一点,却也足以和雷电家族对抗。我们海盗不怕所有这些,也并不怕雷电家族的武力。"邓迪斯舔了舔嘴唇,"我们只是敬畏,就像我们敬畏这艘船一样。"

李约素有些不耐烦,"你就直说吧,没见过海盗像你这样啰唆。"

"银河广阔,星域就像一个小池塘。"

邓迪斯马上变得言简意赅,说完之后不再多说一个字。

李约素明白邓迪斯的意思,那些来自银河深处的飞船带着神秘而令人向往的色彩,它们是星域的过客,却是银河的主人。海盗尚且能明白的道理,为什么星域却不能明白? 一群井底之蛙在小小的池塘里打得你死我活,只为了证明谁才有资格站在某一片荷叶上。李约素暗暗叹息。

"你说得对。"李约素说,他想起重要的问题,"这艘飞船有沙达克吗?"

"当然没有。这是无主的船,否则我们也不敢使用它。"

"你们在哪里找到这飞船的?"

"你可以问莱布斯基,这飞船是他找到的。"

两个人从李约素和邓迪斯身边走过,他们穿着平民的衣服,然而一眼便能够看出是棒头人。李约素目送他们走远。

"我们走吧,我要见识一下这个传说中的黑暗之王到底是什么模样。"

"这边走,我们要坐小船去。"

白昂鑫的发射舱门打开,一艘小飞船弹射而出。超短距波动,它在一瞬间脱离了空港的监控,到了上万千米之外。

"我们刚才进行了一次跳跃?"李约素有些惊奇,这艘飞船似乎不用预热就进入了亚空间弹跳。

"不是,我们只是瞬间移动了一万两千千米,摆脱了空港监控。"

"这他妈太神奇了,你们怎么做到的?"

"这是鑫船留下的。"

李约素不说话。这样的技术超过了他的理解能力,科尼尔的任何飞船都不可能做到这一点。有这样的飞船,海盗们才有信心冒充鑫船开进空港,如果需要回到基地,他们并不担心被追踪。海盗敬畏雷电家族以及一切和鑫船相联系的事物。这就是原因。

也许这样的技术类似于"青云"号上那些仿佛没有惯性的电梯,只有真正了解空间所有奥秘的人才能做到。

三次瞬移之后,小飞船进入亚空间弹跳程序,它发出一道光,然后消失。

昏暗的空间一无所有,仿佛一个小小的密闭的盒子。

很快,李约素知道这是错觉,星星渐渐显露出来,中央恒星距离遥远,仿佛昏暗的烛光,这是某个星系的边缘地带。他们身处包围之中,包围他们的都是小小的天体,形态各异,千奇百怪。

突然间,某一个位置出现了亮光,不断闪烁,邓迪斯驾驶飞船靠了过去。

引导光束指引着飞船,他们被引入一个舱室。四周变得一团漆黑,然后听见了"嗞嗞"的充气声,当一切静默下来时,邓迪斯打开舱门。外边仍旧是一团漆黑。

"欢迎,李约素船长。"黑暗中传来一个略显苍老的声音。

"你是莱布斯基阁下？我们就这样谈话？"李约素站起身，从舱门走出去，站定，他看不见任何东西。

柔弱的光亮让一切显示出轮廓，李约素看见了几个隐约的身影。他们穿着重装动力服！

"你好，请问哪位是莱布斯基将军？我们是否能坐下来谈谈？"李约素特意称呼在莱布斯基为将军，军人都喜欢这样的荣誉，海盗这样的非法武装分子也不例外。

"不用这么客套。"当中的一个人边说边向前走过来，重装动力服让他看上去很高大，他打开了头部的灯，让李约素能够看清他的脸。

莱布斯基是一个俄罗斯式的名字，眼前的面孔也是一张俄罗斯面孔，脸颊精瘦，络腮胡子，鼻梁高挺，眼窝深陷，脑门上没有一根头发。

"欢迎来到我的基地。"他对李约素说。

"这里真不错，是个好地方。"

"如果你想入伙，我十二万分欢迎。"

李约素哈哈一笑，"好，有朝一日，我就来入伙。"

"嗯，不过恐怕等不到那一天了。"莱布斯基显出严肃的表情，直接切入正题，"你在寻找'平准'号？"

"是的。"

"如果你找到它，打算怎么办？"

李约素看了邓迪斯一眼，"邓迪斯一定和你说过，所有的星域都面临危险，神秘的敌人已经来了，就在洛基塔，也许马上会抵达达门塔其他星系，然后是科尼尔、俄罗斯还有其他小星域。如果你真的能够帮助我们找到'平准'号，我会让雷电家族马上派人来，恐怕只有他们能重新把这艘飞船武装起来。我们可以增加一些抵抗力量。"

"听来很不错。但是我们能得到什么好处？"莱布斯基问。

"哈，你们想要什么呢？雷电家族可以给你们很多。但是，一切都要等到眼前的敌人被打败之后。在危急时刻讨价还价并不有趣。现在最简单的问题是，你有关于'平准'号确切的下落吗？"

莱布斯基没有多说,"眼见为实。跟我来。"

莱布斯基领着李约素走向一条黑黑的走廊。这里几乎没有光,只有莱布斯基的动力服上发出微弱的光照亮李约素眼前。其他人都没有跟来。

怀疑油然而生,"莱布斯基将军,我们去哪里?"李约素问。

"你不是想找'平准'号吗?"

"你知道它的下落?"

"不,我给你看一些东西。如果那就是你想要的,那么我们再来谈论'平准'号。"

"邓迪斯告诉我你不仅知道'平准'号的下落,而且知道在哪里能找到棒头人。"

"邓迪斯这么说?他真是很多嘴……我对棒头人没有兴趣,但是我希望能够帮助你们。虽然我们是海盗,但我们也生活在这片星域里。"莱布斯基停下脚步,转过身,"达门塔舰队的事,邓迪斯都告诉我了。我是一个老牌的海盗,我也是这个星域里命最长的人。你知道我有多大年纪吗?"

"两百岁?"

莱布斯基发出一阵刺耳的笑声,就像硬物在玻璃上刮擦,"你的答案太保守了。"

"一千?"

"再加上一个零。"

一万岁?李约素猜想这可能是莱布斯基甘愿做海盗的原因。他这样的长寿只能有一个解释,这个人进行了基因改造。这在任何星域都是违法的,但是总有人不惜一切代价要这么做。这些人一旦被抓住,肯定会被判处死刑。

"你是我见过活得最久的人。但这和眼下的事有什么关系?"

"活得久,自然见到的事要多一些。当然和真正的历史比起来,一万年也不算多长,但这一万年的寿命足够让我认识到我们是些什么东西。"

"你说我们是指……"

"所有的星域人,俄罗斯、达门塔、科尼尔,还有那些独立小星系。"莱布斯基没有继续说,这已经足够引起李约素的好奇,他转过身,"跟我来,年轻人。"

既然来到了这里,李约素也没有别的选择,他悄悄握紧口袋里的高爆射线枪。

这个举动却没有逃过莱布斯基的注意,他并没有回头,"年轻人,既然到了这里,就不要玩弄你的枪了,那玩意儿对我没有用。"

李约素惊出一身冷汗,松开手。莱布斯基的动力服很先进,能够让他在黑暗中看清一切,哪怕只是细微的动作——他甚至不需要面对对方。李约素把心一横,决心跟着这个奇怪的老头去看看到底他有些什么特别的东西。

他们继续往前,凭着感觉,李约素认为他们正走过一条长长的通道。

通道漫长得仿佛没有尽头。

突然之间,莱布斯基停下脚步,"我们到了。"

李约素下意识地四下里张望,他直觉自己身处一个广阔的空间。

"你需要一点光亮。"莱布斯基说,"我无法给你提供照明,我们并不需要它。但是也许你可以试试这个。"

李约素顺着莱布斯基的指示走上去,他看见了一套动力服,很高大,正敞开着,等待人穿上。

李约素利索地钻了进去,动力服自动收紧,和他的躯体配合得天衣无缝。动力服启动,黑暗从李约素的眼前褪去,他看清了自己身处何方。

这是一个仓库,或者是兵站,在他眼前,两排整齐的队列从近旁一直延伸到远方。光鲜亮丽的动力服盔甲排列成行,仿佛等待检阅的士兵。

"太酷了!"李约素情不自禁发出一声赞叹,"这么大的兵库!这里有多少套动力服?"

"两个兵库,这是其中之一。你看到的只是一小部分,总共将近三万套。"莱布斯基回答。

三万套!这是一个巨大的数字。穿在身上的盔甲让李约素感觉到异样,各种数据在李约素眼前不断显示,这不是寻常的动力服,这是一种战斗服。李约素尝试着打开某个开关,动力服的右腿打开,露出一截黑色的短棍。李约素拿起它,武器的各种性能显示在眼前,这是一件强磁武器,只要碰触到对方,就可以让对方的电磁系统陷入紊乱,失去行动力。

"这真奇怪,"李约素皱了皱眉头,"居然是这种武器。"这是近战装备,但是如果无法突破飞梭防线,就没有任何作用。在科尼尔,只有内层空间的地面部队才有这种装备。李约素正想开口问话,莱布斯基的盔甲上突然亮起了红灯。

"莱布斯基,我们有客人。"李约素听到有人在呼叫。

"警告他们不要闯入。我来对付他们。"莱布斯基说完转头对着李约素,"不速之客,来得正好。你正好可以试试这身盔甲。小心了!"

莱布斯基话音刚落,强烈的失重感猛然袭来,李约素猝不及防,手忙脚乱,幸好动力服自动抓住了甲板,让他没有四处碰撞。天花板缓缓打开,满天星斗出现在视野里。空气疯狂外泄,形成有力的气流,拍打着盔甲,发出一种沉闷的响声,仿佛咚咚作响的战鼓,让人热血沸腾。

"跟着我,走。"莱布斯基起身,蓝色火焰在他的背部燃烧,推动他从裂开的缝隙中穿过。李约素紧随其后。

# 第二十九章　天外有天

莱布斯基的身影在前方化作一个小小的蓝色光点。李约素不断加速，却被远远甩在后边。

这是一场胜负分明的比赛，决定胜负的不是装备，也不是技术，而是身体。莱布斯基的瞬时加速至少有十三个标准重力，这相当于一个重达三十公斤的重锤以每秒六米的速度快速打击在人的胸口，没几个人能挺住这样的打击。

"见鬼！"李约素轻轻咒骂了一句。他的脑子闪过一个念头——莱布斯基不仅仅是长寿这么简单。俄罗斯人并不比科尼尔人强壮，如果莱布斯基仍旧保留着原有的躯体，他不可能承受这样的加速。他让自己的躯体变得更适合高速飞行。

这套盔甲比李约素所见过的任何动力服都要先进。这是重装动力服，却毫无迟涩感，仿佛它完全是身体的外延，操纵者就像在星空中自由翱翔。这感觉太神奇了。

动力服自动追踪着莱布斯基，李约素注意到他已经停下来，和一艘飞船保持相对静止。那艘飞船并不大，似乎是侦察飞船。

转眼间，李约素已经靠得很近，他看清了不速之客的面目，不禁大吃一惊——那是"天狼星"号。

莱布斯基并没有进攻,"邓迪斯告诉我,这是你的飞船。"

"是的。"

"真不错,居然能够跟踪到这里。"

李约素慌忙呼叫"天狼星"号,"布丁,是你吗?"

"是的,船长。"

"你怎么能到这里来?"

"船长,是我让他来的。"李约素听到了佳上的声音。

"还有我。"这是天狼七。

"你们居然他妈的都来了!怎么也找不到人,倒是自个儿送到门口。"李约素骂了两句,感觉不妙。这里是海盗的秘密基地,居然被"天狼星"号跟踪而来,为了保守秘密,海盗很可能杀人灭口。

"莱布斯基将军,这是我的船。能不能进港再说?"

"当然可以,我很有兴趣知道他们是怎么来的。我已经命令基地给他们引导。"莱布斯基答应得很爽快,然而语气冰冷,让李约素感到一丝寒意。

一束微弱的光从小行星背后照射出来,"天狼星"号循着光线前进。李约素和莱布斯基不紧不慢地跟在后边。在兵站所建立的信任似乎荡然无存,两个人一直保持着沉默。

终于,李约素开口说话:"邓迪斯告诉我,你找到了白昂鑫。你是怎么找到的?"

"偶然而已。"莱布斯基冷冷地说。

两个人一直保持沉默,直到基地。

李约素并没有脱下盔甲,他和几个海盗站在一起,如果不仔细察看脸部,根本分辨不出。

"天狼星"号和邓迪斯的小飞船停靠在同一个舱室,从外表上,两艘飞船有些类似,它们都一团黝黑,体积大小也相差不远。一眼看上去,这两艘飞船仿佛出自同样的设计者,不同之处仅在于"天狼星"号是球形,而另一艘则是碟状。"天狼星"号的前身是"天隼"号,然而经过"青云"号的改装,应该算是雷电家族的飞船,而邓迪斯的小船来自白昂鑫,失落的鑫船。李约素盯着两艘飞船,若有所思。

佳上和天狼七下了飞船。

"说吧,年轻人,你们怎么能跟踪到这里?"莱布斯基开口。

"既然进入到亚空间潜行,就会留下能量痕迹,跟踪并不困难,你们太大意了。李约素在哪里,我能见到他吗?"佳上说。

邓迪斯看着佳上,"你面对的是莱布斯基将军,海盗之王。注意你的言辞。"

佳上抬头,他看见了莱布斯基的面孔,也看见了站在一边的李约素。李约素在高达四米的盔甲中,居高临下,也正看着他。

"解释亚空间潜行。"莱布斯基说。

"你们的飞船从星门瞬间移动了三次,是亚空间潜行,和空间弹跳本质相同。因为超短距,时间效应不明显。移动会留下明显的亚空间波动痕迹,很容易跟上。"

"你们有这样的技术?"

"事实就在你眼前。"

"这是一艘科尼尔的飞船,科尼尔不可能有这种技术。"邓迪斯插话。"天狼星"号的船身上,科尼尔的标志虽不醒目,却仍旧清晰可辨。

"没错,但它被雷电家族改造过。你们认为这是鑫船上才有的技术,这没错,但是你们应该估计到,雷电家族拥有类似的技术。"

海盗们陷入短暂沉默。最后莱布斯基问:"为什么跟踪我的飞船?"

"因为我要带他来。"佳上看了一眼天狼七,"李约素船长接受了雷电家族的委托,和天狼七一道寻找'平准'号。你们一定已经很接近答案。在这个时刻,不能没有天狼七在场。他是沙冈人的后裔。"

"我手下有几百个棒头人。"莱布斯基说。

"他们都服从你的命令,但是天狼七不一样。"佳上说。

莱布斯基注视着天狼七。这个棒头人的各项身体指标都出现在他眼前。这是一个强健的棒头人，但看上去并没有什么不同。

"凭什么说他不一样？"

"帮我找到'平准'号，我给你答案。"天狼七突然接过话头。

"我不和棒头人作交易。"莱布斯基高傲地拒绝了这个要求。

天狼七抬着头，冷冷地注视着莱布斯基。

莱布斯基和他对视着。

"你们在使用沙冈人的技术。"佳上说，"但是你们用得很差劲。"

"你胡说些什么！"一个海盗有些怒意，向前跨出一步，庞大的身躯居高临下，充满威压，仿佛只要佳上再说一句，他就要把佳上撕个粉碎。

佳上丝毫不动声色，甚至没有看他一眼，他只是盯着莱布斯基，"我认识这些装甲，这是沙冈重装，只有沙冈人才能匹配。你们穿上它，浪费了盔甲的性能。这是捡到的东西，该物归原主。"

"你找死！"这海盗终于爆发了，他挥动手臂，要狠狠地教训佳上。盔甲高达四米，手臂狠狠地砸下来，佳上根本不可能活命。

李约素挡在佳上前边，海盗的手臂砸在他的盔甲肩部，他奋力伸手推开海盗。

"住手！"莱布斯基大喝一声。

"有话好好说，伤了人就不好了。他是雷电家族的人，你们看他的模样。雷电家族的人总是自以为是，但他们没什么恶意，不要太介意。"李约素一边把佳上和天狼七挡在身后，一边说。

"让他继续说。"莱布斯基示意李约素站在一边。

佳上从李约素身后站出来，"我们只需要做一件事。"他指着李约素，"让天狼七试一试这盔甲。"

"我试过很多次。"莱布斯基露出轻蔑的微笑，"他们根本无法操作。棒头人只能操纵最简单的改装无人机，操纵这种动力盔甲需要一点理解力。"

"你无法发挥到极限。"佳上挑战般地看着莱布斯基。

莱布斯基并没有回应，他在琢磨这个雷电家族的年轻人是否真的知道一些秘密。许多年来他竭尽全力,几乎使用了所有可能的技术来加强自己的身体,但他的确没能够让盔甲的性能发挥到极限。

李约素看了看佳上,佳上知道一些他并不知道的事,也许那是"青云"号沙达克灌输给他的知识。他不确定如果天狼七真的穿上这套动力服会发生什么情形,但他必须信任佳上。

李约素启动退出模式,动力服松弛,座舱下降,李约素利索地跳出来,"天狼七,快进去。"

一个海盗试图上来阻止,却被莱布斯基拦住。

天狼七跳进座舱,动力服将他严严实实地包裹起来。他迟疑一下,缓缓地活动身体。

"酷。"天狼七说。他仍旧一点点缓慢地移动身体,向前跨了两步,又慢慢地抬起双臂,挥舞了两个巨大的圆弧。他仿佛一个刚学会走路的孩子一样小心翼翼地试探。

"棒头小子,不会玩就快出来。"海盗开始起哄。

莱布斯基带着一丝诧异看着天狼七尝试盔甲。当他最早发现这种装甲时,他想棒头人如果能穿上它,将是威力无穷的武器。然而他让棒头人试过很多次,他们在动力服里边表现拙劣,根本不知道该怎么动作,即便不断地训练也丝毫没有改观。棒头人和重装甲,这两样东西看上去很般配,结果却完全不是那么回事,以至于他认定,没有任何棒头人能够操纵这种重装甲,他必须另外寻找合适人选。但现在天狼七看上去却完全不同,虽然他仍旧显得很笨拙,却已经比那些棒头人好了太多。

天狼七高举双手,用一种奇怪的姿势站立着,一动不动。

"你倒是动啊!"海盗们一阵阵嘲弄。

佳上悄悄拉了拉李约素的衣角,让他跟着自己退后一段距离。邓迪斯也随着他们一道向后挪。

莱布斯基预感到要发生些什么,他示意手下安静,紧紧盯着天狼七。

天狼七闭着眼睛,仿佛已经睡着,又仿佛在祷告,所有的人都紧张地盯着他,他却仿佛平静的风暴眼。

猛然间，天狼七睁开眼睛，亮丽的蓝光从他的背部迸发出来，照亮巨大的平台！

莱布斯基意识到不妙，飞速起身，试图抓住天狼七。

天狼七仿佛一道光般冲起，一声巨响之后，舱室顶部被冲破一个大洞，气流疯卷而来，把所有一切裹挟而去。

李约素甚至来不及喊出一声，就已经落入真空，还来不及做出任何反应，又马上陷入一片白茫中。

"欢迎回来，船长。"他听到布丁的声音，知道是布丁救了他。

"佳上！快点救佳上。"

"船长，我没事。"佳上也在飞船里。李约素稍稍安心，马上破口大骂起来："狗日的天狼七，玩什么花招，也不知道悠着点。"很快，李约素的视觉恢复，他看清了舱里的情形。没错，是"天狼星"号。还有一个人也在飞船上，是邓迪斯。

李约素收住叫骂，虽然天狼七可恨，但是他不能当着邓迪斯的面，骂自己的伙伴。

布丁很快传来坏消息，十几个海盗围住了"天狼星"号。他们随时可能把"天狼星"号毁掉。

"哈，想不到我居然会死在海盗手上。不过至少海盗之王亲自出马，这也算是荣耀。"李约素瞟了邓迪斯一眼，"他们怎么不先把你救出去？就算是海盗，总不能丢下伙伴吧。"

"事情没有完。莱布斯基不会让我们死。"佳上一如既往地冷静。

"船长，对方要求通话。"布丁说。

"接通。"

莱布斯基的声音传出来，没有图像，"你们惹下麻烦了。"声音很平静，听不出一丝怒意，仿佛在说一件完全无关的事。

"你想怎么办？"李约素警惕地问，他伸手揉了揉太阳穴。

"你的那个伙伴呢？我有话要问他。"

"我在这里。"佳上回答，他看了李约素一眼，竟然眨了眨眼。

李约素一愣,没有明白他的意思。

"这就是你想让我看到的?"莱布斯基说。

"这种装甲属于沙冈人,只有他们才能发挥最大的威力。你看见了。"

"但是我曾经让棒头人试验过无数次。"

"是的,但天狼七不一样。"

"他有什么特别?"

"他曾经被抛弃,几乎死掉,但他挺了过来。"

"这有什么关系?"

"如果不再有人给他指示,他就需要自己找到方向。"

"你的意思是他找到了自我意识,因此就能操控装甲?"莱布斯基发出几声磔磔的怪笑,"这听起来很虚妄。"

"棒头人具有两套遗传代码,一套显性遗传代码形成躯体,另一套隐性遗传代码只有在特殊情况下才会发生作用——重塑身体的神经系统。一个断绝了外部联系的封闭环境可能会让他们发生改变,这样的事发生在了天狼七身上。你看到的确实是一个棒头人躯体,但他和你手下的那些棒头人完全不同,他解放了自己,有独立的意志。你的海盗队伍里没有这样的棒头人,你从来没有给他们机会在绝境中重塑人格。最直接的证明,你可以检验他们的 DNA。他们是双倍体,染色体数目是一般人的两倍。"

莱布斯基显然在思考这种可能性,有一些棒头人曾经陷入绝境,然而他们也被就此抛弃,在他的手下,的确没有任何一个棒头人曾经落入绝境并从死亡边缘回来。而关于棒头人是双倍染色体的说法,他的确有所耳闻。他稍作沉默,问:"邓迪斯,你在'八脚鱼'号上看到达门塔人和这个棒头人发生了冲突,你亲眼看见他想挟持达门塔指挥官,但是被护卫击倒。是这样吗?"

"是这样。"

"他主动发起了攻击,没有得到李约素的任何指示或暗示?"

"没有。蓝光船长认为棒头人只是一群奴隶,他轻蔑地谈论棒头人,触怒了天狼七。"

"你确定？"

"现场发生的情况如此。"

这样的情况绝对不会发生在其他任何一个棒头人身上。他们是绝对服从的战士，不会反抗，也不会被言辞触怒。

"听着，我并不想来找什么'平准'号，是我这个兄弟自己要求来的，这是他的愿望，他和一般棒头人不同。"李约素插上一句。

莱布斯基的面孔出现在屏幕上，他环视船舱内的三个人，最后盯着佳上，"你说他的神经系统被重塑了，所有棒头人都能够被重塑？"

"是的，但不是一定能成功，他们也可能因为封闭而死亡。如果你想拿棒头人做试验，这不是最好的方案。"

"最好的方案是什么？"

"自由型的沙冈人不需要太多，他们能通过这种盔甲体系联系在一起，一个自由型的沙冈人能够指挥上千人。"

莱布斯基露出惊讶的神色，"这是傀儡控制。"

"这是联合战斗模式。沙冈人通过某一个中枢联系起来，形成一个整体。领袖的意志就是整体的意志。每一个战士仍旧独立行动，但是在思维上，他只是半独立。"

"天狼七就是那个领袖？"

"如果你让他成为领袖，他就是领袖。"

"听起来很不错，我很喜欢。"

"可惜你不是棒头人，没有办法控制这些战士。他们是沙冈人，他们只服从自己的领袖，不会服从你。"

莱布斯基冷笑，"我什么时候说要让这些人服从我？"他顿了顿，"那么达门塔人呢？他们也宣称自己是沙冈人后裔。"

"我不知道达门塔人为什么宣称自己是沙冈人后裔。沙冈人只有两种类型，没有第三种。"

"这是雷电家族的说法？"

"没错。"

"很有趣。"

莱布斯基的图像突然消失。

"船长，莱布斯基去追天狼七了。但海盗仍然包围着我们。"

"看样子他要去打一架。你觉得天狼七能赢吗？"李约素转向佳上。

"毫无疑问。"

"有关天狼七的这些情况，这么重要的事你们怎么没告诉我？"李约素盯着佳上。

"没人打算隐瞒，不过现在是说出这些的最合适时机。"

"看样子你还是来监视我的。"

"当然不是，我要求跟着你来寻找'平准'号，巴达将军才把这些告诉我。我自愿帮助你，这才是正确的因果关系。"

"好了，废话少说，巴达将军又在担心什么呢，怕我捧天狼七的臭脚？这么说我们已经找到了'平准'号？"

"他对你并没有什么顾虑，否则也不会通告所有星域你是雷电家族的全权代表。他只是要求我寻找一个合适的时间把它说出来。至于'平准'号，还没有找到，但是既然我们已经找到了这个基地，'平准'号肯定不会遥远。如果一切顺利，也许我们还可以赶去助古力特一臂之力。"

"助古力特一臂之力？"

"这个基地的位置是猎户星 WP387 恒星外缘。属于俄罗斯星域，他们把它叫做圣彼得堡，我们距离星门并不远。从这里到天垂星大概一百光年，小飞船只要十多天就能抵达。"

李约素看着邓迪斯，后者的表情说明佳上说得不错。

"你们的手段很高明，居然能够把基地隐藏在星门附近。"李约素不无揶揄，"但现在被人找到了，赶紧挪个地方。"

邓迪斯面色发青，他一直非常谨慎，却还是被人跟踪而来，而且把基地的位置完全探测清楚。这对海盗来说是一个不可原谅的错误，他感到奇耻大辱。

李约素仿佛明白邓迪斯在想什么,"不过没关系,银河都快要完蛋了,你们就是把基地位置广播出去,也没有人会来理睬。"

李约素的注意力回到佳上所说的计划,"我们已经和古力特他们分开多长时间?但愿时间别太长。"

"船长,我们距离出发日一百三十六天,科尼尔标准时间。飞船时间二十三天又八小时。"

一百三十六天。古力特的舰队会在六个月的时间里抵达天垂星,而从伽马星门到天垂星,即便是小飞船,也至少需要十多天!时间紧迫。

必须抓紧时间找到"平准"号。只要找到"平准"号,李约素突发奇想,他可以带领"平准"号出发,古力特拯救不了天垂星,而他将扮演一个拯救者的角色,指挥这艘超级飞船清除所有的黑球,把那些从异空间穿梭而来的怪物统统消灭。

它们会出现吗?李约素的脑子里浮现出那些白白的细小蜘蛛,黑色的巨大蜘蛛,他仍旧感到一阵恐惧,然而想到天狼七如电光般冲天而起的气势,李约素不由得充满信心。三万人的兵库,三万道闪电般来去威力无穷的战士,他甚至想象到这些蓝光闪闪的战士砍瓜切菜般把那些怪物送到它们该去的地方。这些人都会听天狼七的,而天狼七会听他的,他将是一支超级武装的最高指挥官,也许这是整个银河最强大的力量。当他出现在天垂星时,那些人该用怎样崇敬的眼神看待他?该用怎样的礼遇来接待他?李约素不由自主地露出一个微笑。

"船长,巴达将军还要我提醒你,在危险真正消除之前,危险程度不会降低。"佳上平静地说。

这仿佛一桶冷水浇在李约素头顶,让他从想入非非中猛然清醒过来。"我知道。"李约素说,感到脸上微微发热。

"他们回来了。"布丁恰到好处地叫了起来,打破了李约素的尴尬。

两个蓝色光点由远及近,仿佛两道电光般直奔而来。

# 第三十章　沉寂飞船

堡垒往往不是从外部被攻破，而是从内部崩溃。如果不是这样，就无法解释"平准"号为什么会被抛弃。

"他们是奴隶，他们选择了背叛，于是要永远遭受被放逐的命运。他们将永远是奴隶，没有思想，没有自由，没有尊严，永远在最危险的地方，冒着生命危险为主人服务。"李约素回忆起蓝光的话。蓝光是一个近于完美的人类，从外表看，这一点毫无疑问。然而他的内心却燃烧着仇恨的熊熊烈火，他鄙视棒头人，更仇恨棒头人。他仇恨的力量如此强大，以至于当着李约素和邓迪斯的面他可以完全抛开礼节大肆攻击天狼七："你们这一族是捡来的破烂货，银河的垃圾，永远被人们厌恶，除了利用你们去送死，还比不上一摊烂泥！"达门塔指挥官是沙冈人后裔，然而他并不是真正的沙冈人。真正的沙冈人应该和天狼七一样，在身体内部有另一个沉睡的头脑，他们是一个更具有团队性的人群。

无从知道蓝光的先祖和天狼七的先祖之间发生了什么，但那一定是个非常惨烈的故事，因为到最后，他们遗弃了"平准"号。蓝光的祖先们建立了达门塔星域，从此不再是宇宙的巡逻者，尽管他们仍旧记得某些历史，但是他们和那个曾经无比辉煌的巡逻者彻底划清了界限，他们以达门塔人自居,而不是沙冈人。而棒头人则成了毫无目的的漂流者,躲藏在星域间,浑浑噩噩,他们成为雇佣兵,成为海盗,成为矿业公司的保安,成为探险队的先锋……只要有危险存在的地方,就可能有棒头人,他们被当做优质炮灰,价值很高但可以牺牲,而且不会有任何社会后遗症。棒头人也彻底忘记了过去,他们不知道自己从哪里来,也不知道将来会有什么命运等待他们,而只是凭着本能继续生存下去。"平准"号,这艘辉煌的大船,就此沉没在无边的黑暗中,直到莱布斯基发现了它。

"我先发现了白昂鑫。"莱布斯基说,"这是一个偶然,我被一艘达门塔巡逻艇击伤,为了逃跑,我直接往圣彼得星门跳,但是弹跳没有完全成功,我被抛到了这里。白昂鑫就在这里。"莱布斯基指了指脚下,"它就在那里,静静地浮着。它真漂亮,它散发出淡淡的光,把我吸引过来。那是我的命运之星。我以为自己死定了,但是白昂鑫救了我,也重新塑造了我。"

莱布斯基沉默下来,几十分钟前他还和这些人剑拔弩张,此刻却仿佛已经成为无话不谈的朋友。打破了冰冷的面具,莱布斯基并不是一个冷酷无情的人,他不相信任何神,却坚信冥冥之中自有天意。他相信自己遇到白昂鑫是天意,也相信自己成为海盗之王是天意。时间流逝一千年,他相信天狼七的到来也是天意——他曾经认为上天注定让他成为这片黑暗世界的王者,然而此刻他知道,他只是一个过渡,"平准"号终究将属于它真正的主人。天狼七才是真正的主人。几百年来,为了发挥盔甲最大的威力,他进行了三次大的身体改造,最近的一百多年里,他每天都穿着盔甲,完全和盔甲融为一体,即便如此,他也输给了天狼七,干净彻底,毫无悬念。而天狼七只是第一次接触这种重型装甲。他必须相信,这是天意。

"我会带你们去'平准'号。我发现它也纯粹出于偶然。现在,跟我来吧。保持静默,不要说话。如果你看到它,也不要叫喊,就静静地看着它。这是一个伟大的奇迹。"

莱布斯基开始移动,他向着远离基地的方向飞行。天狼七跟了上去,"天狼星"号紧紧跟着,再后边是十几个穿着重甲的海盗。

"为什么我们距离基地越来越远,这会不会是一个陷阱?"布丁问。

"别乱说话,天狼七已经把他打怕了。就算是陷阱,我们也不怕,你不是会瞬间移动嘛,他们就算厉害,你也可以跑。"李约素说。

"超短距弹跳也需要能量准备,万一他们发现异常,转眼就把我们消灭了。"

"我们还有邓迪斯,他可是海盗的重量级人物。"李约素看了看邓迪斯。

邓迪斯异常镇定,他了解莱布斯基,他们的头领已经完全收起了敌意,"既然他已经决定和你们合作,就不用担心他出尔反尔,莱布斯基很讲信用。"

"哈,海盗的信用……"李约素显得不屑一顾。

"那么你呢,流浪汉的责任?"邓迪斯反唇相讥。

李约素试图反击,他的嘴唇动了动,却没有说出话来。

"天狼星"号舱室陷入沉默。

莱布斯基突然毫无征兆地停下。所有人都跟着停下来。这里并没有任何东西,除了远方的星辰,只剩下真空。人们等着莱布斯基说点什么。

莱布斯基保持着沉默。

"搞什么鬼!"李约素有些纳闷,"你看出来他想做什么吗?"他问佳上。佳上摇头。

"布丁,帮我找到天狼七,我要提醒他,免得这个傻孩子被人骗还不知道。"

"船长,我不知道天狼七的加密频段。他们都穿着一样的盔甲,我只能进行广播。"

"那就广播。等等,先等会儿,让他照顾自己吧。"

"船长,天狼七的通讯请求。"

"接过来。"

天狼七的面孔出现在屏幕上。尽管只是一个平面影像,李约素还是能够感觉到天狼七身上的某种变化,很难说清到底是什么,但基调是冷酷。棒头人不怜悯别人更不顾惜自己,一贯如此,然而他们并不会给人以威胁感,而只是一种麻木。此刻,冷酷的感觉从天狼七身上散发出来,让人隐隐觉得害怕。

李约素微微一愣,然后马上恢复镇静,"天狼七,你的样子很酷。"他试图缓和气氛。

天狼七并没有搭理,"船长,回头看。"屏幕瞬间变成一团漆黑,天狼七没一句多余的话,直接退出了通讯。

回头看!李约素突然觉得脊背上一阵发凉,他不由自主地扭头想看看身后,却正好和佳上的视线相碰。

"'平准'号就在我们身后。"佳上说。

布丁把所能看到的最大范围投影在中央。

这是星系边缘的偏远角落,各式各样奇怪的天体在微弱的光线中若隐若现,漫天星斗组成无边的背景,这些天体在这样的背景映衬下形成一个巨大黑影,海盗基地在其中散发出微弱的光。

没有其他,只有这样一团天体。

然而……这一团黑影,看上去仿佛一艘飞船的轮廓。

李约素在刹那间恍然大悟,蓝光所说的并没有错,"平准"号早已不复存在,展现在他们眼前的是残留的影子。这是一艘奇迹般的飞船,它四分五裂,支离破碎,却保持着一个完整的轮廓。

"就是这样?"李约素仿佛在自言自语,"这就是'平准'号?"他看见了"平准"号,如果不算熊黑星,这是李约素所见过的最庞大的飞船,然而却只是一个影子。辉煌的巨船湮灭在时光中,只留下影子呈现在后来人眼前。

"还有些希望。"佳上回应李约素,"这些残骸在这里至少过了几十万年,如果没有什么力量维系它们,早已经分崩离析。既然今天它还在那里,一定有某种力量一直在维系它。它有可能恢复。"

李约素眼中一亮,"布丁,你有没有发现海盗基地的引力异常?"

"海盗基地附近引力变化突兀,超出基地质量引起的空间畸变三倍以上。"

"邓迪斯,你知道些什么?"李约素向邓迪斯发问。

"基地范围内的引力分布很奇特,莱布斯基为此请教过很多专家,他专门请过几个空间专家到这里现场勘察,但是没有找到原因。某些专家说这是因为这块区域靠近银河边缘的缘故。"邓迪斯回答。

"但不管怎么说,这艘飞船保持着完整。可能它当初因为某种原因四分五裂,但却维持着当时的状态。佳上,你确定'平准'号是一艘飞船吗?"

"沙达克告诉我如此,没有错。"

"看起来它经历了一场爆炸……什么样的爆炸能够让飞船保持形态完整,匀速散开?"

"不是爆炸。"邓迪斯插话,"飞船应该是自动解体。我们勘探过整个区域,没有找到任何爆炸痕迹。"

"自动解体?这就是一个更好的解释。这么说还有可能让它重新组合起来?"

"自动解体是莱布斯基的推测。我们找不到爆炸痕迹。但是,这些残块并不是规则形体,每一块表面都很粗糙,就像石头,彼此间没有什么卯合的痕迹。很难想象它们曾经组成一艘巨大的飞船。"

"你们的基地,还有莱布斯基带我去的兵库,都被包裹在石头里?"

"是的。但是基地的入口暴露在外,莱布斯基就在那里发现了白昂鑫。或者说他被白昂鑫引来,发现了入口。"

"这看起来像刻意安排。这么多年,你们一定察看过许多残骸。"

"莱布斯基扫描过绝大部分残骸,的确有东西被包裹在石头里,所有的石头都有强烈的电磁抗性,只能看到模糊的影像。这种石头非常坚硬,没有什么好的办法把它破坏掉而不损伤内部,莱布斯基也不许我们用强力破坏,这是圣地。只有我们的基地特殊,它只有一半被石头包裹。"

李约素微微有些失望,"石头……"这居然是石头,那么他所看到的不仅仅是一个影子,而且是一具化石。"布丁,看一看天狼七他们在做什么。"

天狼七和莱布斯基站在一起,两具高大的盔甲在镜头里只是两个小小的蓝色亮点。布丁把镜头拉近,天狼七和莱布斯基的面孔浮现出来,他们都凝视着远方那沉默的黑色巨船,神情肃穆。

"我们需要和天狼七通话。"佳上说。

"布丁,帮我呼叫天狼七。"李约素说。

"天狼七拒绝呼叫。"

"让他再独自待一会儿。"李约素说,略微思忖之后,他给布丁新的指令,"帮我找莱布斯基。"

莱布斯基接入通话。

"莱布斯基将军,邓迪斯向我们说明了一些事,但是还有些疑问想请教您。"李约素的态度非常谦恭。

"你说。"

"棒头人在哪里?我只看到了兵库,没有看到一个人。你在哪里招募棒头人?"李约素问。

"有这么一个地方。我会告诉你们。"

"你一直在那儿招募棒头人?"

"最近几百年,所有的棒头人都是从我这里出去的。你找对了,我知道棒头人的源头。不过,如果你想找到足够数量的棒头人来组建军团,你只能自己去试试。我会把入口告诉你,但这是一个冒险的举动。那个地方我去过,那里有强大的空间屏障,搞不好就会迷失。如果你只需要几百个棒头人,那么我手下有一些人;如果你需要几千个,就马上到各个星门发布消息,让那些散布在星域里的棒头人加入,也许能凑足;但如果你需要三万人,那你只有试试能不能突破屏障……也许屏障后边是一个棒头人乐园,谁知道呢。"

"我们必须去试试。"李约素马上回答。

"会让你如愿的。不过,你还需要验证这些棒头人是否真的能够使用盔甲。你只看到了天狼七,我说过,我曾经让许多棒头人试用过这种装备,他们并不适应。"

"不用担心。"佳上插话,"只要以天狼七为团队首领,他们每一个人都能够和他一样。"

"如果能够如此,那么再好不过。但是,我们最好先找一些人来试一试。"

"你手下有许多棒头人,可以让他们来试试。"

"这儿没有。但我可以让一些人过来。邓迪斯,你能去找些棒头人吗?十个,如果你的飞船太小,那么六个。"

"遵命。"邓迪斯回答。

"我们等一等天狼七,他可能还需要更多的时间。"莱布斯基说。

"邓迪斯需要马上出发。"李约素说,"让天狼七留在这儿,我们必须立即开始下一步。"

"是的。时间紧迫。"佳上赞成。

"这样也好。李约素船长,请跟我来。"莱布斯基领头向着基地飞行,海盗们跟了上去。

"天狼星"号调整飞行姿态,准备跟随莱布斯基的队伍,李约素喊住了布丁:"等等,我要和天狼七一起待一会儿。"

"这是干什么?我们刚和莱布斯基说好了。"佳上有些疑惑。

"我留下,你们走。邓迪斯至少需要十多个小时才能把人送回来,天狼七可能会一直在这里。我要陪着他。"李约素说。

"船长,你打算要我怎么办?"布丁问。莱布斯基的队伍在不远处停下,等着"天狼星"号跟上去。

"都穿上动力服。打开舱门,我自己出去。"李约素说。

"这样太危险。"布丁表示反对。

"没关系,你没看到天狼七在那儿吗?不会有事。这里是星系边缘,辐射微弱。你可以把邓迪斯送到,然后回来找我。"

佳上和邓迪斯都想表示异议,然而李约素的态度看起来很强硬,"更多的争执只是浪费时间。赶紧穿上动力服。"他们默默地按照李约素的要求去做。

舱门打开,气流鼓荡,李约素顺势而出。一个小小的白色身影掉落到无限深远的黑暗中。在气流的冲击下,他有些晕头转向。镇静下来之后,李约素找准了天狼七的位置,启动喷射机,靠了过去。

"船长,你还好吧。"布丁的声音传来。

"我好得很,赶紧跟上莱布斯基,去把棒头人接回来。"

"遵命。"

"天狼星"号快速地向着海盗们靠拢,会合之后向着基地方向而去。飞船慢慢变成细小的光点,李约素回过头,继续向天狼七靠拢。

天狼七套在重装甲中,非常高大,李约素只有不到其一半的高度。

"天狼七,我来了。"他想和天狼七打声招呼,然而搜索了所有的通讯频段,却找不到任何回应。天狼七仍旧保持着沉默,他把自己封闭起来,断绝了和外部的联系。

李约素靠得更近,他看见了天狼七的脸。盔甲可以全封闭,抵御过于强烈的光芒或者有害射线,但天狼七撤除了大多数保护,只留着一层透明面罩。他用裸眼看着眼前的世界。

李约素凑上去,隔着头盔,比画了两下。

天狼七扭头看了李约素一眼,回过头,继续凝望着远方。

李约素拉住天狼七肩部的一个突起,靠过去,两人一大一小,并肩而立。

"我会送你回天垂星。"天狼七突然说。

李约素明白天狼七的意思,他帮助天狼七达成了心愿,天狼七希望他也能达成心愿。

"好!"他简单地说。

然后他们一直凝视远方,一动不动。

他们眼前,星空璀璨,银河纵贯,黑色巨舰横过银河,仿佛正整装待发。

# 第三十一章　盗亦有道

他们飞快地排列成各种队形，又马上分离，蓝色火光交织成各种图形。

天狼七身处中央，伙伴们的状态准确地出现在他的头脑中，他指挥他们在深空中翻飞，做出各种漂亮的动作。他和所有的伙伴联为一体，他们是一个个独立的个体，然而也共享同一个思维。他让伙伴们按照他的意志行事，在很大程度上就像舞动自己的肢体。

零比十。天狼七指挥六个棒头人对付莱布斯基的十个海盗，轻松获得了胜利。随着战斗的进行，天狼七对这样一个体系越发熟悉，一些战术仿佛天然存在于他的脑子中，信手拈来，极为纯熟。仅仅十五分钟，十个海盗没能坚持更久。当最后一个海盗的装甲被冻结时，天狼七没有停止，他继续指挥伙伴们时而聚合，时而分散，他要把各种战术都演练一遍。这些战术也一定存在于伙伴们的记忆之中，他们能够完全明白天狼七的意图，完美地执行。

如果有更多的伙伴……天狼七隐隐地感觉到自己需要更多的人来完成某件事。他并不知道那是什么，但他明白一旦有更多的伙伴能够穿上盔甲加入他的队伍，他就可以发挥出更大的威力。

我们为此而生!

这个信念坚定不移地占据了天狼七的头脑。

"天狼七,我们回基地。你准备什么时候回去?"李约素的声音传来。

"我会跟上你们。"

"快点。我们没有太多时间,我们要赶紧去给你找更多的人。"

"我明白。"

队伍排列成纵列,天狼七很快跟上"天狼星"号。

"天狼七,你真是太棒了!"李约素接入。

"我们是沙冈人,青柏将军说的是真的。"

"雷电家族说的都是真的,那些入侵者,它们已经进入洛基塔。天垂星必然受到袭击。我们能找到更多的沙冈人,你就可以统领一支庞大的军团去支援天垂星。只要我们能够在天垂星抵抗住敌人,它们就无法大规模入侵我们的星域。"

"是的。"天狼七的话听起来很平淡,似乎对此漠不关心。

"你怎么听上去心不在焉,难道不想干了?"

"我要搞清楚到底发生了什么。我们失去了飞船,失去了一切,'平准'号被肢解,封闭在这里。到底为什么?"

"也许达门塔人知道答案。等我们从天垂星回来,我和你一道去找达门塔人,那些机器人控制者和这事脱不了干系,他们也自称沙冈人后裔。"

"谢谢。不过我会自己寻找真相。"天狼七说。

李约素暗自叹气。他转头看着佳上,"你说,天狼七会不会去找达门塔人的麻烦?"

"你可以告诉他,他必须先恢复'平准'号,救援天垂星,否则一切都没有意义。沙冈人之间的恩怨已经过去,拯救天垂星是眼下最重要的事。"

"我已经告诉他。"

"只要你一直活着,他就不会自行其是。你是我们最重要的盟友之一。"佳上看着李约素,似笑非笑。

李约素瞪了佳上一眼,最后憋出一句"狗屎"!他转过脸去,不再说话。

然而短暂沉默两分钟后，李约素再次转向佳上，"你们雷电家族的人一直算计得这么精确？莫非我们在中途遇到天狼七也是你们策划的？"

"这是一个重要的偶然。"

"如果我没有遇到天狼七，你们打算怎么办？"

"巴达没有告诉我这方面的事。但寻找'平准'号是他们的一贯计划，只是缺少一个突破点。天狼七的到来正好解决了他们长久的难题。当然还有你，雷电家族从来没有接触过海盗或者流浪汉这一类人。你们同时在危急时刻到来，这是巧合，却打开了局面。"佳上顿了顿，"不知道我是否该用另一个词来形容，这是天意。"

"天意！"李约素不由得哈哈大笑，对这个词他感到非常受用。他随即想到天狼七的冷淡态度，又有几分担心，"没有天狼七，我们就没有办法利用这些装甲了吗？"

"当然可以，但你得到的只是一群性能不佳的散兵游勇，最好的情况，他们只能达到莱布斯基这样的程度。"

"雷电家族也不能？"

佳上微微一笑，"雷电家族不是万能的。熊罴星计划是一个巨大失误，如果不是你的遭遇引起了警惕，他们就成了一个悲惨的笑话。银河深处有许多文明，雷电家族只是其中之一，'平准'号属于沙冈人，对于他们的科技，雷电家族并没有什么把握。"

"银河深处？"

"通过好望角星门，你可以把自己发射到银河深处。那里有更多的星域，也有许多像雷电家族一样的巡逻者，沙冈人也曾是其中一部分。"

"你是说鑫船的源头？"

"鑫船的来由是个很大的问题，简单地说，好望角星门那边是广阔的银河腹地，有许多类似科尼尔的星域，还有许多类似雷电家族这样的漂流家族。漂流家族和星域定居者是完全不同的两类人。最后，还有第三类文明，银河的核心部分，那是最早的人类源头，即便是漂流者，也不完全了解那儿到底是什么情况,漂流者周游银河,走一趟至少要四百万年。如果你想了解更多,'青云'号沙达克是一个合适的交谈对象。"

李约素有些恍惚。星空寥廓,星域只是一个小小的池塘,而自己又算什么,是池塘里一只小小的青蛙,还是朝生暮死的蚍蜉?

"船长,安全降落。"布丁打断了李约素的思绪。

当李约素和佳上从"天狼星"号里出来时,莱布斯基和他的手下已经等在那儿。舱室里的光线仍旧昏暗,为此李约素和佳上各自拿了头盔套着,依靠头盔照明。

天狼七也已经赶来,六个沙冈战士并没有跟随他,而是远远地停留在基地外。

莱布斯基突然解开盔甲。一层层装甲依次打开,逐渐显露出身体,这个举动让所有人感到错愕,都不知所措地看着。

最后一层装甲打开,装甲内部完全暴露在了众人眼前。空气中涌动着些微骚动——他没有躯体,只有一个头颅,无数或粗或细的白色线条从头颅中向各个方向延伸,最后和盔甲融为一体。

盔甲重新包裹起来,莱布斯基很快恢复了原样,"你们一定在猜疑为什么我要让你们看到这个。为了发挥盔甲的最大威力,我把自己改造成了这个模样,我和盔甲是一体的。这也许是我能做到的极限,却被天狼七和这些棒头人轻易超越……"

"我们是沙冈人。"天狼七平静地纠正莱布斯基。

"呵呵呵呵……"莱布斯基发出一阵怪笑。

李约素突然明白为什么莱布斯基的声音总是那么古怪,他并不依靠声带发声,他的声音由电子合成器生成,而这个仪器显然并没有把声音设计得优美动听。

"沙冈人。很高兴能够遇到你们,让我看到了最优秀的表演。如果星域有危险,那么这里的一切都交给你们,尽管使用。但是,有一个条件。"莱布斯基转向李约素和佳上,"我活得已经够久了,可是这些孩子,他们还有长长的路要走。你们必须同意让他们加入雷电家族,带他们离开星域,开始新的生活。"

李约素感到惊讶，"将军，你这是什么意思？我们需要你的帮助。"

"你们需要这艘巨船，也需要沙冈勇士，但并不需要我。而且，我看到了，也就够了。我活了一万多年，这么长久的生命是一种负担，我早已厌倦。你们了结了我最后的心愿，这是最好的结果。"

"但是……"李约素飞快地寻找理由，"你难道不想看到'平准'号重新飞起来？"

"我相信它一定能够飞起来。现在，你和这个雷电家族的小朋友必须给我一个明确的承诺。你们是否能保证，我的手下可以加入到雷电家族，并离开星域？"

"他们完全可以成为雷电家族的一部分，但是否能带他们离开星域，这不是我能够承诺的问题。"佳上说。

"很好，你呢？"莱布斯基看着李约素。

"我？我不是雷电家族的人。"

"你是他们的全权代表。"

"我个人当然没问题。"

"很好，这就够了。我知道雷电家族一向说话算话。邓迪斯。"

"我在这里，将军。"邓迪斯向前跨出一步，站在莱布斯基身后几米远。

"我知道你并不想做海盗，但是我也没有让你自由选择。"莱布斯基说，"你是我的手下里最聪明的一个，也是最有教养的一个，也许你已经忘了过去，但我仍替你记着。你的伙伴们都是孤儿、死刑犯、流浪汉……但你不是。他们只想找个办法好活下去，而你有远大理想。你一直想让海盗改邪归正，现在，我给你一个机会。我要让你做海盗之王，你愿意吗？"

"将军，我永远是你的追随者。"邓迪斯郑重地说。

"到此为止了。我不会活过今天。"

"将军……"

"不用多说，这是我的决定！你来做海盗之王。你要带领兄弟们加入雷电家族，保证他们不会被人欺负。"

邓迪斯没有应声，他不知道为什么莱布斯基竟然要做出这样的选择，看起来不可理喻。那个暴戾但是坚强的黑暗之王，难道如此脆弱？内心深处，邓迪斯同意莱布斯基的说法，加入雷电家族，对于他们这样一群臭名昭著的人来说，是一个最好不过的选择。邓迪斯保持沉默。

"你可以不说话。"莱布斯基说，他转头面向站在一边的几个海盗，"这就是我的遗嘱，你们都听见了。而且还有三位客人可以作见证。邓迪斯将继承我所有的一切，他会带领所有人投奔雷电家族。你们也有自己的选择权，可以离开这个团队选择自己的生活。这个消息要让所有弟兄都知道。"海盗之王说完，缓缓闭上眼睛。盔甲迅速恢复原状，将他包裹起来。

"等一等，你答应过我们去找到沙冈人基地！"李约素再次试图阻止莱布斯基。

"邓迪斯会帮你找到他们。"莱布斯基根本没有睁开眼睛。

舱室陷入沉默。过了两分钟，莱布斯基没有任何动静。

他死了！李约素想。他清了清嗓子，想说些什么。然而，莱布斯基却猛然睁开眼看着李约素，"我的最后一个要求，你们带走'平准'号之后，把我的尸体，还有这件盔甲留在这里。"

莱布斯基再次闭上眼睛。

三分钟后，邓迪斯走上前，他仔细扫描，没有发现任何生命迹象。海盗之王居然用这种最平静的方式离去了。

"他死了。"邓迪斯宣布。

海盗们自动排成队伍，挨个儿走过莱布斯基，伸出拳头，轻轻在死者的盔甲肩部敲击三下。他们在用自己的方式向头领表达最后的致意。

邓迪斯从盔甲中脱离，迅速下滑落地。他走到李约素面前，"李约素船长，根据莱布斯基将军的遗嘱，我将带领所有的兄弟服从你的指挥。"

李约素有些慌乱，"莱布斯基要求你们加入雷电家族，不是听我指挥。"

"船长，巴达和青柏将军都已经下达过指令，你是雷电家族在达门塔的全权代表。虽然这里是俄罗斯星域，但在没有其他代表的情况下，你完全可以行使雷电家族特使的权利。"佳上说,他鼓励李约素接受这些海盗。

"你怎么不来代表? 你是雷电家族的人。"李约素说。

"我是来帮助你的。我们从'青云'号出发的时候,我已经告诉过你。"

李约素闷声不响,他在考虑接下来该怎么做。莱布斯基给他出了一道难题。他曾是一个科尼尔军官,然而他所指挥的只是一支小型分舰队,所有的船员加在一块儿不到一百人,而且都是训练有素的士兵。莱布斯基手下的海盗成千上万,散布在各个星域,没有统一的行动,也从来不知道什么叫做纪律,他们服从莱布斯基,很大程度上是因为他的铁腕和威望。李约素两者都不具备,他不知道该如何去指挥这样的乌合之众。然而,眼下的形势让他不得不承担这个责任。

这只是暂时的,这些人会归入雷电家族,那时就再也不关我的事了……李约素暗暗自我安慰。

"好吧。"李约素硬着头皮说,"你们听从我的指挥,我要先知道到底你们有多少人和多少装备。邓迪斯,你找个人把这件事办妥了。我们要进行一次整编。现在最重要的一件事是,你必须带着我们去找沙冈人基地。我们需要更多的沙冈人,越多越好。"

邓迪斯点点头,"遵命,船长。"他转身向着一个海盗下令,"普林,你来清点人数。另外,通知所有的兄弟回来。我们要让大家自己选择出路。你可以使用我的'猎犬'号。"

"没问题,我来办。"叫做普林的海盗大踏步地走开,他在舱室的角落里退出盔甲,然后上了"猎犬"号。黝黑的飞船移动到舱室尽头,被一道门隔离在另一边。

"船长,你需要一套盔甲吗?"邓迪斯问。

"要盔甲做什么?"李约素问。

"方便行动。"

"我们难道要穿着装甲去? 那地方就在附近吗?"

"不,基地有一套装备,可以把人传输到那儿。但只有穿上装甲才能使用装备。"

"那是什么？"

"你可以把它看作一个微型星门。有很多办法可以抵达莱布斯基所说的屏障，但最快捷的办法是利用这个装备进行传输。"

"星门？你听说过这样的星门吗？"李约素问佳上，在他的概念里，星门都是庞然巨物，需要消耗大量能量才能维持，飞船居然能够自己携带一个星门，这样的事他从来没有听说过。

"我不知道，也许沙达克可以回答你的问题。我们应该先去看看。"

"是的，但你们要先穿上盔甲。"邓迪斯说。

"好吧，我们去兵库。"李约素示意邓迪斯在前边带路。天狼七却抢到了前边。巷道里一片漆黑，只能看见天狼七背部的蓝光。

突然间，一片光明刺眼，整个巷道在一瞬间被点亮。

李约素又惊又喜，"天狼七，是你做的？"

天狼七点头。他进入巷道，看见熟悉的符号，那是一个雷电标志，凹陷在舱壁上。盔甲的手腕机关打开，两道红色光束照在凹陷处，光明在一瞬间到来。记忆在他头脑中沉睡，一旦条件合适，就被唤醒。这一次，他又做对了。他不知道自己的身体里究竟还隐藏着多少秘密。

李约素走进巷道，上一次他走过这里时，一片漆黑，什么都看不见。这一次，他看到了通道的本来面目。这条长长的通道异常宽敞，至少有五米高、十米宽，沙冈人穿着重甲也丝毫不感觉拥挤。这里本来有舷窗，但外部被石头包裹。李约素看见了那层石头。从内部看起来，它具有整齐的纹路，仿佛由细小的格子聚集而成。舱壁上有许多花纹，和雷电家族的飞船一样，在舷窗附近雕饰着家徽——一个闪电的符号下有三道横线，和白昂鑫上的符号完全一样。其他的雕饰是各种各样的花纹，纹路繁复，雕刻精细。

"这些花纹看上去真漂亮。"李约素边走边说，他在一幅雕饰前停下脚步，"你看，这是不是很有趣？"佳上扭头看去，画面上，一棵果实累累的果树下坐着两个人，一男一女，赤身裸体，果树上垂下一条蛇，口中衔着一枚果实，女人正伸手去接。

"沙冈人居然还有这样的趣味。"李约素说着看了天狼七一眼，"但我怎么从来没有听说过有女性的沙冈人？"

天狼七没有答话。

佳上有些疑惑地看着画面。"这很奇怪。"他四下里看看，"飞船上不应该有这些。这样的雕饰相当原始，只有在人类的儿童形态才会有这种审美情调。"

李约素有些不满，"我觉得这雕饰挺不错。你是说我还是个儿童吗？"

"你是星域定居者。这是巡逻者的飞船，巡逻者不会对这样的东西感兴趣。"

"是的，你们都是一群没有情感只会算计的家伙。"

佳上并不理会李约素的讥讽，"这个问题暂且存疑。我们先去看看邓迪斯说的那个装置。时间紧迫，我们需要马上组织武装。"

邓迪斯走在前边，走到一个舱门的入口处站定，"这边来，这里是兵库。"

李约素和佳上跟上去，天狼七站着不动。他看见了邓迪斯身后的另一个舱门。在通道尽头，高大的舱门隐藏在黑暗中，然而并没有躲过天狼七的眼睛。这是一扇巨大的门，门上有漂亮的浮雕作装饰。一个跳舞的人，舞者身体扭动，形成特定的姿势。

有某种东西呼之欲出。天狼七怔怔地站在那儿，连李约素和佳上进入了兵库都没有发觉。

# 第三十二章　禁忌之地

　　时间和空间彼此交织，无法分离。空间的转移必然导致时间流逝，这是宇宙空间学第一公理。在这个公理的公式表达中，六光年的距离，所消耗的时间大于等于三小时十五分。此刻，这个公理似乎遭遇了挑战。李约素惊异地发现，从"平准"号到这里，他们收到的标准时钟居然只流逝了一分钟。

　　"我们真的被送到了六光年之外？这只耗费了一分钟。"李约素问佳上。他们正身处黑暗中，周围一片漆黑。借助盔甲，他们能看到自己正和一块巨大的方形物体靠在一起，除此以外，别无他物。

　　"与其相信邓迪斯，不如相信公理。我们绝对没有离开海盗基地。所谓的六光年，也许只是避人耳目的说法。但说得多了，他们自己都相信了。"佳上笃定地说，"等一等邓迪斯，他应该了解是怎么回事。"

　　佳上摸索着靠近方形物体。它没有任何标志，也没有任何纹路，黑黝黝一块，吸收一切光线和辐射，在电子扫描图上形成一个黑色的方形窟窿，然而它是一个实在的物体，触手可及。表面异常光滑，稍一用力便滑开去。

　　"这就是邓迪斯所谓的星门？"李约素说。

"黑石。"佳上说。

"什么?"

"黑石。"佳上说,"我给它起了名。"

又一个人蓦然出现在黑石上。是天狼七。

"邓迪斯呢?"李约素问。

"他不会来了。"天狼七回答。

"不是说好了,邓迪斯跟着我们,你最后一个离开吗?"李约素微微有些恼怒。天狼七没有按照计划来。

"我知道该怎么做,他来了也没什么用。他留下组织海盗义勇军。"天狼七回答。

"你!你是不是想害死我们?你看看我们眼前是什么!"李约素只觉得头脑一阵发热,他没有想到好端端的计划居然会被天狼七破坏掉。邓迪斯了解这里的情况,他曾经多次往返此地。眼前的空间一片茫然,甚至看不到任何星星,一个好向导比什么都重要。

天狼七没有回嘴,他弓起身子,开始研究黑石。

李约素感到一股无名怒火不知道如何发泄,他向着无限深远的空中一跳,让自己自由漂浮,"好吧,你慢慢来,我先休息一下。"佳上试图抓住他,没有成功,佳上吃惊地看到黑暗仿佛水一般涌过来,李约素被吞没其中。

"李约素,快回来!"佳上紧急呼叫。

佳上的呼叫引起了天狼七的注意,他向着李约素隐没的方向望去,所有的频段上都看不到李约素,他仿佛就此消失。

"有趣。"天狼七说。

"那里是一层物质云,但我们看不到。"佳上说。这儿的气氛透着诡异,也许他们的行动过于草率,把自己推进了一个陷阱。他不禁替李约素担心。

"这里是沙冈人的地界,不会有事。"天狼七向前方打出两束强光。光线在不到十米的位置消失;前后左右,都是如此。他们面对着一堵黑墙,把黑石重重包围起来,这里仿佛一个巨大的空洞,被黑色物质所包围。

"我去看看。"天狼七说。他正准备起身,却被佳上拦下,"先等等。"

"等什么?"

"既然以前海盗们没有事,现在李约素也不会有事。"

"可能这是海盗的陷阱。"

"他们设计不出这么高级的陷阱。我们从'平准'号上被送到这里,你检查过那台设备,那的确是'平准'号的装备。"

"没错。"

"先等等。看看会发生什么,你再行动不迟。"

天狼七听从了建议,他弓起身子,触摸黑石。佳上目不转睛地盯着眼前的黑幕。

突然之间,一样灰蒙蒙的东西从黑暗中浮现出来,越来越醒目。"天狼七。"佳上呼叫伙伴。

天狼七没有回应。

"天狼七!"佳上猛然转身,发现眼前空无一人。佳上迅速地转到黑石的另一面,天狼七也不在那儿。天狼七似乎凭空消失了。

佳上镇定下来,他挪到原位,仔细观察从黑暗中浮现的东西。

那并不是李约素,而是一个方形物体。佳上定了定神,小心翼翼地靠过去。这不像是一件危险物品,佳上把它拉到了黑石上。盒子在一瞬间变得透明,里边躺着一个棒头人。佳上有些诧异,然而还没有机会仔细察看,黑石便发出细微的振动,一瞬间,盒子连同里边的棒头人消失得干干净净,而天狼七正站在他眼前。

"你去了哪里?"佳上问,他保持着镇静。

"我回到了'平准'号。利用这个星门很简单,这不是一个星门……"

"先别说星门。刚才有一个方盒,你见到了吗?"

"我在那一边看到了他。"

"在'平准'号上?"

"是的。这是一个输送装置,用来向'平准'号输送人员。如果你穿着沙冈人的盔甲,或者躺在那个盒子里,你可以在瞬间被传送到'平准'号的兵库。"

"你见到邓迪斯没有?"

"没有。来了一些海盗,他去安抚海盗了。"

"这里的情况和他所说的有些不一样。"佳上微微皱眉。

"让我来。"天狼七突然纵身向着上方冲过去。

天狼七消失在黑色浓雾中。佳上目不转睛地盯着天狼七消失的地方,生怕一不小心就失去了方向。这里是沙冈人的地界,天狼七一定能够全身而退,把李约素带回来。他对自己这个没有根由的想法感到羞愧,然而此时此刻,除了希望,他做不了任何事。

时间只过去十五分钟,佳上却感觉已经过了很久。他打开动力服照明,试图看到些什么,然而仍旧是一片黑暗。李约素和天狼七都不见踪影,这片寂静的隔绝之地,没有任何信号,甚至一点光都没有。佳上有些失望,他开始考虑下一步该怎么办。

猛然间,他发现情形并不尽相同,动力服上的光线比原先所照射的范围似乎更远一些。他集中注意力,仔细观察,最后他确定黑色的幕墙正在发生变化——它正悄无声息地后退,呈现出某种螺旋的形状,仿佛水流形成旋涡,被吸入下水口。

佳上屏气凝神,牢牢地锁定旋涡中心。银色金属显露出来,起先是一点点,然后迅速扩大。黑色幕墙仍在那里,然而出现了一个巨大的空洞。空洞的底部呈现一片银色,和周围绝对的黑暗形成鲜明对比。佳上看见了天狼七,他就是那旋涡的中心,黑色仿佛气流般汇聚在他身上,即刻消失。最后一丝黑色气流汇入天狼七的身体。

"天狼七!"佳上呼叫他。

天狼七仿佛并没有听见,他向着那一片金属大地直奔而去。佳上稍稍犹豫,但马上跟了上去。一个巨大的投影蓦然出现,挡住天狼七的去路。佳上只听到耳朵里传来一声尖厉的电子噪声,让人无法忍受,他马上关掉所有通讯。他看见天狼七停止了前进。

那是一个虚拟的人影,只有半身,没有须发,皱纹很深,看上去仿佛一个老年的沙冈人。他正和天狼七说着什么。

佳上努力赶过去。突然之间,周围所有的黑色缓慢褪去,黑色变得稀薄,淡去,最后消失,仿佛光线照射下的雾霾。佳上停下来。隐藏在黑色幕墙后边的庞然巨物显露出本来面目,它看上去一片亮银,异常灿烂,就像一个银色的蛋。佳上打开通讯,尖厉刺耳的噪声已经离去。"天狼七!"他再次呼叫。

"他妈的,这是怎么搞的!"他听到了李约素的声音。李约素就在不远处。

"见到你真好!"佳上说,"刚才发生了什么?"

"我怎么也不能动。真是见鬼了!"

"也听不见声音?"

"是的,没任何声音,通讯完全被截断。"李约素仿佛有些后怕,"还真有点可怕,就像你的身体已经不属于自己。什么东西把我的身体完全控制了。"

"它控制的是你的盔甲。"

"就算是吧,反正我也动不了。"李约素想起了天狼七,"天狼七呢?这个傻小子在哪里?"

佳上望向银色巨蛋的方向,天狼七已经不见了,"他刚才在那儿,也许已经进入内部。"

"这真神奇,你见过这种奇怪的飞船吗?"李约素的注意力被吸引过去,他觉得这个物体似曾相识。

"没有。"佳上干净利落地回答,他仔细地察看,试图找到天狼七进入的迹象,然而这是一个圆滑的蛋,没有任何缝隙。

"你看这东西像不像你们的流体颗粒。"李约素终于想起来,熊黑星的天柱上,无数的流体颗粒排列成队形四处飞舞,眼前的这个巨物像极了流体颗粒,只是体型巨大。一个念头在李约素心头一晃而过——这是一艘飞船?他想到"天龙"号。"天龙"号身形细长而柔韧,仿佛一条发光的蛇,而眼前的这个东西,则像一个发光的蛋。

"是的。"佳上表示同意,"我找到关键了。你看!"

李约素顺着佳上所指示的方位看过去,一个小小的物体正高速脱离那蛋体,从轨迹来看,应该是从这个蛋上被抛离出来的。李约素把镜头拉近,那是一个小小的方盒,浅灰颜色,在星空背景下并不醒目。

"这是什么?"李约素问。

"沙冈人盒子。"

"什么?"

"一个盒子,里边有沙冈人。可能星域所有的棒头人都来自这里。"

"你是说天狼七他们就是被装在这种盒子里,然后从这里甩出去的?"

"是的。"

"这太荒谬了,简直有些荒唐。他们被送出去干什么,送死吗?谁听说过棒头人是从盒子里出来的?"

"那他们从哪里出来?"佳上反问。

李约素一时语塞。棒头人存在于各个地方,据说他们都来自一个神秘所在,但他的确不知道他们到底来自何方。"反正这样把人送出去是送死,没人会这么做。"李约素并不愿意输掉争论,"天狼七去哪里了?只要找到他,我们就能知道答案。"他转移了话题。

"我刚才看见了一个人形投影,他和天狼七说了些什么。"

"说了什么?"

"没有听到,全部通讯阻塞。我只能听到电子噪声。我想那个人像有可能是沙达克。"

"沙达克?沙冈人的沙达克?"李约素有些惊讶,"难道他不应该在'平准'号上?"

"他应该和'平准'号待在一起,但如果飞船被肢解……"

"你的意思是这个椭球体就是飞船的核心主机,沙达克的身体?"

"这是一种很大的可能性。"

李约素定定地看着眼前的巨蛋。如果这是一个主机,那它的规模简直大得吓人,它有一艘小型突击舰般大小。虽然李约素已经领略到"平准"号的庞大,但这种规模的主机还是超乎他的想象。

"天狼七进去了?"

"我没有看见。但是应当如此。"

李约素没有多说,他直接向着前方的巨蛋飞去。

"船长,你要做什么?"佳上问。

"我去看看。"

"你不需要冒险,我们可以等天狼七回来。"

"也许他需要我们的帮助。"

巨蛋就在眼前,李约素没有减慢速度,他直直地撞过去。尽管盔甲抵消了大部分冲量,巨大的冲撞还是让他感到一阵眩晕,盔甲自动调整位置,牢牢地贴在外壳上。

"船长。"

李约素听到了呼叫,他认为是佳上,"我没事,很好。"

"我马上就结束。先送你离开。"

李约素意识到那是天狼七的声音,"天狼七,你在干什么?有什么麻烦,我来帮你。"

喊话没有得到回应。异样正在发生,巨蛋的外壳变得异常光滑,再也无法攀附。光芒变得越发强盛,以至于盔甲发出了警报。李约素向后退,他不知道正在发生什么,然而这一定非同寻常。突然之间,一股柔和的力量抓住了他,他仿佛被巨人的手掌轻轻托起,又在远方放下。

强烈的光束从巨蛋上迸发出来,仿佛它正四分五裂,而某种东西正要破壳而出。李约素目不转睛,他相信自己正看到历史性的一刻,生怕错过。

然而巨蛋并没有分崩离析,它恢复了原样,仿佛没有任何事发生。猛然间,李约素看见了星星,无数的星星在深邃的宇宙中发光——他们回到了现实宇宙中。

"该死!这到底是怎么回事?"李约素恨不得把天狼七抓到面前来问

个究竟。

"天狼七成功了。"佳上飞快靠近,"我们从封闭空间中脱离出来,这里应当是一个封闭区,但天狼七打开了封闭。"

数量众多的物体出现在盔甲的警报屏上。它们正快速接近。这些又是什么?李约素充满疑惑,然而他在一瞬间恍然大悟。这些正在靠近的物体呈现出规则的整体轮廓,它们从各个方向会聚而来,仿佛时光正在倒流,一艘爆炸四散的飞船正从一堆残骸中重生。飞船的轮廓李约素很熟悉,他和天狼七曾经从远处静静地凝望它长达数个小时。这是"平准"号!

"'平准'号!它在重生!真是太棒了!银河在上!"李约素抑制不住激动。

"天狼七来了。"佳上提示他。

天狼七从巨蛋中钻出,正向他们而来,转眼就到了眼前。

"你们必须回到指挥中心。"天狼七说。

"发生了什么,兄弟?你重新启动了'平准'号,对不对?你真是好样的。"

"飞船将要聚合,你们必须在安全位置等待。会有人来帮助你们。"天狼七说完猛然回身,重新钻入巨蛋。

"他已经不是从前的天狼七了。"佳上说。

李约素保持沉默,只是看着前方的巨蛋。

两个小小的蓝色光点很快靠近。那是两个沙冈人,他们一人一个,推着李约素和佳上。

"我们去哪里?"李约素问。

"总大人命令,送你们进入指挥舱。"

"总大人?天狼七?总大人是什么职务?"

负责护送的两个沙冈人表现出最好的战士素养,除了必要的问题,其他一概报之以沉默,李约素继续问了几句,没有得到任何回答,于是也安静下来。

四周的飞船残骸正在加速相互靠拢,彼此间的间隙越来越小。覆盖在残骸上的石头纷纷脱落,然而它们仿佛有某种灵性,并不碰撞到那两个沙冈人。大量的碎石会聚起来,仿佛一条条锁链,最后聚拢在一起,形成越来越大的碎片带。

"你看。"佳上提示李约素。顺着佳上的提示,李约素看见巨浪般汹涌而来的碎石,在碎石上方,一块巨大的黑色残骸已经显露出本来面目。碎石显然受到某种控制,和残骸保持着一定距离,随着残骸彼此间靠拢,碎石更加集中,聚集成团。

两个沙冈战士灵活地规避着碎石,突然间向着某一块残骸俯冲而去,很轻巧地在残骸上降落,稳稳站定。舱门打开,两个沙冈战士示意李约素、佳上跟随他们进入。

"这里就是指挥舱?"李约素忍不住问。

"是的。"沙冈人仍旧没有多余的话。

李约素大步走进去,佳上紧跟着他,舱门关闭。通过几道门之后他们身处一个宽敞的空间。有六个人在这里。"邓迪斯?"李约素依据特征信号辨认出其中的一个。

"是的,船长。"果然是邓迪斯。

"你怎么会在这里?"

"一刻钟前,棒头人好像突然发了疯。他们扣押了我们,把我们带到这里。我们居然无法反抗,他们显然搞明白了这些盔甲的秘密。"邓迪斯说,他的语气有些不快,"到底发生了什么?我们成了囚犯。你们和棒头人是一伙的,还是也和我们一样成了囚犯?"

"不是这样的。"李约素赶紧安慰邓迪斯,"我们需要你们的帮助,我们在同一艘船上。天狼七正在恢复'平准'号,我们必须稍稍等待。"

稍作停顿,李约素接着说:"事情紧急,有些事我也不是很清楚,你们从基地被带到这里?"

"这里就是基地。这是基地的暗舱,以前从来没有打开过,我们也不知道它的存在……"一阵强烈的震动打断了邓迪斯,舱室里顿时安静下来,等待着什么事发生。

突然间,整个舱室一片光明,椭圆穹顶中央出现一道粗大的光柱,一个人的全息投影出现在光柱中。他有一张标准面孔,不过为了显示年龄,把自己装扮成了老人。

"沙达克!"李约素发出一声惊呼。

投影中的人像露出一个微笑,"欢迎来到'平准'号。我是沙达克。"

# 第三十三章　黑暗往事

有人的地方,就有沙达克。这句话即便不是真理,也在某种程度上具有普遍意义。星域的文明程度、科技水平可以相差很大,星域的政治制度可以完全不同,甚至星域人自身也千差万别,沙达克却普遍存在。在绝大多数文明的主要星球、重要的母舰,以及一些地位特殊的飞船上,都可以找到沙达克。虽然在人类彼此的战争中,沙达克不得不站在某一边进行思考,然而在普遍意义上,他是人类最忠实的盟友、人类的智囊。人类天性相信沙达克,在千万年的进化中,这一点已经深深地融入人类的血液。然而此刻,李约素怎么也无法说服自己相信沙达克所说的一切。

"一次叛乱? 到底是你背叛了沙冈人还是沙冈人背叛了你?" 李约素有些激动,"你制造了大量的沙冈战士,却把他们放逐到星域,这简直太荒谬了,我不敢相信沙达克竟然做这样的事。"

"你可以指责我,但这是已经发生的事实。" 沙达克显得很平静,"这是一个事实,我也因此受到了惩罚,在过去的一百多万年间,我一直被禁锢。只有被放逐的战士才能够回来解放我,而且只有我,才能解除发生在沙冈人身上的悲剧命运。这是一个连环枷锁,套在我和沙冈人身上。从现在起,命运的枷锁已经解除,沙冈人会恢复昔日的荣光。"

"这听起来有些奇怪，能告诉我们当年到底发生了什么吗？"佳上问。

"一次内讧。"

"这真是一个简明扼要的回答。能稍稍具体点吗？"李约素朝着沙达克露出一个嘲讽的微笑。

"船长，也许你可以告诉沙达克你在'八脚鱼'号上的经历。"佳上望着李约素。这是一种很奇怪的感觉，李约素感到自己仿佛在一瞬间平静下来，现在并不是耍脾气的时候，头脑发热对于解决问题没有任何好处，冲动只能降低自己的判断力。

李约素让自己稍稍平静，然后开口说："我见到过达门塔的蓝光指挥官，他的模样并不像沙冈人，但他宣称自己是沙冈人后裔。他对天狼七有深刻的仇恨……"他用一种冷静而客观的语调描述"八脚鱼"号上发生的一切。

沙达克认真地听完李约素的讲述，短暂沉默之后说："蓝光具有一个标准完美的人体形态，这很有趣，也许我见到这位蓝光船长就能够明白是怎么回事……你们是否可以判断那位蓝光指挥官和这个人体之间的关系？"沙达克展示了一个人体。这个人体具有黄金分割的身体比例，面孔匀称而俊美。

"像极了。"李约素回答。蓝光并没有说谎，他确实和沙冈人之间有密切的渊源。

"这是一个意外。"沙达克说，"'平准'号遭遇过一个小文明。这个文明早已丧失了超空间技术，蜗居在一个第三等级星球上。但是他们完全控制了星球气候，制造出最适宜生存的星球环境，同时把人体工程学发挥到极致，让身体臻于完美。完美在这里具有最古典的定义，符合人类初始基因审美标准，这在整个银河的人类体系中无疑是最特别的，虽然与某些文明相比可能会有较大差异。我们见到过各种各样的人类形态，但是这样经典的古典形态人类并不多见。而且，他们每一个人都具有相同的基因，因此，整个星球上，所有的人都长得完全一样，这是我从未见过的社会形态。获得他们的基因组之后，我们在飞船上制造了同样的人。"

"你们制造这样的人做什么？"李约素问。

"没有一种人类形态是完美的。借鉴一种现成的基因组是明智的。如果试验证明这样的基因组有某些可取之处，那么可以把某些基因移植到沙冈人的基因组中。"沙达克继续描述"平准"号上发生的事情，"我所犯下的最大错误，是容忍了船长的好奇心，允许他融合了这些基因组，使制造出来的人都具有古典形态的躯体。从那时候起，一切就开始失控。船长让越来越多的人使用这种带有古典美感的躯体，直到他的视线所及都是这样的形态，整个沙冈舰队的指挥层人员都有着这种古典躯体……我发现了问题，可是已经太迟了。"

"那是什么问题？"李约素追问。

"一个社会如果全部的人类都长得一模一样，必然造成他们对于自己的躯体十二万分满意而且永不厌倦。这种心态并不值得赞许，然而这种社会形态可以在短时间内达到稳定。有着这种古典形态躯体的人经过优化，具有极端自恋的倾向，而且对其他人类形态有着极深刻的抵触心理。"

"难道你们接触那个小文明的时候没有看出来？"

"人是复杂的个体，在不同的情况下，所表现出来的行为模式会大不一样。'平准'号遭遇的这个文明，他们带着敬畏之心看待'平准'号，然而，船长熟悉'平准'号，就像熟悉自己的手掌。"

沙达克微微停顿，"还有别的问题吗？如果没有，我会继续说事情的来龙去脉。"

"继续说吧。"李约素说。

"船长的理由很简单，指挥官并不需要穿上装甲进入太空，为什么不用一个更美的躯体？这样的想法最后导致沙冈人分裂成了两部分，具有古典形态的指挥阶层和穿重装甲的沙冈战士。我从来没有想到这样的情况居然能够发生，但它的的确确就发生在'平准'号上，而且发生得很快，在三十年的时间里就形成了这种格局。最致命的一点是，当获得新基因的人们达到一定数量时，他们自动形成了对沙冈战士的排斥。这种显而易见的排斥最后酿成了悲剧——一队沙冈战士杀死了船长和他的三个副指挥。"

沙达克的叙述很平淡，然而李约素可以想象其中的云谲波诡。一次精心策划的暴动或者谋杀，李约素很难想象这样的事会发生在和天狼七一样的棒头人身上。也许棒头人并不是真正的沙冈战士，他们只是一个低等级的复制品。那么天狼七呢？如果天狼七是一个自由型的沙冈人，并且成为了领袖，那么他是否和从前的那些沙冈战士一样桀骜不驯，以至于能够精心策划并杀死自己的长官？

"这是沙冈历史上从未出现过的突发事件，我无法做出有效处理。按照正常程序，如果出现船长死亡的突发事件，应该在二十四小时内从沙冈战士首领中选择一个成为新船长。但这遭到了所有指挥官的反对，他们无法容忍船长不具有古典形体，而三十年间形成的隔阂注定了新船长不会再次采用古典形体，他会要求所有的指挥官革除那些引起不快的基因，重整躯体。沙冈战士没有忍耐，他们继续使用暴力来打破杀死船长之后的僵局——屠杀开始，他们宣称这是自我清理。这样的行为理所当然为我所反对。我不得不采取极端行动解除了沙冈战士的武装。指挥官阶层却乘机发动了反击，为了防止我进行干预，他们把我从系统中隔离。当我回到系统中，我看到了无数沙冈战士的尸体，指挥官使用的办法是把所有的外部舱室全部打开，把分布在外围的战士都丢进太空。"

"难道那些战士不会反抗吗？"李约素问。

"我解除了他们的武装。沙冈人适合太空生活，但如果没有装甲的保护，他们也很快会死。"

"然后呢？那些指挥官把你和'平准'号封闭起来，去开拓了达门塔星域？"

"我不知道达门塔星域，如果你所说的蓝光船长是他们的后裔，那么事实可能就是如此。'平准'号是我拆分的，我拒绝为凶手服务，但我也没有权力惩罚任何人。在新的船长诞生之前，飞船将一直保持分体状态。"

"新的船长？你是说天狼七？"李约素问。

"是的，天狼七是新的船长。"

"难道你等了一百多万年,就等着这个?你自己就不能制造一个战士首领或者首领战士?"

"所有人都死了,一切都被彻底打乱。本来每一个沙冈战士的体内都包含着自由基因,然而每一个克隆制造的沙冈战士都不表现出自由基因,只有在特殊的情况下,他们才能从战士转变成自由人,进而成为首领。你看到了零点迷雾,那是一种空间屏蔽技术,我一旦把自己包藏起来,这个屏蔽就再也不能从内部打开,只有表现出首领基因的沙冈人进入迷雾,成为新一任船长,屏蔽才能够解除。我一直在向外输送沙冈战士,他们当中会有相当数量的人突变成为自由人,所以终究会有人回到这里。我一直在等待。沙冈人的历史曾经中断,今天,到了恢复的时候了。"

"今天我们有很大的麻烦。"佳上突然插话。

"你所指的是什么?"沙达克问。

"异族入侵,一种非人类的智慧生命。"

"那正是沙冈人存在的理由。"沙达克朝佳上露出一个微笑,"它们在哪里?也许这是命中注定的安排,沙冈人在危难来到前苏醒了。沙冈人是银河的巡逻者,是所有人类的保护者。沙冈人在对抗异族的战斗中,从未失利。"

"但雷电家族认为形势严峻,敌人出乎意料地强大,你有完全的信心吗?"李约素质疑。

"雷电家族?那是谁?"

"他就是雷电家族的人。"李约素指了指佳上,"我们正是受到雷电家族的委派,来寻找'平准'号。"

沙达克看着佳上,他对佳上进行了扫描。

短暂的沉默过后,他说:"你是沙川人。你是从'青云'号上来的?"

沙川是一个陌生的名词,然而沙达克说出的这个词仿佛一记重锤,让佳上恍惚间似乎想起了些什么,然而他终究没能够想起什么,"对不起,我失去了一些记忆,我不明白你说的沙川是什么意思……"

"沙川人也是巡逻者。但他们的目的不是战斗,而是寻找各种文明,尽最大的可能收集文明。你们是从'青云'号来的吗？"

"沙达克没有告诉我这个……"佳上有些疑惑，他陷入恍惚的状态，对沙达克的问题毫无反应。

"我们的确从'青云'号来。"李约素代替佳上回答。

"'青云'号沙达克见到了天狼七？"

"是的。"

"原来如此……我应当感谢你们把天狼七送回这里。"

"没什么，我们需要你的帮助。危险迫在眉睫。"佳上从短暂的恍惚中恢复过来，他抓紧时间要让沙达克明白星域的危机。

"'平准'号将在十五天内整修完毕。新的沙冈战士将在三十天内制造完毕。"

"太晚了！我们需要马上赶往天垂星！"李约素大叫。

"没有更快的方案。"沙达克平静地说，却不容置疑。

门开了，天狼七走进来。

"天狼七，你跟着我到过'青云'号，你知道雷电家族是怎么说的。沙达克说还要等三十天，可天垂星那边的战争很快就会爆发，我们必须尽快赶过去。"

"李约素船长，我同意你的看法，但是沙达克没有办法做到超过能力的事。即使我们马上驱动'平准'号，也没有可能及时赶到，'平准'号至少需要三个月才能赶到天垂星。"天狼七说。

李约素顿时产生了不好的感觉——天狼七的模样没有变，然而浑身上下散发着咄咄逼人的气势，那个曾经忠实可靠的棒头人完全消失不见了。也许成了船长之后，他成了一个完全不同的天狼七。

"沙达克，你在这里进行'平准'号的准备工作，组建沙冈兵团。我需要大量的战士，越多越好。我们马上会有一场大仗！"天狼七说完，转向李约素，"李约素船长，我答应过送你去天垂星。我会完成承诺。但我们只能带领十人左右的小队使用小型飞船前往，否则空白期太长，我们会错过时间窗口。"

李约素又惊又喜,"这太好了! 不愧是兄弟! "

沙达克有些意外,"船长不能离开他的船。"

"我已经下达指令。在完成这个指令之前,我会回到船上。"

"风险太大。"沙达克依然反对。

"如果我四十天后仍旧无法回来,就要另行挑选船长。你可以封闭三十名战士,他们当中会产生首领战士,选择最早重塑的那个接任船长。这是我的第二指令,不允许争辩。"

天狼七看着佳上,"我让人送你回熊黑星,你属于那里。"

"不,我要跟着你们去天垂星。"佳上很坚决。

"你不去,我们可以多带一个战士。"天狼七面无表情。

"一个战士并没有太大的用处。我必须去。我是事件最早的受害者,我必须见证整个过程。船长,是不是? "佳上看着李约素。

"让他去,"李约素说,"我们少带一个战士。"

邓迪斯站出来,"船长,我可以带几个兄弟和你一起去。"

"你留在这里,和'平准'号在一起。"

邓迪斯没有说什么,只是平静地点点头,"那么我来接应剩下的弟兄。把他们集中到这里。莱布斯基将军一直强调分散隐蔽,但现在,我想已经没有这个必要了。"

"你说得对,没这个必要,把所有的兄弟都集中起来。基地已经不复存在,你们也不再是海盗,你们会得到雷电家族的庇护。对吧,佳上? "李约素转过去,看着佳上。

"没错。这是莱布斯基的条件,我们答应了。"

"遵命。"邓迪斯看了沙达克一眼,"那么我是否可以离开,然后把人带回这里? "

"天狼七,我想请你授权给邓迪斯,让他能够利用'平准'号收容所有的部下。"李约素看出邓迪斯的想法,他给天狼七打招呼,不知不觉间,语气客气了很多。

"这不是问题,'平准'号有很大的空间。"

"还有什么问题？"天狼七扫视着船舱里的人们。

没有人说话。

"好，我们分头行动。"天狼七向李约素示意，"李约素船长，跟我来。"说完他径直走了。李约素赶紧跟上去，佳上也默默地跟上。

一行人走出舱门，进入长长的巷道，门自动关闭。

李约素突然有种异样的感觉，他回头一看，身后紧闭的大门严丝合缝，门上是一座栩栩如生的雕像。李约素认识这座雕像，在"青云"号上他见到过同样的一个。

"天狼七，这是你们的神像？"李约素问。

"这不是神像，但具有某种象征意义。它象征着起源。"

"起源？"

"是的，所有的人类都来自同一个源头。也许在那个时候，这是一个神像，或者我们所有人共同的祖先就是这样一个模样。没人知道。但巡逻者的船上都有这个，他象征起源。"

"你早先可没这么说过。"

"沙达克刚告诉我。我认识这个雕像，所有的沙冈战士第一眼睁开所看到的东西，就是它。它被雕刻在培养室的天花板上，这是沙达克刻意的安排，他让所有人对这个雕像有第一印象。"

"所以你一直觉得它非常眼熟。"

"就是如此。"天狼七边说边走，然后他在一道舱门边停下。

李约素认得这门的模样，"这是兵库？"

李约素和佳上走了进去。这不是兵库，而是空港，大大小小的飞船整装待发。十多个全副武装的沙冈战士已经等待着。他们站成一排，队形笔直，就像沉默的钢铁长城。他们看着天狼七，等待他的命令。李约素感觉到一股强烈的杀气。他们没有任何动作，却明明白白地让人感觉到如果动手杀戮，他们不会有丝毫的怜悯之心。李约素感到一阵寒战，他见过许多棒头人，他们是合格的雇佣兵，足够冷血，然而和这些穿上了沙冈盔甲、服从天狼七的战士相比，那些棒头人雇佣兵简直太过于温厚善良。人的气质居然能发生这么大的变化!

"你们脱掉盔甲,先上飞船。"天狼七说。

飞船的确如天狼七所说,很小。李约素和佳上进入船舱,惊讶地发现内部空间只能容下六个人。他们稍等了一会儿,并没有沙冈战士进来,外边却有一些异常响动。

李约素走到舱门口张望,他发现天狼七正和一个战士一道把李约素的动力盔甲连接在飞船上。

"这是做什么?"

"你的装甲要一块儿带过去。"

李约素默默地看了几眼,回到船舱中找了一个位置坐下。门外不时传来金属相碰的声音,天狼七正在指挥战士们把更多的装甲与飞船固定在一起。

"看来他们打算把所有的装甲都用这种方式运输,"李约素和佳上说话,"有点意思。"

佳上仿佛心不在焉的样子,李约素靠近他,"你在想什么?"

"沙达克把我称做沙川人……"佳上沉浸在自己的思绪中,他努力回忆任何可能,"这个名词我肯定曾经很熟悉。"

"别想了,既然你忘掉了它,那么一定有其理由。"李约素想到那些曾经忘却的记忆碎片,灰暗记忆涌入他的头脑,他感到一阵强烈的压抑,强行把这种感觉排除出去。

突然间,舱门开始关闭。李约素有些奇怪,他站起身,疾步走到舱门边。

"天狼七!"他大声叫喊。舱门发出嘶嘶的声音,已经完全气密,李约素没有听到任何回应。失重感骤然袭来,仓促间李约素被狠狠地抛起来,头撞在天花板上。虽然舱内壁材质富有弹性,但李约素还是被撞得很疼。他正想破口大骂,却被船舱中央的投影深深吸引,以至于忘了疼痛。

飞船脱离了母舰,中央投影中显示出一艘巨船的轮廓,他们正从外部观察"平准"号。

# 第三十四章　远古巨兽

一个人的一辈子,也许会见到无数壮观瑰丽的景色——星球上,逶迤千里、茫茫皑皑的大山;一碧如洗、笼盖四野的苍穹;变幻无常、宛如飘带的星球极光;或者充满力量、赤铁洪流般的火山。星球之外,浩如烟海、无穷无尽的小行星群;巨浪翻涌、急流喷薄的太阳耀斑;群星璀璨、光影绚烂的银河……宇宙仿佛一个万花筒,永远有让人感到惊异的新花样,兆亿星辰,无尽光年,洪荒亘古,奥妙无穷,让人沉醉,让人沉静,让人顿生敬畏之心。

另一类壮观却让人激情澎湃。它并不如许多宇宙奇观宏伟,也谈不上具有多大的价值,在宇宙的荒原中,只是一点星火,一点光明。但它是人类的造物,天然具有激动人心的属性。

此时,没有什么比"平准"号的重生更让人热血沸腾。这是人力所能达到的粗犷美的极致。

无数的碎石在引力的撕扯下仿佛飘带一般飞舞,它们汇聚成洪流,形成几个大小不一的环,绕着中央飞行。中央,数量众多的巨型飞船残片杂乱无章地聚拢在一起,然而它们仿佛具有灵性,彼此间不断相对挪动,偶尔发生碰撞,巨大的冲击能量碰撞出强烈的火花,强有力的钢爪紧紧地抓住彼此,连接成一个整体。碰撞不断地发生,看似杂乱无章的残块渐渐地有了轮廓,它们彼此间卯合,不是整体,胜似整体。越来越多的残块找到了自己的位置,它们融入其中。黑色的庞然巨物悄然成型。它昂首挺立,发出一声巨吼。人类的耳朵不能听见这电波中的吼声,然而飞船的耳朵能够听到。

"平准"号! 它向着所有的世界发出了声音。

突然间,组成飞环的碎石如雨点般向这中央的巨物落下,石头砸在飞船表面,失去了刚性,变成一摊烂泥。越来越多的石块落下,黑色的表面因此而被染成浅浅的黄色,当一切平息下来时,"平准"号成了一艘浅黄色的飞船,表面斑驳,凹凸不平,仿佛一块岩石。岩石的色彩黯淡下来,黑色逐渐占据了主导,最后,黄色完全褪尽,新生的飞船重新融入无边的黑暗。

"平准"号突然发光,透亮的光穿透了表层,让飞船看上去就像一盏柔和的磨砂灯。光亮逝去,它恢复成黑色的模样,静静地悬浮。几个小小的亮点在飞船表面出现,那是几个穿着盔甲的人,和巨大的飞船相比,那只是几个发亮的微尘。

船舱里的人良久没有说话。

"太漂亮了!"李约素最后终于开口,他没有更多的形容词来描述自己的感受。

佳上没有说话。沙达克并没有说过"平准"号会四分五裂,也并没有告诉他飞船居然会以这样的形式复活。眼前的景象让他感到极为震撼,一种咄咄逼人的气势从飞船上散发出来。这会是拯救星域的那艘飞船吗? 他默默地想。

又过一会儿,船舱里仍旧保持沉默。"天狼七,我们什么时候出发?"李约素向着船舱中央的全息屏幕喊。

"李约素船长,我们正在进行准备,还有十八分钟。"天狼七的声音传来。

"别装神弄鬼的,难道你不能让我看看外边的情况?"

"你想看什么？"

"你们到底在干什么？"

"动力准备，很快就会完成。"

"'平准'号已经复原了。"

"没错。"

"你是这样一艘巨船的船长。"

"对。"

"你不要跟我去，这儿有更重要的事等着你。我可以使用'天狼星'号，让布丁带我们去天垂星。"

"这不安全。"

"安全？"李约素哈哈大笑起来，"我的生命里没有什么是安全的，我还是好好地活着。放心吧，不会有事的。"

"'平准'号有一段休整期，这期间我并不需要做任何事。我已经给沙达克下达指令，即使我回不来，一切也会正常进行。我需要对天垂星进行一次侦察。我们的敌人到底如何，只有在天垂星才知道。"

"然后你就顺带着保护我的安全？"

"那是另一回事。保护你是我应尽的职责。"

天狼七的话理当让人感动，然而听起来冷冰冰，似乎他是一个没有丝毫情感的生物。棒头人一般都如此，然而棒头人并不像天狼七所带领的这一群沙冈战士这么有力量。一个弱者缺乏情感，人们会觉得他可怜，而一个强者缺乏情感，人们就会觉得可怕。天狼七并不是典型的棒头人，至少在李约素认识他的全过程里并不是。他就像一个充满好奇心和警惕的大孩子，这让李约素觉得他与众不同，然而此刻天狼七似乎回到了他的那一群里，恢复到缺乏情感的状态，李约素觉得他有些捉摸不定，不知道是否该完全信任这个从前的兄弟。

"就这样吧。"佳上说，"我们没有多少时间，沙达克预计的入侵时间很快就要到了。从这里到天垂星，即便是我们的小飞船，至少也要十一天空白期。我们到那儿，也许连喘息的机会都没有。"

"好吧。"李约素长长地呼出一口气。他舒展腰肢,座椅随着他的动作变成半躺,"你们两个,一个是雷电家族的人,一个是沙冈人。你们都是银河的救星,宇宙骑士。你们说怎么办就怎么办。准备好了告诉我。"

"飞船会在六分钟内启动。"

"好吧,让我打个盹儿。启动前打声招呼,我可不想被撞昏过去。"李约素说着闭上了眼睛。然而他根本无法静下心来。几个月前,他还在星域流浪,朝不保夕;此刻,他见证了一艘伟大飞船的重生。毫无疑问,在整个事件中,他是至关重要的一环。尽管天狼七变得疏远了许多,尽管他仍旧是一个不名一文的小人物,然而一想到庞大的"平准"号,还有将要形成军团的数万沙冈战士,他就感到心潮起伏,难以平静。从某种意义上说,他创造了历史。

李约素睁开眼睛,他望着中央的全息图像,黑暗幽深的宇宙背景之下,黑色的"平准"号若隐若现,如果不是周围十多个发亮的光点,肉眼难以觉察。它潜藏在黑暗中,积聚着庞大的力量,一旦爆发,那将是一种多么惊人的场景!在幻想中,他仿佛看见"平准"号穿透星门,进入天垂星,数万沙冈战士仿佛一颗颗星星,环绕飞船,如同精致的光晕。

这样的场景似曾相识。李约素猛然想起很久之前,当他还是一个学生的时候,例行的爱国主义教育片播放过类似的镜头。他回想起那个场景,还有伴随的旁白:"侵略者的飞船坚强有力,他们相信凭借强大的武力能够让科尼尔匍匐在脚下……"

李约素突然打了一个寒噤。"平准"号悄然无声,就在眼前,然而他却有了一丝不确定。他猛然坐直身体。佳上被这样的动作惊扰,扭头看着他。李约素欲言又止。

"我们会赶到的。"佳上说。

李约素点点头,"我不担心这个。我在想……如果'平准'号并不能参加天垂星会战,我们为什么要激活它。"

"你在担心它会做出对科尼尔不利的事?"佳上敏锐地说出了李约素的想法。李约素并不否认,也没有直接回答,只是静静地看着佳上。

"你不仅仅是一个科尼尔人。我把你看做船长,天狼七把你看做长官,我们都不是科尼尔人。战争已经爆发,我们还不知道到底在洛基塔发生了什么,但那一定不是什么好消息。即将发生在天垂星的战斗只是一个开始,谁也不知道后边还有什么。危机面前,我们只有一个共同的名字:人类。"

"应该如此。"李约素看着"平准"号,仍旧有些不确定,他想说天狼七还有沙冈的战士们让他感觉非常不安,人类是一个宽泛的概念,他并不认为天狼七及其同伴对于天垂星上的人们会有多少同情心。

天狼七可以随时听见他们的谈话,李约素不想把问题问得过于直接,"你确定他们也这么想?"李约素望着佳上,又看看"平准"号。

"沙冈人是富有责任感的巡逻者,他们不会放弃自己的使命。沙达克也不会允许这么做。"

"沙达克?天狼七可以给沙达克下达指令。"

"并不是任何指令都能得到执行。沙冈人的内讧已经充分说明了这点。"

"'青云'号呢?他也会根据自己的判断来决定是否执行青柏将军的命令吗?"

"他有一条底线。从某种意义上,沙达克也是一个人,他必然有自己的底线。"

李约素若有所思。当他还是一个学生的时候,沙达克几乎是神一般的存在,无所不知,具有强大的分析和推理能力,只要是沙达克得出的结论,就会被青年学生们当做问题的标准答案。当他成为"天狼星"号的舰长后,他明白沙达克并不是那个做出决定的人,所有的决定都由舰队司令做出,而沙达克只是提供咨询和参谋。毫无疑问,沙达克的建议具有决定性作用,然而他不再是一个神,也有被司令否决的时候,但这些并不妨碍李约素对沙达克的崇敬。他把沙达克当做值得尊敬的长者,值得信赖的伙伴。失望发生在当年他从雷电家族回到天垂星的时刻,当他表明身份,要求得到退伍军人补偿,并对他的功勋进行确认时,最后竟然被委员会否决,依据居然是沙达克并不能证明他曾经在舰队服役,沙达克不保留超过两百年的人事档案。他有一种深深的被欺骗的感觉,而这样的欺骗,居然来自沙达克,一个他从来不认为会出现错误的长者!他开始在星域间流浪,沙达克无处不在,他感到痛苦却又无能为力,他发现达门塔并没有沙达克,而且有一群不错的流浪汉,于是他留在了那里。当他有了一段莫名其妙的遭遇,并最后被古力特带到"重装甲"号,带到熊罴星和"青云"号后,一扇门向他打开,他看见了沙达克和人类之间相互的渗透、影响,他从一个新的视角来观察这种关系;最后是"平准"号,"平准"号沙达克所描述的历史让人胆战心惊,沙达克身在其中,却完全身不由己,事与愿违,只留下一个血腥的过程和糟糕的结局……李约素越发明白沙达克具有无法克服的局限,他过于忠实于船长的需求,他的确有一条底线,然而这是一道很低的底线,如果有一个强硬的船长,就连这样的底线也很难得到保留。

"沙达克并不能拒绝战争,就算是人和人的战争。我们无法完全相信沙达克,我们到底该相信什么?"李约素问。

"你提出了一个争议很大的问题。"佳上微微一笑,"我们有更现实的问题需要考虑。在考虑现实的时候,至少此刻,你可以选择相信沙达克、天狼七,还有我。"

佳上话音刚落,飞船突然发生了细微的颤动。一直在舱室中央的"平准"号影像消失不见,变成一团漆黑。

天狼七没有通告,直接发动了弹跳。

颤动停止,李约素看着佳上,"你是要我信任这样一个家伙吗?"

佳上的回答简洁明快:"他正按照承诺,送你前往天垂星。"

# 第三十五章　天龙飞舞

　　天垂星陷入一片混乱。天空中，无论白天还是黑夜，都可以看到无数闪烁的灯火。三支科尼尔舰队从坤城星门返航，与他们一同到来的，还有闻名已久的奇特的天龙舰队。如此多数量的飞船出现在天垂星上空，这样的事史无前例。

　　更富有爆炸性的消息是科尼尔的舰队彻底站到了古力特一边。消息随着天空中亮点的增多在星球上飞速传播，所到之处，人们再也无法在屋子里安坐，纷纷走上街头，爬上高台，抬头仰望天上这些据说代表了科尼尔最强的武装力量的亮点。

　　一个名字也在人们热烈的交谈中变得显赫起来，人们议论她甚至超过古力特——苏北旦第一次获得了和古力特齐名的荣耀。

　　当天龙舰队在天垂星上空出现时，局势到达了沸腾的顶点。"天龙"号距离天垂星非常近，使用低倍率天文望远镜就能看得非常清楚。它在太空中展示出一种盘旋的姿势，让每一个从天垂星上观察它的人惊叹不已；当然，也有人异常恐慌。但无论如何，大局已经不可挽回。第一宇航中心只有几艘又小又旧的飞船，内层空间部队有一些飞梭，却根本跑不远……天垂星没有任何武装能够抵抗这几支强大的舰队。所幸的是，这些舰队并不是来侵害天垂星的,除了消息本身引发的骚乱,舰队没有采取任何危害星球的行动,而是尽量广播关于潜在敌人的消息。

真正的敌人会在十三天内到来,一切都已经进入倒计时阶段。

古力特留在"重装甲"号上,他相信申秋能够控制"天龙"号,雷电家族的这些人和"天龙"号完全融为一体,不需要太多的干涉。"重装甲"号需要他指挥,否则没有一个人能够快速有效地和沙达克进行沟通,舰队的力量就将大打折扣。

四支舰队,加上天龙舰队,这也许是人类能够在天垂星集中的最大限度的武装力量。遥远的舰队不可能及时抵达,而且那些舰队也过于弱小,只能用于补充损失;达门塔那边自顾不暇,没有力量来支援天垂星;俄罗斯虽然宣布开放圣彼得星门,却没有送出一艘战舰,他们仍旧试图保存实力。雷电家族也许还能够派出"青云"号,然而,熊黑星也是一个必须据守的要点,而"青云"号和熊黑星密切相连,无法分离。五支舰队,这是空前强大的武装力量,也是唯一能够依靠的力量。

能够打胜吗? 古力特问自己,却无法给出一个肯定的答案。

几天之前并不是这样。当苏北旦率领舰队出现在天垂星时,古力特的内心中充满狂喜。事情发展顺利,超过预期,他没有想到苏北旦居然能够把三支舰队都带了过来。当然事情并不尽善尽美,最让人意外的是贾斯廷,他拒绝继续向天垂星进军,老头改变了主意,决定留在坤城;苏北旦的三支舰队里边也有这样的人——他们并不完全信任古力特,然而对即将到来的黑暗前景不无担忧。他们选择了中立,贾斯廷成了他们的领袖。他们和坤城的守备部队混编在一起,驻扎在坤城星门,这不是什么重大的威胁,却是一种鲜明的态度:我们看着你,古力特,别做什么出格的事。尽管有这样的小插曲,形势还是非常有利,针锋相对的两方终于联合起来,这让古力特充满信心去面对即将到来的挑战。然而,当"天龙"号抵达时,事情发生了巨大的转变——和"天龙"号同时抵达的还有来自达门塔的胶囊船。胶囊船带来的消息非常糟糕:达门塔第五舰队遭受重大损失,而他们连敌人的影子都没有看见。古力特有不祥的预感,第五舰队是达门塔最强大的机动舰队,如果这样一支舰队也无法有效地抗击敌人,那么敌人的力量实在令人生畏。最可怕的是,它们至今仍然隐藏在黑暗中,没有人知道它们会以什么样的面目出现。

"古力特,会议已经准备好,所有的舰队司令都到了。"沙达克提醒他,"申秋正在等待你把他介绍给科尼尔的人。"

"好吧。"古力特站起身,"帮我接入。"

几个影像倏然出现在古力特周围,他们彼此间正在交谈,古力特的出现让他们安静下来。又一个影像落入其中,那是申秋。

"各位,我不说客套话。申秋,这几位是科尼尔舰队的指挥官。科尼尔舰队,苏北旦中将;大力神舰队,劳顿少将;太阳舰队,卡瑞尔少将。各位,申秋将军是雷电家族的代表,他负责指挥天龙舰队。我们在坤城曾经有一些冲突,但眼下必须同心协力,对付那些异空间的不速之客。"

古力特说完开场白,眼光扫过所有人的脸。几位将军彼此间交流了一下眼神,没有说话。他们今天来到这里,已经表明了态度。

"我们需要有一个计划,以确定舰队间如何配合。"

"我们要首先知道敌人会如何出现。"

"黑球最集中的位置,敌人出现的可能性最大。最近也不断接到发现空间泡的报告,沙达克预测,在这些位置,可能会出现敌人的大型飞船。"

巨大的星图出现在众人头顶,天垂星的红色太阳处在中央。天垂星是一个小小的蓝点,在整个星系的范围内,透着隐约的红色,在天垂星附近,红色由浅到深,最后在几个点上变成深红,恰好把代表天垂星的蓝点包围起来。

"红色表示黑球密度。在这些高亮点,也出现了空间泡。在天垂星附近,我们发现了三个节点。另外还有一个节点,在星门。"

远离天垂星有另一个红色的高亮点,那是星门的位置。

"你们已经看到达门塔胶囊船所传递的情报,敌人首先占据了星门,隔绝了洛基塔和外界的联系。达门塔第五舰队试图通过星门,却被挡了回来。"

"敌人破坏了星门?"劳顿问。

"敌人并没有破坏星门,但用某种方法封锁了它。第五舰队启动跳跃,进入星门。两个星期前他们刚从星门出来,他们哪里也没有去,只是度过了三个月的空白期,然后回到了原地。他们的飞船遭到了重大损伤。因为在亚空间滞留时间过长,有三分之一的舰只丧失了战斗力,需要大规模维修,三艘主力舰失踪。"

"我有一件事弄不明白。"劳顿问,"它们用什么来封锁星门? 这有些不可思议。"

"我们正在对付躲藏于暗处的对手,它们也许已经对我们有了深刻了解。它们从什么时候开始观察我们的,几百年,上千年,甚至上万年? 它们早已开始了解我们,但我们对它们几乎一无所知。这是一个精心准备的庞大计划,现在已经到了最后的时刻。唯一能改变结局的就是我们手上的这些部队。我们不知道它们用什么来封锁星门,我们唯一能做的,能积极面对的,就是在它们出现在天垂星时,狠狠地打击它们,绝对不能让它们获得这一片星域的控制权。没有现在的胜利,就没有未来! 我们要为所有星域而战!"

古力特的语调铿锵有力,让人精神为之一振。

事情的后果已经被各式的广播重复了无数遍。一旦天垂星沦陷,等待人们的将是灭顶之灾。来自黑暗世界的异族不需要星球,它们更需要一座桥梁,而建造空间之桥的最基本前提,就是毁掉天垂星。空间之桥一旦建成,源源不断的敌人将蜂拥而至,所有星域将没有任何机会幸存。星域的存亡就在于将要到来的战斗。这是宣传,也是可能出现的结果。

苏北旦接上话:"我们已经决定接受你的指挥。你可以公开作战计划。"

"天龙舰队负责星门。科尼尔舰队配合'重装甲'号对付一号节点。太阳舰队以及三三舰队的其他舰只,二号节点;大力神舰队,三号节点。舰队以节点为中心展开,环形包围。在预计的攻击日之前二十四小时,所有人员进入战斗岗位。在此之前,部队进入红色警戒,同时尽最大努力清除黑球。"

"船长,这样会让我们远离天垂星。如果敌人的目标是天垂星,靠近星球会让我们有更多选择。"申秋提醒。

"不能把它们放到天垂星去。我们必须准备好火力网,让它们有来无回。"

申秋不再坚持自己的意见。

"现在是最艰难的时刻,天垂星上还有很多反对的声音,但是事实会让他们明白过来。我们一定能够成功。"

"没错。"卡瑞尔说。作为太阳舰队的主官,他并不反对和三三舰队进行混编,然而这样做存在一些技术问题,"我原则上同意古力特的安排,但是三三舰队和太阳舰队的特征频段不同,如果临时进行转换,会有很多问题。"

"让沙达克帮你解决问题。我会让'重装甲'号沙达克和你的'金光'号进行交谈。大概有十艘中型巡逻舰、两艘重型巡逻舰,还有许多小型船只需要移交。你有三天的时间解决这个问题。

"今天我们确定作战概要,每个舰队指挥官可以对各自的责任区进行战术配置。距离战斗日还有十三天,有任何问题我们可以及时进行商议。还有什么问题吗?"

会场陷入短暂的沉默。科尼尔的几位将军彼此交流眼神,申秋的目光则死死地盯着星图,突然他打破了沉默:"我还有个提议。"他看着古力特,"我们还有一支力量没有考虑到。"他指着天垂星,"第一宇航中心,我们可以考虑利用这支力量。"

"他们不会听我们的。你想用武力解决?"苏北旦问。

"第一宇航中心是一个很好的基地。我们可以给它配备一些机动飞行器。万一敌人突破了我们的火力网,试图对天垂星进行攻击,这道防线可以用作防御。"

"他们在进行备战。如果有敌人突入天垂星内层,他们自然会反击。"苏北旦说。

"我们需要统一指挥。"

"这需要政治解决。希望在开战之前，他们已经和我们站在同一条战线上。我们在向这个方面进行努力。"古力特说。

"是的，但要消除一些不确定因素。船长，'天龙'号可以夺取第一宇航中心的控制权。"

"这会造成大量伤亡，敌人还没有出现就自我削弱，这不是一个好主意。"

"我明白，但第一中心是一个固定的基地。对付固定目标，可以用特殊的办法。"

古力特眼睛一亮，短短的几秒钟内，他和沙达克作了大量交流，他明白申秋在想什么，"你可以执行你的计划。第一，不要造成流血；第二，不要造成舰队损失。"

"遵命。"

苏北旦看着申秋，若有所思，她没有表示反对。

天垂星上空所有的舰队都开始移动。舰队远离天垂星，在某处相对天垂星静止下来。从星球上看去，"天龙"号成了一个小小的亮点，仿佛一颗三等亮星，而其他飞船则都变成了黯淡的小点，肉眼无法觉察；但是从第一宇航中心的观察窗看出去，这些飞船仍旧清晰可见。

木藤三正站在这样一个窗口看着舰队远去。队友们都在呼呼大睡。青年团的军事训练异常繁重，队友们通常在结束训练之后只想埋头大睡，而他则喜欢一个人来到这里，观察对方的行动。

他们被告知，对方是反叛者，有朝一日他们需要挑起重担，对抗这些叛逆者的武力威胁。木藤三对此嗤之以鼻，这些被称为反叛者的队伍拥有比基地强大一百倍的武装，如果他们使用武力，基地的这点力量会在第一波攻击中灰飞烟灭，但对方并没有这么做，而是放任基地招募青年团组成新军。如果古力特真的背叛了科尼尔，那么放过第一宇航基地就是一个低级错误，无论他的态度多么傲慢，他仍是科尼尔最有名望的将军，不会允许自己犯下这么低级的错误。唯一合乎逻辑的解释就是古力特所宣称的一切都是真的,至少在他看来是真的——他要带领舰队拯救整个星域。眼下这些飞船却撤离了。

木藤三打开自己的随身器,关于古力特的新闻仍旧在不断更新,最新内容为:古力特仍旧在不断警告来自未知空间的威胁;苏北旦带领科尼尔舰队加入古力特的阵容,虽然这位女将军受命在坤城对古力特进行拦截,但显然她完全脱离了天垂星军部的控制而转变了立场;天龙舰队进入天垂星领域,这是三百四十多年来,首次有域外武装飞船进入。

这些都是过时新闻。当然做新闻的记者需要混口饭吃,因此把同样的事改头换面当做新闻发布,这种事经常发生。木藤三也没有指望从新闻里能得到有重大价值的情报。他摇摇头,即便是这样的新闻,在第一宇航基地也属于被禁止收听之列。

"他们在做什么?"木藤三自言自语,他想到了古力特所描绘的黑暗力量,无形而可怕的危险随时会降临。是危险迫近了吗?

随身器突然响了起来,木藤三接通:"叔叔,什么事?"

"我看到你在十七号观察窗,你一个人在那里做什么?"

"随便看看,外边有许多飞船,不常看见。"

"古力特的舰队撤退了。"

"是的,我看到了。"

"他们宣称要前往敌人可能的突破点进行防御。"

"原来是这样。他们不管天垂星了吗?"

"古力特这一手很厉害,舆论马上倒向了他。另外,他的太太,休斯敦公爵的女儿在议会大厦公开露面,为古力特辩护。形势对我很不利。快则两天,迟则四天,议会一定会有决议,十有八九会让我把第一宇航中心交给古力特统一指挥,包括你们这支新舰队。"木藤原说。

"我们的这点战斗力古力特根本看不上。"

"别胡说八道。你们装备了新式几型空间力场,那些老飞船的火力无法构成有效威胁,真打起来你们有优势。"

"他们有五支舰队,都是老兵。我们只是一群学生。"

电话那边传来一声轻微的叹息,"好吧,这个问题没必要再讨论下去。有一件重要的事需要你来做。"

"什么?"

"我需要一个私人代表去见古力特。"

这句话无疑具有爆炸性的效果,木藤三怀疑自己听错了,"你说什么,叔叔?"

"我需要你代表我去见古力特。"木藤原放慢语速,确保自己的侄子能够听清每一个字。

木藤三感到一阵悯然,就在三个小时前,木藤原刚对新舰队军官作了演说,表示要进行一场绝地反击,让古力特这样的世家将领从天垂星的政治舞台上消失,而由每一个公民共同担负起星域安全的重任。此刻,他却要派遣一个私人代表,这个私人代表的使命,显然不是去送战书。

"要我做些什么呢?"

"我同意接受他的指挥,但是必须保留我对第一宇航基地和新舰队的指挥权。"

"如果他不同意呢?"

"他一定会同意,没有任何理由拒绝这样的优厚条件。"

"我什么时候动身?"

"就是此刻。"

"那我需要把工作交给谁?"

"别担心那些小事,我会安排好一切。三六五号船闸停着我的私人飞船,你马上到那儿去。"

"好的。"木藤三漫不经心地回答。他对叔叔的举动不以为然,然而他必须去。木藤三的目光从窗外扫过,他仿佛看到一个物体,然而当他定睛去看,却看不到任何东西。他挪开目光,物体仿佛又在那儿出现。木藤三瞪大眼睛仔细观察,他终于明白那是什么。那是一个黑色的球体,大小仿佛小型飞船。木藤三不知道那是什么,然而他确定它不属于第一基地。一个小型攻击舰大小的物体靠近基地却没有响起任何警报,这绝不是什么好事。

"我看到异常,有一个黑色的东西在那里。"

"你说什么?"

木藤三还来不及开口,观察窗口突然变得透亮,那个物体发出了高亮度的光。木藤三不由自主闭上眼睛。他再次睁开眼睛时,窗口的感应玻璃已经把绝大部分光隔离在外,那东西看上去仿佛一个胖乎乎的白色灯笼。转瞬间,大大小小的白色灯笼到处都是,将整个基地包围起来。犀利的警报声在整个基地中回荡。

木藤三的心猛然一沉,"叔叔,我想我不需要去。古力特对我们动手了。"通讯变成短促的忙音,叔叔已经挂掉电话。

好吧! 一股狠劲冲上木藤三的脑门,正好试试我们的训练是不是有了成果。他飞快走出观察室,奔向自己的小队所在。一路上,慌乱的人们四处奔走。人们显然不知道发生了什么,彼此间相互打听,然后茫然地跑开。木藤三很快找到了自己的队伍,还好,六个人并没有走散,只是身上的穿着狼狈不堪。

"快,跟我来。"木藤三招呼他们。他们沿着混乱的战斗员通道奔跑,试图进入战斗机发射舱。慌乱的人群在通道中乱跑,很快,通道里挤满了人,为了前进,必须用力推挤。

"伙计,别挤了。没有任何战斗机能出舱,基地瘫痪了。"有人看到他仍旧试图进入发射舱,善意地提醒。

木藤三并不甘心,仍旧试图向前挤。突然间,通道里的照明暗下来,很快陷入一片黑暗中。

"基地完了!"不知道谁大喊一声,在黑暗中传出很远。通道里乱成一团,大家争先恐后,试图跑出通道,到一个有光亮的地方去。木藤三被人推倒在地,不断有人踩在他身上,他根本没有机会起身。起初,他大声地叫喊,让人们别踩着他,到最后,他甚至连喊叫的力气也没有了。在昏过去之前,一双有力的胳膊把他从地上拉起来,靠墙站着。

"木藤局长派我来找你。"对方说,"三六五号船闸,飞船在等你。"说完,他拉着木藤三进入一条支道,这边仍旧保持着微弱的照明。地面上,红色的逃生线分外醒目。

"顺着逃生线,找到三六五船闸。"那人低声说。

木藤三恢复了几分清醒,他抓住来人,"你跟我一块去。"

"我的任务是把局长的口信传达给你。剩下来的事,局长没有让我参与。快走。"他推了木藤三一把。

"你叫什么?"木藤三问。

"你不需要知道我的姓名。"他说完,转身进入仍旧混乱的战斗通道。

木藤三没有犹豫,他快速地沿着逃生线移动,寻找三六五船闸。叔叔的私人飞船停靠在最安全的泊位,即便失去了自动控制,也可以手动将闸门打开。他不知道叔叔的目的何在,既然古力特已经袭击了基地,那么投降的计划就已经行不通,但他还是坚决地去执行这个指令。

飞船冲出基地的一瞬间,木藤三看见了无数的白色小球,仿佛一个个闪亮的灯泡。灯泡牢牢地附着在基地表面,亮度不断变化,仿佛给基地穿上了一层发亮闪烁的外套。

当飞船飞得更远一些时,木藤三看到了更让人惊讶的事,更多的白色小球呈现集群态势,它们正不断地填补到空隙中,确保最大限度地把整个基地包裹起来。它们显然截断了所有的通讯,基地外围零星的警戒船正在彷徨,不知道该如何行动。

一架飞梭攻击了白色小球集群,它受到了还击,一道强烈的电光击中飞梭,飞梭瞬间变成一团火球。木藤三甚至没有看清到底是谁做出的攻击。

白色小球的集群占据了天梯的上部,天梯的光亮已经消失。突然间,白色小球集体发出耀眼的光芒,一段来自远方的通讯占据了所有频段:"我是'天龙'号沙达克,你们的基地已经被控制,任何抵抗都是徒劳的,放弃抵抗,你们将获得尊严。"

这是一次完美的偷袭。木藤三想起自己和叔叔的对话,毫无疑问,他的判断是对的,一群菜鸟在那些久经阵仗的老兵面前露出了原形,输得连内裤都没剩下。不过,至少对于木藤三来说,事情还没有最后完结;虽然无关大局,但至少没有结束。

　　叔叔已经把目的地输入飞船主机,木藤三调整航向,向目的地进发。"重装甲"号,这是他曾经的梦想。他从来不曾想到,会以这样的方式登上这艘传奇之船。

# 第三十六章　决战前夜

三十六小时倒计时。屏幕上鲜红的数字时刻提醒人们即将到来的危险时刻。这个数字是否真实仍是巨大的疑问，毫无疑问的是真正剩下的时间只会比这个时间更短。预测是根据已知的情况做出的，随着已知情况不断变化，预测结果也在不断修正。两个小时前，沙达克的预测结果是六十六小时，此刻，已经变成三十六小时。时间在跳跃性地缩短，而敌人可能存在的破坏力却在不断增强。

舰队已经进入全面戒备。每时每刻，至少有一半的战斗人员在岗，在战斗真正爆发之前，这是最高的警备级别。但也许那些被允许休息的人员也正辗转反侧，无法入睡，每一个人的神经都高度紧张。

古力特已经四十二个小时没有睡眠，其间唯一的一次休息是短短二十来分钟的打盹儿。真正优秀的指挥官必须在面对巨大的压力时也能够镇静如常，他深深明白这个道理，然而却不由自主地感到焦虑。科尼尔的历史上，从来没有一个指挥官在如此狭小的空间内指挥如此大量的部队作战，也从来没有一个指挥官会面临连敌人的模样也不清楚的尴尬境地。

古力特在"重装甲"号上走动，平静地和人们交流——至少从表面上看来,他仍旧保持镇定,对于将要到来的风暴似乎胸有成竹。这种坚定而乐观的态度感染着每一个人。然而,当他在船长室里一个人独处时,他感到身心疲惫,异常焦虑。

略微休息之后,他决定再次巡视防线。

"天龙"号在距离天垂星二十五万千米的位置展开战斗队形。舰体是一道细长的弧,大量流体颗粒依附其上,正在进行能量补充。从"天龙"号向外,流体颗粒形成三个集群,拱卫在四周。它们采取防御姿态,正对着黑球集群。古力特的注意力转移到黑球上。最近三天里,它们的数量突然间急剧增多,在三个集中位置,它们甚至形成了高密度集群,仿佛被一只看不见的手操纵。这些空间奇异点排列成规则队形,形成椭球体,从远方看来,仿佛黑色的无底深洞,吸收了一切光线,在星空中留下一个窟窿,和它们针锋相对的人类舰队则灯火通明。这情形仿佛一个注解:这是一场黑暗和光明的对决。

古力特呼叫申秋。

"你们对面的情况怎么样?"

"黑球集群已经停止增长,处于相对静止。我仍旧保持流体颗粒的防御阵形。黑球集群并没有防御能力,可惜我们没有足够的微引力波发生器,否则完全可以把这些黑球破坏掉。眼下,我们只有进行防御准备,一旦敌人突破亚空间而来,它们的飞船将在这些黑球的位置出现。那将是一场激战。该来的终归要来,我们已经就位。"

古力特点头,"大家的情绪怎样?"

"我们会保持在最佳状态迎接战斗。"

对话和三个小时之前的那次几乎一模一样。古力特完全信任申秋,然而他不确定这是否就是最佳战斗准备。他微微皱眉,"我还有些顾虑,如果它们出现在其他位置,我们会陷入被动。"

"这是沙达克的判断。"

"我们对敌人一无所知,达门塔星系第五舰队在洛基塔遭受重挫,却连敌人的模样都没有见到。沙达克也只有百分之六十的把握确定这是最优方案。"

"您的命令,船长?"申秋并不作更多的争论,他直截了当地要求指令。没有更多的时间进行假设、分析,战斗随时可能一触即发。

古力特陷入短暂的沉默,他在考虑沙达克所描述的种种情形。有三成的可能,集结在天垂星的所有舰队也无法阻挡敌人的强力攻击。一旦敌人发起攻击,出入天垂星系的弹跳将变得异常困难,信息将无法及时送出——正如洛基塔所发生的那样。

"我们必须作一些最坏的打算。"古力特下定决心,"如果无法抵抗敌人的攻击,那么必须把信息送出去,送到雷电家族还有其他星域,至少让他们知道我们面对的是怎样的敌人。这比多消灭几个敌人更重要。"

"你打算使用非稳态亚空间通道进行弹跳?这是高风险的举动,而且我必须使用至少四分之一的流体颗粒才有足够的能量形成通道。"

"我明白。这是一种糟糕的情况,但我们可以保证关于这次战斗的情况被其他人知晓。如果敌人真的无比强大,关于它们的任何情报都是无价之宝。"

"遵命,我会调整部署。"

古力特以一个科尼尔军礼结束了谈话。这样的部署会削弱天龙舰队,稍稍增大战败的可能,然而这是一个可接受的代价。洛基塔的突然陷落清楚地表明敌人的力量远远超出估计,尽管目前最大的可能性是人类赢得天垂星保卫战的胜利,然而不清楚敌人到底具备什么样的打击力量,这种估计就值得怀疑。古力特并不怀疑沙达克预测的准确性,按照纯粹的能量水平对比,有六成的可能,人类将牢牢地把天垂星掌握在手中;而有三成三的可能,人类将被挤出星系;还有一种很小的可能,天垂星之战将成为一个反复的拉锯战,双方都没有足够的力量将对方彻底击溃。能量水平决定胜负,在科技水平相同的情况下,如果双方智力相当,每一个计划都得到完美无缺的执行,这无疑是对的;然而决定战争的胜负,还有大量的偶然因素在起作用。

古力特接通了苏北旦,还有劳顿和卡瑞尔。苏北旦和卡瑞尔保持着平静,劳顿则显得非常不满,古力特每隔三个小时就要召开一次会议,已经连续召开六次。

"古力特,这能是最后一次会议吗？舰队方案没有任何调整,虽然情况紧急,大家各就各位就好了,不需要这样频繁地会面。我需要在大战之前好好地休息一下。"

"非常抱歉,劳顿。这次会议之后,只有情况变化或者发生紧急情况,我才会召开下一次会议。你说得对,我们没有必要频繁会面,但是今天的会议有些新内容。"

"我已经下令天龙舰队准备一个紧急跳跃方案。"古力特开门见山。

"你认为我们会失败？"苏北旦问。

"有备无患。"

"我们集中了五支舰队,还有第一宇宙中心的新舰队,这样的武装力量已经远远超过天龙舰队。至少,可以说具有三倍于天龙舰队的打击力量。当初雷电家族认为仅凭天龙舰队就可以对付这次危机。"

"是的。但无论'天龙'号沙达克还是来自熊黑星的胶囊船,都显示我们只有六成的胜算。雷电家族对于敌人实力的估计一直偏低,也许眼下,他们还是低估了敌人。"

"所以你认为我们在犯同样的错误。"

"就能量水平而言,我相信沙达克的判断。敌人已经快要浮出森空间,沙达克根据黑球的态势所做的判断不会偏离太远,但问题是我们仍旧不知道敌人会有怎么样的攻击水平,它们是一种什么样的形态。眼前就有现成的例子,即使我们的科尼尔联合舰队包括'重装甲'号,从能量水平上衡量超出天龙舰队三倍,但只要战术得当,天龙舰队可以轻而易举地消灭所有科尼尔飞船。"

劳顿有些激动,"这简直是胡说。天龙舰队虽然强大,我们也不至于差劲到这样的地步。别忘了,你的曾祖父就是歼灭雷电家族舰队的英雄,你们家的荣誉几乎全源于这件事。"

古力特看了看苏北旦和卡瑞尔。他们保持沉默,但显然对于古力特的说法并不以为然。

"相信我,我了解天龙舰队。"古力特并不争辩,只是这样说道,"今天是最后一次战前会议,我们不作细节争论。科尼尔舰队的布置不会作任何调整,我只是想让各位知道,无论这次战斗的胜负如何,我很高兴能有这样一个机会和你们一起面对危机。我们都是天垂星人。对于雷电家族,这只是一次战役;对于我们,这是没有退路的战役,天垂星就在这里,保卫母星,我们只能向前。"

古力特的话让三位指挥官感到有些突然,他们陷入短暂的沉默。

最后,苏北旦打破了沉默:"我们会胜利的。"

古力特点点头,"胜利需要我们全力以赴去争取。如果没有牺牲的心理准备,我准许你们准备好逃生。敌人具有扰乱亚空间的能力,战斗一旦开始,就没有后退的机会。你们只有三十六个小时,或者更短,来决定去留。"

卡瑞尔看了看苏北旦,"我想我们没有第二种选择。"

苏北旦露出一个微笑,"事到临头,怎么能退缩。古力特你也不用太悲观了。"

"好的。我指令'天龙'号做好准备构筑非稳态亚空间通道。根据洛基塔的情报,这足够突破敌人所制造的亚空间紊乱,只是科尼尔还没有这种技术。这样,即便最糟糕的情况发生,我们的信息也会被传递出去。但所有留下的人,特别是诸位,必须要有和天垂星共存亡的心理准备。而对所有的舰队成员,必须鼓励他们树立必胜的信念。"

"好的。"

"没问题。"

"我的舰队不需要鼓励,他们都盼着赶紧开始打。你放心好了。"劳顿多说了几句。

"不过……"苏北旦略为犹豫,还是说出了自己的顾虑,"如果你这样认为,是否需要通知天垂星委员会,让他们把一些重要人物转移到安全区域。"

"我考虑过这个问题,也就此咨询了沙达克的意见。一旦战役失败,天垂星委员会就失去了全部权威,各星系会形成彼此独立的新政府,是否能够保全这些人对未来的局势并没有太大影响。"

"你和休斯敦阁下商量过?"

"是的,他坚持留在天垂星,而且要求我不要计划对政府要员进行转移。天垂星的政府要员只有在天垂星才是要员,尤其是他们并没有可以依靠的武装力量,天垂星如果战败,其他星系不会继续服从这些要员。而他们留在天垂星,对稳定局势极为重要。天垂星现在是一团乱麻,这些人一走,整个星球就要陷入无政府状态,仗还没打,我们就会遭受到致命打击。"

苏北旦脸色平静,透过其他渠道,她大致了解了休斯敦和古力特之间的协商,"好的,我明白。"这是一个很冷酷的决定,除了已经离开的古南天,古力特和休斯敦的家族全部成员都居住在天垂星。不仅仅是自身,他们把整个家族的命运都和这一次战役捆绑在一起。她还知道另一个选样也曾经被郑重讨论过——如果全力以赴,动员移民,至少可以在最后期限之前送走六十五万人,这数目很大,然而和整个星球六十三亿人口相比,完全微不足道。为了送走这六十五万人,科尼尔舰队将投入繁忙的运输,战斗力将大大削弱,这等于宣布放弃了防卫星球的努力,而致力于逃跑!这是不可承受的政治代价,也让人良心不安,除非已经证明敌人具有压倒性优势,留给天垂星的只有死路一条,才能这么做。

最佳的也可能是唯一的解决方法就是拼死保卫天垂星。我们拥有强大的武力,一定会战胜!这是当前的宣传口号,直到古力特召开这次会议之前,苏北旦也一直坚信不疑。此刻,当古力特表明牺牲的决心时,苏北旦也不由得感到一丝忧虑。和古家一样,苏家的根基也同样在天垂星。没有撤退方案,没有特殊化,一切都取决于舰队能否胜利保卫天垂星。一种慷慨赴死的勇气涌上心头,无论最后的结果如何,她的科尼尔舰队,还有成千上万的官兵,都将为了这一刻竭尽全力。苏北旦看了劳顿和卡瑞尔一眼,立刻明白他们也抱着同样的想法。

"我们会胜利的！"苏北旦对古力特说。

古力特点点头，敬了一个军礼。

最后的会谈目标是木藤原。"天龙"号的袭击大获成功，然而木藤原的侄子木藤三来到了"重装甲"号，他带来的消息是木藤原愿意投入古力特阵营，条件是保留第一宇航中心和新舰队的指挥权。在"天龙"号的突袭之前，这样的建议无疑非常具有建设性，扫除了古力特所有的后顾之忧——天垂星上空完全被古力特一方控制，即便天垂星政府仍旧分裂，至少不会妨害太空中的任何行动。然而，木藤三在"天龙"号完全控制第一宇宙中心之后才来这里，更像是投降而不是主动联合。

再三考虑之后，古力特准许了木藤原的部分要求，让他仍旧负责第一宇航中心，但仅保留三艘轻巡洋舰和两个中队的飞梭作为机动力量，剩下的飞船拆分编入苏北旦的科尼尔舰队和劳顿的太阳神舰队。这些新飞船是极其有用的，其中八艘重型巡洋舰具有崭新的特性——拥有被称为几型空间力场的护盾系统。这是古力特从来没有见到过的新玩意儿，可以在舰体周围形成球形防护，有效抵挡各种武器攻击。美中不足之处是护盾系统有效维持时间有限，无法应付连续攻击。这是一个紧急事态下的半成品，却已经具备了和"天龙"号相匹敌的雏形，这让古力特感到欣慰。

他还想和木藤原谈谈关于这种新型护盾的事。

"我已经下令'天龙'号和科尼尔联合舰队战斗至最后一刻。"古力特开门见山，但他并不打算把一切都和盘托出。他和其他的部下每三小时就会举行一次会议，但对木藤原，他已经有两天没有联络。

"我会和第一中心共存亡。"木藤原毫不犹豫地表明自己的态度。

古力特盯着他。这是一张忠厚老实的脸，如果不知道他是木藤原，人们会认为这张脸应该属于一名忠于职守的士兵。然而，他却是一个最为老奸巨猾的政客，一个为了利益随时可以出卖立场的投机者。古力特想起休斯敦公爵的告诫：可以利用这个人，但在任何时刻，都必须对他保持警惕。

"中心的战斗准备如何？"古力特问。

"时刻保持红色警报，每时每刻，至少有一半战斗人员在岗。宇航中心是准军事单位，而且我们已经进行了大量训练，维持这个状况不是问题。"木藤原回答。

"我知道留给你的部队太少了点。"

"为了胜利的目标，基地的一切都服从您的指挥。"木藤原的回话坚决而果断，完全配合古力特的要求。

然而越是如此，古力特越发觉得不放心，"我应该感谢你。如果不是你站到我们这边，天垂星的僵局还要持续下去。你帮助我们解决了大问题。"

"这是我的正确选择。危急关头，我们需要凝聚所有的力量，确保胜利。"木藤原立刻回答。

古力特觉得似曾相识，每一次和木藤原见面，似乎都要重复类似的对话，几乎成了一种形式。他决定单刀直入。

"现在有一个新任务：找到和几型空间力场相关的设计师与工程技术人员，把他们送到坤城。你有十个小时来完成任务。有疑问吗？"

"没问题。"木藤原显得信心十足。

"很好。"尽管古力特有些怀疑木藤原能不能按时完成任务，然而作为长官，下达命令之后再追问是一种非常没有风度的行为，他没有继续追问。

"制造力场发生器的工厂在哪里？"

"就在这里。"

"宇航中心？"

"是的。"

"宇航中心怎么会有工厂？"

"'重装甲'号宣布独立的时候，这些卫星工厂都被迁移进入宇航中心进行保护。您不在场，所以也不了解这个情况。"

"转移人员的同时，尽量把装备也送过去。"

"遵命。"

"一定要快,敌人一旦从淼空间突入星域,我们就哪里也去不了了。"

"但是我们会胜利的。"木藤原说,他露出了一个微笑,"我们还会把他们接回来。"

古力特望着他。微笑出现在这张不苟言笑的脸上,看上去有几分滑稽。然而,古力特认同这一点,这是每一个人此刻最真诚的愿望。

"我们会胜利的。"古力特说,"顺便告知,令侄已经自愿奔赴'大力神'号,他将在劳顿将军手下服役,担任突击队长。"

木藤原的脸上保持着微笑,"他总是急切地想为天垂星做点什么,这一次他如愿以偿了。不过他也太任性了,居然没有告诉我。"

通话结束。古力特坐下,长长地呼出一口气。

"古力特,我们有客人。"沙达克进入他的思维。

"谁?"

"第三方飞船,我没有相对应的资料。"

"派一艘飞梭去查。"

"是的。但它出现在黑球集群边缘,钻进去了,我失去了跟踪信号。"

"哦。"

"在跟踪信号消失之前,它分离成了很多小块。根据情况分析,那些分离的小块不是飞船残骸,而是重型动力服,每一个的质量接近六吨。"

"重型动力服? 你说的是行星地面部队的装备?"

"是重型动力服,但不是地面部队装备。它们的机动性比'太阳之光'飞梭更强。这是一支特殊的小股部队。不清楚是敌是友。"

"多派几艘飞船,找出它们的下落。"

# 第三十七章　风云突变


巨大的红色恒星展示在图像中央，几乎占据了整个屏幕。接着，它飞快地向画面左上方退去，主体消失在屏幕之外，仅仅占据左上角小小的一片。突然，一个小小的黑点从无到有，很快地变大，最后占据了屏幕中心。

李约素的心一阵狂跳。他凝视着屏幕中央的星球，这是一颗蓝色星球，红色巨星的光辉并没有让它失去璀璨夺目的蓝色，它是一颗地地道道的蓝色星球。他看见了熟悉的大陆轮廓，变幻莫测、飘忽不定的云团。陌生的熟悉感侵袭着他。他在这里出生，在这里长大，度过了意气风发的人生前半程。上一回古力特带他来到这里时，"重装甲"号过于靠近星球，他所见的只是星球上灯火璀璨的夜半球；而这一次，他看见了星球的本来面目。

他注意到环绕着星球的一些不同寻常的亮点。那是飞船在逡巡。

突然间，所有图像都消失了，变成一团漆黑。

"李约素船长，我们到了。"天狼七的声音传来。

李约素还没有来得及回应，天狼七继续说："现在有一些麻烦。你们必须脱离飞船。舱门会在三分钟后打开，会有一些气流冲击。然后你们必须立即行动，出来穿上装甲就可以确保安全。我会把你们的装甲准备好。"

"你是让我们进入真空?"佳上问。

"是的。"

进入真空,这真是一件疯狂的事!李约素猛然大叫起来:"你疯了!我们和你不一样,我们没有那种能力。"

"只要你做好准备,稍稍暴露在真空中几秒钟并不是什么大不了的事。"天狼七平静地说。

"这太疯狂了!"李约素还试图说什么,天狼七却粗暴地打断了他:"舱门马上开启,你们有十秒钟时间移动到门边抓住固定杠。"

舱门微微开启,嘶嘶的气流声马上传来。"不要开玩笑!"李约素一边叫喊,一边飞快地从座椅上脱身,快速向舱门靠拢。

佳上的反应很快,他距离舱门更近,空气刚开始泄漏,他就伸手抓住舱壁上的把手,用力把身体甩起来,准确地落在舱门边,紧紧地抓住了固定杠。

舱门打开更大的缝,空气狂泻而出,形成有力的气流。一股巨大的力推动李约素,让他的身体失去了平衡。他侧着身子撞在舱壁上,下意识地伸出手,一把抓住了佳上,佳上牢牢地拉住他。舱门打开,空气很快一扫而空,李约素感到一阵昏沉,体液似乎正在渗出皮肤,而舌头上仿佛有无数的小球在跳,胸腔里就像窝着一团火,随时会爆炸开。真空正发出致命威胁,只要在这样的环境里待上一分钟就会丧命,也许不需要一分钟,只要三十秒,而留给他的清醒时间更短!

李约素看了一眼佳上。佳上的体质更具优势,至少他看上去一切正常。该死的天狼七!他在心底恶狠狠地咒骂,然而此时别无选择。李约素用最后一点力气甩动身体,向着舱门外飘去,在诅咒天狼七的同时盼望着他已经把盔甲准备就绪。飞出舱门,他感到自己正在飞快地逼近死亡,他似乎听到身体里血液沸腾的声音。

一股大力拉起他,在半昏迷的状态中,他感到自己抵达了一个安全所在,沸腾的血液平息下来,耳朵里的鸣响也慢慢消失,他大口大口地喘气。

"一切就绪！"他听到天狼七的声音。

"你疯了！"虽然刚刚经历了真空的身体显得羸弱不堪，李约素还是勃然大怒，狠狠骂了一句，如果可能，他恨不得冲上去，把天狼七饱揍一顿。

突然之间，他看见了身后的情形，仿佛一桶凉水浇透全身，他顷刻间冷静下来。

沙冈人围在飞船四周。有两个人已经死了，他们的盔甲失去了蓝色光泽，仿佛两块沉重的废铁。

"怎么回事？"李约素问。

"我们碰到了一些东西。"天狼七示意李约素。

黑球！李约素发现了天狼七所指示的东西，它就在不远处静静地漂浮。

"到处都是。"天狼七沉声说。

李约素看到了更多的黑球，飞船仿佛正在黑色气泡的丛林中前行。黑球好像具有灵性，当飞船前进时，它们会自动闪开。这是巨大的一群，黑色球体聚集成团，而沙冈人的飞船正在其中穿行。他们从这一团黑球的包围中脱离，更多的集群就会出现在视野中。每一个集群都仿佛巨大的飞船，静悄悄地隐藏在黑暗中，仿佛正等待着什么。

"飞船从亚空间返回的瞬间，有两个黑球占据了空间。虽然它们能够自动规避任何实体，但从亚空间返回的飞船还是会碰到它们。"天狼七说，"看来这种东西已经对天垂星形成包围，数量远远超过预期……形势很不妙，飞船必须隐蔽，随时准备撤离。在天垂星只能依靠盔甲行动。"天狼七转向李约素，"我会让飞船隐蔽起来等待，你下一步怎么打算？"

"我去天垂星。"李约素回答。天垂星就在不远的地方，他会找到科尼尔的舰队，要求加入。眼前的情况看来不妙，天垂星方面应当不会拒绝帮助，哪怕只是一个人小小的力量。

"到了天垂星，下一步有什么行动？"天狼七又问。

李约素没有答案，他只是要回到故乡。他的母星正被黑暗所包围，他必须回来做点什么。但是自己究竟该做些什么,却没有答案。李约素突然间非常希望天垂星此刻已经陷入战火,那么他就可以有一个最简单的选择:拿起武器,冲向战斗最激烈的地方,然后光荣地爆掉。

此刻面对天狼七的提问,他感到一丝尴尬,"接下来的事你不用操心。我自己会找到人。"

"我们可以去找古力特。他应该已经在这里。"佳上说。

"为什么要找他?"李约素问。

"他是唯一了解我们的人,只有他能帮助我们。天狼七,你需要情报,古力特也可以给你。如果古力特还没有抵达天垂星,那么我们和天狼七一起行动,探明形势,返回'平准'号。"

"我同意。"天狼七说。

两个人静静地等待李约素表态。

过了一小会儿,李约素终于回应:"先看看古力特到底到了没有。天狼七,我们应该向哪个方向寻找?古力特应该在天垂星附近。"

天狼七正想说话,一个警告信号跳了出来,相关数据一瞬间涌入他的头脑,"有三艘侦察飞船正向我们靠近。"

……

李约素轻巧地在甲板上降落,盔甲稳稳地抓住钢板。佳上也很快降落下来。天狼七悬浮空中,蓝光闪闪。

李约素回头望了天狼七一眼。沙冈人领袖带着他的队伍,三个飞梭小队包围着他们。

通向飞船内部的电梯就在那儿,李约素和佳上走过去站定,电梯带着李约素两人进入飞船。

"重装甲"号!这是李约素第二次登上这艘飞船。

"欢迎,李约素船长。"古力特早已经等候在机舱。

李约素从盔甲中脱离,走到古力特面前,"很久不见。看起来情况不妙,不过我有好消息带给你。我们找到了'平准'号。"

古力特露出笑容,"这的确是个好消息。天狼七要给我们更多惊喜?"

"那当然。"李约素回头看看自己的盔甲，"你可以让沙达克检查这套盔甲。这是最酷的装备，可惜只有沙冈人才能让它发挥最大威力。"

佳上走了过来，"古力特将军，你好。"

古力特点头，"你叫佳上？这个名字很不错。"

"我是'上佳'号唯一的幸存者，我会永远记住这一点。"

古力特带着李约素和佳上沿着通道前行，"我们的时间所剩不多，但我还是很高兴能看一看天狼七的表现。"

他们在一个宽敞的指挥舱里停下。

"古力特，我们可以开始吗？"沙达克问。

"开始吧。"

太空中，天狼七突然快速脱离队伍。一个飞梭小队跟了上去。

……

天狼七追逐着目标。目标很狡猾，不断地利用各种障碍物，试图躲开天狼七的追踪，然后反戈一击。它快速拉升，连续三次超级加速，又突然用更大的力量让自己停下来，几秒钟内转入反向弧。在反转的瞬间，加速度高达十三个标准场，无论如何，这是一个值得尊敬的战术机动。它紧接着做出两个盘旋动作，隐没到一块巨大的岩石后边，销声匿迹。这样的伎俩却没有逃过天狼七的眼睛——它在获得岩石掩护的瞬间，做出一个变向，随即关闭了动力系统，进入隐身模式，此刻，它正沿着一条轨迹不动声色地向外飞，寻找机会占据主动。天狼七伪装被骗过，茫然地绕着孤零零的岩石转了一圈，让自己暴露在对方的射程之内，然而他知道，如果对方想抓住这个机会，就必须用巨大的加速翻转，在三百个毫秒内，将无法再次调整姿态。对方果然上当，红色的闪光从黑暗中浮现。天狼七没有给对手机会，他迅捷无比地冲上去，占据了对方的线路，红光闪烁，虚拟的强烈束流结结实实地罩住了对手。

战斗结束，通讯请求不断闪烁。

"好样的，天狼七。"李约素接入通讯。

"战损七比一。"一直跟踪战斗的沙达克给出了结论。在大规模的战斗中,损失七架科尼尔飞梭才能打掉一副沙冈盔甲。

　　天狼七向着"重装甲"号返回。刚被他打败的飞梭显得有些丧气,和另两架飞梭一道缓缓地往回飞。天狼七追上去。隔着透明舱壁,他看见了控制舱里的人,一个科尼尔人正从驾驶位上盯着他,显然对于这样的结果并未感到心悦诚服。

　　"干得不错。"天狼七举手向他致意,然后加速离开。

　　"有什么了不起!只不过是装备厉害。"驾驶飞梭的战斗员嘀咕了两句,拉上控制杆,加速返航。

　　古力特有些吃惊。虽然他已经从"青云"号沙达克那里了解过沙冈人,但现场表演还是给他留下了深刻印象。天狼七的战术动作快速而高效,然而印象最深的还是天狼七和他的部属之间天衣无缝的配合。"天龙"号的流体颗粒之间也能如此配合,然而流体颗粒只是智能机器,天狼七和他的部属却是人,一群不亚于智能机器的人。

　　三万名沙冈战士!古力特试图估量这样一支武装力量会给局面带来怎样的变化。如果他可以把这三万名沙冈战士和科尼尔舰队配置在一起,利用他们的超强机动性护卫科尼尔主力舰,战斗的胜算将增加不少。还要加上"平准"号。这艘传说中的巨船是为战斗而生的,虽然没有亲眼见到,但从李约素和佳上略带夸张的描述中,他可以想象这是一艘无可匹敌的世代飞船。三万名沙冈战士和"平准"号,也许这是可以左右战斗胜负的力量!

　　然而战斗在二十四小时之内必然爆发,他们无法等到沙冈人。

　　他们在十七降落舱等待客人。

　　天狼七走进来。他已经卸下盔甲,一眼看去,古力特辨认不出他和其他绿人有什么区别。

　　"你好,天狼七,很高兴再次见到你。"

　　天狼七只是点点头,并不说话。

　　"你们的攻击配合非常完美,让人印象深刻。"这并不是恭维之词。古力特示意天狼七在李约素身边坐下,然而天狼七并没有挪动脚步。

"有什么疑问?"

"我的战士都在外边值守。这里太危险,我们必须尽快离开。"天狼七的语气不容置疑。

古力特并没有计较天狼七生硬的态度,"那么你到这里来的目的是什么?"

"我来交流情报。我们已经把沙冈人的消息告诉你们,作为交换,沙达克也和我分享了眼下的天垂星态势。这个目的已经达到,我应该回到'平准'号去准备战斗。"他看着李约素,"李约素船长,我们必须赶紧走,继续留在这里毫无价值。"

"你认为穿上盔甲,待在太空里能够比'重装甲'号飞船更安全?"

"一旦危险发生,我们随时可以离开。"

"离开?你是说通过亚空间弹跳?沙达克已经进行过测算,一旦它们入侵天垂星,亚空间扰乱不可避免,一般的飞船根本不可能穿透扰乱。"

"对我的飞船不是问题。"天狼七根本没有把这个放在心上,"李约素船长,你的决定是什么?"

船舱里陷入短暂的沉默。最后李约素开口,却并不是回答天狼七的问题,"古力特将军,我们已经找到了'平准'号。因此我回来,请求您给我一个舰队职位,虽然我不属于科尼尔,但我曾经是一个科尼尔军人,这一次的战斗关系到天垂星的存亡,我请求您给我一个机会。"说完之后,他满怀希望地盯着古力特。

天狼七静静地看着李约素,又看了古力特一眼,如果一旦二者之间达成协议,李约素重回科尼尔舰队,那么他将毫不犹豫地走掉。

古力特并没有考虑太久,很快,他说:"我这里不缺少指挥官。"

"我可以做突击队员,或者干内勤……我不在乎什么指挥官,我只想和科尼尔舰队在一起。"李约素慌忙接上话,生怕古力特彻底拒绝。

古力特微微一笑,"李约素船长,科尼尔舰队已经就绪,战斗很快就会打响。我很赞赏您为科尼尔效力的拳拳之心,但你留在这里并不合适。'平准'号才是你的舞台。"

李约素没有继续纠缠。他站起身，"'平准'号不是我的飞船，它是天狼七的。但是既然古将军这么说，那么我还是和沙冈人待在一起。很抱歉打扰了您的战斗部署。"他显然有些不满，然而尽量克制，保持礼节。

"请不要误会。非常感谢你带来'平准'号的消息，还有这些强大的沙冈武装。战斗不会是短时期的事，我们可能会面临长期的威胁，增加任何力量都是受欢迎的。李约素船长，你不属于科尼尔舰队，也不属于雷电家族，你是我们的盟友。"

李约素微微一愣。

"没有人知道未来二十四小时会发生什么。可能我们守住了天垂星，也可能敌人占据了这里。但有一点可以确定，战斗不会就此结束。而接下来的战斗里，我们需要一切可能提供帮助的力量，甚至组建一支联合舰队，难道你不希望加入这支舰队，贡献更大的力量？"

李约素只觉得脑子嗡嗡作响。跨越所有星域的联合舰队，甚至还包括雷电家族和沙冈人。科尼尔、达门塔、俄罗斯、雷电家族、沙冈人……这是从未有过的豪华阵容，他从来没有想到过这样的联合舰队能够出现。李约素被古力特突如其来的提议搞得有些发蒙。他回到这里，只是想参加保卫天垂星的战斗，他是一个科尼尔军人。哪怕所有的人都忘记了这一点，他的内心深处却从未怀疑。

佳上站起来，拉着李约素向外走，"古力特将军，很遗憾我们帮不上忙，情况紧急，不打扰。再会。"

李约素被佳上拉着，仓促之间有些狼狈，他甩开佳上，扭头看着古力特，"我不过是一个无家可归的流浪汉，如果战争持续下去，我会尽自己的一份力。既然你不接受我，我会离开。我自己来保卫天垂星。"说完，他大踏步向门外走去。

天狼七和佳上跟了上去。

古力特注视着他们的身影消失在拐角处。然后，他从屏幕上看见了他们。

李约素几乎奔跑着冲向自己的动力服，他的内心显然仍旧起伏不定。

佳上不慌不忙地走着,一边观察四周。天狼七脚步轻盈,却很坚定,他走向自己的盔甲,路径几乎是一条笔直的线。

重力撤除,盔甲漂浮起来,突然间蓝光闪闪。

舱门打开,三个人鱼贯而出。三个蓝色小点从"重装甲"号上脱落,它们快速地向着空旷地带移动,等候在外边的四个沙冈战士即刻跟上。蓝色小点很快变得黯淡,融入到黑色的宇宙背景中。

古力特的视线仍旧停留在屏幕上。

"沙达克,他们的飞船在哪里?"

"目标三七五,四九九,三十五度十分。"

"距离'天龙'号不远。"

"是的。"

"和'天龙'号确认一下他们的飞船状态。"

"没问题。你的目的是什么?"

"我想确定他们是不是有能力在焱空间紊乱的情况下撤退。"

"遵命,我会和'天龙'号联系。"

古力特从十七号降落室返回第一指挥舱。沿途舷窗大开,各式各样的飞船层层密布,延伸到遥远的角落。古力特停下脚步,虽然所有的布置早已烂熟于心,然而用肉眼透过舷窗观察完全是不同的情形。最远处有三列细小的光点,那是突击舰队列;然后是轻型驱逐舰,看上去仿佛几十个小小的模型,数以百计的核动力激光炮台混杂其间,不断闪烁着红光;最近处是两艘重型巡洋舰——"无畏"号和"勇气"号,两艘飞船都保持着灯光控制,只是两个黑色的影子,它们仿佛左膀右臂,依托在"重装甲"号两侧。阵列绵延三千千米,和远方那些黑色小球形成的集群针锋相对。

战斗很快要开始了。古力特甚至想到了战斗打响的情形,无数的飞梭从这里一闪而过,涌向前方,带着死神的雷霆在各种飞船之间穿梭,爆炸将像礼花一般绽放。

它们是谁?它们有怎样的攻击力?它们会轻而易举地消灭人类,还是将被人类迎头痛击、缩回老巢?所有答案都将在二十四小时内揭晓。

这是不是人类历史上最重要的二十四小时？

还有一些问题并不会有答案。它们为何而来？这些来自异域的生命，消耗巨大的能量穿越亚空间进行远征，绝不是心血来潮的游戏。掠夺，征服，还是有别的目的？无从知晓。古力特突然对那个从未谋面的敌人感到一丝好奇。它们是否和我们一样恐惧？

纷繁复杂的思绪让古力特心潮起伏，洛基塔已经陷落，守住天垂星是唯一的希望。他是科尼尔人，更是天垂星人，他生命的全部都和这颗蓝色星球紧密地结合在一起，他是优秀的舰队指挥官，家族荣耀的继承人，还有，他深刻地明白肩头的分量，失去天垂星就意味着失去一切。不会的，我们会赢的。

突然之间，古力特想和凯特进行一次通话，就在这里，面对着集结的舰队，还有前方黑洞一般深邃的敌人。

沙达克，我想……古力特突然中断了请求。

需要做什么？沙达克问。

没什么。古力特改变了主意，白金宫正是深夜，虽然他知道凯特肯定和他一样无法入睡，但他想让一切看起来没那么大不了。这只是一场战斗，不需要过于郑重其事。他迈开步子，走向指挥舱。

沙达克回过头来又找到他。

"'青云'号送来了胶囊船，载有关于敌人态势的最新估计。"

"有什么新情况？"

"'青云'号认为敌人会提前十个小时抵达。而且……"

沙达克通常并不会吞吞吐吐，古力特意识到事情不妙。

"是什么？你必须把所有的情报如实通报给我。"

"'青云'号认为敌人会提前十个小时抵达，而我们无法抵抗超过三个小时。"

这是一个噩耗，突如其来，让人猝不及防。一切充满信心的假设，被简简单单的一条消息所颠覆。

古力特却出奇地镇定，仿佛早已知晓。

"其他司令知道这个消息吗?"

"按照你的指示,所有胶囊消息都会在第一时间送达三位司令和申秋将军手中。"

"好的,你告诉他们,我的命令是一切部署不变,进入临战状态。如果他们有疑问,可以直接找我。"

"遵命。"

"封锁消息,除了三位司令和申秋,消息不得向任何人泄露。"

"可是,古力特,至少我们应该向天垂星委员会通告这个消息。"

"我命令你不能这么做。我们只剩下不到十三个小时,通告天垂星没有任何好处。如果敌人真的那么强大,与其让天垂星上的人们在恐慌中死去,不如让他们保持希望到最后。"

"但他们终究会知道的。"

古力特没有回答。作为舰队司令,他将竭尽全力赢得战斗,敌人来势汹汹,这不是他可以改变的现实。如果他隐瞒消息,那就是欺骗所有人,尽管出于善意,但欺骗本身对许多人来说就是一种不可原谅的行为。他感到自己的心神仿佛正被巨大的引力拉扯,摇摇欲坠,随时可能崩溃。他坚持站着,看不出丝毫动摇的迹象。

"执行我的命令。不要向天垂星通告消息。"

"你是否需要向其他三位司令下达禁令?"

"向他们重申,必须由'重装甲'号承担与天垂星通讯的职责。他们只需集中注意力在自己的阵地,打好这一仗。"

"遵命,船长。但是这样的权宜之计只能限于二十四小时,二十四小时之后,我要向天垂星治理委员会通告整个过程。"

"就这样吧,沙达克。"

古力特从通话中退出,感到精疲力竭。一个简简单单的决定,却让人觉得仿佛一个世纪般漫长。这样的决定甚至在他的意料之外,古力特从来不说谎,他的品性无法容忍这种道德上的瑕疵。然而在这个最关键的时刻,自己居然决定对所有人撒下弥天大谎。

银河在上！他轻声祈祷。

申秋闯入了通讯频道。他并没有得到沙达克的允许，而是直接和古力特进行接触。古力特和"天龙"号沙达克进行了融合，在某种程度上，他和"天龙"号属于一体，也和所有"天龙"号属员一体。然而按照指挥程序，"重装甲"号是联合舰队的旗舰，所有通讯必须通过"重装甲"号沙达克进行中转。越过"重装甲"号和古力特直接接触是严重的违规行为。但是，世界末日十三个小时之后就要到来，这样的行为也就成了无足轻重的小事。

申秋急迫地呼叫古力特，他不断地试图建立链接，得不到古力特的响应，于是反复尝试。

不用着急。古力特这样想，事情已经到了如此糟糕的地步，人力无可挽回，他努力让心情保持平静。

申秋进行了第一百零一次呼叫。古力特终于做出响应，两个人的头脑联系在一起。

"'天龙'号将撤出战斗。"申秋开门见山，"青柏将军要求我们撤出战斗。"

"青柏将军是否解释了理由？"

"战斗无法获胜，必须保存力量，寻找机会。"

"我的指挥权并没有解除。"

"是的，所以请你回到'天龙'号，继续指挥。"

"我们不能连敌人的面都没有见到就退缩。毫无抵抗，抛弃天垂星，这是军人的耻辱。准备迎接战斗。这是第一命令。"

"你的命令和'青云'号相冲突，按照常例，我应当向'青云'号确认是否继续遵从你的指令——'青云'号是总部，具有最高权威。但是就眼下的情况，很显然'青云'号不可能在战斗打响之前剥夺你的指挥权，你仍旧是天龙舰队的最高指挥官。所以，遵命，船长。"

古力特稍稍感到宽慰。雷电家族的人们冷静而理性，他们完全可能不顾天垂星的安危离去，既然沙达克已经做出最新的判断，这是一场无法取胜的战斗，抵抗也就只剩下精神上的意义了。他很高兴申秋并没有彻底否定这一点。

他决定做出一点调整。

"照原计划，你应当确保将这里的情况送到'青云'号那边。现在需要作一点修正。"

"我会确保即使在极端情况下，也至少有六个信使颗粒和十五个胶囊可以被送出。'青云'号收到这些胶囊可以还原即时情景。"

"很好。那些沙冈人，还有李约素他们呢？"

"沙达克已经得出报告，他们的飞船装备了特殊的波动引擎，在'青云'号的序列库中并不存在。根据残存的亚空间波动痕迹，这种波动引擎可以激发非稳态亚空间通道。他们的确具备穿透紊乱亚空间的能力。"

"分离出一部分力量，保护他们不要受到攻击。"

"他们完全可以照顾自己。我们已经分离了三百四十个颗粒来确保胶囊船能够通过非稳态亚空间通道，这一举措令我们损失了十分之一战斗效能。如果再分离一批颗粒，天龙舰队的战斗效能将大打折扣。大概……折损四分之一。"

"是的……但我们的目标不是战胜。因此我命令你，可以撤退。"古力特甚至被自己的念头吓了一跳，他继续向申秋下达指令，"一旦完成信息传输的任务，'天龙'号可以在无法支持的情况下撤离战场。"

"我们没有星门，无法撤退。"

"驱动所有波动引擎，构筑非稳态亚空间通道，能到哪里算哪里，不要在这里作无谓的牺牲。"

申秋明白古力特的想法。"天龙"号可以构筑非稳态亚空间通道，对"天龙"号这样的大飞船来说，如果能够激发非稳态亚空间通道，仍旧可以强行挤出去，只是不知道将落在何处。

古力特把沙达克拉进来，描述战斗任务之后，他要求沙达克保证坚持到最后一刻，同时确保"天龙"号能够脱离。

"我可以计算出平衡点。"沙达克答复他。

"这是最后的指令。战斗期间,不得更改。"古力特下达了最后指令,然后中断了链接。

远处,"天龙"号正在展开。它舒展舰体,变得更为细长,同时开始卷起。按照古力特的指令,更多的流体颗粒从"天龙"号上抖落,汇聚成团,向着前方涌去。它们去会合天狼七小队。

古力特大步踏向指挥舱。

银河在上,今天请给我勇气、智慧,还有决心,保佑星域、人类以及一切都能从浩劫中生还,继续拥有一个美丽家园。

如果说他还有什么愿望,他只希望凯特能够原谅他,他无法和她漫步银河,携手终老,这是最大的遗憾。他甚至想到,当"重装甲"号在空中陨落,白金宫的屋顶上,凯特会看到那壮丽的火光。

最后的告别到来的时候,任何对话都显得苍白无力,凯特会明白的。

# 第三十八章　初战告捷

"我就在这里,哪儿也不去。"李约素干脆地亮出了自己的底牌。

"跟我一道撤回'平准'号,否则我无法保证你的安全。"

"烂命一条,有什么关系。"李约素大笑两声,"我要亲眼看看古力特怎么样收拾那些垃圾。"

"古力特让你撤退。"佳上冷不丁插了一句。

李约素显然有些生气,"我不是他的下属,他想做什么和我无关。"

"恐怕未必。"天狼七冷冷地说。

李约素一怔,"什么意思?"

"古力特送来了礼物。"天狼七把一些图像送到了李约素和佳上眼前。密密麻麻的飞行器,数量超过三百个,正快速逼近。

"这么多飞梭,它们想干什么?"

"这不是飞梭。它们来自'天龙'号,是流体颗粒。"佳上说,"我想古力特是让它们来保护你。"

"简直可笑!我们安全得很,哪儿用得着他们来保护。再说保护我做什么,我不过是一个无家可归的流浪汉罢了。"李约素说着干笑了两声。

"但是战斗一旦开始,就很难预计后果。这些流体颗粒可以形成足够的屏障。"佳上说。

"他们也认为情况很糟糕。"天狼七冷冷地说。

"有多糟糕?"李约素急切地问,虽然这样问让他显得很无知。

"这个问题我无法回答,"天狼七说,"只有事实能告诉你答案。"

"那么天垂星能守住吗?"

"我不知道。"

"你什么都不知道,就知道逃跑!"李约素暴怒起来。

天狼七并不理会李约素的暴怒,"沙冈人不是懦夫。但如果形势需要我们撤离,我们就会撤离。形势很明确,看看这些黑球,这些东西的规模本身就让人生畏,在它们背后,还有更不可捉摸的东西正穿透亚空间而来。我们必须先摸清敌人的实力,才能有针对性地进行部署。如果连敌人长什么样都不知道,这样的战斗没有多少胜利的机会。这些人死守着一个星球,不懂得放弃,是最大的愚蠢。"

李约素几乎被天狼七说服,然而这最后一句话让他再次暴怒,"你才愚蠢! 天垂星是不可放弃的!"

李约素马上意识到自己的失态,他控制一下情绪,然而语气仍旧强硬,"天垂星有六十亿人口。六十亿! 你让我们放弃这些人,让这些人去死吗? 这不是一个普通星球,这是母星,母星,你明白吗? 你们这些人永远不会明白!"他喘了口气。

"我们看看结果。"天狼七不动声色地说了一句。

三百多个流体颗粒很快到了,它们散开分布,仿佛一把伞,把李约素一伙人和黑球集群隔离开。所有人同时收到了通讯,这是一个广播,反复了三次。

"我是'天龙'号作战参谋申秋,一旦情况紧急,你们的飞船将受到'天龙'号的保护,确保安全撤离。"

"这是好意,至少我们应该感谢他们。"佳上话音刚落,流体颗粒突然发出炫目的光,几百个颗粒的光芒形成了一面光盾。正在惊讶间,一道强烈的光束从盾牌中央激射而出,突向黑球集群。

天狼七猛然转身,冲向流体颗粒组成的阵形。六个沙冈战士紧跟着他。蓝光闪闪,他们彼此间错落有致,交替掩护。

李约素想跟上去,却发现自己根本无法动弹。他马上明白是天狼七锁死了自己的盔甲。

"天狼七,你的良心叫狗吃了!"他破口大骂,然而无可奈何,只有眼睁睁地看着天狼七带着小队消失在光盾之后。

"佳上,快来帮我。"他想起身边还有一个伙伴。

"我也动不了。"

"妈的,早知道我就不穿这种动力服,全被天狼七操纵。"

佳上来不及附和李约素,飞船正在移动。它正冲着李约素和佳上而来。

"天狼七想强行把我们捆绑在飞船上。"

"银河在上,我要让他怎么死的都不知道!"李约素恨得牙根发痒,然而他的身体丝毫不能动弹。

飞船快速贴近。李约素想起被天狼七逼着从舱门里出来的情形,那一次他差点死掉。这一次,情况也许更糟糕,他连移动身体的能力都没有。和天狼七在一起很危险,而且越来越危险。他油然而生这样的念头。

然而另一种情形完全吸引了他的注意力,以至于对天狼七的愤恨在不知不觉中消散得干干净净。"天龙"号正展开躯体,不同于以往那种慢腾腾的展开,这一次动作非常迅捷。它的头部和尾部同时甩动,发出高亮的光,星星点点的光芒从躯体上喷洒而出,向着前方的黑色地带移动。那是大量集群的流体颗粒在移动。

它们终于来了!李约素突然有一种如释重负的感觉。它们终于来了,该来的终于来了!

战斗就要打响,李约素却感到心情平静如水。在这一刻,他仿佛成了一个完全无关的人,置身事外,冷眼旁观。他有些惊讶自己怎么会有这样的心情。

"佳上!"他急切地叫道。

"我看到了。"佳上回答,他也正目不转睛地看着"天龙"号。这艘亮度极高的飞船是视野中最引人注目的目标。

"你看见它们了吗?"李约素大喊。

"没有,但是看来它们马上就会出现。"

佳上没有说错,当流体颗粒的集群逼近黑球集群时,黑色仿佛潮水一般将这些发亮的小点淹没。"天龙"号的躯体在一瞬间扩张了至少三倍,就像一个巨大的太阳般发光。千万条光线从重重黑色的包围中泄出来,这是李约素从未见过的奇特景象,那仿佛一团黑色的云,然而却放射出灿烂夺目的金光。

一些物体被金光照亮,从黑色中浮现出来。它们就像一个个放大的黑球,不再是一个若有若无的空间泡,成了实体,每一个实体的表面都长满了坚硬的刺。这样的飞行器李约素从未见过。

黑色刺球正从黑球集群中不断地分离出来,整个黑色集群不断地向外膨胀。

"天龙"号就像一块屏障,正竭力阻拦黑色的扩张。

流体颗粒从黑色集群中脱离,再次汇聚在一起,然后四散,这一次它们兜住了冲在最前沿的一群黑色刺球。青紫色的电光形成一片风暴,黑色刺球淹没其中,它们并不爆炸,却像气球泄气般迅速地枯萎,形成一团团小小的皱巴巴的残骸。黑色的阵形中顷刻出现了一个巨大的缺口。

"好!"李约素忍不住大叫起来。

飞船靠过来,把"天龙"号那边的情形完全遮挡掉。

"天狼七,你他妈死到哪里去了?"李约素终于再次想起了天狼七,他试图呼叫天狼七,让他解除禁锢。

他很快得到了天狼七的回应:飞船上伸出两条机械臂,把李约素和佳上捆绑起来,机械臂收缩回到飞船腹部,李约素和佳上被紧紧地和飞船锁在一起。

李约素几乎气得发疯,各种各样的星门骂语连珠炮般地飞出口。佳上几次试图和他通话,都被一连串狂怒的骂语给吓了回来。

十几秒钟后,佳上收到了李约素的通讯请求,接通之后,他听到一个异常镇定的声音,和之前的狂怒判若两人。

"你看见了没有,它们正被'天龙'号消灭。"飞船转过九十度,把"天龙"号方向的战场情形再次展现在他们眼前。佳上和李约素目不转睛地看着。

黑色刺球跨过亚空间而来,一个个黑球眨眼间膨大形成刺球并快速向四周移动,尽管被大量地杀伤,也没有任何停下的趋势。它们被打击成为残骸,整个过程看上去并不像一场战争,而是一场单方面的屠杀。甚至,那些黑色的刺球仿佛无生命之物,只是一些轻飘飘的气球,被戳破之后,剩下的东西少得可怜。

"天龙"号不断盘旋,每一次盘旋,都放射出大量的流体颗粒。流体颗粒集群正变得越来越庞大,对手的领域一点点地被流体颗粒所攻击、侵占。尽管黑球仍旧不断地变成黑刺球,然后向着四周散开,敌人的阵线仍然不断地被流体颗粒突破、压缩,黑色的阵形出现了缺口,并在流体颗粒的一次次电光打击下越来越大。

"天龙"号停止盘旋,它再次调整成长条形,笔直地向前突进,从缺口突入黑球集群。

"这是要干什么?"李约素问。

"'天龙'号已经放出所有流体颗粒,它要进行总合攻击。"

"总合攻击?"李约素并不理解这个名词。

佳上没有回应,"天龙"号的动作已经给出了答案。"天龙"号仿佛一支长矛,向着黑色阵形直冲而去。无数的流体颗粒放射出强烈的电光,仿佛一道光亮的线把颗粒和"天龙"号连为一体,形成密密麻麻的光栅。"天龙"号带着光栅移动,就像无数锋利的剃刀,所过之处一切都被截断,黑色集群被切割得支离破碎。"天龙"号从一端刺入,贯穿而过,黑色刺球涤荡一空。微小的黑球并不受这种光栅剃刀的影响,它们随着光栅移动,仿佛有灵性般从光栅的缝隙间滑过,"天龙"号穿过之后,黑球重新聚集。但绝大部分变成了刺球的黑色物体都被"天龙"号扫灭,黑球集群的规模大大缩减。

"大获全胜！"李约素高兴地叫起来。敌人被大量消灭，而"天龙"号几乎没有损失。

佳上却没有那么乐观，他沉默着，没有做出回应。

阻挡在飞船和黑色集群之间的颗粒停止发光，李约素终于能够看到另一群黑球的情形。那是科尼尔舰队和黑球集群之间的较量。

他看到了熟悉的身影——太阳之光轻型突击飞梭。飞梭群迎着黑色的敌人而去，几百架飞梭仿佛蜂群般上下翻飞，追逐着形成实体的黑球，它们没有遭到任何抵抗，只是黑色刺球形成的速度太快，飞梭根本来不及完全消灭它们。突然之间，仿佛收到了统一的号令，飞梭放弃了追逐，集中起来，分批次撤退。一道红色的火龙从黑暗中涌现，更多的火龙随之出现。李约素对这样的火力格外熟悉，这是卡帕突击舰的火力，果然，卡帕突击舰编队从黑暗中浮现出来，飞梭从编队中穿过，向着"重装甲"号而去。

突击舰排列成三排，猛烈开火，交织成一片火网。所有的突击舰同时开火，气势惊人，形成一片灼热的火海，把其中的一切都烧得干干净净，即便远在三千千米外，李约素也能感觉到辐射强烈的余波。

四下散开的黑色刺球在突击舰编队形成的火力网面前无处遁形，瞬间被烧得一干二净。黑球并不受影响，它们在火海中纹丝不动，毫发无伤。突击舰的编队停止前进，暂停射击。幸存的黑球不再变化，静静地聚集在一起。这个大大缩小了规模的集群沉默着，没有任何动静，似乎和方才激烈而动荡的一幕完全无关。

"嗯——"李约素不知道该说什么，看起来人类取得了压倒性的胜利，然而他的心情却远远没有看到"天龙"号扫灭黑刺球那么欢快。

他清楚科尼尔舰队的战斗程序——轻型飞梭作为前哨，进行少量骚扰作战，尽量打乱敌人的部署；然后是突击舰阵列。突击舰具有强大的火力，也有一定的防护，但总的来说，这是一种轻型舰只，选择它们作为第二阵列的理由是它们具有一定的机动性，在一轮冲击之后，可以撤退到侧翼,给真正的攻坚主力——轻型驱逐舰队以及动力炮台让出空间。最后的压轴大戏是重巡洋舰以及母舰,它们具备最强硬的防护,同时具备最有力的火炮,只是完全没有速度,只能在最后关头与敌方周旋,为己方提供掩护,或者在攻击受阻的情况下硬碰硬地把敌人吃掉——前提是敌人不懂得逃跑。在这样的战斗程序中,突击舰火力扫荡只是前奏,根本称不上发挥了打击水准,但敌人却已经毫无还手之力。

战场上沉寂下来,双方都不再有动作。

“你觉得怎么样?”沉默良久,李约素开口问佳上。

“有些蹊跷。”

“蹊跷?什么意思?”李约素没有听明白这个词。雷电家族总是在通用语中夹杂一些难懂的词汇,据说这是人类古老语言的残留痕迹,还好这些词汇不多,并不影响意思的表达,李约素并不在意,但此刻,他不得不问个清楚。

“有些奇怪。”

“我也有同样的感觉,它们不应该这么弱。”

“是的,它们不应该这么弱……也许还有变化。”

李约素想起身去突击舰那边看看,这才意识到自己被锁定在飞船上。

“他妈的天狼七!”他重新想起天狼七。

“我在这里。”天狼七沉稳而平静的声音在两个人耳边响了起来。

李约素被吓了一跳,他四处张望,却并没有发现天狼七的踪影。

“你在哪里?马上出来!”李约素叫喊起来。突然间,他发现佳上也失去了踪影,“佳上,你在那儿吗?”他赶紧问。

“我在这里,我也看不见你了。”佳上仍旧在原地,只是从视野中消失不见。

“天狼七,你搞的什么鬼!”

“我在检测盔甲状况。”天狼七在一眨眼间出现在不远处,“检测性能良好。”很快,佳上也重新出现在眼前。

“你到底要干什么?”李约素不无恼怒。

"做好逃命的打算。"天狼七冷冷地说。

天狼七的话让李约素冷静下来,看起来天狼七似乎知道些什么。"怎么回事?"李约素问。

"这是一个陷阱。"天狼七说,"这些黑球并不是什么重要的东西,它们只是一些探测器。敌人根本就不需要通过它们来穿透亚空间。它们可以在任何地方出现。"

"这不可能,古力特说沙达克计算过,这些黑球的集中地就是它们选择的突破口。它们需要借助这些黑球进入我们的时空膜!"李约素大喊。

"这只是一个理论上的最小能耗方案。如果敌人能够突破亚空间而来,就不会在乎多耗费一点能量。把自己捆绑在固定位置是愚蠢的行为。"

事情并非如此。李约素在心底暗自反驳,如果它们并不借助这些预先打入的楔子,所要消耗的能量并不是多一点那么简单,它们要花上两倍、三倍,甚至十倍的能量。然而,天狼七说得对,把自己的行动目的地暴露出来是愚蠢的,特别是在明知有人会阻碍行动的情况下。李约素感到有些忐忑,没有把反驳说出口。

"你有可能是对的。你预计它们会怎么行动?"佳上问。

"我不知道。它们可能在任何位置出现。"

"什么时候?"李约素问。

"任何时刻。"

对话陷入短暂的沉默。所有的战场都沉寂下来,"天龙"号收回了颗粒,开始蜷曲,为下一次战斗积聚能量。"科尼尔"号已经迫近黑球集群,保持相对距离静止。更远处,"重装甲"号的编队几乎没有改变位置,似乎它根本没有使出力气,就结束了战斗。

一切平静,却让人感到说不出的诡异。

……

"你是说我们必须逃跑吗?"李约素打破了沉默,他幽幽地问,带着一丝沉郁。

"我们必须对最坏情况有所估量。"天狼七回答。

"最坏的情况是什么？"李约素追问，他感到嘴里有一丝苦涩。

"我们眼前的整个世界都会被毁掉。"天狼七平静地回答。

四个蓝色光点由远及近，飞速而来，他们来自四个不同的方位。

"没有发现亚空间异常波动。"沙冈战士向天狼七报告。

"这是好迹象，可能也是最糟糕的迹象。"

不需要天狼七更多解释，李约素明白其中的意思。或者敌人并没有进一步的行动；或者敌人正在行动，而我们对此一无所知；后一种可能几乎就是全部可能。

"天狼七，你有绝对的把握脱离吗？"佳上突然问。

"如果它们能够完全堵塞亚空间，我们当然走不掉，但是这样的情况太不可思议，这里是平坦空间，亚空间不可能被完全堵塞，我们总能找到机会逃走，只要不是太蠢以致无谓地暴露自己。"

李约素默不作声，他望着远方，蓝色的天垂星正缓缓转动，星罗棋布的飞船层层拱卫。这真是一场如此不对称的战争，以至于科尼尔的人们一点胜利的希望都没有？

他不相信。

古力特！古力特！在李约素内心深处，从来没有像此刻一般，希望一个将军能够建立不朽的功业。

银河在上！

# 第三十九章　危机重重

古力特的脸色铁青,坚硬得仿佛冰块。

马元忐忑不安。他是高级人民代表,在天垂星地位尊崇,习惯了人们笑脸相迎,古力特却一言不发,只是冷脸相对。他理应识趣,自己走掉,然而他并不是以人民代表的身份来到这里的,他的另一个身份是治理委员会特使,专程前来恭贺古力特所取得的胜利,不能一句交代都没有就回去。从前多次和古力特接触,这个年轻的将军虽然依靠世家的身份才能年纪轻轻取得高位,然而他确实是一个杰出的将领,也很懂得政治。但是,今天他的态度有些匪夷所思。马元想起坊间的传言,古力特被雷电家族改造了头脑,已经不是从前的那个古力特,而成了雷电家族的傀儡。他对此嗤之以鼻,然而古力特此时的表现和从前判若两人,让人不由得怀疑传言也许是真的。

两个人面对面坐着,一直没有说话。

终于马元忍受不了这种尴尬,再次开口:"古将军,我是奉命来的。打了胜仗,这是值得高兴的事,治理委员会派我来,夏洛特主席亲笔写了贺词,休斯敦阁下也让我捎个口信,这是一次让人欢欣鼓舞的胜利,必将载入史册。但是古将军本人似乎对此有些看法……"说完他看着古力特。

古力特的脸色没有变化，不过终于开口说话："对不起，马博士，失礼了。我确实没有预料到最高委员会会派人来我这儿。战争远未结束，天垂星沙达克也应该有同样的结论。为什么不等一等，再看看战场的情况。"

"我们当然会继续关注战场情况，期待您带来更多的胜利。敌人从森空间侵入，被我们击退，这样的好消息无论如何是值得庆贺的。我们不会吝惜对英雄的赞赏，您也不必过于谦虚，即便您对于名利并无渴望，您的部下也将因此得到天垂星人民的感激。治理委员会已经决定为所有的参加战役的战士提供一套度假别墅，可以在天极、夏原、多美利加三个城市挑选，这都是风景绝佳的海滨城市，还有三个亿基数的奖金。虽然耗资巨大，但议会已经通过了预算。这些奖赏都将以您个人和治理委员会的共同名义颁发……"马元好不容易得到一个说话的机会，赶紧把之前准备保留的秘密武器全部翻了出来，看古力特的样子，他担心如果不赶紧摊牌，古力特会一直用这种冰冷的态度说话。

古力特抬手让马元停下。"我的顾虑不是这个。"古力特的脸色缓和下来，"马博士，你不了解情况，但是治理委员会应该明白，他们有沙达克作咨询。我们仍旧处在极端危险的情况中，容不得丝毫松懈。我马上送您回天垂星，请您把这个意思带回去：如果战斗没有最后胜利，请不要再进行类似的庆贺。您是人民代表，请尽最大的努力让天垂星的人们明白，我们需要他们的支持，就眼下的情况而言，没有扰乱就是最大的支持。"

古力特不再多说。他让人把马元送了出去。当人民代表的身影消失在舱门后，他猛然从座椅上跳了起来，压抑多时的怒火刹那间爆发："沙达克，追查是谁泄露了战场情况！"盛怒之下，古力特仍旧保持着克制。

"古力特，我已经调查清楚，第一宇航中心向天垂星发送了消息。他宣称我们已经取得了完全胜利。"

"他怎么能这么做！"古力特不是一个容易动怒的人，虽然眼前的情势让他异常生气，但他仍旧克制自己，尽量挑选平和的字眼来表达愤怒。

然而沙达克可以探测到古力特脑波的异常，"古力特，你可能需要休息，是否需要进行一次压力测试？"

"不用。"古力特让情绪更快地平静下来。他一向是一个很冷静的人，从来不会让情绪左右自己，哪怕舰队被人出卖，陷落到最危险的境地里，他也能泰然自若。然而，眼下的情势实在让他无法保持完全镇定：敌人根本没有从黑球集群出击，它们只释放了一些无足轻重的自动装置，这可能仅仅是诱饵而已。从表面上看，联合舰队取得了胜利；但事实上，这意味着情况更糟糕，敌人根本没有遵照能量最省原则进行空间跳跃，它们的能量控制水平大大超过沙达克的预期。

错了，一切全错了！

最佳的方案是撤退，能保存多少力量就保存多少。趁现在还有机会。

谁也不知道敌人什么时候，在什么地点，以什么方式出现。敌人可能下一秒就会到来，也可能三个月之后才来。然而有一点确定无疑，天垂星将沦陷，就像达门塔的洛基塔一样。而敌人将成功地控制这两处，从而获得这种可能：从它们的巢穴源源不断地遣送远征军团。所有的星域将陷入恐怖。

这样的前景让古力特感到焦灼。他不知道应该如何向天垂星通告消息，何况在战斗打响之前他已经做出决定，对天垂星封锁消息。如果继续对天垂星封锁消息，他将断送几十万人原本可以撤退、获得生存的机会；如果对天垂星通告消息，星球将马上陷入混乱，在最后的毁灭到来之前成为地狱，人们将在毁灭到来之前先陷入绝望，残忍的暴力席卷大地，良知尚存的人要忍受极大的痛苦，直到生命最后终结。古力特陷入痛苦之中。天平上，一端是几十万人的生命，另一端是六十亿人的痛苦。就在此时，他接到了天垂星的通报，他们派出马元作为代表对联合舰队取得的伟大胜利进行祝贺。这真是莫大的讽刺。古力特对这样的行径充满愤怒，潜意识里，他把因为两难选择而产生的极度压抑都转移到了这个告密者身上。

"对木藤原进行羁押，立即执行。"古力特下令。

"我们在第一宇航中心并没有可以执行命令的依靠力量。战斗开始后，木藤原发动突然袭击，完全控制了第一宇航中心。"

"我怎么不知道？"

"你拒绝任何战场之外的消息。战斗结束之后，你一直在对态势进行估量，考虑是否对天垂星进行通告，要求马上进行转移。"

"找到木藤原，和他通话。"

"遵命，船长。"

沙达克稍作停顿，"关于上一次隐瞒通告，已经过去十八个小时，再有六个小时，我必须向天垂星通报这件事，同时通告关于'青云'号通告敌人不可战胜、要求撤退的消息。"

"沙达克，告诉我怎么样才能阻止你做这种愚蠢的事，我不想节外生枝。"

"没有的，古力特，这是我的底线，除非你强制将我关闭。但这意味着整个'重装甲'号、还有三三舰队将失去中枢，是一件极端危险的事。"

"让我回头再来考虑这件事，先找到木藤原。"

"遵命，船长。他已经回应了呼叫。"

木藤原出现在屏幕上，这一次，他没有使用全息投影，而只是把头和半个身子显示在屏幕上。这显示出他戒心重重，根本不打算把第一宇航中心的数据链暴露在沙达克面前。古力特并不认为木藤原会乖乖听话，他已经命令巴尔带领一支分队前往第一宇航中心进行接收。"天龙"号的突袭成功之后，第一宇航中心基本上已经被解除了武装，一支小分队足够完成任务。

"古力特阁下，您找我？"木藤原仍旧恭敬。

"你控制了我派出的几个军官？"古力特漫不经心地说，仿佛这是一件无足轻重的小事。

"没有，绝对没有。"木藤原毫不犹豫地否认，"他们都在贵宾室喝茶，他们都是最尊贵的客人，理应受到最好的款待。"

古力特派这些人去，可不是为了喝茶，"他们应该待在指挥舱。"

木藤原满脸笑容，"他们当然是为了第一宇航中心的顺利运作而来，我会坚决执行您的所有指示，他们对此都表示完全放心。"

古力特不想这样和木藤原纠缠下去，"你向天垂星发送了报告，宣称我们大获全胜。"

"没错。我想让天垂星的人们第一时间知道这个天大的好消息。"

"但你知道这不是真实情况。"

"这就是真实情况。我们告诉天垂星的，当然都是真实情况。"木藤原面带微笑看着古力特，似乎语带双关，"我在传媒那边有几个朋友，他们相当有能量，如果您有任何消息需要向天垂星发布，他们可以在一个小时内让消息传遍全球，人人对此深信不疑。"

古力特狠狠地瞪着木藤原。显然木藤原在暗示些什么，而他对此深恶痛绝。

"听着，木藤局长，你违反了军事纪律，私自向天垂星发布消息。我解除你的指挥职务。从此刻起，你不再是第一宇航中心以及十八舰队的指挥官。"

"古力特阁下，这是一个误会，请您慎重考虑。难道您希望我向天垂星发送的消息是我们马上就要覆灭，一切都无可挽回？如果这样，我马上可以弥补我的过失。"木藤原并不惊慌，态度依旧恭敬，却话中带刺，隐隐有所威胁。

沙达克传来消息，第一宇航中心已经断开了和天梯的连接，开始移动——指向星门。

古力特忽然间明白了木藤原的一切图谋。他准备逃跑！一个舰队指挥官，准备抛下他所保卫的一切，偷偷摸摸地逃跑，而且在逃跑之前，还抛下一颗巨大的烟幕弹。

已经逐渐平息的怒火在古力特心中猛然升腾起来，"你是个懦夫！科尼尔可耻的败类！"

"我在寻找最好的可能。"面对古力特的怒火，木藤原索性收起笑容，摊了牌，"我们必须有所行动，不能坐以待毙。如果不能拯救所有人，哪怕救下一个人也是好的。至于剩下的人，他们知道得越晚越好。不做任何行动，这才是最糟糕的举动。"

木藤原的话仿佛一盆凉水浇透了古力特，让他在一瞬间冷静下来。是的，当他在各种可能性中反复犹豫时，时间正毫不留情地逝去，虽然表面上没有任何变化，局面却变得更糟糕。而他，正是那个应该为此而承担责任的人。木藤原的行为看起来违背了原则，却是所有的糟糕选择中最好的一种。在这种时刻，高尚的准则太过奢侈，并不适用。

古力特怀着复杂的心情看着屏幕上的脸，虽然并没有明说，但他明白木藤原正在指责自己，"木藤局长，我对你的行为将不加干涉。但是，不要再发出任何未经许可的消息。"

"遵命。我将一如既往地服从您的指令。小小地提醒一下，我可以通过天垂星的朋友向全球发布消息，虽然不能全面控制信息渠道，但是影响力巨大。"

"我知道了。我会让你知道。"古力特说了一句没头没脑的话，木藤原会心一笑。

"还有，遵照您的命令，我已经把所有与几型空间力场相关的人员都集合在第一宇航中心，然后将护送他们到坤城。对此您是否有别的指示？"

"按照你的计划行动。"

"很感谢您派出了飞船为中心护航。这支分舰队是否跟随第一宇航中心一道跳跃？"

真是一只老奸巨猾的老狐狸。古力特一直认为木藤原不过是个政客，依靠溜须拍马和拉帮结派才爬到今天的高位，此刻，他感到木藤原心思缜密，确有过人之处。

"巴尔将执行他的使命。他会和坤城留守部队会合，在我缺席的情况下，代为执行军事指挥权。"

"原来你派遣了巴尔上校来护航。我当然欢迎。"木藤原故意把上校两个字咬得很重。

按照军衔，巴尔只是一个上校，而木藤原是准将，尽管他只是准军事部队的准将，却是个货真价实的将军，比巴尔高出一级。

"不，是巴尔将军。他已经被提升为准将军衔。"按照科尼尔军制，舰队军官可以指挥非舰队系统的准军事部队同级军官,古力特不想木藤原在这个问题上有什么搞鬼的空间。巴尔并不是准将,也并没有提升的计划,但是既然木藤原"好意"提醒,古力特干脆把这个问题明确下来。至于真正的任命,在飞船进入星门之前,他应该有足够的时间来完成。

"这样真是太好了。"木藤原显得很高兴。

"但是我已经告诉过你,所有的科尼尔舰队官兵都要做好和天垂星共存亡的准备。你的侄子在'大力神'号担任突击队长,他将留下来直到最后一刻。"

木藤原微笑,"这是他的光荣。我们木藤家有人死难,也有人苟活,以图将来,这样很好。"

古力特的心被猛地触动一下。

"就这样吧!"古力特关闭了谈话。

古力特马上按照紧急情况处置提升巴尔为准将,修改命令,让巴尔护送第一宇航中心进入星门,并随之弹跳到坤城。巴尔强烈反对这个命令,然而古力特以绝对的权威下令执行。

古力特下达指令给沙达克,通告天垂星治理委员会,对嘉奖表示了感谢,同时表明舰队需要进行补充,全球的空天力量都进入总动员,向科尼尔舰队提供支援。和增援同时进行的是人员要求,一份长长的名单被送到治理委员会,所有这些人都被要求在二十四小时内集中,从天梯进入太空。作为要求的一部分,治理委员会的绝大部分成员都在名单上。

"我们取得了阶段性胜利,联合舰队对敌人占据优势,将取得最后胜利。"这个消息从"重装甲"号向着全球广播,木藤原的私人渠道也派上了用场,联合舰队将取得胜利的乐观消息渗透到全球每个角落。至于第一宇航中心的离去,官方给出了解释,第一宇航中心奉命改装成为兵工厂,为了更有效地整合生产能力,开往坤城和原有的坤城重型舰船合并;考虑到坤城拥有大量教育资源,拥有最大的宇航学院,这样的整合将能给科尼尔提供源源不断的补充力量。

科尼尔舰队和大力神舰队向三三舰队靠拢。"天龙"号收拢流体颗粒,屏蔽在科尼尔舰队侧翼。

　　古力特一鼓作气,把所有的一切都安排妥当。

　　他和休斯敦公爵谈话,和一个又一个议员谈话,在一家又一家媒体发布演说。他把自己包装成一个英雄,睿智而富有勇气,而他的舰队拱卫在天垂星周围,这些忠诚勇敢的官兵拥有银河间最强大的武装,是无坚不摧的利刃,能挫败一切针对天垂星的图谋。他们的盟友雷电家族已经送来胶囊船,恭贺舰队取得的伟大胜利。

　　做完这一切,古力特深深地陷落在舰长座椅里,整个身子佝偻起来,腰板不再笔挺,深重的疲惫感彻底占据了他的躯体。这是他从未做过的事,他甚至想都未曾想过——自己试图让这个星球上的六十亿人相信一个谎言,在这个星球最需要他的时刻,他欺骗了所有的人。

　　还有十几分钟,沙达克就要向天垂星进行通告,那是否就是他身败名裂的时刻? 古力特疲惫的脸上露出一个微笑,他已经和休斯敦公爵达成一致,在未来的二十四小时内,不会有任何听证会,治理委员会的成员都在向天梯集中。没有人会在这个时刻听取沙达克的报告。即便他们听了,也为时已晚,不会有人把这件事向公众披露——他们将和那些最有名望的科学家、艺术家、工程师一道被强制送往坤城。在这个过程中,沙达克将无能为力。

　　竟然是在这种时刻,古力特才发现了沙达克和一般人之间最大的不同:沙达克是有底线的,他无法主动突破底线;人也是有底线的,然而人从来不缺乏灵活,哪怕这样的行为和自己之前的信条完全相左。尽管如此,做这样违心的事还是让他感到分外疲惫。

　　然而无论如何疲惫,他还要再见一个人。古力特站起身,挺直腰板,尽量让自己显得精神些。

　　全息影像飘然而至。

　　"凯特。"古力特轻声呼唤。

　　"古力特。"

　　一声呼唤包含说不尽的情意,四目相对,两个人都沉默着。

　　"我已经下令组织撤退。"古力特说。

　　"我知道,父亲和我说了。"

"这是我从来没有过的艰难决定。我真的不知道是对还是错。"古力特显得彷徨无助,看着凯特,眼睛里流露出迷惘。

凯特微笑,她伸手抚摸古力特的脸庞。全息影像悄无声息地从古力特身上滑过。凯特了解她的男人,他内心最柔弱的一面正暴露在她眼前。人终归会有迷惑和恐惧,只是那些坚强的人能把这些很好地掩饰起来。

"我相信你,我会和你在一起。"凯特轻轻说。

"岳父大人他并不同意撤退,我迫使他同意这么做。"

"你没有逼迫他,他只是权衡了得失。"

古力特看着凯特,"这可能是我们最后一次见面。"

"我知道。"

不到最后一刻,没人知道敌人到底是怎样的,然而舰队的所有成员都将时时刻刻戒备,直到那一刻来临;到的很可能就是末日。古力特不会退却,天垂星就在这里,虽然他的一生绝大部分时间都在舰船上度过,很少踏足星球,然而这里毫无疑问是他的家,是他要用生命来捍卫的地方。数以万计的人正在撤退,然而,这只是一小部分中的一小部分,星球上还有六十亿人,绝大部分人无法逃离。必须要有人来给予他们希望,一种真诚的希望。古力特正自觉自愿地把这些背负起来。他没有说,然而凯特什么都知道。

两个人再次四目相对,他们仿佛一对初恋情人般对望着,眼睛里燃烧着火焰,又像充满默契的老夫妻,水一般的沉静。热烈与深沉这两种截然不同的情感浑然一体,凝聚在两人之间。

最后,古力特说:"你一直希望去银河深处漫游,我以为我们会有时间,但是现在,已经太迟了。那些躲藏在亚空间的家伙随时会跳出来。我答应你退出舰队,我们一道漫游银河,但这个承诺已经不可能兑现,我很抱歉,让你在飞船上度过这么长时间枯燥无趣的日子。我真的很抱歉……真的很抱歉。"

凯特微笑着,眼睛里噙着泪水,"不,古力特,和你在一起的日子是我最快乐的时光。我为你感到骄傲。我的男人,他属于银河。"

# 第四十章　决战时刻

灾难的到来比预期要快。

第一宇航中心和巴尔的分舰队刚消失在星门深邃的黑暗中,一阵潮红突然间从星门中迸发出来,闪过天垂星和联合舰队,快速消失。一切仿佛重归平静,然而沙达克发出了最高级别的警告:剧烈的亚空间冲击震动了整个天垂星区域。

空间扭曲把整个星系的能量密度抬高,星系的温度因此升高了三十度。任何一个角落都可以看到远方星星的光芒有些异样,它们微微发红。天垂星的夜空里,到处都是红色的星星。

"那是上帝带血的眼泪。"有人这样宣告。各种流言充斥了星球的各个角落,即便官方频道竭尽全力辟谣,也无济于事。人们开始行动,没有任何指示,他们听任内心原始的恐惧泛滥。他们攻击商店,抢夺各种食品,在坚固的地下堡垒里囤积大量粮食,同时把那些后来者拒之门外,暴力活动在几个小时内升级,地面局势完全失去了控制。尽管沙达克不断地发布通告,然而仿佛一夜间,人们对于沙达克绝对的信任彻底土崩瓦解。

内层空间治安总队勉强维持着首都的治安,然而,形势也岌岌可危。一些不明组织的人员控制了附近的一个军械库,侦察员已经发现一些全副武装的人员出现在警戒线附近,他们甚至开动了重型设备——十分钟前,两辆气垫突击坦克冲进了郊区,幸而因为驾驶技术拙劣,它们在突入市区之前被治安总队第三独立营利用障碍物阻拦下来,当场击毁。有理由相信一些前军事人员或者准军事人员,正在试图组织更大规模的武装暴动。

紧急会议正在进行。会议成员只有四个人——古力特、苏北旦、休斯敦公爵,还有内层空间治安总队司令沃尔门将军。其他治理委员会成员不是在天梯传输的过程中,就是已经前往星门。天垂星没有完整的政府机构,此时此刻,联合舰队就是最高当局。

"我要求授权使用重型武器。"沃尔门心急如焚,理论上,他的部队应该牢牢控制着星球上所有重要地区,然而,因为事发突然,在治安总队没有来得及做出反应之前,大部分城市已经陷入混乱,只有首都附近的区域仍旧保持秩序。"我们的对手已经不是简单的暴徒,他们已经自动武装起来,动用重型军备,如果我的部队不预先采取行动,后果不堪设想。"

敌人来了,战斗马上就要打响,星球上却一片混乱。

古力特默不作声,他看着休斯敦公爵。

"让我们行动吧。"沃尔门大声催促,"我的部队已经有很大的情绪,他们知道所有重要人物都撤退了,有的人,甚至军官都有所动摇。"

休斯敦公爵扫视着在场的人。这是最后的时刻,他将代表这个星球曾经的行政当局做出最后的选择。

"沃尔门将军,我同意……"他的话还没有说完就被突如其来的信号噪声打断。影像变得一团模糊,最后消失。沃尔门的影像也同样消失掉。

沙达克发出了最高警戒信号。古力特和苏北旦对望一眼,很默契地退出通话。星球上的一切就交给沃尔门处理,太空中的事由舰队来应对。

宇宙膜接连不断地发生震颤。亚空间波动如此强烈,以至于形成了引力涟漪和剧烈的磁暴。磁暴造成了通讯中断,只有几艘母舰之间仍旧勉强能够维持通讯。

敌人的飞船一艘接一艘地出现在星系的各个角落,数量众多,并且持续增加。所有飞船都是黑色的,不发出任何光亮,它们散布在整个星系,遮蔽了阳光,遮蔽了星光。

这是任何人都会失去勇气的时刻。敌人并没有攻击举动,它们只是不断地出现,不断地展现力量,仿佛巨蟒正在向猎物身上缠绕,天垂星和联合舰队逐渐陷落在黑色的包围中。

所有预定的方案都不适用。没有人下达命令,联合舰队没有开火,沙达克试图破解对方的通讯频道,然而除了磁暴还是磁暴,没有任何办法可以和这些不速之客对话。在可怕的沉默中,更多更大的黑色飞船悄然而至。它们显然是在等待什么,散布开来,静静地蛰伏。

天垂星灯火通明,仿佛黑夜中一颗璀璨的明珠。没有人知道,这样的突然变化会导致天垂星上发生什么。但至少,星球上的灯火仍旧亮着。

"我们要试探进攻吗?"苏北旦问。

"不,抓紧时间,尽快把人都送到星门,一旦亚空间稳定下来,即刻撤离。"

这是三个小时中古力特发布的唯一命令。三个小时里,亚空间波动连绵不断,星门无法正常工作。更糟糕的情况是,大规模空间弹跳引发的亚空间波动不可能在短时间内平息下来,十多天的时间里,星门只能凭借非稳态亚空间通道进行传输——只有三艘中型飞船能够被送出去,总质量不到十七万吨。撤离计划刚付诸行动,就已经夭折。

古力特默默注视着屏幕。敌人的飞船至少有十万艘以上,相比之下,联合舰队大大小小上千艘飞船不过是其零头。这样的战争几乎没有悬念,除非对方完全没有武装。

然而,来自达门塔的消息完全否定了这点。敌人不仅有武装,而且很强大。

"我们到底应该干什么?"古力特收到了无数的疑问。前线的战士、指挥官,还有飞船支持人员、舰队指挥,所有人都通过沙达克网络链接在一起,接受古力特的指令。他们的疑虑也仿佛隔离在透明门之后的东西,尽管他们没有问,却直接进入到古力特的脑海中。

保卫天垂星！古力特把这样的念头直接灌输到每一个人的头脑里。

黑暗中发生了某些动作，三艘敌人的飞船试探性地朝着天垂星逼近。它们的个头并不算太大，相当于轻型巡洋舰。它们不断靠近，不发出任何光芒，和科尼尔飞船的反物质引擎发出的光亮形成了鲜明的对比。

"古力特，我该怎么打？"黑色飞船进入了大力神舰队的警戒范围，劳顿紧急请示古力特。

"全力打击。让它们明白，任何试图靠近天垂星的举动都会受到我们的反击。"

反击卓有成效。劳顿的突击舰编队喷发出巨大的火力，整个天宇仿佛都在燃烧。黑色飞船被火焰炙烤，很快变成火红的颜色，最后变成了一团火球。

欢呼声在所有的频段里传递。古力特却不无忧虑地看着远方，密密麻麻的黑色飞船集群无动于衷，仿佛大力神舰队所消灭的完全是无关紧要的东西。从舰队规模来说，也的确如此。然而让古力特更为焦虑的是敌人完全没有采取任何攻击行动，它们送出三艘飞船，目的仅仅是让科尼尔舰队来消灭？它们究竟要做什么？

突然之间，强烈的震动让古力特一个踉跄，差点摔倒。还没有站稳，第二次震动接踵而至。这一次，古力特被结实地摞倒在地板上。

"沙达克，怎么回事？"古力特大声叫喊。

"超级亚空间震荡，能量等级七十五。这一次是大家伙。"沙达克说。

能量等级七十五！把联合舰队所有飞船的输出动力加在一起也达不到这样的水准。它的质量至少达到天垂星的一半。这不仅仅是大家伙，这是一个行星级的堡垒！

一个星球级的堡垒居然可以穿透亚空间而来！古力特闻所未闻。这简直是一个奇迹。

然而是糟糕的奇迹！

古力特站起身，"它在哪里？找到它。"

"还没有现形。十五秒，预计着陆点……银河在上……是天垂星！"

"你说什么？"

"它会在天垂星的位置出现。"

"这不可能。"

"我的亚空间波动分析结论如此。我们马上就可以看到结果。"

古力特神经高度紧张，他把每一个探测器都指向了天垂星，指向沙达克预计的方向。

天垂星依旧灯火明亮。

失重感骤然袭来，在同一瞬间，天垂星消失不见。强烈的引力涟漪影响到飞船，一切仿佛都在水波中荡漾。当一切再度平静时，古力特终于搞清楚了状况。

天垂星原有的位置出现了一个庞然大物，黝黑的外表，凹凸不平的表面，它就像一个巨大的煤球，体积巨大而疏松，表面布满孔洞，粗糙的颗粒仿佛随时会掉落下来。然而这一切只是假象，它的质量大得可怕，而且不断地向外辐射引力涟漪——它是一个具有亚空间侧面的实体。

天垂星在六十万千米之外出现。那个巨大的黑色"煤球"撞击了它，让它在一瞬间侧移了六十万千米。在那么一瞬间，整个星球被吸入亚空间，然后弹了出来。碰撞显然对天垂星造成了巨大的伤害，星球上的光亮骤然减少了一半，它仿佛一只被敲击的瓷器，红色或黄色的裂纹以肉眼可见的速度在星球表面蔓延。古力特很快明白过来那意味着什么，那是天垂星的表层开裂，暴露出内部的熔岩，星球上正在发生地震，也许上亿的人已经死去，而更多的人正在死去。

古力特发现了更糟糕的情况。平移六十万千米，天垂星陷落在黑色飞船的包围中，四艘黑色飞船形成一个正四面体，而天垂星正好落在正四面体的中心。四艘飞船发射出隐约的光线，这些光线仿佛柔软的游丝，将天垂星层层包围。这是肉眼的幻觉，它们正使用强大的引力控制来锁住天垂星，各种各样的太空微粒碰撞在引力控制所形成的无形屏障上，发出光亮，看上去仿佛是飞船放射出的柔软游丝。黑色飞船显然并不是简单地控制着飞船，它们在进行引力聚合，四艘飞船所释放的定向引力波在天垂星上聚合,释放出所有的能量,仿佛一颗颗超级炸弹在星球的核心爆炸。

它们要毁掉星球!

"大力神舰队转向,消灭天垂星周围的那四艘飞船。"古力特下令。

劳顿收到了命令,他的舰队通讯中断,无法协调行动。大力神舰队的母舰开始执行指令,上百个引擎同时转向,把母舰向着天垂星的方向推动。因为磁暴,飞船编队并没有收到母舰的指令,然而所有的飞船都保持着整齐队列,静静地等待风暴过去,当它们发现母舰开始移动时,就按照平日的训练自动地组成编队开始跟随母舰移动。

突击舰编队快速地穿插在母舰前方,它们喷射出大量的火焰,为母舰清扫前进通道。突然之间,编队发生了小小的混乱,冲在最前方的两艘船遭遇到猛烈袭击。火力不是来自敌人,他们彼此在相互攻击。两艘船都朝着天垂星方向前进,但它们的方向竟然完全对立起来。编队停顿下来。

"敌人完成了包围。"古力特收到了申秋的报告,"它们使用了大量的引力锚,我们被困在引力陷阱里。"

"进行突破操作。'天龙'号不惜一切代价打开突破口,让科尼尔舰队靠近天垂星。"古力特下令。

"'天龙'号将向天垂星方向突破,请下指令让大力神舰队调整位置。"

"天龙"号收缩成一团椭圆,开始快速移动。它从科尼尔舰队穿过,从大力神舰队穿过,最后接近大力神舰队的突击舰编队。

突击舰编队并不了解发生了什么。因为磁暴,没有任何人告诉他们"天龙"号的目的。他们没有让出通道。

"天龙"号并不停下,椭圆的船体开始放光,数以千计的流体颗粒从船体上剥落下来,继续快速前进。它们从突击舰编队的阵列中穿过,向着前方而去。无形的空间盾牌挡住了突击舰,却无法阻挡这些小颗粒,它们顺利地渗透到前方。它们目标明确,分作四批,指向四个引力锚。这显然不是简单的任务,黑色飞船层层叠叠,保护着它们的武器。

出乎意料的反击让黑色飞船有些措手不及。几艘小型黑色飞船开始挪动位置,阻挡在颗粒群前进的方向。当流体颗粒群越发逼近时,它们发射了强烈的束流。流体颗粒群散发出蓝色光芒,它们钻到敌人猛烈的束流中去,顷刻之间,便发生了几次爆炸。少数颗粒耐受不住高能量的束流,然而绝大多数颗粒都成功地从炮火中幸存下来,继续前进。一次又一次,它们顶着黑色飞船的炮火不断突进。

就在突击舰编队面前,"天龙"号发生了让人目瞪口呆的变化,它的一部分开始变得细长,向着前方不断延伸,最后,整个飞船形成了细长的一条。这就像魔术一般不可思议。突击舰编队的所有官兵在一种带着自豪的惊诧中,看着细长的"天龙"号从编队中穿过。

虽然略有损失,但流体颗粒群成功地接近了目标。黑色飞船徒劳地抵抗,然而流体颗粒早已经散布开来,高速机动,没有留给它们任何机会。大部分颗粒继续冲向引力锚,少数颗粒则转向了飞船,它们直接撞向飞船,很轻易地扫清了所有阻挡在前进道路上的障碍,而自身几乎没有损失。

黑色飞船开始撤退。它们并没有坚定地保护引力锚,而是把它暴露在流体颗粒群的打击之下。几个回合之后,四个引力锚都被击毁。

大力神舰队快速向前靠拢。天垂星仍旧在四十万千米之外,被四艘黑色飞船所发送的定向引力波所控制。它们要用最快的速度赶去援救。

突然之间,敌人做出了反应,数十道粗壮的火力涌向刚被撕开的缺口,咆哮的粒子流滚滚而来,仓促之间,拥挤在狭小缺口的大力神舰队似乎面临着灭顶之灾,冲在最前边的几艘突击舰燃起了熊熊大火,然后是剧烈的爆炸。

"天龙"号正好处在大力神舰队前方,它从细细的长条收缩成椭球状。咆哮的粒子流不期而至,"天龙"号仿佛一个长长的尖椎,顶在能量惊人的束流上。它并不阻挡束流,却让它改变了方向,粒子洪流变成无数的细流,从大力神舰队周围滑过,最后落在无形的引力陷阱上,发出一阵光芒之后消失得无影无踪。

这样的一次进攻显然耗尽了敌人的能量,它们并没有继续发射粒子流。"天龙"号也精疲力竭。大力神舰队快速地形成战斗编队,向着天垂星前进。

流体颗粒向着"天龙"号聚集,一些流体颗粒脱离了集群,越来越多的颗粒脱离集群。最后它们回到"天龙"号,降落在母舰上,而那些脱离了队伍的,却再也没有回来。

损失百分之二十七的颗粒。"天龙"号的能量储备耗尽。需要十三个小时才能恢复。

谢谢,申秋。古力特明白这样的损失对于"天龙"号来说意味着什么。那些散落在战场的颗粒耗尽了能量,"天龙"号可以把它们回收过来,然而这里是战场,敌人不会允许"天龙"号这么做。而缺少足够的颗粒,"天龙"号同样很难恢复能量水准。这是"天龙"号最脆弱的时刻。

黑色飞船的阵营显然对"天龙"号显示出高度警戒。三艘中型飞船向着"天龙"号所在方位靠近,它们和围攻天垂星的四艘飞船属于同一类型;而敌人的母舰仍旧保持沉默,纹丝不动。

战场上暂时沉静下来,黑色舰队在远离三三舰队和科尼尔舰队的远方迂回,它们流水一般涌向母舰,在母舰周围形成屏障。

三三舰队和科尼尔舰队正在调整,彼此间开始靠拢,同时尽量靠近"天龙"号。在重重包围中,已经无所谓空间纵深,集中力量进行最后的突击才有一丝希望。

"我们怎么办?"苏北旦问。

失败已经不可避免,全军覆没也只是时间问题。古力特看着远方的天垂星,短短的六十万千米,他却无能为力……天垂星上已经没有灯光,整个星球透出隐约的红色,那是星球表面的熔岩透过大量的水汽所散发的颜色。这样的星球上几乎不可能有人生存。然而天梯几乎奇迹般地存在着,亮着灯光。在那么一个恍惚间,古力特认为这是凯特给他点燃的灯火,她正站在那天梯上,向舰队这边眺望。

"古力特?"苏北旦追问。

"我们要战斗到最后一刻。"古力特从恍惚中清醒过来,"没有别的选择。"

"我问的是我们该怎么进行这最后的战斗？"苏北旦微微有些怒意，在这样的最后时刻，古力特居然心不在焉。

"合并舰队，你的'科尼尔'号靠近'重装甲'号，你来负责'重装甲'号身后，'无畏'号和'勇气'号在侧翼进行掩护。我会把所有的几型空间力场船调到舰队前方，这些船可以有效地阻挡敌人的炮火。我们向它们的母舰推进。"古力特说完，把自己吓了一跳。他几乎是下意识地说出这句话。

这是最后的时刻，一切已经无可挽回，只有尊严值得继续维护。

"这是我们最后的战役。"古力特说，"我们代表所有的人类和这些异空间生物战斗。它们会赢得胜利，但我们要让它们明白，这里绝不是它们可以任意妄为的地方。我们要用我们的方式展示力量和勇气。向它的老巢突击。"

申秋突然插入到古力特的对话。

"古力特，我们遭到引力波攻击。再有三分钟，'天龙'号就会崩溃。我请求退出战场。"

"按照预定计划撤离，自由选择方向。把战场消息带给'青云'号。"古力特下令。

"遵命。另外，大力神舰队溃败，他们试图把一些人从天梯上救出来，但他们没有躲过敌人的伏击。劳顿将军已经牺牲，他要我转告你，他感到抱歉，因为木藤原救了他的孩子，他必须为木藤原做点什么。木藤三已经随着第一宇航中心撤退。"

古力特没有丝毫愤怒。即便劳顿做错了什么，他也已经为科尼尔奉献了全部。即便到了最后一刻，他仍旧为自己的一点小小私心感到愧疚。其实木藤三能够活下去，也许还是一件好事。这个年轻人比他的叔叔要正直得多。

"我明白。力量对比过于悬殊。'天龙'号一旦恢复元气，必须寻找'平准'号。'平准'号和雷电家族必须联合。所有的星域力量必须联合起来，才可能有机会取得胜利。"

"是的。我会把你的话带给所有人。"

"找到李约素,保证他的安全。"古力特最后说。

"天龙"号发出一阵闪烁,然后消失。波动引擎把它推入亚空间,虽然并不稳定,然而它能够抵达十多光年以外的地方。只要能活下去,"天龙"号就能恢复元气。

必须有人活下去,留下希望;必须有人牺牲,为生命维护尊严。

"最后的时刻到了。"古力特对苏北旦说。他转过身,天垂星映入眼帘。敌人的飞船正从容不迫地逼近星球,天垂星已经濒临解体。天梯的灯火黯淡下去,崩塌在滚滚的熔岩洪流中。最后的时刻到了!古力特在心底又默念一遍。

# 第四十一章　天垂日暮

一个多小时,李约素都在不停地说话。他觉得口干舌燥,哪怕再多说一个字也很费劲。

然而稍稍停顿,他又继续说:"天狼七,你必须听我说。不管你现在怎么想,你必须听我说。我知道你已经计算过,即便我们前去参战,也没有任何机会赢得战斗,只不过是去送死。是的,你已经推理过、计算过,但是,人不是这么活的。人必须有尊严、有情感、有冲动,你不能让我看着天垂星被摧毁而把我囚禁在这里,我要去战斗!我是一个军人,保卫母星是天职,这玩意儿已经在我的血液里了,懂吗?我宁愿轰轰烈烈地死在战场上,也胜过像个耗子一样在这里藏起来。我不怕死,我要去战斗,在我被杀死之前绝不让他们动天垂星。你不马上放我走,你就是个凶手,你就在这盔甲里把我杀了!

"让我走!"李约素嘶声竭力地大喊,科尼尔联合舰队正在遭受毁灭性的打击,一团团光亮在宇宙中不断开花。黑色巨船缓慢而坚定地向着天垂星靠拢,它们从四面向着天垂星合围。引力聚合波动在天垂星上产生了显著的效应,几个来回之后,天垂星已经开始分崩离析,天梯坍塌,灯火辉煌的城市在一瞬间失去了光亮,星球表面产生巨大的裂痕,沉寂已久的地底熔岩喷薄而出,巨大的海啸席卷全球,海水大量蒸发,整个星球笼罩在白色蒸汽中。短短几个小时之内,星球上几乎已经没有生物幸存。六十亿人,九十万年的文明,以这种惨烈的方式彻底终结。

叫喊过后,李约素沉默下来,流出两行眼泪,他感到自己的心正在死去。突然间他身体一动,天狼七取消了对盔甲的控制。

李约素迫不及待,什么都没说,从飞船上一跃而起,向着天垂星方向而去,只留下一道蓝色光亮。

佳上略为犹豫,也跟了上去。

"你留下控制飞船。不要被敌人发现,随时准备进入亚空间弹跳。"天狼七给一名战士下令,然后自己带着其余几个战士追了上去。

战场上的形势没有任何悬念。人类的联合舰队完全被压制,处在溃灭的边缘。没有后方,没有撤退,更没有投降。全体官兵都很明确这一点,他们咬着牙,坚守在战斗岗位上,哪怕下一刻就要灰飞烟灭,也要把手头上所有武器都投射出去。

战斗到最后一个人。没有任何一个指挥官下达过这样的命令,全体官兵却抱着同样的信念。这是他们从来未曾遭遇过的敌人,凶残冷酷,闻所未闻,天垂星在几个回合间被彻底毁灭,舰队陷落在引力陷阱中动弹不得,这样的绝境却激发起官兵们必死的决心。他们带着最大的勇气进行最后的战斗。

他们听到了古力特的广播。

"全体将士,我是古力特。今天能和大家一起并肩作战,是我军人生涯中最辉煌的一刻。我们没有退路,敌人已经包围了我们。我们也不能投降,投降换不来天垂星的安全,敌人已经彻底摧毁了它。我们能做的,就是坚持战斗。坚持战斗,为我们巨大的牺牲索取代价,为那些可以活下去的人寻找敌人的弱点。我们不仅仅为天垂星战斗,我们为整个人类战斗,也为了每个人的尊严而战斗。现在,我下令,所有飞船和飞梭并入'重装甲'号链路,我将和沙达克融为一体,进行指挥。银河在上。在这些狗娘养的把我们吞下去之前,我们要打掉它几颗牙!"

在他生平下的最后一道命令中,古力特第一次爆了粗口。舰队的士气猛然间高涨起来,他们知道舰队的最高指挥官仍旧和他们在一起,同生共死。所有飞船飞快地调整链路,所有的层级都被取消,所有的飞船都直接接受沙达克和古力特指挥。

苏北旦交出了指挥权。她默默地关注着"科尼尔"号的沙达克和"重装甲"号沙达克合二为一。"科尼尔"号一边向着敌人发射出全部火力,一边朝"重装甲"号靠拢。她甚至接触到了古力特的思维,他没有采取任何保护,对所有的飞船开放了自己的大脑,苏北旦这样的高级军官,可以直接挂上沙达克的最高链路,可以直接阅读古力特的每一个想法。

这是我们的最后时刻吗? 苏北旦想。她很想和古力特说几句话,然而最后还是没有说。她从沙达克链路上退出,站起身,向舱门走去。

舰桥上的工作人员有些茫然,一个参谋问:"船长,你去哪里?"

"古力特会进行指挥,你们服从他的调遣。我在这里毫无用处,我去找一架飞梭。"

"这怎么行?"参谋大叫,从座椅上站起来。

苏北旦很严厉地看着他,"这是非常时期,我们最后的战斗时刻。我命令你们坚守岗位,服从指挥。"她扫视周围一圈,然后走出了指挥舱。

一架飞梭从"科尼尔"号上起飞,它追赶已经出发的编队,冲向敌人最密集的地方。

李约素赶到了战场。黑色飞船仿佛正在进行射击游戏,有条不紊地发射束流,攻击那些被引力陷阱困住的飞船。此起彼伏的爆炸在深黑的夜空中仿佛烟花一般绽放。科尼尔的飞船正在进行还击,然而因为引力陷阱的干扰,大部分反击都失去了目标,耗散在宇宙真空之中。

李约素看出来科尼尔的飞船正在撤退,它们并不是企图逃跑,而是再次进行聚集,试图获得同伴的火力支持。所有的飞船都在向着同一个目标靠拢,那是"重装甲"号。这种收缩战术取得了一定的成效,少数小型黑色飞船尾随追击科尼尔飞船,它们突出自己的阵地,陷落在科尼尔火力的包围中。在这样的情势下,引力陷阱的效果被大大削弱,科尼尔飞船的火力很快覆盖了它们,在剧烈的爆炸中,这些飞船化作了宇宙尘埃。

小小的胜利极大地鼓舞了科尼尔舰队的勇气。突然间,大量飞梭从舰队中涌出,在引力陷阱中,这些飞梭并没有被困死,稍作挣扎,它们很快突破了阵线,向着黑色飞船的队列而来。这一次飞梭有备而来,它们并没有使用常规武器——从远程导弹到激光炮,他们卸除了所有这些武器,而只携带了一样东西:小型核炸弹。这是一次成功的突袭,黑色飞船的前锋线上,亮起了一团蓝光。这不是科尼尔飞船爆炸产生的火光,而是来自一艘黑色飞船,它从外而内被炸成两截,然后由内而外发射出强烈的蓝光,更强烈的是肉眼不可见的伽马射线爆,它爆炸开来,威力惊人。飞梭攻击产生了效果,也产生了副作用,所有贴近黑色飞船的飞梭都湮没在核弹爆炸的火光中。这是一种自杀式攻击。李约素甚至看到一架飞梭直接撞击在黑色飞船上。

李约素只感到热血上涌,沙冈盔甲没有远程武器,唯一的发射武器是高热离子枪,这也是一种近战武器,贴近敌人,用高热束流熔化它。李约素掏出这件武器,他和成百上千的飞梭会合在一起,向着黑色飞船的阵列冲过去。

李约素的出现让附近几架飞梭大吃一惊,他们没料到会有这样一个古怪的东西来到身边。有人质问李约素属于哪个部队,为什么扰乱队形。李约素没有回答。他只是做了一个动作。飞梭驾驶员在近距离上看到了他,他们看到巨型的机器人右手挥向前方,拇指和食指拢成一个圈,三根手指竖立,这是科尼尔的战术手势,它表示,"跟我来,按计划行动"。尽管驾驶员仍旧不明白李约素的来历,但他们明白这是友军。所有的人都抱着必死的心态来参加这最后的突击,如果有人愿意加入,即便是一个陌生人,那么他的来历也不是一个问题。飞梭调整位置,给李约素腾出空间。

黑色编队显然对这样的突袭没有防备。它们设下引力陷阱,完全限制了科尼尔重型战船的行动,也极大地削弱了它们的火力。但它们没有料到小型飞行器能够突破封锁而来,先是"天龙"号的流体颗粒,然后是飞梭。

　　这些小家伙的突袭给它们造成了巨大的损失,黑色集群的前锋线出现混乱,两个引力锚在混乱中被击毁,引力陷阱上出现缺口。科尼尔的两艘重巡洋舰抓住机会,从缺口中冲出来。巨大的红色束流从舰船主炮上喷薄而出,照亮了前方的一切,几艘黑色飞船被束流击中,变得通体发亮。它们显然害怕再次遭受打击,没有等到重巡洋舰下一次发射,它们向后,退到更大的飞船后边躲避。两艘重巡洋舰同时转向一个引力锚,它们要打破引力陷阱,把科尼尔舰队的火力解放出来。

　　战场形势发生了小小的逆转。

　　上百架飞梭已经湮没在火光中。黑色编队损失了七艘飞船,然而都只是排列在前锋线上的小飞船。巨大的黑色母舰岿然不动,尽管小型飞船不断地撤退,它仍毫无慌张的迹象,而是保持着可怕的沉默,似乎眼前科尼尔舰队所做出的反击并不值得警惕。

　　李约素所在的飞梭第二梯队已经贴近敌人。突然他听到了有人呼叫他:"李约素船长,我是维特劳尔。很高兴和你并肩作战。"

　　李约素找到了维特劳尔的飞梭。灿烂的火花标志印在他的机头,在火光的照亮下异常醒目。

　　"没想到这时候还能遇见你。"李约素回应,"我们要把这些怪物统统变成碎片!"

　　"我也希望如此。"维特劳尔说,"但我接到了古力特将军的命令,他要求你停止行动,和天狼七一道撤退。"

　　"让他见鬼去!我和他没关系。我只为了科尼尔而战。"李约素不再理会。劳特维尔的飞梭向着李约素靠拢过来。

　　飞梭编队散开,它们进入黑色飞船的编队间,开始各自寻找目标。黑色飞船显然不想继续纠缠,它们快速地向后撤退,试图和飞梭拉开距离,然而飞梭还是轻易地赶上了它们。

　　又一轮自杀式攻击开始。撤退中的黑色飞船再次遭受了重大损失,红色和蓝色的爆炸交相辉映。三个引力锚毫无遮挡地暴露在重巡洋舰的火力下。两艘重巡洋舰快速而有效地发射束流,很快摧毁了它们。

几乎在一瞬间,紧紧掐住科尼尔舰队脖子的引力陷阱剧烈地抖动,完全彻底地消失在亚空间的涟漪之中。

科尼尔舰队重新回到正常空间中。

人们来不及为这样一个好消息而欢呼,因为他们马上意识到,真正的对决就要开始。

几乎就在引力陷阱崩溃的同时,沉默多时的黑色母舰突然间大放光彩,无数的红色飞行器蜂拥而出,数量之多,超出预计。黑色母舰仿佛一个庞大的蜂巢,它身上的每一处都是一个出口,飞行器源源不断地从它身上涌出来,就像流水一般快捷。那些飞行器晶莹剔透,透着红光,仿佛一个飞行的多棱红色晶体。它们个体不大,只有一个人的胳膊般大小,却数量众多,仿佛流沙一般涌来。

红色的巨流席卷而来,科尼尔舰队调整火力。数以千计的炮台同时开炮,飞梭战斗群紧急规避。炮火产生了效力,红色的浪头被微微遏制,然而马上以更加凶猛的势头向前涌动。它们的速度极快,以至于科尼尔舰队的炮火无法协调一致,一部分舰只开始对冲在最前边的红色飞行器进行单发射击。

飞梭改变了战术,它们不再冲向那些撤退中的飞船,而是开始对付巨浪般汹涌的红色飞行器。一颗接一颗的核弹被抛入红色浪头中,炫目的爆炸形成一条连绵的光带,阻挡在红色浪潮前进的道路上。然而红色浪潮几乎没有受到影响,它们毫无畏惧地通过光带继续前进。爆炸的光亮散去,无数红色晶体飞行器的残骸四处飘散,然而它们的同伴没有丝毫犹豫,从残骸间通过,快速涌向前方。同时,红色巨流也做出了反应,两支分流脱离了主体,仿佛两条伸出的手臂,扫向那些分散在主阵地周围的飞梭。

红色飞行器飞快逼近,李约素认出来,这些小东西和他曾经在"上佳"号的录像中所见到的很相似。它们是近身攻击武器,李约素想。

"大家听着,不要让它们靠近,拉开距离。"李约素在飞梭群中广播。

飞梭部队有些慌乱,他们携带着核弹,然而缺少近距离格斗武器。当这些红色的小东西气势汹汹地逼近时，驾驶员发现自己缺乏有效的手段来对付它们。很快，红色晶体飞行器追上来，它们快速散开，以六个对一个的比例追逐飞梭。

李约素握着高热离子枪，几个红色的小恶魔靠近他，突然间，它们喷射出灼热的气流。

他奶奶的！李约素感觉到逼人的热浪，盔甲警报尖锐地响起来。如果再来一次，他就会变成一块焦炭。

该死的臭虫！李约素骂了一句。就在红色飞行器从他身边快速穿过的瞬间，他发射了离子枪。离子枪成功命中，红色飞行器在一瞬间成了一团光，细小的残骸四下飞散。

维特劳尔的飞梭挡在李约素前边，"我要放核弹，快走。"

"别傻了，赶紧飞回母舰去换装。一个核弹才消灭这几个东西，根本不值。换上电浆炮，你至少能打掉十个。"

维特劳尔并没离开，"我的任务是保护你离开战场，安全撤退。快走！"

几个飞过的红色飞行器转过一个大弯，又飞了回来。李约素有些不知道怎么办才好，维特劳尔没有格斗武器，几乎没有战斗力，如果发送核弹，就意味着同归于尽，而且对手的速度很快，很难躲避。"你快回母舰，我来挡住它们。"他打算拼掉几个。突然间，几道蓝光从身边闪过，前边的红色亮成一片，几个红色飞行器转眼间被消灭得干干净净。

"天狼七，你终于来了。"李约素有些高兴，"帮我教训这些臭虫。"

天狼七飞快地返回，"快走。"他说。

敌人觉察了这边的动向，数以百计的红色飞行器从大队中脱离，向着这边包抄过来。李约素并不答应天狼七，又向着前方冲过去。突然之间，他感到身体失去了控制，天狼七再次瘫痪了他的盔甲。"狗娘养的！"他狠狠地骂。

"李约素船长，很高兴能看到你和天狼七一道撤退。再见！"他看见维特劳尔的飞梭向着大群的红色飞行器而去，他明白维特劳尔要干什么，于是越发狂怒。"天狼七,放开我!"他狂叫着,然而一名沙冈战士牢牢地抓住了他,带着他快速离开。

红色的闪光照亮了李约素的眼睛,维特劳尔触发了核弹,在这么近的距离上,核爆威力惊人,把一切化为灰烬。天狼七的身后蓝光闪闪,仿佛一面光盾,挡住了灼人的能量。沙冈战士在各种残骸中飞快地穿梭,很快,他们把战场甩在身后。

李约素平静下来,"天狼七,我答应你不去送死,你可以放开我了。"

天狼七并不理会。

李约素继续说:"你已经让我做了逃兵,我不会回去,如果我回去,你再把我抓住就是。"他仍旧没有得到回应,突然间他看见了巨大的科尼尔飞船。他惊讶地瞪大眼睛,没错,的确是科尼尔飞船,船头上醒目的科尼尔三星标志明确无误地提示这一点。飞船似曾相识。"重装甲"号!天狼七把他带到了"重装甲"号!

飞行舱口忙忙碌碌,飞梭不断地起落。起飞的多,降落的少。飞船的外部炮台都已经打开,指向前方,此刻,它们还没有用武之地,但很快,它们就将编织出最强有力的火力网,支援飞梭部队。

天狼七在一个舱口降落,李约素的盔甲恢复了正常,他跟了上去。

佳上在等着他们。

古力特也在等着他们,然而只是一个影像。

"李约素,你太让我失望了。"古力特开门见山地说。他的形象展示在投影中,高高在上,居高临下地看着李约素几个人。

"你说什么!我要做什么和你无关。"李约素有几分愠怒。

"我们在这里已经失败,谁也不能改变这个现实。你们几个人无法扭转大局。天狼七是对的,你们要做的事不是在这里牺牲,而是撤退,积聚力量,准备反击。"

"这关我什么事,天狼七自个儿撤退就行了。"

"这不仅和你有关,而且有很大的关系。天垂星已经毁灭了,科尼尔星域注定要四分五裂。即便科尼尔星域仍旧能够保持团结,也完全不能抵抗这些敌人,你已经看到了它们的强大和凶残。即便加上达门塔和俄罗斯的力量,也远远不能对抗它们。这是一场银河灾难,它们会发动进攻,所有人类必须联合起来!我们需要跨过好望角星门,到银河深处去求援,或者并不是求援,而是送出警报。让那边的人类星域对此做出应对……"

李约素大笑两声,打断了古力特,"我只是一个流浪汉,抵抗这些小魔鬼,我当然愿意,给我一架飞梭,我丢几颗核弹过去,杀死多少就够本了。星域,银河……这些东西我管不了。那是你们这些大人物的事。"

古力特很认真地看着李约素,郑重其事地说:"这就是你的事!"

一幅星图在他手中展开,"看见了吗?这里是黄金星球,它是暗宇宙和宇宙膜之间的脐带区。虽然这个区域很难通行,但它的存在把这个子宇宙和宇宙膜联系起来,确保子宇宙能够保持稳定。眼下,联系已经被切断,子宇宙和宇宙膜完全断开。知道这意味着什么吗?这个子宇宙在很短的时间内将会消失得无影无踪!这是它们的宇宙末日!这是在'天狼星'号事件出现之后发生的事。"

李约素有些意外,他听出了古力特的言下之意,他和"天狼星"号,难道要为一个子宇宙的消失负责?而这个子宇宙的消失,直接导致了异类入侵的发生,数以十亿计的人死难,天垂星被彻底撕碎,星域土崩瓦解,文明万劫不复。

"谁也不知道其中真正的原因,不过有一点很明确,如果不是你和'天狼星'号闯入黄金星球,这个事件也许仍旧会发生,但是有极大的可能,这事件的发生会大大推迟,也许会在几百年上千年以后。你是所有现在这一切状况的起点。银河选择了你,你想逃避吗?"

李约素感到口干舌燥,哑口无言。

突然之间,古力特的影像消失了,中央的光柱里,是一幅全息画面。

巨大的飞船散发出耀眼的光芒,在巨船前方,爆炸此起彼伏,一艘卡帕突击舰突然冲出整个阵列,它在爆炸中疾驰,舰体破败不堪,右舷已经燃起熊熊火光,然而它仍旧在战斗,不断向前方发射束流。它冲向前方的庞然大物,把所有的火力全部倾泻上去,巨船表面的白色亮光发出一阵阵彩色光晕,然而它纹丝不动。接着,卡帕突击舰发生巨烈的爆炸,舰体断裂,随着惯性撞击在巨墙上,在一瞬间化做一团火焰,火焰在巨墙表面延伸,发出耀眼的红色光芒,然后迅速地熄灭下来,几架细小的飞行器从火焰中飞离。

"天狼星"号!眼泪在李约素的眼眶中打转。这是他作为科尼尔军人的最后一次战斗。他以为已经被所有人遗忘,直到他在"青云"号上看到这个场景。此刻,又被古力特播放出来。

"李约素,你曾经是一名科尼尔军官,我感到很遗憾,科尼尔遗忘了你的身份,我代表科尼尔军方向你道歉。你为母星所做的一切是科尼尔军人的骄傲。"古力特再次出现,"现在,在这个危急时刻,请问你是否愿意重新加入科尼尔舰队?"

热泪顺着李约素的脸颊流下来。他早已经丧失了身份,回归科尼尔只能是一个梦想,然而许多年来,他无时无刻不在盼着奇迹发生,使他能够以一个科尼尔人的身份重新回到天垂星,看看那里的山川河流大地,呼吸星球上甜蜜的空气。奇迹居然在这最意想不到的时刻发生。只是奇迹来得太迟,天垂星已经不复存在。

李约素有些哽咽,"我愿意。"

"李约素,从此刻起,你是三三舰队司令特别顾问,编入现役,授予上校军衔。你接受的第一个也是最后一个命令:撤离战场,组织一切可能的力量进行反击。没有行动表,你必须见机行事。只有一个目标:驱逐敌人。任务明确?"

李约素使劲点头,"任务明确。"

古力特不再多说,他举手敬了一个军礼。李约素也举手敬礼。短短的两秒钟,两个人对望着。这是最后的时刻,李约素看见了古力特眼中流露出的决绝神情,他深刻地明白古力特的心情。一个军人,当他所要保卫的一切都已经失去,当他的部队正在流尽最后一滴血,他用自己的生命来陪葬是值得尊敬的选择。然而,必须要有人活下去,活下去才有希望。在这个时刻,古力特把李约素看做了自己的化身,一个能够延续希望的化身。他能承担起这样的责任吗？

古力特的影像消失了。

李约素没有丝毫犹豫，"天狼七，我们走。"

沙冈人小队快速撤离"重装甲"号，他们很快脱离战场。

战场之外是曾经的战场，到处都是残骸。李约素一行保持沉默，快速通过。

忽然间，天狼七让所有人停下，"我们要去找一个人。"

"什么？"

"古力特送了消息给我，我马上回来。"天狼七说完，向着战场边缘而去。

十多分钟后，他飞速返回。

李约素蹿到天狼七身边。天狼七带回来一个重型飞梭残骸，里面是一个女飞行员，看上去仿佛正在熟睡。

"古力特要你专程去救她？为什么？"

"我不知道。他要求我去救这个人，我可以帮助他，如此而已。"

李约素看着昏迷中的女人，"她是一个优秀的飞行员。如果这一带的残骸里还有生命信号，我们的飞船应该还能多载上几个人，这些人都是优秀的飞行员。天狼七，你说呢？"

天狼七没有表示反对。

"如果我们再遇上这样的情况，带上他们一道撤离吧。"李约素继续说，"你的'平准'号上不差几个人的位置。"

天狼七没有反对，他们已经处在战场边缘，不会遇到多少幸存的伤员，"我只答应古力特救她，我们的第一任务是撤退到'平准'号，对于其他人，如果一旦发现情况异常，我们必须抛弃他们。"

"按你说的做。"李约素起身，他飞向一具残骸。

他们开始认真搜索这块区域的生命迹象。残骸越来越稀少，他们找到了另两名幸存者。

当他们真正远离，李约素回头望了一眼。红色的飞行器仿佛一片巨云,弥漫开去,把战场上的一切都覆盖起来。而天垂星孤零零地悬在战场之外,散发出红热的光。突然之间,天垂星四分五裂,在黑色的空洞中化作万千碎片,仿佛一条暗红色的飘带,在李约素眼前展开。

李约素强行压抑着内心的冲动,他没有眼泪,外表神色平静,内心却翻江倒海般汹涌。以牙还牙,以血还血,除此之外,任何东西也不能化解这样的仇恨。

# 第四十二章　劫后余生

天垂星被摧毁了!

这个消息传遍了所有星域。这一次消息确凿,因为有人从战役里幸存下来,尽管这些人并没有见到最后的结局,但他们已经亲眼目睹古力特的舰队陷入绝境,而天垂星在引力波攻击下分崩离析。雷电家族向所有的星球都送出了胶囊消息,聚集在坤城的天垂星舰队残部也从另一方面验证了消息。

它们摧毁星球,杀死所有人。这个消息像一记重锤,狠狠地击打在每个人的胸口,即便是地下世界的人们也不例外。这是星域历史上罕见的情形,星门的酒吧和各个星域的最高当局,所谈论的话题完全一致。人们都在担忧接下来会发生什么,该做些什么。敌人的飞船数以万计,它们甚至拥有可以进行森空间弹跳的行星级堡垒! 星域,或者雷电家族,用什么才能够抵抗一个如此恐怖的敌人?

所有人都在谈论,但任何人都没有答案。焦虑和恐惧像瘟疫一般蔓延。

李约素也没有答案。但他并不觉得焦虑,也没有恐惧,只觉得茫然。他接受了古力特的任命,怀着强烈的愤恨与决心回到了"平准"号。然而当一切平静下来时,他不禁感到茫然:他到底凭什么能答应古力特,向那些凶残到极点的异类生物复仇?他不可能再像从前一样,指挥突击舰和敌人同归于尽,或者就像维特劳尔一样冲到最前线英勇赴死。

该怎么做?从撤离的时刻起,这个问题就一直在他的脑子里,挥之不去。

从天垂星撤离到"平准"号已经过去两天。如果计算弹跳空白期,标准时间已经过去十五天,战场上的一切都已经结束。

重生的"平准"号上,军备在紧张而有序地进行。

从天垂星回来后,不知不觉中,李约素觉得和天狼七之间产生了隔阂,他没有继续留在"平准"号上,而是脱下沙冈盔甲,搬进了"天狼星"号。

李约素的情绪非常低落,很少说话,和平时判若两人。布丁明显地感觉到这种变化,然而却不知道该做什么。人类的心理深奥而模糊,飞船中枢从来不懂这个。

佳上来了两次,并没有多说话,只是简单通报了"平准"号的状况。

李约素一直不肯多说话,布丁有些焦虑,终于他想出一个办法,开始循环播放自己在星门搜罗到的各种笑话。

"银河人找到泰坦人,对他们说,你们的装备太落后了,需要更新一下,我担保一旦你们接受了银河人的武器,你们就会成为银河无敌的种族。泰坦人很高兴,接受了银河人的提议。于是,泰坦人果然天下无敌,但他们开始称自己为银河人。

"人类终于从头到尾走完了银河之旅。率先完成这一壮举的人类船长发出豪言壮语:每一颗发亮的星星都有人类的足迹存在。为了响应这一号召,银河百科全书的编者决定把人类定义为能够前瞻三天的智慧存在;而混沌旋涡的拥有者莫比特人则宣称人类这种低级生物从未被允许进入混沌旋涡,因此人类船长的说法是对银河系智慧生物的严重侮辱。对此银河人表示:一种人类,各自表述,大家还是可以和谐共处。"

"某个人从银河的一端跳到另一端,创造了吉尼斯银河纪录。为此他付出了一千万年标准时间,其间他的故乡文明化为了灰烬。面对记者此人泣不成声,声称自己被骗了。记者问:难道你不知道跨越银河是一个多么伟大的壮举?某人回答:我当然知道这是个壮举,但是他妈的没人告诉我还有空白期这么个东西,我亲眼看着他签了支票,但银行都成了灰,我上哪里去要钱?"

……

李约素对各种笑话毫无反应,在布丁的记忆中,从前他经常会因此而放声大笑。布丁没有气馁,继续实行笑话攻势。

"雷电家族的人智力高超,他们因此非常骄傲,经常因为这个而嘲笑星域人。为了显示能力,一个雷电家族的人问科尼尔人,假设一艘飞船有三千吨,使用六个彗星级波动引擎,飞船应该设计成什么形状?这六个波动引擎分布在什么位置才能产生最好的效果?还有,如果这样一艘飞船作亚空间弹跳,假设不借助任何星门,空间曲率正常,它会产生多长的空白期?被问的科尼尔人是一个醉醺醺的酒鬼,他打着嗝,灌了一口酒,说:等我两分钟,我去投币,让沙达克回答你。他拿着一枚硬币,边走边说:就两分钟。"

"虽然我不完全算是雷电家族的人,但最好还是别当着我的面说这种笑话。"佳上边说边走进来。

李约素没有抬头,也没有回应,沉默地看着佳上走到自己眼前。

"刚收到胶囊船。'天龙'号已经安全回来,它落在了圣彼得星门附近,不过它失去了一半船体,还好申秋将军的指挥部没有损失。"

李约素点点头,虽然他对于弹跳原理并没有深入的了解,但他知道越大的飞船,弹跳的风险越高。这也是为什么大型飞船一般要借助星门才能进行弹跳的原因。"天龙"号能够幸存下来已经是运气很好了。相比之下,敌人的行星级堡垒居然突破亚空间而来,这是星域飞船根本不具备的能力,或者说,这样的能量水平远远超过了星域和雷电家族。

"这几天,到处都是胶囊船。雷电家族号召大家在伽马星门召开一次全体会议,每个星域都派代表参加。天狼七让我问你是否愿意代表'平准'号去出席。"

李约素缓缓摇头，"他必须自己去，我没法代表'平准'号。"

"邓迪斯也让我问你同样的问题，按照莱布斯基的遗嘱，海盗会服从你的命令，他们这些人该怎么办？"

"他回来了？"李约素对这个话题显示出一点兴趣，"海盗分散在各个星域，很不好找。他这么快就回来了？"

"我回来了。"邓迪斯站在门口，"船长，情况突变，兄弟们都在等着你发话。"

邓迪斯魁梧的身体把"天狼星"号的门堵得严严实实，他的脸色有几分苍白，透着疲惫，显然是经过长途劳顿，没有休息。

李约素站起身，他看了看佳上，突然说："我想去一趟熊罴星，带邓迪斯一道去，你觉得可以吗？"

佳上点点头，他明白李约素心头有很多疑惑。"平准"号的沙达克曾经遭受重创，而天狼七的沙冈军团变得越来越陌生，如果李约素需要一个能够解答疑惑的沙达克，"青云"号是最好的选择。至于海盗，虽然他们把李约素看做新的首领，但雷电家族是他们名义上的归宿，他们必须得到一个正式承认。这样的承认在眼下的一团乱麻中也许无足轻重，但是李约素并没有忘记。有一点佳上并没有说明，巴达将军的胶囊船到了，他要求佳上和李约素一道回熊罴星，既然李约素自己做出了决定，那就再好不过。

"邓迪斯，进来吧，我们马上出发。"李约素说。

邓迪斯对于这个突然的决定并没有任何惊讶，只是问："已经集结的兄弟怎么办？"

李约素略为考虑一下，"让他们去伽马星门集结。各星域都开放了星门，他们可以使用雷电家族义勇军的名义。我们会去伽马星门和他们会合。"

邓迪斯点头，转身向着舱外，"普林，船长要求我和他走一趟。所有的兄弟都在伽马星门集结，我们会去那里和你们会合。如果有任何外交问题，就说我们是雷电家族的人，你们可以把白昂鑫作为旗舰，天狼七已经同意把这艘飞船转交给我们。"

舱外传来清晰的回答:"遵命。"

邓迪斯走进"天狼星"号,在后排座椅上坐下,"我随时待命,船长。"

李约素正想让布丁启动,佳上却抢先开口说:"还有一件事。我们从天垂星救回来的那个女飞行员,她要求和你见个面。"

"不用了。"李约素说,此刻他不想看见任何与天垂星有关的东西。

"严格地说,这是个命令。她叫苏北旦,是天垂星科尼尔舰队的司令,中将军衔,而你是科尼尔的上校军官。"

李约素惊讶地张了张嘴。苏北旦,他并不知道这个名字,但是他知道苏这个姓,在科尼尔军界,古和苏两个姓氏几乎可以代表绝大部分的力量,而且这两个姓氏从未流入民间。

"我去见见她。"李约素说,"邓迪斯,你在这里等我,我很快就回来。布丁,你可以继续讲一些笑话给邓迪斯听,但是做好准备,我们要赶往熊罴星。"

"没问题,船长。"布丁愉快地回答,他很高兴看到李约素恢复了生气。

舱门半掩,李约素正打算推门而入,他的手刚触到门上,却又及时地停住,反手敲了敲门。

"请进。"一个清脆悦耳的女声传来。

李约素推开门走进去。

舱室里没有开灯,巨大的落地舷窗外,许多蓝色光点来来往往,沙冈战士正在进行演练,"平准"号巨大的躯体仿佛漂浮的巨岛,从窗外一直延伸到远方。再远处,繁星点点,银河稀疏。

一个女人的背影被淡淡的星光勾勒出来,银色的光在她身上形成了一道晕环,让原本曼妙的曲线显得更为柔美。

李约素突然感到口干舌燥,什么话都说不出来,只是站着。

"你是李约素?"女人并没有回头,仍旧背对着他,望着远处的星辰。她的声音里带着淡淡的倦意,似乎一个快要昏睡的人,挣扎着保持清醒。

"是。"

"我叫苏北旦,科尼尔舰队中将司令,非常感谢你把我救了回来。"

李约素想说点什么,但是嘴唇翕张,什么都没有说出来。舱室陷入短暂的沉默。

突然间,李约素看见了遥远星辰中一颗巨大的红色星星,在群星的环绕中分外醒目。他马上意识到苏北旦为什么这样失态,她正望着天垂星的方向。战斗已经结束,整个星系被黑色军团所屏蔽,这样的结果要在十多年后才能传递到这里,此刻,天垂星巨大的红色太阳仍旧在天宇中发光,耀眼夺目。

"苏将军……"李约素做了一个无意识的吞咽动作,"我们会战胜它们的。"

"嗯。"苏北旦轻轻地回应一声,仿佛沉浸在某种情绪中不能自拔。

李约素小心翼翼,等着苏北旦说话。苏北旦却一直保持沉默,甚至连身体的姿态都没有稍动一下。

"苏将军?"李约素轻声问。

突然间,苏北旦转过身,她背着光,李约素却清楚地看见了她眸子里的闪光和脸上亮晶晶的泪痕。在那么一瞬间,李约素油然而生一种冲动,强烈的愿望升腾起来,仿佛站在他面前的,并不是赫赫威名的苏氏家族的女将军,而只是一个孤苦无依的女孩,他要保护她,让她免除任何恐惧忧伤。

然而当苏北旦开始说话,他的幻觉便被敲得支离破碎。她的语调坚定而有力,"我带领科尼尔远征军出击好望角,中途折返,和古力特的天龙舰队会合,但是有一支分舰队仍旧开往了好望角。你是否能提供帮助,送我去好望角?我要去把舰队领回来。"

"当然可以。天狼七不会拒绝这点要求,如果他不愿意帮忙,我可以用我的小飞船送你过去。"

"这样很好。佳上说你曾经是科尼尔军官?"

"现在也是。"

"但是科尼尔已经不复存在了。"苏北旦的语调突然低沉下去。

"科尼尔永远都活在我们的心中,天垂星虽然被毁了,但是我们还有许许多多的同胞,我们能重建家园。"李约素想说些安慰的话,而这是他所能想到的唯一一句话。

"你是对的。"苏北旦露出一个勉强的微笑。虽然逆着光,李约素却看得清清楚楚,他只觉得这样的笑容很美,不由得发愣。

"李约素?"苏北旦发现他愣愣地看着自己,有些奇怪。

李约素回过神,"哦,对不起,你刚才笑了一下,我想起了一些往事。"

"星球上的姑娘,是吗?"苏北旦再次微笑,把话题带回到眼前的情况,"接下来你打算怎么办?"

"我会执行古力特将军的命令,寻找各种可能性,打败它们。"

听到古力特的名字,苏北旦脸上一阵黯然,虽然转瞬即逝,却没有逃过李约素的眼睛。

"将军,你打算怎么办呢? 好望角的分舰队战斗力微不足道,哪怕你把它领回来,也没有太大的作用。"

"我会先把好望角分舰队安排好,然后我会到科尼尔星域各处整顿军备,虽然各个星系的守备力量并不强大,但把科尼尔所有的力量都会聚在一起,还是一支很可观的力量。我们也需要进行一些转移,到敌人无法轻易到达的地方躲藏起来。"

"但这支军队和敌人相比还是很弱小。"

"见机行事。我们无法对抗敌人的主力舰队,至少可以对它们的分舰队形成威胁,使它们不敢在这里胡来。"

"这是可行的。"李约素皱着眉头说,"但如果没有强大的武装帮助,我们永远没有办法消灭这些入侵者。"

"我明白你的意思。我们当然需要援助,但作为科尼尔人,要永远保卫自己的家园。会有人去求援的,但那不会是我。我会留在这里,抵抗侵略。"

"为什么? 带领一支舰队回到这里,把敌人彻底地消灭,难道这不是你想做的吗?"李约素有几分激动,他将前往熊黑星与沙达克长谈,最后的结果,很可能是他将前往银河深处,去寻找强大的人类联盟,潜意识里,他希望苏北旦能和他一道前去。

苏北旦淡淡一笑,"一个科尼尔人的寿命是一百二十年。一旦踏上前往银河深处的旅途,空白期将是百年,或者千年。我在这里,此刻,可以发挥更大的作用。"

李约素沉默下来。对一个科尼尔人,以百年千年计算的空白期将是生命中不能承受之重。苏北旦是对的,她在这里,有家族的势力,有科尼尔残余部队的支持,她能利用各种资源最大限度地打击敌人。而一旦踏上星途,所有这一切都将不复存在,她的价值不会超过李约素。前往一个千百年后才能抵达的地方,最好的候选人是流浪汉,因为他们一无所有,也并不害怕失去什么。想到这里,李约素微微感到一丝苦涩。他不能强求苏北旦做什么,如果苏北旦是一颗闪闪发亮的星星,他就是宇宙中漂浮的微尘。

"雷电家族召集会议。"李约素说,"所有的星域代表都会集中在伽马星门,你要去吗?"

"我先去好望角,这一支分舰队很重要。"苏北旦说。

"既然你这样决定,我会帮你前往好望角。"

"还有两个战士也会跟我一道去。"苏北旦指的是李约素从天垂星撤退时救下来的另两名战士。

"这应该不是问题。"

"很好,我应该感谢你为科尼尔所做的一切。但现在是非常时期,我没有任何东西可以表达谢意。"

"我是科尼尔人,这是我应该做的。古力特将军给我的命令是驱逐敌人。我没有什么力量,因此我必须去求援。我也没有什么可以失去的东西,因此即便有几百年或者上千年的空白期也无所谓。"李约素说得很诚恳,他咧开嘴笑笑,"我是来自几百年前的老古董,早就该埋进土里了。"

苏北旦不禁动容,"你度过了几百年的空白期? 这怎么可能!"

"这事发生了,于是我就成了一无所有的人,当然也不怕再失去什么。"李约素笑了笑,不愿意多说,"我将要前往熊罴星,那里的沙达克非常古老,他会给我一些明智的建议。见到他不是一件容易的事,还好我曾经去过一趟,所以他们不会拒绝一个老朋友的要求。不管你的计划是什么,和一个古老的沙达克谈谈不是什么坏事。如果你想联合所有星域的力量,你也必须和雷电家族进行接触。如果你觉得计划能够稍作改变,我可以和你一同前往熊罴星。"

尽管李约素没有继续往下说,苏北旦仍然可以想象一个被剔除了公民籍的科尼尔人将面临怎样的窘境,他将无法在科尼尔的任何一个地方光明正大地生活下去,这显然不是一件公平的事。然而经历了这样的坎坷之后,却仍保持着对科尼尔的热爱,这又是怎样一个意志坚定的人!他的内心充满积极向上的力量,哪怕被可怕的命运折磨,也保持着乐观。苏北旦感到李约素在她的眼中变得丰满起来,他不仅是一个忠心耿耿的军官,还是一个不肯向命运低头的男子汉。苏北旦注意到李约素的眼神,他正热切地望着自己,等着回答。她突然意识到李约素多么希望她能够一同前往熊罴星。他们各自的前进道路已经注定,然而哪怕一小段共同的旅程,也让人感到心满意足。苏北旦感到一阵心跳加速。她意识到在短短的十多分钟接触里,眼前的这个男人已经深入到她的内心。她没有工夫去细想为什么,只是保持着克制,认真考虑李约素的邀请。

"雷电家族将是我们最主要的盟友,如果能够预先和雷电家族达成协议,那将非常好。但我们必须抓紧时间。"苏北旦说。

"我的'天狼星'号是最快捷的飞船,只要一个月,就能到雷电家族那里,然后再到好望角。"

"有那么快?"苏北旦微笑着问,她根本不相信一艘飞船能够在一个月内辗转两百多光年,然而她喜欢李约素那种自信满满的样子。

李约素意识到自己失言,不由得有些尴尬,"你可以不相信我,但是你必须相信雷电家族,他们将是你未来最主要的盟军。无论怎么样,你都必须去一趟熊罴星。"

苏北旦终于露出一个笑容,这是这几天来,她第一次感到轻松与宽慰。李约素也笑了起来，露出两排洁白的牙齿。

"你说的我无法拒绝。"苏北旦说。

李约素仍旧傻傻地笑着，女将军的眼神变得柔和起来，他突然间又有几分恍惚。

"我去找天狼七。"心情变好，他有了新的计划，"你想一道去看看这个超级军团吗？"

"当然，他们可能是我们所能依靠的最强大的力量。"苏北旦点头，她别过脸去，李约素看到她正试图擦掉脸上的泪痕，"我以科尼尔代表的身份去见他，你可以替我引见。"

"这是我的荣幸！"李约素说。他突然发现某些肉麻的礼节用语并不是毫无意义，之所以人们通常认为这仅仅是礼仪，只是因为人们并不真心实意。

# 第四十三章　噩耗连连

"天狼星"号在各种残骸间灵活地飞行。为了保持灵活性,布丁关闭了重力控制系统,船舱里的乘客随着"天狼星"号的各种动作而东倒西歪,狼狈不堪。

终于,"天狼星"号能够平静下来,稳定飞行。

"这都是什么东西?"望着舷窗外漂浮的残骸,李约素皱着眉头问。苏北旦在飞船上,他的脾气收敛了许多,连用词也变得文明起来。

"这些都是达门塔舰队的残骸。残骸包括主力舰、武装炮台、前卫舰、侦察船,还有飞梭。需要把我把型号查清楚吗?"布丁飞快地回答。

"为什么达门塔舰队的残骸会出现在这里?"

"这是一次伏击。"苏北旦的声音响起,"达门塔派出了一支分舰队来偷袭我们,我们得到了情报,在这里预设阵地。机动性起了决定性的作用。我们只使用了轻型突击舰,最大的船不超过两万吨,而达门塔的主力舰超过七十万吨,因此我们比他们早十四天到达这里,设好了伏击圈。"

"很漂亮的战斗。难道科尼尔没有损失吗?"

"当然有,都收走了。现在看来有些可笑。我们赢得了战斗,留下了遍地残骸,但自己的星门却被摧毁,这个星系从此变得一文不名。这只是前线的一个战场。如果能够重新来过,我真希望和达门塔之间的战争根本没有发生过。"

"我们已经和达门塔联合了。"

"天狼星"号在进行弹跳准备,还有一次弹跳,他们就将进入熊罴星的范围。突然间,布丁发出了警告。

"不明飞行物跟踪。"随着警告,"天狼星"号快速机动,进入残骸区,"我们需要躲藏一下。"

眼前的情形似曾相识,李约素想起遭遇天狼七的情形,"佳上,记得我们怎么遇到天狼七吗?难道我们又要遇到一个天狼七?"

佳上没有回答,他对于这种胡乱的联想毫无兴趣。屏幕上飞行器的影像一闪而过,他仔细地盯着屏幕,布丁却没有再显示任何东西。"布丁,把刚才的图像再放给我看看。"

布丁马上把影像显示在屏幕上。

这一次跟踪而来的并不是飞梭,而是一个椭球形飞行器。

李约素看了佳上一眼,"这看上去像是一个流体颗粒。"

"这就是流体颗粒。布丁,它是来找我们的,我们要和它会合。"

"这太危险。"

"我确定它是流体颗粒,属于第三变型,它是专门用于通信的颗粒。而且来自'青云'号。"佳上说得非常确定。

"你可要想好了,我们飞船上四个人的命,还有布丁的小命都在你手里。'天狼星'号除了逃跑,什么能力都没有。主动靠上去,如果它有敌意,那就是找死。"

佳上只是盯着屏幕,椭球形飞行器不断地旋转,它失去了目标,兜了一圈之后选择了一条返回线路。它要回到时空突破点。一个星系往往会有十多个突破点,没有星门指引的跳跃飞船绝大多数都会从突破点进入星系。这个椭球体显然一直守候在这里,它在等待某个合适的飞船从突破点进入。

"没错。它是'青云'号的流体颗粒。每一个信使颗粒都有独特的旋转方式,其实也是密码。很简单,它在说:李约素,靠近我。"佳上看着其他几个人,"不用担心,我不会看错,这是雷电家族的特别编码方式,我明白这个。"

"好吧,听你的。"李约素指令布丁靠上去。

"天狼星"号出现在信使颗粒的感知范围内,它马上掉转方向,再次向"天狼星"号追来。在距离十米的位置,它停下来,保持同步。

"收到信号。"布丁说。

"放出来吧。"李约素下令。

布丁开始广播:

"熊黑星遭到攻击,我们可以自保,但所有进入熊黑星的飞船将面临极度危险,敌人随时可能进行突袭。进入路径被封锁,没有载人飞船能够从亚空间出入熊黑星。根据目前状况,星域的力量无法抵抗入侵者,必须得到强力援军。

"敌人正在行动,它们正企图夺取伽马星门。它们会进入伊特通道,通过伊特星门进入好望角!一旦它们占据好望角,一切将无法收拾,它们的势力将向银河中心蔓延,直抵人类文明深处,沿途所有的文明,都将遭受灭顶之灾!在组织有效的抵抗之前,至少两千个文明世界、十七万亿定居者将被吞没。避免悲剧发生的唯一办法,是隔离这片星域,然后把消息用最快速度送到仲裁者手中。仲裁者将召集银河舰队,我们将用巨大的优势把它们彻底埋葬。

"人类必然胜利,只是一个时间问题。在胜利到来之前,文明世界会遭受多大的苦难完全取决于我们的行动是否足够迅速。我们必须隔离星域。

"隔离星域的唯一办法:在好望角建立堡垒,对试图穿越亚空间进入的飞船进行打击。其前提是必须在敌人试图利用伊特星门之前摧毁它。一旦伊特星门被敌人占据,好望角必然失陷。

"带上信使颗粒,找到'天龙'号。'天龙'号能够提供一些帮助。

"务必在标准时间三十六年八月七号之前完成对伊特星门的摧毁,同时在好望角集中所有能够集中的力量,没有星门,敌人能够直接通过亚空间弹跳进入好望角的力量有限,一支足够强大的机动舰队能够解决问题。

"必须调集所有能够影响的力量在三十六年八月七号之前完成这次割断。这是所有事件中最重要的一件。

"'青云'号指挥,巴达。"

信息播放了三遍,然后停下来。

船舱里的四个人面面相觑,最后布丁打破了沉默:"船长,需要重新回放吗?"

"不用。暂时中止弹跳准备,设法把那个颗粒拉过来。带着它我们还能跳跃吧?"

"没问题。它的体积不大,质量也不大。"

"天狼星"号靠上去,把流体颗粒拉过来,塞进了储备舱。李约素看着佳上,"你说怎么办?"

"我们必须立即按照它的指示行动。"

"我们永远无法去'青云'号了?"

"风险最小的方案就是不要进入熊罴星。我们完全可以相信这个颗粒的信息。这是'青云'号能够做到的最后的选择。"

"今天是什么日子?"

"三十六年一月十五日。"

"只有不到七个月。我们距离好望角三百光年。'天狼星'号可以很快跑过去,但我们去了那里有什么用?舰队没法在这么短时间内聚集到好望角。"

"我们有机动舰队,"苏北旦插入谈话,"我的分舰队很快就能赶到好望角。他们具有建设前进基地的能力。好望角的达门塔舰队也会帮助我们。我们不需要去好望角,关键是摧毁伊特星门,我们可能只有一次机会,而且这机会很快就会逝去。谁能去摧毁伊特星门?"

"雷电家族在伽马星门召开紧急会议,几乎所有人都在那里,我们去那儿。"李约素说。

"至少我们可以把熊罴星受到攻击、被围困的消息带过去。"佳上说。

"雷电家族送出了胶囊船，所有人都应该知道这消息了。"苏北旦说。

"不，很可能没有。"佳上说，"这种信使颗粒穿越亚空间的速度和胶囊船差不多，但穿透的距离要短得多，它比胶囊船更能够抵抗干扰。如果它们真的封锁了亚空间，胶囊船在透过亚空间的途中都会被吞没，无法送出。如果能够使用胶囊船，就不必使用信使颗粒。既然信使颗粒已经在这儿，很可能并没有胶囊船送出。"

"你是说我们是唯一知道这个消息的人？"

"存在这种可能，如果没有其他人正好要在这个时候进入熊罴星。迹象很明显，信使颗粒是专门送来找我们的。"

"好吧！"李约素看了苏北旦和佳上，"我们的命看来还很值钱。邓迪斯，兄弟们也都赶到伽马星门了，我们去和他们会合。"

邓迪斯点点头。

"布丁伙计，开动吧。"李约素显得轻松愉快，仿佛他们不是在确定进行一次关系到星域甚至银河的大事，而是去参加一次野餐会。

其他人神色都很严肃，甚至连布丁也一言不发。

"天狼星"号进入弹跳准备。

"给我看看星图。"苏北旦突然说。

科尼尔星图展现在舱室中央，赤红的天垂星太阳仍旧历历在目。某些东西在星图上一目了然。比如熊罴星和天垂星以及伽马星门的相对位置。天垂星与伽马星门和熊罴星之间的距离大约相等，然而天垂星和伽马星门之间非常平坦，适合舰队跳跃。

李约素看着苏北旦。

"我们必须做好最坏的打算。"苏北旦自顾自看着星图，似乎在自言自语。

……

船舱里异常沉闷。

伽马星已经荡然无存。星门仍旧存在，然而已经被关闭，黑色飞船绵亘不绝,仿佛一道道绞索把星门死死地缠绕起来。这显然又是一场行星毁灭战,结果毫无悬念,已经活生生地摆在眼前。

邓迪斯捏着鼻子,他感到鼻子酸酸的,眼泪随时可能夺眶而出。兄弟们应该都在这里,但是眼下,整个星系空空荡荡,除了黑色飞船,没有其他会飞的东西。它们甚至消灭了所有天体!

李约素看着眼前的情形,说不出任何话。苏北旦不幸言中。

"我们去坤城。"苏北旦突然说。

坤城集中了科尼尔剩余的精锐。然而他们是否还存在?

"不,我们去找'平准'号。"李约素说,"没有时间了,'平准'号是我们唯一可以依靠的力量。"

苏北旦没有反对。

"邓迪斯,佳上,你们有什么意见?"

佳上沉默着,似乎在思考什么问题,突然他问:"它们到底在做什么?"

"你说什么?"李约素没有听清佳上的问题。

"没有一种智慧生物会把大量的时间和能量浪费在单纯的杀戮上。它们必然是为了某种目的才这样行动。这不是典型模式,它们处在一种极端状态下。"

"那又怎么样?我们没有别的选择。它们在不断地攻击我们的星球,杀死我们的人。"

"这关系到什么时候它们会停下来。情况可能并不像巴达所估计的那么严重。"佳上想了想,"布丁,你有关于那个子宇宙的信息吗?它有多大?具有什么物理属性?"

"我没有这些信息。"布丁说。

"佳上,你到底在想什么?"李约素问。

"这些黑色飞船可能正在按照某种模式重现它们的宇宙。在它们的宇宙中,也许没有行星,为此,它们要清除从天垂星到洛基塔所有的障碍。所有星球,也许还包括恒星。"

"你是说它们能够控制恒星？"

"一个行星级堡垒透过亚空间，这种能量水平已经远远超过一颗中等恒星的全部能量。如果它们不能驱动恒星，很难想象能量来自何方。"

"这些问题我们以后再考虑，当务之急，我们必须封闭通道，把这些东西封闭起来，不让它们向银河蔓延。"苏北旦说。

"我们去找'平准'号。布丁，弹跳准备。你能找到'平准'号吧？"李约素说。

"遵命，船长。"

很快，布丁又转回来说话："船长，我看到一些奇怪的东西。"

巨大的黑色飞船悄无声息地滑过，一些细碎的东西从飞船上脱离，飘散在宇宙中。"天狼星"号急速掠过，在一瞬间，布丁抓住了碎片的影像。

这是一个细小的个体，它显然是一个生物，大体是一个球，白色的躯体上包裹着一层半透明的膜。它就像一个水汪汪的蛹。

"真恶心！"苏北旦皱着眉头说。

"那是什么，它们的卵？"邓迪斯从来没有见过这样的情形，尽管他并不害怕，却感到有些凛然。

李约素感到一阵寒意涌上心头，"布丁，暂停弹跳。靠近它看一看。"

"这里太危险。"

"我是船长，我说靠近它看一看！"李约素突然变得粗暴起来。

"天狼星"号缓缓地靠近漂浮的白色小球。它们不断蠕动，某种活物正在其中，等待着破茧而出。无穷无尽的白色小球组成巨大的轨迹，从远方一直向着黑色飞船盘踞的方向延伸。

突然间，一个小球破裂，几条细细的肢体伸出来，随后是一个小小的头，它的躯体浑圆，和头部相比巨大到不成比例。它活动肢体，灵巧地把包裹它的膜衣捏成一团，飞快地吞食下去。

"真像一只蜘蛛。"邓迪斯说。

李约素紧紧攥着拳头，他的头脑似乎正承受着巨大的压力，黑色的梦魇挤压过来，似乎要将他碾碎。是的，就是这样的白色蜘蛛……他的梦境，或者半真半假的经历。他的确曾经见过这样的东西。它们从充满黏液的土地上爬出来,聚合成团,然后进入一艘巨大的黑色飞船。

苏北旦发现了李约素的异样。"李约素!"她奋不顾身地站起来,漂移到李约素身边,抓住他的手,"你怎么了?"她关切地看着他。

李约素的手在发抖,那些不愉快的记忆让他不由自主地感到害怕。

"他曾经到过它们的宇宙。也许他是唯一一个曾经到过那个宇宙并活着回来的人。他可能想起了什么。"佳上向苏北旦解释。

"苏北旦女士,请回到座位,这样很危险。"布丁提醒自己的乘客。

"我们赶快离开这里。"苏北旦一边说,一边回到座椅。

"船长还没有发出指令。"

"你看到了,他正处在艰难时刻,我们必须自行做出决定。"

"这个提议符合逻辑。我们该怎么走?"

"去找'平准'号。"

"天狼星"号再次进入弹跳。

李约素直直地看着屏幕,屏幕上,白色蜘蛛组成的长长链条已经隐没在黑暗之中。然而,在李约素的头脑中,这些白色链条正不断地壮大,彼此交织,形成巨大的网络,在中央部分形成厚实的膜体,恒星被包裹其中,阳光被完全遮蔽,整个星系只有冷冷的微弱星光。黑色飞船在白色网络的节点上聚合,它们褪去了外壳,露出核心部分蓝汪汪的晶体,这些蓝色晶体脱落出来,落在白色网络上,瞬间生根,许多蓝色的晶体结合在一起,形成一团团的球。

"天狼星"号突然迸发出一道闪光。闪光照亮的地方,显示出一团璀璨的蓝色。一瞬间,"天狼星"号钻入时空裂隙,消失不见。"天狼星"号不断弹跳,直指圣彼得堡星门。

李约素正在回想刚才的情形。

"李约素,你好些了吗?"他听到了柔和的女声,那是苏北旦的声音。

他扭头看着佳上,佳上也正看着他。

"你说得对,它们正在重构。"

"我不明白。"

"那些飞船……那些飞船只是工具，它们并不在飞船上。"

"你是说那些蜘蛛？"

"不，是整个网络。"

"网络？"

"你看到了，它们在伽马星系构造网络，那才是它们的存在方式。"

佳上沉默不语。

"我不是很明白，你能否说得清楚些？"苏北旦问。

"我见过这种东西，它们的网络很庞大，整个星系都布满这种白色网络，整个星系就是一个网络。每个网络都有蓝色的晶体节点，那是它们的头脑。它们预设计划，然后执行。它们把自己分解成小块，塞在飞船里边，现在，它们正在活过来。"

"那些白色蜘蛛呢？"邓迪斯问。

"那不是白色蜘蛛，它至少有十条腿。我也不知道那是什么，那可能是它们的幼体，也可能只是一种过渡生物。不过无关紧要，重要的是它们正在重新活过来。"

"你是说它们毁灭天垂星，毁灭洛基塔，都只是一个预设计划，这些黑色飞船的主人并不是一个个独立个体，真正的主人只是一个网络，在整个进攻过程中都处于休眠中？"苏北旦迟疑地问。

"就是如此。"李约素回答，他的语气坚定，无可置疑。

"你和它们进行过交流吗？"苏北旦仍旧充满疑虑。

李约素猛然摇头，"不要问我，我不知道！"他感到焦躁，苏北旦的问题他无法回答，在那个神秘的异世界里，他到底经历了什么？那些神秘的生物对他做了些什么？为什么他确信无疑这些控制者只存在于巨大的白色巨网之中？蓝光在"八脚鱼"号上帮助他恢复了一些记忆，但毫无疑问，还有更多的东西隐藏在他的脑海深处。

一段沉默之后，苏北旦开口："是否这意味着我们可以和它们进行对话？"

"事情只会更糟糕。"佳上突然开口,"一旦它开始思考,它就会明白控制星域的关键在于好望角星门。它马上会有下一个计划,更难对付。巴达将军要求我们截断伊特通道,依据的假设应该就是它们会全力突破科尼尔这一片时空洼地,试图进入平坦的银河空间。任何一个宇航文明都会这么设计。如果它们对我们的空间早已经有所了解,那么占据了天垂星和洛基塔之后,下一个目标必然是伊特星门。如果船长的说法是对的,它们正在活过来,最大的可能是它们会认识到我们的抵抗,然后更强劲地冲击伊特星门。"

船舱里陷入沉默。

"我们和它们有血海深仇,无论什么情况,我们都必须切断星门通道,不能让它们跑掉,总有一天,我们要把它们消灭在这里!"李约素打破沉默。

"是的,李约素船长,我们必须出发去进行这项工作。欢迎回到'平准'号。"一个声音插入到谈话中,那是天狼七。"天狼星"号抵达了目的地。

这个声音很霸道,很坚决,很自以为是。然而李约素的脸上露出了笑容,没有什么比见到一支坚强的盟军更让人感到高兴了,而且,布丁在屏幕上显示了另一个信号:"天龙"号。

# 第四十四章　银河之心


"天龙"号成了一艘中型飞船，它在天垂星丢掉了三分之一的质量，然后在伽马星门再次损失了大量流体颗粒。但它仍旧是一艘完整的飞船。就不利条件下的生存能力而言，没有什么飞船能比"天龙"号做得更好。然而它面目全非，让人不敢相信。

"布丁，你确定那是'天龙'号？"

"飞船信号显示没错。"

呈现在大家眼前的是一个短短的圆筒状飞船，谁也无法把它和"天龙"号时而细长、时而卷曲的舰体联系起来。

"李约素船长，你好。"申秋出现在屏幕中央。

申秋的出现让李约素的疑虑稍稍减轻，"你好，申秋将军。'天龙'号为什么变成了这个模样？这是'天龙'号吗？"

"这是'天龙'号。我们受到了一些损失，飞船形态发生了变化，但这仍是'天龙'号。"

"你们从天垂星撤退之后就变成了这样？"

"我们收到来自熊罴星的胶囊船，赶到伽马星门，从亚空间折返时我们陷落在包围中。它们数量众多，局面很快就失去了控制。我本已经做好了牺牲的准备,没想到沙冈人救了我们。他们在关键时刻杀出来,帮我们解了围,并把我们带到了这里。"

李约素明白其中的凶险。他亲眼目睹了层层环绕伽马星门的黑色飞船,那是可怕的存在。

"很好,"李约素说,"我可以到你的飞船上去吗?我想见见沙达克。"

申秋有些惊讶,这是一个很唐突的请求,飞船的沙达克不轻易和外人接触,除非沙达克认为有这个必要。

"这是一个唐突的要求,但我想除了'天龙'号沙达克,我没有更好的指导者。我想去熊罴星请沙达克给我一些指点,但中途被挡了回来,熊罴星已经被封锁。'天龙'号沙达克也许是和'青云'号沙达克最接近的一个,所以我想听听他的意见。"李约素说。

申秋露出一丝惊讶,"他们封锁了熊罴星?"他张了张嘴,似乎还想说什么,最后却没有说出口,只是定定地看着李约素,似乎并不相信。

李约素看了看佳上,"我们在熊子星发现一个颗粒,是它找到了我们,佳上说这是'青云'号的信使颗粒,就在我们飞船上,你可以察看。"

"天龙"号向着"天狼星"号靠拢,布丁打开货舱,把信使颗粒放了出去。颗粒向着"天龙"号靠拢,当它距离"天龙"号只有几百米的距离时,"天龙"号表面绽开一个缺口,颗粒靠过去,三双触手般的软索从缺口伸出,恰到好处地把整个颗粒紧紧攫住。颗粒被飞快地吸了进去,隐没不见,而"天龙"号表面也飞快地平复。

李约素静静地等着。

很快,申秋送来了消息:"沙达克同意会面。"

"天龙"号再次靠拢过来,这一次靠得非常近,以至于布丁发出了碰撞警告。"天龙"号虽然经历了两次削弱,体积不到原有四分之一,但相对"天狼星"号仍旧是一个可怕的庞然大物,它向着"天狼星"号压过来,似乎要将这小小的飞船碾压得粉碎。

"天狼星"号上的人们保持着镇定,除了布丁不断地大呼小叫。

"天龙"号直直地压了过来,"天狼星"号隐没在"天龙"号庞然的躯体之内。

舱门打开，外边没有任何光线，漆黑一片。他们仿佛并不是在一艘母舰内部而仍旧身处太空中。李约素略带疑惑地看了看佳上，佳上摇摇头表示自己一无所知。

"这里没有重力场。"苏北旦说，"情况诡异，要小心。"

李约素点点头，"我会小心。"他使劲一推座椅，向着舱外飘去。

舱外一团漆黑。当李约素进入到这一片黑暗中时，他马上意识到这并不是没有光线而导致的黑暗，他仿佛被浓密的黑色雾气所包围，一点点地隐没其中，黑色的浓雾彻底阻隔光线，哪怕他只是把头伸出舱门，"天狼星"号舱内的光也立即消失得无影无踪，舱里舱外仿佛有一条无形的绝对界线。李约素估计自己的腿应当还在舱内，然而回头看去，除了一片黑暗什么也看不见。他觉得很冷，然后有什么东西碰触到他的身体。虽然身处彻底的黑暗中，但他并不感到害怕，只是有些奇怪。

"沙达克，我能见你吗？"他大声发问，知道沙达克一定能够听到。

没有任何回应，但突然之间李约素意识到沙达克已经做出了回应：黑色的雾气钻到他身体里边，不知不觉中他已经中止了呼吸。当李约素意识到这一点，他惊讶不已。他的心跳仍在继续，头脑仍旧清醒，然而却不再呼吸。某些小东西渗到他的身体中，浸透了每一个细胞，它们直接给他的身体提供能量。它们是沙达克的某种化身，李约素感觉到某种声音在他的头脑中形成，隐隐约约，越来越清晰。

突然间，就像弥散的雾气聚集成形，他听到了声音。李约素有些惊讶，尽管沙达克并不具备实体，然而他通常会使用一个全息投影来和人们说话，在惯常的印象中，他应该是一个慈眉善目的老人，而此刻，沙达克似乎直接和他的头脑建立了联系。一个声音回响在自己的头脑中，这样的感觉让李约素有几分吃惊。

"李约素，你必须去银河之心。"那个声音说。这是一种平淡的声音，平淡到李约素无法分辨是高亢还是低沉，是陈述还是祈求，是男人还是女人。那就是一个声音，这一点毫无疑问，除此以外，声音本身没有任何信息。

李约素定了定神,把注意力集中在对话本身,"银河之心?"

"人类的繁荣之处,所有的梦开始的地方。"

"我不明白。"

"那里是银河的核心,人类文明的核心。你去到那里,必须去那里,这是你的宿命,也是你的使命。除了你,没有人能完成。"

"这怎么可能?"

"想一想古力特和你说了什么。你就是那个触发了灾祸的人。"

"这不公平,是这些魔鬼造成了灾难。"李约素说,然而他想到古力特说过,如果"天狼星"号没有触动黄金星球,那么至少灾祸可以推迟许久。从这个意义上说,他就是那个被命运选中的人,他必须对此承担责任。他沉默下来。

"这可能是银河的宿命,那么你也是宿命的一部分。谁祈求命运的公平,谁就是一个糊涂分子。命运无所谓公平,你必须面对。此时此刻,在这个星域,没有人比你更合适。就算其他任何人作为信使出发,他也必须带上你。"

"为什么?"

"古力特并没有告诉你全部真相,有些事实他并不了解。事实的真相是:你的头脑是最好的宣战书,它们曾经侵入过你的头脑,留下了深刻的印记。只要你能够抵达银河之心,他们会明白一切,也能帮你解开头脑中所有的谜。"

"他们?我的头脑中有什么谜,你是说我失去的那部分记忆?"

"银河之心,人类的精华所在。的确,你的头脑中有一些缺失的记忆。银河内部有许多文明对于人类的记忆研究深入,他们能够帮你回忆起一切。"

"银河之心……"李约素念着这个新奇的名字,在他的头脑里,形成了一幕漂亮的图景,他仿佛看见成千上万颗璀璨的恒星聚集成团,无数的飞船穿梭如织,强大的舰队整装待发,还有一些奇特的人类,他们似乎是一些超人，正在星星间自由往来，按照自己的意图塑造一切。沙达克把这些灌输在他的头脑里。这就是他们，他需要去寻找的那些人。

李约素仍旧感到有些疑惑，有什么地方不对劲，然而他却不能明确意识到哪里出了问题。

"那么我现在该怎么办？"

"你必须去银河之心。"

"我从来没有离开过这片星域，怎样才能去到那里？那是上万光年之外的地方。我不是一个巡逻者，也没有长生不老的本领，我的飞船根本没有远航的能力。我需要你的帮助。"

"这都不是问题，你只需要出发，一切难题都会迎刃而解。"

"那么，星域呢？它们毁掉了天垂星，毁掉了伽马星门，它们还会在这里为所欲为。我能否留下来抵抗？"

"把抵抗的事交给我，你留下毫无价值，任何一个人都有留下的理由，但没有一个人比你更适合奔向银河之心。他们属于现在，而你属于三百年前，从这里前往银河之心至少还需要三百年。让星球定居者穿梭时空有些残忍，然而你已经历过这样的事，你和一个真正的巡逻者并没有太多不同。不要留恋，有更多的人值得拯救。"

声音仍旧很平淡，却透露出一股无可置疑的气概。

"我明白，我会去。但巴达将军要求我们必须封锁星域，我要亲眼见到完成了这件事才能出发，否则我即便出发去寻找银河之心，灾难仍旧不可避免。"

"这是我的责任。"

突然间仿佛在黑暗中见到了一道强烈的光，李约素感到一阵恍然大悟之后的轻松，"你不是沙达克，你是天狼七！"

声音沉默下来，片刻之后，他说："没错，我是天狼七。"

这个回答点燃了李约素的怒火，"赶紧从我的脑子里滚出来！你这是公然挑衅！沙达克呢？我要见沙达克，不是你。"

"你会见到沙达克。"天狼七说，"但是我所告诉你的就是全部真相。

你从他那里得不到更多的信息。关于航行的具体本领，我会让沙达克转给布丁，'天狼星'号也会得到加强。这样的话我不会说第二遍，我们患难与共，我们是战友。"

李约素的怒火渐渐平息下来，"你怎么能在'天龙'号里？"

"暂时借用。'天龙'号沙达克是'青云'号的分身。在更久之前，'平准'号沙达克和'青云'号一样，是某个沙达克的分身。沙冈人和雷电家族源自同一。你们的星域也一样，如果你有机会追溯沙达克的源头，所有的沙达克都源自同一个，当然已经没有人知道这是哪一个沙达克，他是否还存在。所以，如果形势需要，我们仍旧可以很大程度地联合起来。"

"'天龙'号成了'平准'号的一部分？"

"不，只是我可以很容易进入'天龙'号和你对话。现在你去吧，沙达克在等你。"

浓重的雾气很快退去，李约素感觉身体恢复了正常，他感到精神饱满，充满了迫切的渴望去面对一切。他突然想到天狼七是不是在他的身体里做了什么手脚，那些浓黑的东西，和"平准"号沙达用来遮蔽飞船残体的零点迷雾类似，李约素猜想那是一种纳米机器，显然它可以进入身体，轻而易举地改变某些东西。

船舱里变得透亮，李约素发现自己身处在一个透明的气泡般的舱室中，温度适中，光线柔和，气压达到完美的平衡，甚至连"天狼星"号的舱门打开时，也没有任何气流声。雷电家族总是把一切计算得精准而精致。

"那是'平准'号？"佳上问，眼前的情形和"平准"号的零点迷雾很相似，他很自然地如此猜想。

"是的。"李约素没有多说。

"小心点！"苏北旦叮嘱李约素。

李约素转身看着她，"'平准'号也是我们的老朋友，没什么！"他翻身，伸手抓住"天狼星"号的舱门边缘，把身体摆起来，落在"天狼星"号上。他稳住身体。沙达克该来了，他等待着全息投影光线。

沙达克却没有来。

没有任何警报,飞船突然间急速移动。李约素被重重地甩出去,撞在气泡壁上。李约素反应极快,他迅速扭动身体,双脚在气泡壁上稳住,等飞船稍稍稳定,猛然一蹬,蹿了出去,恰到好处地落在"天狼星"号上,抓住了舱门。

"船长,快进来!我要关闭舱门了。"布丁焦急地叫喊。

又是一次突然转向,李约素紧紧地抓着舱门,急剧的变速把他的身体甩起来,然后又重重落下,传来一声钝响。

"李约素,快进来!"苏北旦的座椅距离舱门最近,她看见李约素被甩开,焦急万分。李约素被巨大的加速紧紧地压在"天狼星"号上,他努力挪动身体,试图钻进舱门,然而加速度始终控制着他,让他滑向相反的方向。他的两条腿不断移动,试图寻找一个支点,然而"天狼星"号表面光滑,根本没有地方借力。

"船长,沙达克告诉我,还有十秒钟,这个舱室的空气就要被排出。'天龙'号需要进行紧急动作。"

气泡正在打开,气流呼呼作响。李约素咬紧牙关,"关闭舱门。"他从牙缝里憋出这几个字。

突然间,眼前一花,他看见苏北旦就在眼前,"快抓住!"她说。原来苏北旦看到情况紧急,把救生绳搭上,打开了座椅安全锁,她转眼间就被巨大的加速度推到舱门边。苏北旦把半个身子探出舱外,努力把绳索递给李约素。

"天狼星"号内的空气也正随着气流向外狂泻,突然,苏北旦的头发被狂乱的气流吹开,长发飘动起来。在李约素眼里,苏北旦美丽的面孔上充满坚毅的神情,随风飘舞的长发灵动而飘逸,即便危险迫在眉睫,李约素仍旧感到心中一阵狂跳。他想说,别管我,快回去。然而狂风迎面而来,他根本无法张嘴。绳索近在咫尺,他却无法抓到。气流转眼间一扫而空,李约素意识到他正在给"天狼星"号上所有人带来危险。他松开手。残余的气流裹挟着他冲着气泡的裂口而去。他用眼角的余光看见苏北旦猛然一跳,试图拉住他,她的身子掉出船舱,被布丁飞快地拉了回去,"天狼星"号关闭了舱门。

李约素紧绷的心弦松弛下来,他开始考虑眼下该怎么办。落入真空,这样的事居然第二次发生在他身上。这一次又是天狼七。李约素开始感觉到真空带来的异样,舌头上仿佛有无数的小虫在爬,痒痒的,胸腔里仿佛憋着一团火,随时可能爆炸。他在真空中翻滚,挣扎着保持清醒。他看见了"天龙"号巨大的船体,许许多多流体颗粒正不断地从"天龙"号的船体上掉落下来,冲向前方,"天龙"号的船体正在剧烈地变化,不断变得细长。他还看见了蓝光闪闪的沙冈战士,他们保持着队形,似乎随时准备冲向前方。

突然,一股巨大的力量拉住了他,他被迅速地保护起来,真空被隔离在外。李约素缓过一口气,他马上意识到自己在一副沙冈盔甲中。天狼七救了他。

他看到一个沙冈人,没有穿戴盔甲,就在不远处漂浮。而天狼七正在他身边。

李约素来不及表达感激之情,"天狼七,你让那个人把盔甲让给我?那不行!"

"没有人愿意死去,但每一个人都有自己的价值。这个战士没有死在战场上,这当然让人遗憾,但如果你现在死了,那将是一个更大的遗憾。我只能选择一个代价较小的方案。"

"我不同意!"李约素声嘶力竭地大叫,"快救他!"

"好好珍惜你的生命,它不属于你个人。别忘记你的使命。"

"去你妈的!你不救我救!"李约素启动了盔甲,朝那个沙冈人奔去。

一道火光从李约素身边闪过,击中了那个沙冈人,他的身体被洞穿,血液飞溅出来,形成一片细微的颗粒云。李约素惊呆了,他转过身,"天狼七,你疯了!这是你的兄弟!"

"你的行为迫使我采取这样的行动。"天狼七保持着冷酷的语调,"你无法看着他死去,我只能让他死去。不要再给我制造麻烦,前方在战斗,我必须前往战场。"

天狼七说完,径直向着前方而去。

李约素沉浸在巨大的沮丧中,他看着眼前的沙冈人,尸体已经变得僵硬。沙冈人有两个头脑,一个属于自己,另一个属于天狼七。他们在天狼七的协同指挥下高效地战斗,也因此而毫不犹豫地牺牲自己的生命,哪怕只是为了一个毫不相干的人。一个高效的军团,一个冷酷的军团。李约素突然明白过来,那些逃离的人,达门塔星域的创立者,他们利用研究一个文明的名义把那些压抑的情感完全释放出来,并且到了一个极端的地步。从一个极端走向另一个极端,难道这是沙冈人的宿命?

天狼七杀死沙冈人的一瞬间,李约素几乎想脱掉自己的盔甲,让天狼七的目的不能得逞。然而他忍了下来。从某种意义上说,天狼七是对的,他必须保存自己的生命,只是天狼七的方式粗暴而血腥,让他无法接受。李约素伫立良久,前方火光不断,正在激战。敌人这次只是派出小规模武装来进行试探,"天龙"号完全占据优势。

"天狼星"号悄无声息地在李约素身边停下。

"船长,很高兴看到你安然无恙。"布丁显得很高兴。

李约素并不理睬,他继续沉浸在自己的世界中。

"李约素,我们看到了。这个沙冈战士为你牺牲了自己,我们永远都会尊敬他。你快进来,我们需要计划下一步。"苏北旦的声音传来。

"船长,我们的弟兄都被沙冈人转移到这里了,他们还活着!我们下一步该怎么做?"邓迪斯的声音略带兴奋。

李约素仍旧保持着沉默。

"李约素,你没事吧?"这一次是苏北旦略带焦急的声音。

"我没事。"李约素终于回应,"布丁,我们去和天狼七会合,他们的战斗快结束了。留给我们的时间更短。'天狼星'号自行前进,我可以跟上。"

# 第四十五章　伊特星门

　　"平准"号黑色而庞大的身躯开始动作。当它的六百多个分散式波动引擎开始工作时，似乎整个空间都在颤抖。沙冈人排列成整齐的队伍，快速向着"平准"号降落，他们仿佛一道蓝色的光带，收缩进入母舰的躯体中。沙冈战巡舰也依次向着母舰降落。它们都是鑫船，却拥有强大的武装，战巡舰的火力和达门塔主力舰相当，但体积要大一些，它们同时是沙冈战士的分基地。"平准"号令人惊讶地把上百艘战巡舰收入其中。

　　敌人已经发现这里，或者是沙冈人出击伽马星门的举动把敌人引到了这里，然而敌人并没有继续派遣部队进攻。没有人知道敌人在做什么，情报一片空白，所有的行动只能依据重要性来依次进行。伊特通道，好望角星门，这是重中之重，"平准"号沙达克也给出了同样的答案——敌人的武力超出了"平准"号能够承受的范围，封锁星域是"平准"号能够做到的唯一选择。伊特通道是一条狭长的走廊，走廊之外是黑暗区，遍布暗物质，不可通行。一艘飞船如果没有伊特星门作为中转，就必须直接跨过三十五光年的走廊；更为重要的是，伊特走廊的空间曲率不断抬高，飞船从走廊入口抵达好望角，需要克服巨大的亚空间能级差。三百七十二迈焦耳的能级差看上去不是一个大数字，然而由于对应的亚空间通道狭窄，能量的洪流无法顺利通过，任何超过三十六吨的飞船都不可能完成这样的跳跃。唯一的解决方法是途经伊特星门。伊特星门处于伊特通道中段，把整个航程分作两截，这是一个神奇的效应，几乎所有的飞船都可以首先进入伊特星门，然后再次弹跳，进入到好望角。科尼尔星域这块地方，是一片时空洼地，伊特通道是通向银河平坦空间的唯一通道，好望角是这条通道的制高点，伊特星门，是最最重要的要害。

谁先抵达伊特星门，就意味着谁占据了主动。

为了缩小亚空间尺寸，"平准"号把一切附属飞船包括"天龙"号都收拢起来。一切活动停止，只有六百多个波动引擎不断地发出振动。能量的涟漪进入亚空间，仿佛水波般扩散、消失。当亚空间波动稳定，引擎阵列同时发出巨量的波动能量，在亚空间波动开始传递之前，能量波把庞然的船体完全笼罩，"平准"号悄无声息地潜入亚空间，只留下一道剧烈的闪光。

波动的能量最后无以为继，一旦能量波不能保护船体，哪怕只有一个小小的空隙，飞船将在一瞬间被亚空间吞噬得干干净净。沙达克进行了精准的计算，在能量屏蔽不能支持之前，"平准"号滑出亚空间，它向前推进了五十八光年，耗费了一百二十天空白期。这里是伊特通道的入口，空间平坦，最适合飞船在进入伊特通道前恢复能量储备。下一次跳跃将在十六个小时后，目的地伊特星门。

"这么大的飞船居然一次就跳出了五十八光年。"

"敌人的母舰是行星级堡垒，尺度是'平准'号的十倍，质量可能达到上百倍，'平准'号和它相比不算什么。关键是能量。"

"如果不是亲眼看见'平准'号，真不相信世上还有这种事。"

对话的两个人是邓迪斯和佳上。李约素坐在那儿，没有插话，脸上露出淡淡的忧虑。

"船长，你在担心什么？"佳上见李约素不说话，有意问他。

"还能有什么，当然是我们是不是已经太晚了……三十六年八月七号，今天已经是十月三十。"

"没关系,那只是一个预计,敌人的行动没有那么快,至少现在这个星系还没有失陷。我们来得正及时。"

"我一直不明白为什么不让我们先出发。这艘飞船太大了,如果我们使用'天狼星'号先出发,可以尽快抵达。"邓迪斯问。

李约素摇摇头,没有辩解。天狼七坚持所有人必须一道行动,因为能不借助星门而进行亚空间潜行的,只有"平准"号和侦察飞船。要点已经明确,派遣侦察飞船毫无必要,会触发敌人新的行动,而侦察飞船本身没有什么防护能力,很容易被敌人发觉进而击毁,他不允许李约素去冒险。

"如果我们必须争夺这个位置,就一次性把它拿下,绝对不能打草惊蛇。"这是天狼七的说法。李约素也认为这是对的,因此他同意随着"平准"号一道行动,他需要知道这场战斗的胜负,这关系到他应该以怎样的方式进行他的银河之旅。

然而苏北旦并不同意随同前往。她决定首先前往坤城去会合残余的科尼尔舰队。天狼七给了她一艘小飞船,她带着天垂星战役幸存的两个飞行员出发。伽马星门发生的事情提示她,必须采取行动凝聚力量,敌人很快就会入侵坤城,必须抓紧时间,否则就可能太迟了。

相对伊特星门,坤城是一个更危险的所在,那里距离天垂星更近。然而科尼尔残余的精锐都撤退到了那里。李约素明白苏北旦的想法,她需要让这些残余部队建立起统一的指挥,然后分散游击,不能和敌人发生大规模的正面对抗。他们将进行长期的抵抗,最大限度地保存力量,杀伤敌人,直到那些银河深处的人类前来支援。这是一个漫长到让人绝望的任务,少则几百年,多则上千年,让一个人去坚信死后才能发生的事,这是多么艰难的一件事。苏北旦却决心把这一切背负起来。

苏北旦走了,当李约素一觉醒来得到这个消息时,他感到有什么东西被从身体里抽走,怅然若失。第一次见面,他就被这个美丽而坚强的女将军所吸引,他相信苏北旦也对他有所感觉,否则在"天龙"号上的危险时刻,她不会冒着绝大的危险来帮助自己。他希望苏北旦能够继续和他一道旅行,哪怕只是短短十多天,他没有别的想法,只是想能够随时看见她,然而她却坚决地走了。

她留下了一个漂亮的链坠，银色的心形，镂空花纹，透着古典的精细，放在李约素枕边。李约素醒来后，一眼就看到这个闪亮的东西，就像星星在眼前。这是链坠的一半，它的背面扁平，但有一个小小突起和一个小小的孔洞，是和另一半的铆接。她吐露心意，却没有留下一句话，一声问候……一个拥抱。

一旦分离，即是永别。李约素清楚地明白其中的含义。他露出一丝苦笑，三百年，又是三百年……不经意间，他成了一个时空旅人，环形世界和鑫船来来往往，巡逻者永远在时空中徘徊，他们有属于自己的时间，而星域只是一幅幅凝固的画面。这将成为他的宿命？

"异常情况。发现少量飞船靠近，是达门塔飞船。"布丁的警告把李约素从恍惚中拉回现实。

"我们去看看。"李约素下达命令。"天狼星"号得到了天狼七的特许，可以随时出入"平准"号，在这个特殊时期，李约素对任何异常都很敏感，达门塔飞船在这个时刻出现，是否意味着他们也在向伊特星门进军？

六艘飞船排列成阵形，挡在"平准"号前进的道路上，缓缓向着"平准"号靠近。对方显然对于"平准"号心存疑虑，不知道该如何处理。这是达门塔舰队的标准主力舰分队，六艘主力舰相互之间形成掩护，居中的飞船稍稍滞后，五艘飞船排列成五边形，平行推进。

"前方飞船，请告知属于哪个星域。"达门塔分舰队一直用银河通用码发出询问。

"平准"号置之不理。

突然间，"平准"号以自己的方式做出了回应，一串蓝色的光点从飞船上涌出，散布开来。它们正对着达门塔飞船，摆出防御姿势。

"请说明你们的身份和目的。这里不允许任何不明飞船通过。"达门塔飞船已经进入战斗准备，所有的主炮全部打开，随时准备进行攻击。虽然和"平准"号庞大的身躯相比，六艘飞船微不足道，然而达门塔人并不畏惧，仍旧准备阻挡"平准"号。

"平准"号和达门塔飞船之间的距离不断靠近。

"请表明身份和目的,如果继续靠近,我们将进行火力攻击。"达门塔飞船发出了最后警告。

"我是'天狼星'号。我是李约素,我曾经和你们的第五舰队蓝光司令见过面。这是'平准'号,我们的飞船,我们要赶往伊特星门。"李约素代替天狼七做出了回应。

达门塔飞船很快找到了"天狼星"号,一个机器人的头像出现在屏幕上,"我是一四七五小队指挥官特姆。李约素船长,你能否解释这艘飞船为什么不回应?"

李约素无法解释。

"我们是盟军,你们的任务是阻挡敌人可能的入侵。这艘飞船是'平准'号,它正和我一道赶往伊特星门。我们需要抓紧时间完成飞船的跳跃准备。"

"我需要飞船主机的确认。如果没有确认,我们会开火。"

"你们应该收到过命令,我们面临的敌人异常强大、凶残,所有人类都要联合起来进行战斗。你们也看到了,'平准'号是一艘强大的飞船,如果它怀有敌意,以你们现在的力量根本不能阻挡它。它是盟军飞船。"

"我收到的命令是阻拦一切不明飞船进入伊特通道。除非你们表明身份,否则我不能放行。"

李约素暗暗叫苦,他和天狼七刚进行了争论,天狼七坚持自己不必向这些达门塔飞船亮出身份,"平准"号不需要得到他人的允许才能在银河中自由来去,银河巡逻者应该享有这样的权利。更何况,这些机器人飞船来自"平准"号的叛逃者建立的文明,他们背离了"平准"号,抛弃了巡逻者的神圣职责,是一群不折不扣的叛徒。如果这些飞船坚持阻挡在"平准"号的前进道路上,他将消灭它们。

这一切无法向达门塔飞船解释。"平准"号仍旧在前进,而达门塔飞船随时准备开火。

"布丁,联系沙达克。"李约素打算作最后的努力。突然,一道光从"平准"号上升起,一个虚拟影像出现在所有人面前,那是一个老人的影像。

"我是沙达克,'平准'号主机,我们是银河巡逻者,途经星域。这一片星域面临严重的异类生物威胁,我们将前往伊特星门进行星域封锁,消除对银河内部的威胁。请允许通行。"沙达克向着达门塔飞船送出了通讯。

达门塔飞船对沙达克影像进行鉴定,他们显然并不理解银河巡逻者和星域之间的关系,但鉴定获得了通过,六艘达门塔主力舰让开了通道,闪向一边。

"平准"号庞然的舰体缓缓通过。

李约素感到很庆幸,天狼七在最后关头让了步。李约素找到天狼七,对他的决定表示赞赏。

天狼七冷冷地说,这只是因为自己在通盘考虑之后,认为达门塔的力量可能仍旧有一些利用价值。

天狼七的回答再次让李约素感到很郁闷。沙冈人与科尼尔人完全不一样,与佳上那样生长在环形世界的人也不同,甚至雷电家族的人也并没有那么冷漠。他们就像机器一样生硬。李约素希望这只是表面现象,沙冈人和其他人一样,也有丰富的感情,只是他们把这一切深深地掩藏起来。

达门塔飞船被远远地抛在后边,"平准"号进入弹跳准备,所有飞船归位。李约素想起一些情况仍旧不明确,这本来应该由沙达克来完成,但是显然天狼七不希望和达门塔飞船有过多接触,一个通行通告对他来说已经是巨大的让步。他打开了和达门塔飞船的通讯。

"特姆,请问你属于第五舰队吗?达门塔星域的情况如何?"李约素问。

"我们是达门塔特混编队第三分队一四七五小队。特混编队由原第五舰队、第三舰队和第七舰队组成。原有的舰队体系已经撤销,第五舰队的编号不再使用。"

"你们现在有几支舰队?"

"我不知道这个情况。"

"你们的最高指挥官是谁？"

"蓝光。"

"他已经进入伊特星门？"

"舰队已经开往伊特星门。"

"你们在这里的目的是为了警戒？"

"是的，如果敌人进入这片区域，我们必须发出警报让舰队有所准备。"

"那只需要少量的侦察飞船就够了。"

"我的任务是确保侦察飞船能够安全返回。"

李约素默然。一四七五小队执行的是死亡任务，他们并没有活着回到舰队的打算。敌人很强大，如果敌人真的蜂拥而来，这几艘主力舰唯一的用处就是争取时间。情报总是要以生命为代价。达门塔也和科尼尔一样，遭受了重大的打击，否则舰队不会进行混编。也许现在正在前往伊特星门的舰队就是达门塔最后的武装力量。

"祝你们好运。"李约素说。

"谢谢，李约素船长，也祝你好运。"特姆说。

李约素微微一笑，特姆的模样和他曾经见过的约克很像，一个方形的脑袋，也许他同样没有躯干，而只有几条柔软的触手般的肢体。他们是典型的机器人，然而谈话却比天狼七柔和得多。李约素不禁想起最初的那个天狼七，那个沉默、忠诚、机敏的伙伴。如果天狼七仍旧是那样，那该多好。

"天狼星"号归位，"平准"号进入弹跳。

短短十五分钟后，他们再次脱离亚空间。伊特星门就在这里，而且很拥挤。


伊特星门并不是真正的星门。它是一片人造的时空洼地。这不是星域的创造物，它从极为古老的时代保留下来，一直使用到今天。如果没有这个星门，伊特走廊只能成为小飞船通道。好望角星门是整条走廊空间曲率的最高点,从伊特走廊的入口到好望角,空间曲率不断变大,亚空间深度不断增加,一艘飞船一旦进入亚空间,将无法从伊特走廊的任何一点退出,它必须一次性走完全程,进入好望角星系,如果没有足够的能量驱动,飞船会在亚空间中灰飞烟灭。因为如此,能够通过伊特走廊的飞船规模受到极大的限制,一次性从伊特通道的入口进入好望角,即便具备与"平准"号一样的动力,也只能把一艘二十万吨的重巡逻舰送到。然而,一艘重巡逻舰没有任何可能装配多达六百个十万吨级波动引擎。伊特走廊属于最险恶的空间形态。但是不知道什么时候,人类在伊特走廊的中部建造了这样一个时空洼地,飞船可以进入这片洼地,然后进行二次弹跳。这样分两段通过伊特走廊,所消耗的能量就只需要一次性通过所需能量的百分之一。这是一个了不起的工程创举!这样的工程也只有在伊特走廊这样特殊的空间形态才能起作用。这是空间形态的永久性改变,并不需要能量维持,但因为它的作用和星门类似,人们把它也叫做星门。不过无论如何,它是这片星域大大小小六十多个星门中最特殊的一个——由厚达三十千米的岩石构成一个环,直径六十万千米,在环内,空间曲度只有一;而环外,空间曲度高达八。

此刻,伊特星门拥挤不堪。当"平准"号庞然的身躯挤进去时,整个场面更加混乱。

大量的黑色飞船,达门塔的自动飞船,各种类型的飞梭……六十万千米的范围内,火光四射,爆炸不断。这是一场混战,"平准"号的出现让场面显得更加拥挤不堪。

"我们好像来迟了。"邓迪斯有些沮丧。

"不,来得正好!"李约素一边留意眼前的情况一边说,"敌人的数量不多,它们没有来得及送大量飞船过来,我们赶到得正及时。这些小部队不算什么。达门塔舰队就可以收拾它们。"

"十八光年,四十五天空白期。我们耗费了太多的空白期。"布丁报告。让"平准"号这样的大船通过伊特通道付出的时间代价惊人,他们耗费了超过正常状态六成以上的空白期。

空白期的作用无论怎样高估也不过分。在空白期中的某个客体对任何事物不发生实际作用,而处于正常空间中的事物可能正在飞速变化。四十五天,敌人已经追了上来,而且先于"平准"号进入伊特星门,如果不是达门塔舰队先期抵达,敌人也许会在这里给"平准"号设置陷阱——没有什么地方比伊特星门更适合设计陷阱。

达门塔舰队火力强大,占据了绝对优势。

舱内的人静静地观察战场,李约素突然皱起眉头,"这真是奇怪。"

"并不奇怪。"佳上平静地说。

两个人仿佛在猜谜,邓迪斯疑惑地看了看他们。

战场上,达门塔舰队的炮火不断地攻击构成星门的环形岩石圈,黑色飞船仿佛着了魔一般,竭尽全力阻挡达门塔主力舰的炮火。它们的数量不多,却分散开来,企图牵制那些攻击环形圈的达门塔飞船,这让它们完全暴露在达门塔舰队的火力之下,遭受连续不断的打击。黑色飞船一艘接一艘地从亚空间进入,一艘接一艘地冲上前来保护星门,然后一艘接一艘地被击毁。

"决战马上就要到来了。"佳上不紧不慢,"敌人积聚了大量的飞船。但是因为受到阻碍,它们无法通过亚空间进入伊特星门。"

"因为'平准'号?"李约素恍然大悟。

"是的,'平准'号几乎占据了亚空间的全部通道,敌人的大量飞船无法进行跳跃,只能一艘一艘地挤进来。"

佳上没有继续说下去。达门塔舰队把星门作为目标进行攻击,而敌人不断地向伊特星门输送飞船,阻止达门塔舰队摧毁星门。也许在伊特通道的入口处,黑色飞船已经将其整个遮蔽,然而它们无法涌入。四十五天来,潜行中的"平准"号就像一个塞子,堵住了身后几乎所有的飞船,包括这些蜂拥而来的敌人。只有少量的敌人能够从缝隙中渗透进来。眼下,塞子已经拔出,那身后的会是什么?李约素感到一阵寒意。

事情也许更为糟糕,敌人不惜代价地争夺星门,只能有一个目的:它们的确想出去!那些充满着恒星活力的地方,对它们同样充满诱惑力。

这一次，人类准确地估计了形势；而它们也同样准确判断了人类的企图，并努力阻止人类的行动。

"平准"号张开巨大的起落平台，战巡舰缓缓脱离，形成战斗序列。与之相应，数以千计的蓝色光点从飞船的各个部分起飞，集结成群。这些部队并没有投入战斗，它们保持着战斗队形，时刻准备和那些即将到来的黑色飞船战斗。

"平准"号从飞船和战士的拱卫中脱离，独自向前航行。它的目标是环形石。这个直径六十万千米的石环必须被摧毁，否则敌人将无穷无尽地涌入。

"平准"号前部闪闪发亮，在距离石环两万千米处，一道粗而亮的束流仿佛巨龙般奔涌而去，碰撞在石壁上。火花漫天飞溅，仿佛一轮小小的太阳正在发光。这威力惊人的一击让正在战场上鏖战的双方都稍稍停顿。

当光亮沉寂后，"平准"号继续高速前行，所有的探测器都指向了同一个方向。它们都给出了同样的结果：石环安然无恙。

"平准"号的主炮居然毫无作用！摧毁伊特星门并不简单，它被建造出来，就准备好了承受巨大的打击。

"有什么办法毁掉它？"李约素问。他也不知道自己在向谁索要答案，"平准"号的沙达克自然能够做出最好的估计，如果连他也没有办法，那么任何人都不可能知道。

"沙达克会有办法的。"佳上说，然后他瞪大了眼睛。

数以百计的黑色飞船密密麻麻地从亚空间涌现出来，它们的队形如此密集，以至于彼此之间仅仅只有几十米的距离。片刻间就有十多艘飞船因为过于靠近而发生碰撞，爆炸的火光在敌人的队形中此起彼伏。

"这简直是疯了！"邓迪斯说。

"敌人不计代价，"李约素有一丝兴奋，"看来我们抓住了要害。"

"但是，我们还没有找到毁掉石环、毁掉星门的办法。敌人的疯狂说明它们志在必得，留给我们的时间不多……很少了。"佳上说。

李约素完全同意佳上的判断。他的脑子里浮现出天垂星可怕的一幕，黑色飞船密密麻麻,遮蔽了整个星系。即便伊特通道很狭窄,它们仍旧可以源源不断地把飞船送进来,只要不计代价,那么胜利只是一个时间问题。

一定要毁掉星门! 李约素在心底默念。

他跨出舱门,钻进了沙冈盔甲。"平准"号需要时间,在敌人的重压下争取时间,这是最后一场战斗的全部意义。

最后一战!

# 第四十六章　伊特之战

"达门塔特混舰队司令蓝光,请求通讯。"布丁转来了呼叫。

李约素和一小队沙冈战士在一起,他们正在一艘黑色飞船上着陆。战场上一团混乱,人类这一方无疑占据了优势,但这优势正在一点点丧失,更多的黑色飞船从亚空间弹出,加入战场,其中还混杂着一些引力锚。引力锚本身并没有战斗力,却能够给大中型飞船制造很大的困难,它们所制造的引力场让达门塔主力舰和"平准"号的战巡舰动弹不得,火力也失去了准头。还好飞梭和沙冈战士并不畏惧这种力场,一旦引力锚出现,就赶过去消灭掉。

李约素正落在这样一个引力锚上。他在引力锚上钻开一个深孔,把电磁炸弹埋进去,若三颗电磁炸弹同时引爆,引力锚将尸骨无存。

布丁的呼叫在这个时刻传来。

"找我做什么?"李约素大喊。

"天狼七让我转给你。"

李约素明白天狼七的想法。蓝光是"平准"号的叛徒,天狼七不愿意和他们说一句话,哪怕双方的部队正默契地彼此配合、对抗共同的敌人。

李约素不想把时间花在通讯上,他和沙冈战士配合,已经干掉了两个引力锚,还有一艘小型黑色飞船。巨大的战斗激情在他的胸中激荡,每一次爆炸他都体验到一种复仇的快感,他恨不得抓紧时间把眼前所有的飞船都干掉。然而,他还是接受了通讯请求——佳上紧跟着他,示意必须进行对话,他听从了。

"李约素船长,别来无恙?"蓝光的声音听起来仍旧富有磁性,平稳而坚定。

"没时间废话,有什么就快说!"李约素没有丝毫客套,几乎在吼叫。沙冈人小队停下来,等待李约素,天狼七交给他们的最高任务是保证李约素的安全。

"好的,我们说正题。再坚持五个小时,我们就将无法承受敌人的打击。"蓝光说,"虽然我们消灭了大量敌军,但它们的援军源源不断,而我们的力量一点点被削弱。这样的战斗毫无悬念,我们必须有一个最后的解决方案。"

"你说,我在听。"

"'平准'号必须和我的'八脚鱼'号会合,只有这样才能发挥最大的威力。"

"你要组建联合舰队?我们没时间搞这个,这是战场,疯子才会想这个时候整编队伍!"李约素快言快语,想尽快结束通话。

"你没有理解我的意思。我是沙冈人后裔,虽然和这些绿战士势不两立,但是此刻,我们必须重新合二为一。我比天狼七更了解'平准'号,这一点甚至沙达克也不了解。'平准'号的船长掌握着飞船,而我们才是船长的后裔。"

"什么意思?"李约素感到蓝光的话非常重要,他看了佳上一眼,佳上的通讯频道和李约素锁定,一切谈话他都能听到,他点点头,示意继续听下去。

"你已经看到了,'平准'号的主炮对伊特星门完全无效。我们的飞船也同样无法损伤这些石环,它们使用一种叫做蠕虫管道的材料制造,能够把能量直接导入亚空间,因此高能束流无法损伤它们。原本可以使用物理碰撞的方法来毁掉它,但这片空间很特殊,这些石环都镶嵌在畸形空间中,如果使用物理碰撞,在撞到它们之前,绝大部分动能会被空间吸收,耗散到引力波动中。"

"那就是没有办法了?"李约素大吼。

"原本没有办法,但是'平准'号既然来了,那么就有办法。"

"什么办法?"李约素焦急地问。

"'平准'号能够影响空间曲率,但天狼七并不能使用这种能力。请告诉他,我的'八脚鱼'号可以让'平准'号恢复正常。只要'平准'号能够让这些石环从畸形空间中脱离出来,我们就可以撞毁它。只要一个环节被毁,伊特星门也就毁了,这片区域马上会恢复原有的高空间曲率。"

"这太重要了!你要亲自和他说!"

"仇恨。我能感觉到这些绿战士的仇恨,他们并没有忘记。我也没有忘记,但这是唯一的解决办法。你可以做一个斡旋者。"

李约素不知道所谓斡旋是什么意思,他只知道情况紧急,需要天狼七和蓝光合作,他呼叫天狼七。

天狼七并不回应,然而"平准"号却停止了徒劳无功的轰击,它掉转船头,向着"八脚鱼"号的方向靠拢。

"多谢你,李约素船长,至少我们可以暂时进行合作了,我会找到沙达克。"蓝光退出了通讯,他达到了目的。

只剩下五个小时……当李约素从蓝光的通讯中退出时,他突然意识到蓝光告诉他的是一个多么不幸的消息,他看着佳上,"难道真的只剩下五个小时?"

佳上表情严肃,"它们的援军太多,我们必须准备撤退。"佳上所说的我们,仅仅是指"天狼星"号上的几个人而已。这是天狼七和李约素的约定,天狼七允许李约素参加战斗,作为交换,李约素必须在最后时刻撤退,李约素答应了,他从来不是一个规规矩矩守信用的人,然而这一次,他决心遵守这个约定,哪怕他的心在滴血。

李约素沉默着,什么也没说,他向着下一艘黑色飞船而去。这艘黑色飞船完成了一次攻击,击毁了一架达门塔飞梭。趁着黑色飞船攻击的间隙,一艘破旧的海盗船逼近黑色飞船,不过它并没有立即发动攻击。突然间,海盗飞船猛然加速,直直地向着黑色飞船撞去,它耗尽了所有武器,把自身当做炸弹投掷过去。

黑色飞船发出一道青紫的光,海盗船在瞬间化作灰烬。

李约素和沙冈人在黑色飞船上降落,海盗船的牺牲给了他们充分的机会,让他们能轻易地降落到飞船表面。

高热磁钻狠狠地钻下去,红热的钻头轻松地钻入飞船,红热的区域快速扩大。李约素旋动手臂,短短的几个小时,他使用这种武器越发得心应手。随着轻微的震颤,红色表面从飞船上脱离下来,被李约素抓住一甩,远远丢开。飞船上出现一个黑色的窟窿,李约素钻了进去。

佳上大吃一惊,沙冈人小队停止了对飞船其他部位的破坏,聚拢在李约素所制造的窟窿边,他们要对李约素的安全负责,这样一个意外让他们不知如何是好。很快他们做出了反应——两个沙冈人也钻了进去,剩下的人四散开,他们不仅不能破坏这艘飞船,还要在李约素出来之前保证飞船不会被摧毁。

"李约素!"佳上焦急地呼叫,代表李约素的信号点在不断移动,他正在这艘黑色飞船里四处破坏。那是一种带着宣泄情绪的狂热行动。

"李约素!快点出来!"除了呼叫,佳上也没有什么好办法。

李约素当然听见了佳上的呼叫,然而他不想理睬,他在敌人飞船内部,制造了一次又一次爆炸。这是一艘很大的飞船,然而却没有会动的东西。李约素四处寻找敌人,寻找那些和人类的战士一样操纵着飞船进行战斗的敌人,他要面对面和它们厮杀,把它们撕碎!

他没有发现任何一个敌人。李约素的动作慢了下来,他想看得更仔细一些。

他的确看到了一些让人惊讶的东西。光亮不断地在四周的墙上闪烁,虽不算亮,却足够清楚,五颜六色,以蓝色为主。当李约素更靠近墙体时,光亮就变得更亮一些,似乎正被他的到来所吸引。李约素试探着在墙上按了按,墙面似乎有弹性,而按下的位置亮起了一团蓝色的辉光。李约素看到一条亮线深入到墙体内部,最后隐没不见。突然间,整个通道都变得更亮,更多的蓝色光亮在四周的墙面上游走,它们时而聚集,时而分散,仿佛一个个精灵,正围着李约素窃窃私语。

李约素有些恍惚,眼前的情景让他感到一丝困惑,似乎有一只无形的手抓住了他,正在把他的思绪一点点地抽走。这样的情形似曾相识,然而他完全想不起什么时候有过这样的经历。

"李约素!"佳上的呼叫不断在耳边回响,声音听起来十分遥远,仿佛是从厚厚的墙壁后传来,声音变得断断续续。

不好!李约素意识到自己掉入了一个陷阱,他正落入幻觉之中。他打开盔甲右腿上的微型鱼雷射管,想用一次爆炸把所有的幻觉都清除掉。然而这点清醒的意识并没有坚持到底,他感到自己正在昏睡过去。

两声剧烈的爆炸挽救了李约素,他猛然清醒过来。眼前出现了两团巨大的火球,两个沙冈战士快速地靠近他。

"李约素船长,这里很危险,我们赶紧撤退,把敌船炸毁。"

"不!"奇特的感觉引起了李约素的好奇,他想看看到底是什么隐藏在这黑色飞船的深处,居然能够影响到他的头脑。他紧紧握着热射枪,向着火光冲过去。两个沙冈人紧紧跟了上去,他们进入到飞船最深处。

这里仍旧没有任何能动的东西,然而眼前的情形让他们停下来。舱室巨大,仿佛一个巨型溶洞,蓝色的光四处闪烁。仔细看去,密密麻麻的线条从半透明的墙体中穿出,从四面八方向着中央汇聚;中央是一个蓝色的椭球体,被这些丝线缠绕着固定起来。它像一个茧,又像一只眼睛。

一个沙冈人准备使用碎裂弹把这一切毁掉,李约素阻止了他,"等等……"

他呼叫佳上,"佳上,你必须看一看。"他把眼前的图像传送给佳上。

"这看起来像是飞船的中枢。"

"不错,但是你看它的形状。"

"怎么了?"

"我在'上佳'号的残留影像里边,看到的就是这样的东西,只不过,影像里是红色的,这个是蓝色的,而且要大得多,但它们肯定是一类东西。"

"我认为你的想法是对的。但是你赶紧出来,我们没有时间了。"

"再等等……"李约素向前移动,盘根错节的丝线挡住了他的去路。他挥动手臂,把这些东西统统扯断。蓝色的椭球体亮度直升。李约素不断逼近,它在不断闪烁。突然间,闪烁停止,它的中央开始形成一团黑色,逐渐扩散,最后在中央形成一个球。它更像一只眼睛,正盯着李约素。

李约素停止前进,沉默地望着它。

"李约素,你在干什么,赶紧回来!"佳上不断地催促他。两个沙冈人分散开站在不远处,他们对奇特的东西并不感兴趣,如果不是李约素,他们早已经摧毁了它。

蓝色的椭球包裹着黑色的球,黑色的球体隐隐约约似乎在滚动,就像人正在转动眼珠。它正上下打量着李约素。

"你听着,不管你是活的还是死的,不管你有多么强大,从这里滚出去!"李约素突然间怒吼起来,他拔出刀,这是一件具有高热离子注入能力的锋锐武器,刀身在蓝色光线的照射下闪着青幽的光。

李约素大吼一声,冲了上去,挥刀劈开所有的阻碍,他奔向那中央的黑色球体。

"不要去!"佳上几乎在狂喊,他头一次表现得如此失态。

李约素已经冲了上去。他迫近这蓝色的东西,它显得非常巨大,即便穿着沙冈盔甲,那中央的黑色球体也比他要大上几倍。

银白的刀燃起一片炫目的光,强烈的电光刺入黑色球体。剧烈的震颤传来,整个飞船似乎都在颤抖。

"李约素船长,我们必须撤离。"一个沙冈战士跟上他,拉着他飞了起来。李约素没有任何挣扎,他似乎耗尽了力气,任由沙冈人拉着。沙冈人炸开一条道路,冲出飞船。

佳上抱着李约素,他已经昏过去。

"炸掉这艘飞船。"佳上向沙冈人下令,"布丁,向我们靠拢,我们要回到船上。"

"天狼星"号仿佛幽灵般出现,它使用被动模式躲藏起来,静静地关注着战场上的一切,等待召唤。一道优美的曲线从战场中穿过,到处都是飞梭、飞船、沙冈战士,还有敌人……"天狼星"号以最简洁的路线抵达佳上身旁。

佳上把李约素按在"天狼星"号上,飞船表面下陷,李约素进入"天狼星"号内部。佳上也进入飞船。

虽然经过改装,但"天狼星"号内部仍旧保持原样,中央投影,四个小小的座椅。沙达克给它换上了一个大功率的波动引擎,装上六千万焦等离子束流炮,船体表面黄乎乎的,让飞船看上去仿佛一块凹凸不平的岩石,这些纳米机器构成的表层能让"天狼星"号几乎在所有的无线电波频段上隐形。飞船的体积增大了一倍,除了以上这些装备,还配备了真正的减压舱,能携带两副沙冈盔甲,以及足够沙冈盔甲满载六十次的能量和弹药储备,这让"天狼星"号俨然成为一艘小小的母舰。

舱门打开,一副盔甲显现出来。盔甲已经打开,然而里边的操纵者并没有动静。佳上漂移过去。李约素仍旧昏迷,身子蜷曲起来,他的脸色苍白,完全没有血色,牙关紧闭,眉头紧锁,似乎正沉浸在梦魇中。

佳上试图把他从盔甲中拉出来。

"你们马上准备撤退。"天狼七的声音传来。

"我们可以再等等。"佳上回答。

"'八脚鱼'号正在向我靠拢,一旦完成合并,'平准'号将启动空间发生器,伊特星门将被摧毁。强烈的空间反弹会让整个区域处在十六个标准重力的加速状态,持续十五秒。小飞船无法承受这种加速,会被抛入黑暗区,你们必须在星门被毁之前完成撤离。"

"李约素昏过去了。"

"我知道了,他现在怎么样?"

"还在昏迷中。"

"你抓紧时间,帮助他一道撤退。'天狼星'号经过沙达克的改装,可以完成你们的旅程。当然,最终还是要靠你们自己。"

"我们可以再等等。"佳上仍旧坚持。

"等什么呢?"

"等他醒过来。"

"没有这个必要。"

"他攻击了敌人飞船的中枢。"

"是的,那是一个勇敢的行为,可是并不明智。"

"这个中枢给我很奇怪的感觉。他和那个中枢对峙了一小段时间,应该让他告诉你那段时间他在想什么。或者你可以问问沙达克是否对此有兴趣。我们只有和沙达克对话的最后机会。"

天狼七沉默下来,一小会儿之后,他的声音再次传来:"沙达克同意李约素需要一次对话,但是他不需要在这里醒来,'天龙'号已经撤往好望角高地,李约素可以在好望角与'天龙'号会合。"

"你要我撤退吗,天狼七?"李约素突然说话,他苏醒过来,然而仍旧很虚弱,"我们说好的,这是我最后的战斗,我要坚持到最后一刻。"

"是的,李约素,现在已经是最后时刻。"

李约素并不争论,"布丁,让我看看外边的情况。"

中央投影显示出了战场。

"平准"号的战巡舰和达门塔主力舰已经会合在一起,另外还有一艘达门塔母舰。这是一个超级战斗群,一百六十艘重型战舰,一百七十四艘轻型战舰,数以千计的飞梭,上万的沙冈战士。他们会合在一起,彼此掩护,交替进攻,似乎没有什么能够抵挡他们。然而,和他们厮杀在一起的是更为庞大的一支舰队,黑色飞船集结成群,它们采用引力屏障战术,以引力锚为节点,分散成大大小小的团队,所有的这些团队彼此间保持着一定距离,最大限度地利用引力锚所能提供的掩护。它们在人类舰队的攻击下不断被消灭,却顽强地继续投入兵力,发起疯狂反击,掩护更多的飞船进入星门。黑色飞船在数量上已经占据了优势,只是因为过于集中在星门中心,人类暂时还能够保持局部的优势,但明眼人都能看出来,局面的逆转只是一个时间问题。从黑色集群里分离出两支舰队,它们正从两路快速前进,准备攻击人类舰队的侧翼。这是一个赤裸裸的图谋,然而人类没有足够的兵力拦截它们。一切只是时间问题,舰队将陷落在黑色飞船的包围之中。

"平准"号和"八脚鱼"号脱离了战场中心,两船正在会合。"八脚鱼"号在"平准"号的起落平台上降落。数以万计的沙冈战士拱卫着飞船,他们远离战场,并没有加入厮杀。

李约素挣扎着坐直身体,"这远远不是最后的时刻。我还行,我必须要看到你们成功。"

"如你所愿。但是让布丁随时待命,你已经答应我,一定要安全撤退。"天狼七说。

"我说到的一定做到。"李约素回答。

天狼七的声音沉寂下去。

李约素默默地看着不断变化的战场,突然想起了什么,"邓迪斯他们呢?"

"布丁,你能找到他们吗?"佳上问。

"邓迪斯和他的部属分散在整个战场,他们的飞船太脆弱,已经损失了三分之二。"

"让他们撤退。"

"海盗们的绝大多数飞船没有装备波动引擎,没有母舰,他们无法撤退。"

"让能够撤退的人都撤退。"

布丁沉默下来,他全力以赴搜寻那些在坚固的战舰和诡异的黑色飞船之间穿梭的海盗飞船。几分钟后,他报告情况:"没有任何一艘海盗飞船能够独立撤退。"

"邓迪斯呢?他的'猎犬'号是可以跳跃的。"

"'猎犬'号的信号已经消失。"

信号消失？他逃了还是死了？邓迪斯不可能丢下兄弟们逃跑，他一定是死了……李约素不禁感到一阵难过。

"但是邓迪斯还活着，我发现了他的救生囊。"

李约素振奋起来，"怎么不早说！赶紧把他救上来。"

"救生囊在战场中央，天狼七要求我们隐蔽，等待撤离。"

李约素勃然大怒，"谁是船长？你要听船长的还是一个外人的？"

"我当然听你的，只是天狼七帮助了我们很多，答应的事应该做到。"

"别胡扯，赶紧救人！我答应天狼七撤离，但是先把人救回来。"

"天狼星"号向着战场方向移动。李约素拉过安全带，把自己绑在座椅上，转过头，他发现佳上正盯着自己，"怎么了？"

"刚才你在敌人飞船里，你都见到些什么？"

"你说什么？"

"昏迷之前，你冲进了敌人的飞船，攻击了飞船中枢，你看到了什么？"

"飞船中枢？"李约素皱起眉头，努力回想，然而只能想起自己降落在黑色飞船表面。一股凉意直冲脑门，"我一点都想不起来。"他的声音略带惊诧，"我真的进了那艘飞船？"

佳上郑重地点头。

# 第四十七章　时空谜团

"我一直有个疑问,为什么敌人的飞船能够在同一时间到达?"佳上问。

"它们各自计算空白期,然后在不同的时刻进行弹跳,保证在同样的时刻抵达。"李约素说。

"这可能是一种方案,但在'平准'号堵住了通道的时刻,它们的飞船仍旧在源源不断地挤进来。剩下的飞船肯定没有进入亚空间,否则被'平准'号堵在亚空间,它们很快就会因为能量耗尽被吞噬。而眼下的情况是'平准'号脱离之后,它们就开始涌入,最多只有一个小时。一个小时,一艘飞船跳过十八光年的距离只有一个小时的空白期,这种事我从未听说过。"

"你这么一说,也真是有些可疑……"

"这里有两种可能性,一是它们能够长时间在亚空间停留,另一个可能是它们跨越十八光年只需要付出一个小时的代价。你选择哪一个?"

"你说了,这两种都不可能。"

"但事实已经摆在眼前。"

李约素看着佳上,"你选哪一个?"

"我宁愿相信它们有办法在亚空间长时间驻留。"

李约素没有回应,他看了一眼中央投影,布丁正在试图把邓迪斯的救生囊抓进船舱。四周到处都是炮火,进入战场的确有很大的风险,也许不知道从哪里飞来的一团火球就可以终结一切。远处,战斗仍在继续,黑色飞船开始逐渐散开。当它们处在下风的时候,它们集结成团,依托在引力锚周围,尽可能相互掩护;当它们占据了优势时,就开始分散队形,最大限度地加强进攻火力。毫无疑问,它们是一个高度发达的智慧种族,它们对于宇宙航行的理解并不亚于人类,甚至可能更高明。它们真的能够在亚空间驻留?李约素的心头涌起巨大的问号。

然而,如果不是这个答案,那又能是什么呢?

"我们可以去问一问沙达克,"李约素最后说,"我不知道。"

"船长,我要马上脱离战场。邓迪斯的救生囊已经回收完毕。"

"知道了,你该怎么做就怎么做,不要拿这种事来烦我。"李约素有些焦躁,他看到远方一个蓝色的光点被一串红色火球吞没。蓝色光点是沙冈战士,红色火球是敌人发射的高压电子团。

布丁居然没有回嘴。"天狼星"号快速地脱离战场。

舱门打开,邓迪斯出现在李约素眼前,高大的身躯缩成一团。"天狼星"号正在加速,带来巨大的模拟重力,邓迪斯静静地躺在隔离舱里,一动不动。他处在昏睡中,许多飞船的救生囊都会使用神经刺激法强制被救人员昏睡,让其进入类似冬眠的状态,降低新陈代谢,把维持生命的要求降到最低,提高生存机会。当然,这不是真正的冬眠,在正常情况下,昏睡者都能够自然苏醒。

李约素想起身去把他拉进舱里,佳上阻止了他,"我来。"

飞船里安静下来,只有远方的火光不断闪亮。

李约素发现佳上一直盯着他,"还有什么异常吗?"

"当然。还是那个问题,你在敌人的飞船里看到了什么?你就站在那个东西前面。"

"我完全不记得。"

"我看见了。"

"什么？"

"蓝色的椭球体，一个空洞在椭球体内部形成，黑色的空洞，看上去就像有光在里边。很难描述那样的感觉，那就像一个陷阱，好像要把一切都吸进去；或者更像一只眼睛，正盯着你。"

"我真的站在它前面？"

"是的。"

"然后呢？"

"然后你拔出离子刀冲了上去，刀刺进了黑色空洞，整个飞船都开始震动。你昏过去，沙冈人把你带出来。"

"我怎么会一点都不记得？"李约素皱着眉头。

"那是一种活的东西。"佳上看着李约素，"虽然我只是通过你的盔甲看到它，并不在现场，但我有一种强烈的感觉……我感觉那是一种活的东西，就像某种猛兽，正盯着你，寻找机会，把你一口咬死。我从来没有这样害怕的感觉……"佳上嘴角微微上扬，露出一个勉强的微笑，"也许这是原始时代留下的恐惧感，一直潜藏在我们的血液中，只是在这种情况下才显露出来。"

"有什么可怕的，它被我杀死了！"

"不尽然……"佳上欲言又止。

李约素有些摸不着头脑，佳上显然还有一些话没有说出来，然而这样吞吞吐吐、故弄玄虚，并不是佳上的风格。"到底怎么了？有什么话都可以直说，我们一起经过了这么多磨难，你尽可以相信我。"

"我有些不确定。"佳上似乎在思索，"那个东西，虽然让人害怕，但我也感到很熟悉。我在某个地方见过它。根据'青云'号沙达克的说法，'上佳'号的成员在成年之前是不会离开飞船的，我应该没有离开过'上佳'号，如果我真的曾经见过类似的东西，应该是在'上佳'号上。"

"这又有什么关系？这只是说明你的飞船上也有类似的东西罢了，我在'上佳'号没有见到这个。"

"我记得。虽然我的记忆仍旧很模糊,但我确实记得有类似的东西。它是一个通讯装备,用来和某处联系,它在某个时候被装在'上佳'号上,肯定是在我能够记事之后。敌人飞船上的这个有些不同,飞船上没有一个活的生物,这东西可能控制着飞船的一切,功能更强大。"

"这到底是什么?"李约素有些疑惑,他听不明白佳上的话,佳上显然陷入了某种逻辑混乱,言辞并不如平常逻辑清晰。

佳上使劲摁着额头,努力回想,"这到底是什么? 有人曾经告诉过我……到底是什么?"某种东西似乎就要破茧而出,但始终不能成功。

李约素没有继续追问,他有更为关心的问题——那边的战场上到底情势怎样,天狼七和蓝光能不能摧毁伊特星门,建立屏障,把这场该死的瘟疫隔绝在银河的角落里。

"布丁,战场上有什么新动向?"李约素问。

"敌人用优势兵力围困主力舰队,有一支分舰队开始向着'平准'号出发。分离的舰队有七十五艘重型飞船,混杂着大量引力锚,它们准备使用引力锚战术来对付'平准'号。"

"天狼七呢? 天狼七有什么动静?"

"'八脚鱼'号和'平准'号会合之后,那边一直没有行动。那些沙冈战士也没有动。需要向天狼七询问吗?"

"别去打扰他们,让我看看主力舰队那边。"

战场上,敌人的战术发生了变化,一部分战舰从引力锚的屏蔽下脱离,开始向着人类舰队突击。与此相应,从两侧迂回的敌人舰队已经就位,开始发起攻击。敌人更多的小飞船进入到星门中。和大型飞船稳扎稳打的方式不同,这些小飞船一出现就向着人类舰队猛扑,它们被密集火力大量消灭,却继续勇悍地向前猛冲,最后和人类舰队的飞梭以及沙冈战士混战起来。

很快李约素看出了些蹊跷,"布丁,你看这些小飞船,它们的动作几乎完全相同。"

"是的,船长。它们协同动作,每一次都突击消灭一定范围内的目标,对于其他目标完全放弃,也并不顾及自身的损失。"

"但它们每一次的损失都比我们要小。"

"这是一种卓有成效的作战方法,和沙冈战士的作战方式类似。"

敌人似乎在每一个方面都占据了上风。李约素想起发生在天垂星的可怕一幕,红色飞行器铺天盖地汹涌而来,吞没了整个战场。和那不可思议、狂飙突进的攻击浪潮相比,眼前的战场波澜不惊,双方不紧不慢地消耗力量,比赛谁能撑到最后。不过,敌人显然更有把握。

李约素把眼光投向"平准"号,这艘巨船是否能给人一些惊喜?

突然间,李约素发现战场上另一种异样。一艘黑色飞船,貌不惊人,然而李约素敏锐地捕捉到了它。它呈六角形,在六角形的中央,细长的尖刺向着两端延伸,让它看上去就像穿在细杆上的薄铁片。

李约素的心紧抽起来,仿佛某种东西正在他心中活过来。他的梦,梦中黑色的飞船,原来只是一个模糊的影像,此刻变得具体而实在。李约素看见了它,确定这就是他那离奇的梦魇中所见到的那种飞船。

"布丁,警告沙达克,一定要毁掉那艘飞船!"李约素大叫起来。

"哪一艘,船长?"

李约素把手指向投影,布丁迅速拉近视野,直到最大,六角形飞船展示在投影中央。

"就是它!"

李约素话音刚落,六角形飞船突然开始扩展,它就像一沓折叠的纸,正一层层地打开,最后形成一个巨大的平面。一些中型飞船围绕着它,当折叠完全展开,飞船依次靠拢过去,首尾相接,形成一个环,把六角形飞船形成的平面围在中央。突然,所有飞船的腹部同时打开,细长的游丝从腹部开始生长,不断接近中央平面的边缘。很快,飞船的游丝和平面边缘融合在一起,所有的飞船都和平面连为一体。刹那间,耀眼的光环迸发出来,光芒在其中不断游移,而中央平面突然间成了深沉的空洞。

人们还没有明白怎么回事,大量的红色小飞行器已经从这黑色的圆形中涌出。它们潮水一般涌出,朝"平准"号的方向扑过去。

先前的动静不过是一个烟幕,这才是真正的杀手锏。它们要用最强的手段对付"平准"号,并为此构筑了一个小型的传导星门。

"平准"号终于开始动作。自从对星门石环发出第一次攻击后,它便退出了战斗,和"八脚鱼"号会合,哪怕战场上的形势岌岌可危,也一直没有介入。它在等待。伊特星门的战斗并不是为了消灭敌人,而是为了破坏星门。只要破坏了星门,就达到了目的,敌人将被隔离在伊特通道的另一边,人类可以守卫好望角防线,更广阔的星域将幸免于难。"八脚鱼"号带来的信息需要沙达克和天狼七仔细消化,当他们觉得一切准备就绪时,敌人疯狂进攻的浪潮也已经扑面而来。

红色浪潮奔向"平准"号的同时也奔向石环,从李约素的角度望过去,距离二十万千米之外,形成了两个声势浩大的红色箭头,一个指向"平准"号,另一个指向"平准"号和石环之间。它们试图把"平准"号和石环隔离开,把"平准"号包围起来。

主战场上,分散的沙冈战士开始聚集,他们会聚成一条蓝色光带。敌人的飞船也同样聚集起来。沙冈战士冲向微型星门,黑色飞船则全力阻止他们,蓝色和黑色两股光彩搅在一起,彼此奋力地打击对方。

沙冈战士取得了暂时的胜利,消灭了阻挡在前的一股黑色。然而更多的黑色汇聚成群,继续阻挡在蓝色光带的前方。微型星门保持着蓬勃的力量,红色巨流源源不断地涌出。

巨大的红色箭头很快接近"平准"号。拱卫在母舰周围的沙冈战士向前突进,他们分作上百支小队,向着红色巨流激射而去。红色和蓝色碰撞,形成一片闪亮的光。红色巨流前进的势头被遏制,它们迅速扩散开,形成巨大的扇形接触,快速地把沙冈战士包围起来。

人类的主力舰队开始收缩,数以百计的密集束流在敌人的前锋线上撕开了巨大的口子,战巡舰和主力舰不断向前突破,飞梭在舰队周围警戒,消除来自侧翼的威胁。敌人的侧翼包抄并没有收到预期效果,在它们能够接触到人类舰队之前,人类舰队发动的强力进攻迫使敌人后退了近两万千米,两支侧翼包抄的部队落到主战场之后,原本的三面合围变成了前后夹击,但后方距离尚远,暂时够不上。

战场上还有一些零星的飞船,那是海盗的飞船。他们的飞船性能不佳,只是凭着勇气和熟练的技巧在战斗,但根本无法抵挡敌人,在战斗中损失很快,剩下的为数不多。主力舰队显然也不准备掩护这些并不能提供多少价值的飞船,他们被抛弃在战场上,等待敌人的到来。

敌人来了。它们紧紧追逐主力舰队。

一艘艘海盗船被它们轻而易举地摧毁,爆炸。两股黑色舰队会合在一起,它们稍作整顿,然后掉转方向追击。突然间,舰队发生了小小的骚乱,一道红色的光在舰队中燃起,然后是蓝色的光亮。李约素不知道那是谁,但他知道那肯定是一个海盗,他隐蔽了自己,等待机会和一艘黑色飞船同归于尽。只有海盗才会这样做。

"他妈的……"李约素骂了一句,眼里却泛起一点泪花。

正在和黑色飞船混战的沙冈战士开始快速脱离战场。他们灵活地躲避黑色飞船的炮火,很快摆脱追击,突然间,他们再次高速冲入战场。这一次,他们丝毫不顾及牺牲,一心一意只是寻找引力锚。找到它,破坏它,这是孤注一掷的攻击,他们要给主力舰队扫清最大的障碍。

所有的战巡舰和主力舰都在全速向前,他们的前方,是无形的空间盾牌,如果直冲上去,飞船很可能因为强烈的空间扭曲而解体。但是他们同样孤注一掷——他们完全信任沙冈战士将在飞船碰撞到空间扭曲区域之前破坏引力锚,而主力舰队将通过这片区域,摧毁正源源不断输出红色攻击机的微型星门。然后,他们将陷入重重包围,奋战到最后一刻。

这是一个自杀式的攻击方案,就像爆炸的火光,瞬间辉煌,然后消亡。

李约素恨不得就在那群沙冈战士中间,或者正在某一艘战巡舰上,他感到热血沸腾,恨不得马上就套上动力服,加入到这最后的战斗中去。然而他用极大的毅力克制着。此时此刻,他必须忍耐。所有的人,沙达克、天狼七、蓝光、死去的海盗兄弟……他们都甘愿为了某种目的赴死,他们的死必须有价值。隔断星域,为银河深处的人们争取时间,这是这场毫无胜算的战役唯一的目标,而他就是那个被选中去往银河深处传递警报的人。冲向战场的渴望来自内心深处,然而倘若他真的这么做,他能找到生命的完整意义,却摧毁了所有人的希望。李约素紧紧地抓着座椅扶手,指甲因为用力而发白,手心全是汗液。他目不转睛地盯着投影,注意着主力舰队的每一次移动。

"船长,我收到了天狼七的广播。"

"赶紧接通,我要问问他。"

"这是广播,不是通讯请求。"

"给我接过来!"李约素几乎在咆哮。

天狼七的声音在"天狼星"号狭小的船舱里回荡:

"这是最后通告。所有飞船会聚,作最后冲击。伊特星门将被摧毁,伊特通道将恢复成为高曲率空间。A集团必须摧毁敌人的小型星门,B集团负责摧毁伊特星门,之后全力投入最后的战斗。这里是我们最后战斗的地方。"

天狼七的语调平缓,没有丝毫急迫,仿佛他只是在宣布一件不起眼的小事。然而这是最后的时刻,最后的命令,最后的动员。

最后的战斗。

# 第四十八章　好望在前

"船长,来自达门塔舰队的通讯请求。"

"接入。"

"李约素船长,我是达门塔特混舰队代理指挥官约克,我们曾经见过面。"

"你是那个机器人!"

"是的。蓝光船长已经指令我们完全接受'平准'号和天狼七的指挥,但是我要完成蓝光船长的最后指令。"

"什么?他人呢?"

"他已经死了。'八脚鱼'号和'平准'号会合,他自愿放弃生命。"

李约素大吃一惊,他来不及细想,"他怎么可以在这个最后关头放弃?"

"蓝光船长给我的最后一个指令:确保李约素撤离。"

"这算什么?我会保护自己。"

"蓝光船长要我转告:你可能并不明白自己到底有多重要。根据他从天狼七那里得到的资料,还有你在'八脚鱼'号上所接受的身体检测,他断定你的身体受过敌人的某种改造。这对将要到来的战争很关键,因为你身上可能隐藏着某些线索,可以让我们由此了解它们,只要能把你送到银河之心,就是最大的成功。这对你也很关键,因为这让你丧失了某些记忆,只有找回这些记忆,你才能完全恢复自我。"

"这简直荒谬!"李约素驳斥约克。

"我只是奉命转述蓝光船长欲告知的内容。还有,天狼七船长不打算告诉你真相,他认为只需要让你知道你的头脑丧失了一部分记忆就行了。而只要你前往银河之心,你就会得到最后的答案。蓝光船长认为必须让你了解情况,他说必须相信你。"

"相信我?相信什么?"李约素感到莫名其妙。

"这是蓝光船长让我转述的内容。很遗憾,他无法亲自向你解释。我的转述结束,请问有任何疑问吗?"

"蓝光船长到底怎么了?"李约素追问。

"对不起,我无可奉告。我只知道他已经死了,天狼七取代他成为我们的最高指挥官。"

李约素沉默下来。

"让我重复一下最后的指令,我必须确保您能够安全离开,进入好望角。我注意到您的飞船处在隐蔽状态,并没有受到敌人的威胁,因此现在是最佳撤离时机。我们将保持警戒,消除您飞船在前进道路上可能遇到的一切障碍。"

"我会走的,一旦确定伊特星门即将被摧毁,我会马上离开。"

"伊特星门一定会被摧毁。"

李约素听到了天狼七的声音,他强行插到通话中:"我来确保毁灭伊特星门。舰队将构筑最后的防线,牺牲不可避免。敌人的攻击过于凶猛,它们数量庞大,无法战胜,但我们将抵抗到最后一刻。伊特星门将在一个小时内完全崩溃,你只有一个小时的时间,'天狼星'号必须马上开始弹跳准备。"

"我们还能抵抗多久?"李约素问。

"这个问题毫无意义,但是如果你想知道答案,我可以告诉你。三个小时。"

三个小时,再有三个小时,"平准"号、沙冈军团、达门塔特混舰队……这些曾经看起来无比强大的武装将灰飞烟灭,成为宇宙的尘埃。

李约素悲从中来。他并不害怕死亡,也毫无畏惧,然而他却必须眼睁睁看着一次又一次的溃败和屠杀而不断逃离。天垂星崩溃的情形仍历历在目,古力特的最后告别恍若眼前,却又马上要再一次面对同样的生离死别。敌人从星门源源不断地涌出,它们毫不停留,直奔着人类残存的舰队而来,很快形成了包围。它们的数量多到令人绝望。

"船长!"布丁几乎在尖叫。李约素猛然振作,这是他必须做出决断的时刻。

"全速脱离,弹跳准备。"他冷静地向布丁下达命令。

"是,船长。"

"天狼星"号快速调整姿势,脱离被动模式,进入到高速巡航状态,再有三十分钟,飞船就可以进入弹跳。这是一场危险的游戏,伊特星门的半径只有三十万千米,为了完成弹跳准备,"天狼星"号必须穿过战场,红色飞行器和沙冈战士在那里激战正酣。

各种颜色的光束在太空中飞舞,身穿重甲的沙冈战士被亮闪闪的火焰推动,在广阔的空间里四处游移,和无处不在的红色恶魔缠斗。他们都是勇士,无数的红色飞行器在他们周围爆炸,变成一团团火光,然而敌人不断拥上来,他们终究寡不敌众。蓝光闪闪的重甲渐渐地少下去,红色的死亡使者仍旧漫天飞舞,它们从星门源源不断地涌出,毫无畏惧也毫不留情地向残余的人类舰队发动攻击。

沙冈人的战巡舰编队终于能够抵达敌人的星门,它们集中在一起,统一行动,会聚成凶猛的火力,喷向漫天飞舞的红色军团。猛烈的炮火撕开一个又一个缺口,多边形的微型星门在轰击下变得闪闪发亮。

敌人很快做出反击,红色军团从四面八方发起攻击,在沙冈人的飞船表面降落,快速地破坏防护盾,突入飞船内部。一艘沙冈飞船被破坏殆尽,火光四射,随即是剧烈的爆炸,无数的红色小球从火光中四散而出,又蜂拥冲向下一艘战舰。

残存的达门塔特混舰队加入到混战中,大量的战斗飞行器配合主力舰沿着战巡舰所打开的通道前进。它们的目标不是星门,而是从星门蜂拥而出的红色军团,它们要阻挡这些敌人加入对"平准"号的围攻,同时减轻战巡舰集团的压力。机器人从舰队甲板上不断起飞,展开突击,试图把红色军团切割成两半。残存的少数沙冈战士加入到机器人队伍中,和他们一道发起冲锋。

人类的凶猛反击短暂地改变了战场形势,敌人的队列中燃起了熊熊大火,猛烈的火力摧毁了数以千计的飞行器。然而攻势并没有被击退,敌人仍旧源源不断地向前涌来,它们从侧翼包抄,从四面八方攻击,很快把战巡舰集团和达门塔舰队隔离开。达门塔舰队的战斗飞行器集群全面崩溃,以惊人的速度被消灭;敌人在主力舰的缝隙中自由飞行,不断撕咬主力舰越来越薄弱的防护;主力舰群挣扎着抵抗,勇敢地还击,然而火力却越来越微弱。

"天狼星"号飞快地启动,加速,在波动引擎把飞船推入亚空间之前,还有三十分钟,它将穿过这让人惊心动魄的战场。

红色浪潮涌向"平准"号,它们用准确而刁钻的火力攻击这黑色的王者之船,仿佛无数的蚊蝇叮咬在一头大象身上,密密麻麻,以至于"平准"号看上去成了红色。远处,混合着引力锚的黑色编队正在赶来,它们落在红色攻击波后边,被沙冈重装战士拦截,形成了一次单方面的屠杀——这是战场上唯一一处人类占据了优势的局部战斗。

"平准"号一往无前,仿佛完全不在意这些红色蚊虫的骚扰,只是一心一意地向着星门石环靠拢。"八脚鱼"号从"平准"号上脱离,它散发出均匀的力场,覆盖"平准"号,减轻"平准"号所承受的攻击。

突然间,仿佛整个宇宙都在震荡,"平准"号的前方一片火海,到处都是爆炸,而远处的星门石环剧烈地震动起来——一次超高能量的引力波攻击,天狼七正在把星门从畸形空间中剥离。

红色飞行器的攻击愈发急迫。它们疯狂地向着"平准"号猛扑,甚至不顾一切地堵在"平准"号前进的方向上,希望在"平准"号摧毁星门之前摧毁它。"平准"号上发生了几处爆炸,然而两艘母舰并没有改变航向,仍旧快速地冲向石环。

第二次引力波攻击,"平准"号的前方再次形成一片火海,阻挡在前方的敌人再次被清除得干干净净。

突然间,整个战场的画面凝固起来。

这就是最后的时刻!"天狼星"号进入了时空屏障,已经无法再看见外边的情形。

"布丁,我们还有多少时间?"

"十分钟后进入弹跳。"

李约素没有再说什么。他默默地盯着屏幕,"平准"号,"八脚鱼"号,两艘巨船上爆炸的火光此起彼落,它们劈开红色的包围,勇往直前。远方,蓝光闪闪,消灭了敌人舰队的沙冈战士正赶来支援。再远处,战斗已经接近尾声,敌人的微型星门被毁掉,而主力舰队只剩下几艘飞船,孤灯一般陷落在黑色和红色的包围中,顽强地抵抗。

一切凝固起来,仿佛一幅画。李约素注视着它。

"船长,三十秒后进入弹跳。"

"走吧。"李约素简单地说。三十秒钟,仿佛一生一般漫长。

时间终于过去,屏幕一片漆黑。

然而图景在李约素的心里,在那里,到处发生着爆炸,人类最后的抵抗正被快速地瓦解,红色的虫豸漫天飞舞,仿佛最可怕的梦魇。"平准"号最后破坏了石环,扭曲空间在一瞬间恢复平坦,所有的一切仿佛被无形的旋涡所吸引,向着中央靠拢,彼此碰撞,被一双巨手揉捏成混乱的一团,最后变成耀眼夺目的光亮,比超新星还要璀璨……

别了,我的朋友、兄弟、战友。

李约素默念着。他闭着眼睛,默默祈祷。

一道微弱的白光在中央投影闪过,这是飞船重入亚空间的迹象。

"就是它!"佳上突然喊起来。

李约素看着他。

"关键是能量存在的方式。就是它！你看到的东西，那是一个分体。它不是一个独立个体，它只是一个分体，一个终端。"

"佳上，你说什么？"李约素有些小小的意外。佳上的眼里闪着光彩，他从来没有这样兴奋。

"它是飞船的主机，但它也是一个窗口，有人从远处透过它进行观察。它可以跨过几十上百个光年了解情况。"佳上的语调平和下来，恢复了一贯的语速，"你刚才看到了白色的闪光，所有的飞船进入亚空间或者从亚空间返回都需要能量支持，任何东西出入亚空间都需要额外的能量，因此一般认为信息不能透过亚空间传输。但是，这不是完全的事实，在某些情况下，信息可以通过亚空间传输——即时传输，没有空白期。"

"没有空白期？这不可能。如果那样，掌握这种技术的人早该征服全银河了，但至少我们没有看到任何迹象，这根本不可能……难道你的意思是敌人能做到这个？"李约素大为诧异。

"如果它们能以能量的方式存在，就可以。能量可以在亚空间存在，不会受到时空的限制，宇宙是一层膜，亚空间包裹其中。如果一个物体同时在亚空间和宇宙膜中存在，它的一部分在亚空间，就像根；另一部分延伸进入宇宙膜，仿佛枝叶。如果它的枝干延伸进入不同的空间，那么从一个枝头到另一个枝头，时空的基本定律就完全失效，因为这种通行完全在亚空间进行，不需要付出突破宇宙膜的能量代价，因此也不会有空白期。"

李约素有些迷糊，"你到底说些什么？我听不懂。"

"这是一种可能的理论，我需要找到沙达克确认。我记得这样的东西，应该在'上佳'号上。它是一个传输装置，从遥远的地方传递信息到飞船上，和你在敌人飞船上见到的那个很相似。我记得……"佳上迟疑起来，他记得一个声音，高大伟岸的身躯就在他的眼前，和那个白色的物体对话，然而面目模糊，声音缥缈，他看不清，也听不清……"我们终究会搞清楚那到底是什么。"

李约素瞪着眼，看着佳上，"那接下来是什么结论？它们可以在亚空间存在？可以在一瞬间跨越银河？我们在伊特星门所有的牺牲都白费了？"

"当然不是这样。关键的问题是它们能渗透多远，亚空间并不是一个来去自由的所在，这样的一种装置必然需要很大的能量来维系。它们在这么短的时间内投入了这么多的力量来争夺伊特星门，这足以说明它们仍旧和我们一样，需要一个通道，即便它们能够在亚空间驻留。也许它们的技术水准高过我们，但绝不会太多。"

李约素稍稍沉默。星星显露出来，好望角的恒星就在前方，富有力量的阳光温暖着李约素的眼睛。他看见了好望角基地，灯火辉煌的基地是天空中最亮的星星。

"希望如此。"他说。

伊特星门的消息还没有传递到这里，"天狼星"号是从战场上归来的第一艘飞船。一艘接引飞船正在靠近，是达门塔的自动飞船。布丁发现了另一个小小的飞行器，那是一个流体颗粒，它发现了"天狼星"号，跟随着一道飞行。

"天狼星"号不断向着基地靠近，更多的飞行器加入跟随的行列。飞梭、流体颗粒、自动机器、突击舰，甚至还有一艘来自科尼尔舰队的中型战舰。当好望角基地在视野中成为一座灯火辉煌的城市中，"天狼星"号的身后已经聚集了数以百计的飞船。没有人指挥它们，它们自动跟随"天狼星"号，护送着它向好望角基地靠拢。

突如其来的灾难毁掉了一切，所有人都陷落在迷惘和惶恐中，他们需要领袖，比任何时候都更迫切地需要一个强有力的领袖。看着护卫在周围的船队和越来越近的基地，李约素突然感到一阵惶恐。当他接受古力特的任命，当他告别苏北旦，当他从蓝光和天狼七还有千千万万的沙冈战士浴血奋战的星门逃脱，他感到自己是坚定的，此刻他却有了一丝不确定。

"佳上……"他很想和这个伙伴说点什么，却看着他什么都没有说出来。

"每个人都在寻找自己的归宿,我们的归宿在茫茫星海。"这个句子很自然地出现在佳上的脑子里,他脱口而出。

"这是什么,古老的格言?"

"我不知道。我只是记得它。"佳上平静地看着李约素,"银河之心,那是我们要去的地方,茫茫星海,无数的星球,都在前边等着我们。你准备好了吗?"

"有什么可准备的?这点事难不倒我。"李约素露出坚毅的神色,在那么一瞬间,他仿佛拥有了一种隐忍的勇气,哪怕面对天大的苦难和艰辛,他也将义无反顾地担当。

"战斗结束了?"邓迪斯醒转过来,他看上去仍旧很虚弱,他看见李约素和佳上,明白自己被救上了飞船,"我们在哪里?"

"好望角。"

"战斗结束了?"邓迪斯又问。

李约素和佳上都保持沉默。

十多秒钟之后,李约素回答:"是的,但是……"李约素拨转星图,银河之心熠熠发光。

他深思熟虑,语速缓慢,"战争刚刚开始。"

# 尾　声

　　"双子"号在空港着陆。在偏灰的主色调中,银白的"双子"号显得格外张扬,好望角人已经多年未见这样颜色明丽的飞船。

　　空港笼罩在热切的气氛中,这是一次盛大的欢迎仪式,红色地毯从降落舱延伸一百米,一直铺到机场大厅,军服笔挺的军人站立两边,目不斜视,英气逼人。大厅里并没有太多的装饰,仍旧保持着宇航基地简洁的特色,然而却有一点与平日截然不同——这里有很多人,成千上万的人挤在大厅里,外边还有更多的人试图找到机会挤进来。

　　两排机器警卫隔开人群,在大厅中留出一条通道。通道穿过大厅,穿过人群,穿过各种奇形怪状的建筑,最后在一辆飞车前止住。

　　申秋从飞车上跨步而下。这艘形状奇怪的飞车不如流体颗粒舒适,然而作为一种融合的象征,他必须使用它。

　　他从长长的人群通道中缓步走过,微微颔首,只盯着眼前的地面。人群中爆发出欢呼,他们大声喊着申秋的名字,希望能够吸引他的注意。申秋抬起头,望着人群微微点头,然后恢复低头深思的模样,沿着通道前进。

　　人群沸腾、喊叫、欢呼,整个大厅沉浸在狂欢的气氛中。申秋缓步走着,不疾不徐,不为周围兴奋的人群所动,仿佛这些和自己全然无关。

申秋走到了通道的尽头，长长的红色地毯就在眼前。他回头望了一眼，人群中响起一阵欢呼，一些人的眼中甚至饱含着泪水。这些科尼尔人，他们的确值得为此激动。一个传奇，一位英雄，在无边的黑暗中顽强地抵抗，捍卫着科尼尔的尊严。他们只在传说中听到过她无数的故事——与暗黑深渊的不屈斗争，天垂星的废墟，熊罴星的秘密通道，广泛存在的抵抗联盟，所有星域的共同领袖……他们在这里，那些非常遥远的往事已经成了模糊的记忆，暗黑深渊沉重的压力让人几乎无法喘息，是她，成了这些人最坚强的精神支柱，这个黑暗世纪中的光明。申秋将代表所有好望角人，包括这些科尼尔人，去迎接她。

申秋走向"双子"号。他站在舷梯边，静静地等着。

"双子"号的门打开，一个身影站在舷梯上方。

"苏北旦——"有人在大厅里声嘶力竭地大喊她的名字，声音飘过来，隐隐约约，若有若无。

"苏北旦将军。"申秋抬头看着她，虽然他们打过许多交道，但却是第一次面对面谈话。

女将军全身包裹在厚实的军服中，她穿着士兵服，没有任何表明身份的徽饰。

"申秋。"苏北旦没有客气，直呼其名，也省去了称谓，"我们终于见面了。真好！"她沿着舷梯走下来。

申秋侧身，做出请的姿态。他们走过红地毯，进入大厅。

大厅里达到了沸腾的顶点，尖叫声几乎震破人的耳膜，苏北旦停下脚步。她望着这些人，他们都曾经是她的下属，或者是属于舰队的新一代——第三代。岁月仿佛奔腾不息的河流，许多东西都被带走，一去不返，却总有一些东西会沉淀下来。他们是科尼尔人，并为此而骄傲，怀抱着热爱和仇恨在这个孤独的时空高地默默抵抗强大的敌人。

苏北旦什么都没有说，只是缓缓地躬下身子，长时间地深深鞠躬。人群沉寂下来，苏北旦的动作让所有人感到意外，他们沉默看着这位受人尊敬的领袖，沉默地接受她的鞠躬。

"感谢你们！你们是最值得骄傲的一群。"苏北旦直起身子,大声说。她的声音真诚恳切,普通而简单的一句话,却让整个现场成了一片泪的海洋。

申秋静静地看着,内心涌起一丝涟漪,他暗暗惊叹苏北旦身上所散发出来的强烈魅力。那是一种无形中就能折服人的力量,在举手投足之间显现出来,让人发自内心地拥戴她。

苏北旦突然做出了一个更惊人的举动,她走过去,轻轻推开机器警卫,走进了人群中。她走上去,张开臂膀,拥抱每一个人。

申秋感到意外,然而并不惊慌,他略微思考,沿着通道走向飞车。这里没他什么事,他只需要在飞车前等候。他们并不缺乏时间,苏北旦既然来到这里,他们就有足够的时间商讨一切。

两个小时之后,申秋终于看见了向自己走来的苏北旦。

"很抱歉,让你久等。"

"没什么,这是让人高兴的时刻。请允许我对你的到来表示诚挚的欢迎,虽然好像迟了些。"

苏北旦微微一笑,"不用这么客套。"

飞车降落在轨道上。

"这是反重力轨道。我们来之前,达门塔人已经把整个要塞都铺上了反重力轨道,他们投入了大力气。如果没有异族的意外侵入,这里恐怕已经成了达门塔的前进基地。他们可以控制所有出入星域的飞船。"申秋说。

"这并不会实现,我的偷袭计划一定会成功,这里会属于科尼尔……不过现在看起来有些可笑,好望角属于全人类,任何独占企图都是可鄙的。"

申秋微笑,"这是无法避免的循环。'青云'号经历过许多星域,接触过各种文明形态的定居者,如果没有外来的压力,定居者总是会分裂成大大小小的集团,彼此间的争夺无可避免。因为一旦定居,就会有领地的观念,就会有利益的争夺。"

苏北旦点头,沙达克也有类似的结论,这是一个涉及人类本性的问题,她不想在此刻深入探讨。"我这次来,就想看看这条好望角防线。整整一个世纪,你们让暗黑深渊那些异类无法越过雷池一步。如果不是因为这个,我们的抵抗早就失去了意义。无论什么言辞都无法表达抵抗联盟对你们的敬意。"

"不是这样。"申秋很认真地说,"抵抗联盟的影响是无与伦比的,即使在这里也是如此,你看到了科尼尔人对你的热情,他们发自内心。'天龙'号和达门塔基地的影响都在不断地缩小,只有科尼尔人越来越多,正是依靠他们,好望角才能坚持住,而他们的信念则来自你,还有你的抵抗联盟。"申秋看着苏北旦,"我必须向你坦诚,我意识到一个观念错误,我一直认为类似科尼尔人这样的人类具有原始的特征,过于脆弱,并不是合适的宇宙殖民者,之所以绝大部分星域仍旧由原始人类控制,只是一个历史原因。但是,现实告诉我,科尼尔人是最合适的殖民者,因为他们随时可以转化成战士、建设者、领袖,他们可以拥有坚定不移的信念,也可以很快掌握巡逻者的技术。"

苏北旦微微一笑,"很高兴你能这么说,也许如此。"

飞车爬上一道高高的陡坡,它一直向上,最后在顶峰停下来。

"真漂亮!"尽管见多识广,苏北旦还是禁不住发出一声赞叹。整个星球都是钢铁基地,他们正站在基地最核心的上方。从上向下看去,是层层叠叠的光环,那是一道又一道能量环,它们就像金属般闪光,构成炫目的图样,从星球表面直抵深处。在金色的、银色的金属光环结束的地方,是一面巨大的镜子,镜子上流光溢彩,不可思议的色块仿佛活物一般流动。

就是它了!尽管从来没有见过,苏北旦仍可以猜测出它就是好望角之魂。"天龙"号的沙达克分身占据了星球,和从前所见的任何一个沙达克不同,他不再是一个为了控制飞船或者某种装置而存在的中枢,也不听从任何人的命令,他是一个单纯的头脑,无比敏锐,无比迅捷。他以一种奇迹般的能力监测上百光年外的天垂星,敌人的举动逃不过它的眼睛。

"沙达克,"苏北旦说,"你好,我是苏北旦。"

"你好,苏北旦将军。欢迎来到好望角。"沙达克似乎并不愿意对话,说完便陷入了沉默。

苏北旦并不在意,"很高兴你能帮助我们。"

"这是我的职责所在。"

苏北旦稍稍犹豫,"我想请问一个小问题。李约素一行出发已经一百多年,他们到了哪里? 是不是能把援军带来?"

"'天狼星'号的亚空间波动轨迹已经脱离我的感知范围。三十二年前,他们抵达了 WX157 星系,或者称为英仙座愚人星团阿尔法三星。他们途经的星球,有两个星域向我们派出了援军,能量跳跃级别分别是六和十。其他的情况我无法判断。"

"谢谢!"这并非苏北旦想要的答案,然而却比她所期望得到的要好许多。

"再见,沙达克。我们需要你更多的帮助。"苏北旦说完和申秋登上飞车。

"有一个情况我必须纠正。"沙达克突然透过飞车把声音传递进来,"暗黑深渊派遣了一些飞船,试图绕过好望角。我对这支舰队的规模做出了错误的估计,它的跳跃能量水平不是二,而是至少在三十五以上。它知道我在监视,采用了一些欺骗手段。"

能量等级三十五! 苏北旦很熟悉这种达门塔的能量水平分级法,这相当于上千艘十万吨级的主力舰集群。这是一个庞大的军团!

"它们进入了黑暗空间?"

"是的,它们可能在两百三十年到两百六十年之后抵达边缘星系。"

"好的,我明白了。我们会设法向这些星域发出警告。"

"那最好。"

飞车再度起飞,盘旋向上。苏北旦抬起头,透过透明的车顶,她看见一个光点。光点越来越大,显示出更多的细节,就像一个旋涡,或是一条盘旋的蛇。这是苏北旦所见过的最奇特的飞船——"天龙"号,现在是好望角联合军的最高指挥部所在地。

无数的流体颗粒突然间发出明亮的光，它们排列成一张巨大的笑脸。

雷电家族居然也学会了这样的表达方式……苏北旦不禁笑了起来。

苏北旦见到了指挥部的所有成员，"天龙"号在一百年前的那场激战中损失了三名指挥官，科尼尔人补充了进来。一个科尼尔人只能胜任职位十年，然而他们总是能挑选出合适的接班人。除了申秋，指挥部的其他人都已经换成了科尼尔人，他们按照科尼尔的方式向苏北旦敬礼，带着崇敬的态度向她问候，从他们的父辈祖辈开始，苏北旦就是所有幸存的科尼尔人公认的领袖，哪怕她从未踏足这里半步。

欢迎很热烈，问答很漫长，当指挥官们觉察到苏北旦露出疲态时，他们很体贴地停止了提问，让申秋带着她去休息。

苏北旦坐在宽大而舒适的扶手椅中，几乎全身都陷在椅子里。全景玻璃把整个银河拉到了眼前，她目不转睛，眼神渴望而专注。

"你休息吧。"申秋说，"沙达克会照看你。"

"申秋，你陪我坐一坐。"苏北旦伸手示意身旁的座椅，声音中带着疲惫，"从天垂星的战场上逃出来的只剩下我们两个。我想和你随便聊聊。"

申秋一愣，随即微笑，表示同意。

略为沉默之后，苏北旦开始说话："我已经老了。每一个人都会死，但我没想到我居然会老死。"

申秋没料到苏北旦居然说出这样的话，"你是领袖，你的生命很重要。"

"科尼尔人的生命可不长。"苏北旦笑着说，"我能活到今天，只是因为频繁进行时空跳跃的原因。但我还是衰老了，所以我决定到这儿来一次。如果这一次不来，那么可能永远没有下一次。"

申秋默默看着苏北旦。他记得她年轻的模样，肌肤雪白，身材婀娜，面容秀丽端庄，而眼前的人，皱纹爬满了她的脸庞，松垮的皮肤没有光泽，透着无法掩饰的沧桑。她静静地看着自己，眼神平静如水。

"我已经安排好了。拉杰斯将担负起军事指挥的责任，抵抗联盟的主席将由俄罗斯的杜纳伊娃担任，木藤三作为她的副手负责协调科尼尔和达门塔部分。一切都会波澜不惊地过渡,新的领袖会承担责任。"

"这是很好的安排。"

"敌人最近减少了活动,原来是企图绕过好望角。还有两百多年,我们有足够的时间赶在它们前面,给它们布置一个陷阱。要派出一支分遣舰队,你认为谁最适合担当这个任务?"

"你是希望我去完成这个任务吗?"

"如果你能去,那再合适不过。"

申秋略为沉思,"我们需要更多的飞船,不过我可以接受这个任务。兵工厂全力开工,我们可以在五十年间充实一支舰队,沙达克可以引导我们提前布置陷阱。"

"很好,让抵抗联盟知道这些,如果你觉得有必要,可以说这是我的决定。"苏北旦微微停顿,喘口气,"还有一个新人,她只有二十五岁,她将负责联盟和好望角高地之间的联系。她不久就会来到好望角高地,我希望你能带上她出发。"

"有什么特别的理由吗?"

"她是我的克隆体。"

申秋皱起眉头,询问般地看着苏北旦。科尼尔人崇尚自然繁衍,他们从不接受雷电家族克隆繁衍的方式。

"是的,这很奇怪。"苏北旦轻轻地说,"所以并没有几个人知道她是我的克隆体。她自己永远也不会知道。青柏将军答应我,把她当做雷电家族的人来看待。为了避免麻烦,她的相貌会和我有些细微差异。"苏北旦摊开掌心,露出一个小小的银色链坠,"如果她来了,把这个交给她。既然她是我的克隆体,她理应得到这个。"

"我应该怎样告诉她关于这个?"申秋问。

"这是我从少女时代就戴着的东西,你只需告诉她,这是她的前一代留下的东西,如果不喜欢,可以丢掉。"

申秋接过来,这是一个只有一半的链坠,申秋见到过另一半,"我是否该告诉她关于另一半的事?"

"你见到了? 这真好。你不用告诉她,如果冥冥之中有天意,她自然会找到他。"苏北旦叹口气,"有的时候,人没有完美的选择。我在想,如果我没有留下,而是和他一起走,那会是一种什么情形?"

申秋明白苏北旦指的是李约素。

"我一个人前来这里,人老了以后对一切都无所谓,暗黑深渊的封锁线很强大,可我并不害怕。很高兴银河能够保佑,让我顺利抵达这里。我曾经发下誓愿,永远不离开星域,这里是距离银河之心最近的地方。我最后的愿望,就是在这里,好好看一看银河的那边,他一定还在那里。真是奇怪,有的人你只是匆匆见了一面,可你就是忘不了。"

申秋看着苏北旦,他想起很久之前,那个人也曾经说过类似的话。两个人,同样的话,时隔一百年之后在同样的地方。申秋有一种怪异的感觉,科尼尔人并没有超常的能力,然而他们的心意却仿佛能超越时空。

苏北旦看着屏幕上的银河,"我相信他一定会回来,只是那个时候,我早已成了灰烬……所以这是一个小小的愿望,我希望他回到这里,还能看到我……年轻的模样。"她抬起头,看了申秋一眼,"这是不是让你觉得很吃惊? 我的一点小小私心。"

申秋摇摇头,"不,我能理解。"

苏北旦收回视线,再次盯着眼前的银河。

前方有一颗巨大的亮星,它的亮度超过其他任何星星。

"那是伊特星门吗?"苏北旦问。

"是的。至少在上千年的时间里,它会是科尼尔星域所能看到的最亮的星星。"

"从天垂星那个方向看起来也很亮。那场爆炸……战斗一定很激烈,他们是唯一逃出来的。你说,让他这样的人逃跑,这是一件多难办的事?"

"你组织抵抗联盟才是最值得让人钦佩的壮举。"

"申秋,你不用刻意夸我。"苏北旦露出一丝淡淡的笑意。

她缓缓闭上眼睛。坤城大逃亡的狼狈,圣彼得星门伏击的成功,寄人篱下的难堪,节节胜利的荣耀,福特林斯战役的失落,还有四处躲藏、不断游击的艰难困苦……她一辈子经历过的战斗与风浪仿佛高速放映的影片般在脑海中演绎,她看见了许多人——敌人、朋友、部属、盟军、叛徒……无数的面孔在她眼前浮现,然后消失。当一切都沉寂下去,她的眼前只剩下两个男人的面孔。一张面孔永远不会再改变,他把自己的生命和忠诚留在了天垂星。另一张也许仍旧在不断改变,却注定要在漫长的旅途中穿梭时空,他会回到这里,却再也不能回到她的面前。

她露出恬淡的微笑。

"她的生命迹象已经终止。"沙达克提醒申秋。

申秋走上一步,帮她摆正胳膊。他最后看了一眼这个声名卓著的女将军。

她很安详地半躺着,银河之心的光辉照在她脸上,圣洁无比。